시적인 것과 정치적인 것

시적인 것과 정치적인 것

시의 정치적 가능성과 위기 속의 비평

이성혁 문학평론집

예옥

어떤 '우정의 책'

이제 작년이 된 2019년, 『사랑은 왜 가능한가』라는 평론집을 냈다. 이어 2020년 벽두에 새로운 평론집 『시적인 것과 정치적인 것』을 펴낸다. 현재의 계획으로는 앞으로도 몇 권의 평론집을 더 펴내어 지난 십여 년 동안 발표한 글들을 정리할 생각이다.

이 책은 두 가지 주제로 묶이는 글들을 모았다. 하나는 이 책의 제목이기도 한 '시적인 것과 정치적인 것'의 관계이며, 다른 하나는 현시기 비평의 자기의식과 정치성이다. 물론 두 주제는 깊은 관련이 있다. 후자의 주제는 비평이 문학의 정치성을 탐구한다고 할 때, 그 비평 자체의 정치성은 무엇이어야 하는지 비평이 자신의 작업에 대해 의식해야 한다는 문제의식을 담고 있다. '시의 정치적 가능성과 위기 속의 비평'이라는 부제는 이 책의 두 주제를 압축적으로 드러내기 위해 붙였다.

이 책의 글들은 2009년에서 2019년에 발표되었는데, 그 십여 년 세월의 중앙에 세월호 참사가 일어난 2014년이 있다. 세월호 참사는 이명박 정부 이후에 일어난 참사들, 즉 용산참사나 쌍용자동차 해고 노동자들의 연쇄 자살 등의 참사 때보다 더욱 전 국민적 공분과 슬픔을 불러일으켰다. 그리고 알다시피 이 공분이 2016-2017 '촛불혁명'의 동력이 되었다. 이 책의 글들은 이러한 역사적 흐름과 깊은 관련이 있다. 즉 이 책의 글들은 정세에 입각하여 비평이 무슨 말을 해야 할 것인지, 시의 정치가 어떻게 작동할 수 있는지 고민하면서 쓴 것들이다. 그리고 이 책의 정 중앙에도 역시 세월호 참사가 놓여 있다.

세월호 참사는 우리에게 '가만히 있으면 안 된다'는 각성을 불러일으킨 사건이다. 그리고 우리가 탄 배인 대한민국이 어떤 상황에 놓여 있는지 알려준 사건이기도 하다. 이 사건은 일종의 비상경보를, 지금 우리의 삶과 사회가 위기에 놓여 있게 되었다는 것을 304명의 희생자를 통해 울려주었다. 문학이 이 참사를 잊지 않겠다고 말할 때에는, 참사가 울려준 비상경보를 계속 울리겠다는 의미여야 한다고 생각한다. 문학은 우리의 삶이 위기임을 끊임없이 알려주는 비상경보여야 한다는 것을 세월호 참사는 문학인에게 알려주었던 것이다. 문학, 특히 시의 정치성이란 비상경보를 울리면서 다른 세계로 탈출할 수 있는 길을 여는 데에 있는 것은 아닌지 생각해본다. 이러한 작업은 다양한 양태의 권력에 저항하면서 이루어질 수 있다. 물론 시의 기능이 이러한 탈출과 저항의 정치성에만 있는 것은 아니다. 하지만 이 정치성은 시의 중요한 기능 중 하나다.

시적인 것에도 정치적인 것이 포함되어 있고 정치적인 것에도 시적인 것이 포함되어 있다. 가령 정치적인 것이 폭발적으로 발현된 '촛불혁명'의 현장에서도 시적인 것의 현현을 발견할 수 있다. 이러한 '큰' 사건뿐만 아니라 소소한 일상에서 벌어지는 작은 사건에서도 정치적인 것이 관통하고 있으며 또한 시적인 것의 현현을 읽을 수 있을 것이다. 문학작품으로서의 시의 정치성은 시 자체가 가진 정치성을 넘어 일상의 사건에서 발현되는 정치적인 것에서 현현하는 시적인 것을 포착하고 이를 시학을 통해 작품화하는 것을 가리킬 때 비로소 의미 있는 개념이 될 수 있다. 이때 작품으로서의 시에서 발현되는 시적인 것은 더욱 증폭되며, 시가 포착한 정치적인 것을 공통적인 것으로 확장한다. 시 비평의 정치적인 것은 시 작품에 내장된 시적인 것과 정치적인 것을 들추어내며, 그것들의 공통적인 것으로의 확장에 기여하는 데 있다.

이 책은 위에서 밝힌 입론을 기본적인 바탕으로 두고 쓴 글들로 구성되었다. 그런데 지금은 이 글들 중 다수가 쓰인 세월호 참사에서 '촛불혁명'까지의 시기와는 상황이 매우 다르다. 어쩌면 지금이 그때보다 미래의 비전이 보이지 않는다는 면에서 더욱 우울한 시기라고 할 수 있겠다는 생각도 든다. 하지만 여전히 우리네 삶은 힘들고 우리의 삶을 옭죄는 권력은 다양하고 교묘하게 작동하고 있기에, 비록 특정한 정세 아래에서 쓰인 글들이지만 이 글들이 가지고 있는 기본적인 문제의식은 현재 의미 없다고 말할 수는 없을 것이다. 그래서 다소 달라진 정세에서도 이 책을 출간하는 것이다. 하나 한편으로는 최근의 사건과 역사적 흐름에 대응하고자 한 문학평론의 한 예로서 이 책이 남을 수도 있겠다는 기대 역시 갖고 있다.

교정을 보기 위해 이 책의 글들을 다시 읽으면서, 내가 그간 마치 격문을 쓰는 마음으로 이 글들을 썼구나 하는 생각이 들었다. 특히 세월호 참사 이후, 평론가로서 무엇인가 발언하지 않으면 안 된다는 생각으로 이 글들을 썼던 것이다. 그러나 격한 마음으로 쓴 이 글들을 읽으면서 부끄럽다는 생각도 들었다. 예전에도 속물이었지만 지금은 더욱 짙게 속물이 되어가는 중이어서, 과연 이 글들이 지금도 내가 감당할 만한 발언일까 자신이 없어졌기 때문이다. 이 부끄러움 때문인지 서문 쓰기가 두려웠고, 그래서 계속 미루다가 이제 책상에 앉아 이 글을 쓰는 것이다.(이 글을 제때 썼더라면, 이 책은 작년 연말에 나왔을 것이다.) 마침 이 글을 쓰기 전에 김수영의 산문 「이 거룩한 속물들」을 읽었는데, 이 글에서 "고급 속물은 반드시 고독의 자기의식을 갖고 있어야" 하며 "자폭(自爆)을 할 줄 아는 속물"(『김수영 전집』, 2018, 190쪽)이어야 한다는 말이 눈에 띄었다. 나의 삶이 이제 속물에서 벗어날 수 없다면, 자폭할 수 있는 속물, "속물을 극복한"(같은 책, 192쪽) 속물이라도 되어보자고 생각했다.

이 책은 친우들의 도움으로 출판할 수 있게 되었다. 방민호 문인(시인이자 평론가, 소설가이기도 해서 '문인'으로 지칭하겠다.)이 책 출간을 제안해주시지 않았다면 아마 이 책은 한참 후에나 나왔을 것이다. 방민호 문인과의 인연은 세월호 참사를 계기로 맺어졌다. 참사 이후 '사월'이라는 동인이 결성되었는데 이 동인 모임에서 방민호 문인과의 우정이 시작됐다. 참사는 문인 동인이라는 어떤 공동체를 이루게 해주었다……. 역시 '사월' 동인인 김선향 시인이 이 책의 교정 교열을 해주셨다. 김선향 시인과는 2000년대 중반에 인연을 맺게 되어 지금까지 이어오고 있는 친구다. 그리고 이 책의 편집과 디자인은 『사랑은 왜 가능한가』를 출간해준 〈청색종이〉 대표 김태형 시인이 해주셨다. 김태형 시인과는 2000년대 초반에 인연이 닿아 지금도 긴밀한 관계를 맺고 있다. 이분들의 우정 어린 수고가 없었다면 이 책은 출간될 수 없었을 것이다. 그러니까 이 책은 우정의 결실로 출간되는 것, 이 책을 '우정의 책'이라고 부를 수도 있겠다 싶다.

2020년 1월 5일 밤

이 성 혁

시 적 인 것 과 정 치 적 인 것

— 시의 정치적 가능성과 위기 속의 비평

이성혁 문학평론집

5   서문 ı 어떤 '우정의 책'

I   위기 속의 비평, 비평 속의 정치

013   정치의 시적 충전을 향하여

— 리얼리즘에서 더 나아가기

035   '정치적인 것'을 형성하는 문학비평

— 세월호 참사 이후 문학과 비평을 생각한다

048   사랑의 실제비평과 '정치적인 것'의 발동

062   위기 속의 비평과 시의 미학적 윤리

— 2010년대 시인들의 '시의 파레시아'

085   비평의 위기와 시문학의 위기

— 공동체를 구축하는 아방가르드를 향해

II   2000년대 한국시의 정치적인 것과 그 전개

105   2000년대 한국시와 정치적인 것

129   우리 시대에 요구되는 '시의 정치적 상상력'

— 김선우의 시와 함께

144   4·16 이후 도래하는 트랜스로컬리티의 삶과 문학

167   최근 한국시에 나타난 증언시의 시학

       ─ '사회적 재난'에 대한 한국시의 대응 양상들

198   '트임'과 혁명, 그리고 사랑

       ─ 다시 읽고 싶은 시편들

Ⅲ   2000년대 비평 담론 비판

223   2000년대 시비평에서 정신분석 담론의 '사용'

251   김수영이라는 기표

       ─ 김수영 문학의 현재성에 대한 논의들

272   시적인 것과 전위성에 대한 논의들

285   '미래파' 이후를 생각하며

303   '문학이란 무엇인가'라는 물음에 대한 정치적 질문

Ⅳ   세상을 바꾸기 위한 문학의 가능성

325   파국의 위기와 '삶-정치'적 비평

       ─ '비평의 정치'에 대하여

335   소위 '난해시' 문제와 시의 영원성에 대한 단상

       ─ 김수영의 '시의 모더니티' 논의를 읽으며

344   '촛불혁명'과 함께, 다르게 살기 위한 시

354   민주주의의 시대에 요구되는 문학의 정치성

364   시는 시 자신을 위해서라도 세상을 바꾸고자 해야 한다

위기 속의 비평, 비평 속의 정치

정치의
시적 충전을 향하여

― 리얼리즘에서 더 나아가기

1

적어도 1970년대 이후 한국에서 전개된 '리얼리즘'은 단순히 다양한 문예 사조나 문예관 중 하나라고 취급할 수는 없다. 리얼리즘에 찬동하지 않는 사람이 들으면 지나친 특화라고 말할 수 있을지 모르지만, 한국에서 리얼리즘은 억압과 착취의 현장을 고발하고, 나아가 민주주의 쟁취와 경제적 착취 구조를 바꾸려는 현실운동과 맞물린 문학 개념이었던 것이다. 즉 한국에서의 '리얼리즘'은 특정한 문예사조로서 주창되었다기보다는, 문학이 어떻게 비판성과 사회성을 잃지 않고 현실의 변화에 기여할 것인가에 대한 진지한 모색을 통해 제기되었다. '리얼리즘론'은 일차적으로 작가들에게 고통스러운 현실을 외면하지 말고 그러한 현실에 대한 비판적 인식과 대안 모색을 통해 작품 활동을 하길 권유한다는 의미를 가지고 있었다. 물론 이때의 리얼리즘 역시 비평적인 개념이자 문예학적인 개념으로 사용되었지만, 작가들에게 윤리적 요구를 담고 있는 측면도 매우 컸던 것이다. 이러한 윤리적 요구를 많은 작가들 스스로 받아 안았기 때문에, 1980년대 중반까지는 리얼리즘 문예론이 작가들 위에 서서 규범으로 작동하지는 않았던 것으로 보인다.

1980년대 중반 이후 본격적으로 마르크스주의 문예 이론이 한국 문예판에 강력한 힘을 가지기 시작했던 것 같다. 특히 루카치의 이론은 문예운동 진영이나 문단, 그리고 학계에 강력한 영향을 끼쳤다. 루카치든 소련의 이론이든, 아니면 주체문예이론이든, 당시 주창된 여러 리얼리즘론은 점차 작가들 위에서 작용하는 창작 규범의 성격을 가지게 되었다. 이러한 과정에서도 리얼리즘의 사회적 실천적 성격은 강조되었지만, 그 실천적 성격이 올바른 반영의 문제에 연결되어 판단되면서 리얼리즘론은 작품 평가의 이론으로 기능하는 경향이 생겼다. 이는 문학적 상상력을 제한하는 부정적 효과를 낳았다고 판단된다. 적어도 변혁을 위한 실천과 자신의 작품 활동을 결부하려는 작가들에게 실천적 문예론의 헤게모니를 잡게 된 규범적 반영론은 그들의 다양한 실험 의욕을 저하시켰을 것이다.

　　하지만 동구 사회주의 체제 붕괴 이후 진행된 한국에서의 '마르크스 레닌주의'와 리얼리즘론의 급격한 쇠퇴는, 반영론적인 리얼리즘론이 한국 작가들의 창작에 부정적인 영향을 끼쳤는지 여부를 따지는 일을 싱겁게 만들었다. 리얼리즘론의 쇠퇴가 진행된 1990년대 중반 이후 현재까지 문단에서 리얼리즘론에 대한 논의는 예전만큼 활발하게 진행되지 않았고 그 반향도 크지 않았다. 자본주의 현실에 대한 리얼리즘적인 정공법적 비판을 전개하고자 하는 작가들도 현저히 줄어들기 시작했고 문단의 조명도 잘 받지 못했다. 시 장르 쪽을 보면, 예전의 교조적 마르크스주의가 배제했던 여성주의나 생태주의, 신서정주의, 환상시 그리고 자본주의 일상을 섬세하게 드러내는 일상시 등이 1990년대에 등장했으며 2000년대 들어서면 젊은 시인들이 그 모든 미적 척도로부터 벗어나 작품을 쓰기 시작했다. 적어도 2000년대 중반까지 리얼리즘을 표방하면서 사회비판을 감행하는 시는 시단 주류에서 밀려나 있었다.

하지만 소비에트 체제와 그 이데올로기가 붕괴되었다고 해서 현실의 비참이 사라진 것은 아니었다. 특히 IMF 이후 한국 사회의 전반을 신자유주의가 점령했으며, 신자유주의를 완성하고자 했던 이명박 정부 아래에서 많은 이들이 극심한 고통을 받아야 했다. 많은 노동자들이 불안정노동자로 몰리고 해고되었으며, 가난해졌고, 그래서 격렬하게 투쟁해야 했다. 1990년대 중후반에 주춤했던 노동시는 IMF 직후 2000년대 초에 부활하여 목소리를 다시 내기 시작했다. 그리고 2000년대 중반 이후에는, 적지 않은 노동자 시인들의 노력에 힘입어 사회에서의 파장력을 상당히 회복했다. 이에 비해 문학계 전반에서는 2000년대 후반에 이르기까지 문학을 통해 현실의 비참을 조명하고 현실의 변화에 기여하겠다는 움직임은 그다지 일어나지 않았다. 하지만 이명박 정권의 집권 직후 '촛불'과 '용산참사'라는 사건을 거치면서 작가들의 집단적인 움직임이 가시화되었고 문단에서는 문학과 정치의 관계에 대해 다시 진지하게 논의하기 시작했다.

하지만 아쉽게도, 2013년 현재 이러한 논의들은 뚜렷한 성과를 남기지 못한 채 소강상태에 접어든 것으로 보인다. 그렇다고 성과가 전혀 없었다고 볼 수는 없다. 문학과 정치의 관계는 문학계에서 피할 수 없는 문제임이 드러났으며, 그래서 그것은 언제라도 문학계의 중심 담론으로 다시 부상할 수 있는 잠재성을 가진 문제가 되었다. 또한 젊은 시인들을 비롯한 많은 문인들-예전에는 탈정치적이라고 판단되었던 문인들을 포함해서-이 정치적 참여를 지속적으로 해나가고자 하는 윤리적 자세를 보여주고 있다. 하지만 이러한 참여와 윤리가 그들의 작품에까지 스며들었는가는 논의해봐야 할 것이다. 사실 시와 정치에 대한 논의에서 과연 정치에 개입하는 시는 어떠한 시여야 하는가에 대해선 논의가 거의 없었다. 시의 정치성에 대한 원론적인 논의만 무성했던 것이다. 작품에 대한 비판적인 실제 비평을 통해 시의 정치성 확보에 대한 구체적 논의가 이어졌다면 '시와 정치'에 대한 논의는 또 다른 국면을 맞이했을지도 모른다. 그렇다고 해서 시가 어떠해야 진보적인 정치성을 가질 것이라는 논의가 창작자에게 생산적인 영향을 줄 지 의심되는 것도 사실이다.

　근래의 문학과 정치에 대한 논의에서는 리얼리즘에 대한 논의가 별로 이루어지지 않았거나 이루어졌다고 해도 별로 조명되지 않았다는 것도 요즘 상황의 특징이라면 특징이다. 문학과 정치 논의가 큰 성과 없이 잦아든 데에는 리얼리즘론과 같은 문예학적 논의가 뒷받침되지 않았다는 데에 그 원인이 있다고 생각하는 논자도 적지 않을 것이다. 공통으로 논의하고 논쟁할 수 있는 대상이 없이, 논자들 제각각 문학과 정치에 대한 원론적인 생각만 전개했기 때문에 논의의 동력을 잃어버린 측면이 있다. 그렇다고 '리얼리즘론'으로의 회귀를 통해 비평 담론을 다시 활성화시킬 수 있을지는 의문이다. 하지만 '리얼리즘'을 다시 내걸고자 하는 이가 있다면, 그의 의도를 이해는 할 수 있을 것 같다. 리얼리즘의 새로운 주창에는, 일군의 시인과 작가들이 정치적인 참여에 기꺼이 동참하려고 한다고 해도 그들의 작품이 폭력과 착취가 일어나는 생생한 현실을 담아내지 않는다면 어떤 의미가 있겠느냐는 항의가 들어 있다.

　그러나 적어도 규범적인 리얼리즘 문예론의 부활은 큰 의미가 없을 것 같다. 지금 시대에서 그러한 규범은 작가에게 작동할 수 없기 때문이다. 또한 그러한 부활이 과연 좋은 일도 아닐 것이다. 잠시 뒤에 말하겠지만, 진보적 문학계가 적극적으로 받아들였던 리얼리즘 '문예론' 자체가 사실은 급진 운동의 관료주의화의 맥락에서 제시되었다는 혐의가 있다. 현재에도 의미 있는 한국 리얼리즘론의 긍정성은 창작 규범으로서가 아니라 삶과 결합된 문학을 추구하며 권력에 저항하고 고착화된 사회 구조에 대해 비판하는 데에 있다. 현재 문인들이 정치적인 것의 창출에 기여하는 문학을 하고자 한다면 기왕의 리얼리즘론이 가진 이러한 긍정적 측면을 이어받아야 하겠지만, 자칫 형식론으로 빠질 수 있는 리얼리즘론의 재구성으로 나아가기보다는, 리얼리즘론의 실천적 측면을 더 밀고 나가 문학에 잠재되어 있는 무궁한 창의성을 적극 긍정하면서 그것이 정치적 실천과 결합할 수 있는 방향을 찾아보는 편이 더 생산적일 수 있다고 본다.[1] 이러한 맥락에서 러시아 미래주의자 트레차코프의 아방가르드적 기획을 소개하고 현 시기 정치에 요구되는 '시적인 것'에 대해 논해보려고 한다. 이에 앞서 루카치의 규범적 리얼리즘론이 아방가르드를 어떻게 비판했는지 살펴보겠다.

2

한국 문단에서 아방가르드는 한때 문장 구조를 해체하는 모더니즘의 극단 정도로 협소하게 이해되었지만, 근래에는 초현실주의, 다다, 러시아 미

---

1) 사실, '리얼리스트'가 반영론으로서 리얼리즘론을 따라야 한다고는 생각하지 않는다. 광고 문구처럼 되어버린 말이지만, 체 게바라의 "리얼리스트가 되자. 하지만 가슴 속에는 불가능한 꿈을 갖자"는 말은 리얼리즘론자의 말과는 거리가 있어 보인다. "불가능한 꿈"이라니? 사실 게바라가 생애 막바지에 갖고 다녔다는 노트에 필사된 시들은 저항 시인들의 시들이었지만, 네루다나 바예호 등 이들 시인들은 주로 초현실주의의 영향을 크게 받은 이들이었다.(아마 기옌도 그럴 것이다.) 혁명에 기여하는 시를 주창했던 김남주 역시 옥중에서 전통적인 리얼리즘 시인들의 시만을 번역한 것은 아니었다. 그 역시 저항시인들의 시를 번역했지만, 그들 중 브레히트, 마야코프스키, 아라공은 독일, 러시아, 프랑스의 아방가르드 운동-표현주의, 미래주의, 초현실주의-을 대표하는 시인들이었다. 그는 옥중에서 혁명적 의식에 충만해 있었지만 리얼리즘이라는 틀로 정치적인 시를 생각하지는 않았다고 판단된다.

래주의와 구축주의, 표현주의 등 역사적 아방가르드가 지닌 정치적 성격이 온전히 이해되기 시작했다고 생각된다. 이러한 아방가르드 운동들은 삶과 예술의 분리선을 지우고, 그러한 분리선을 긋는 예술 제도를 파괴하려고 했으며, '예술 아닌 예술'을 통해 삶 자체에 혁명적 변화를 가져오고자 했다. 그래서 아방가르드 운동은 코뮤니즘 운동과 친화적이었고 또 직접 코뮤니즘 운동에 참여하기도 했다. 하지만 이러한 아방가르드 운동은 도리어 급진 정치 조직에 의해 억압당했다. 러시아의 아방가르드는, 중앙 집중적인 거대한 관료기계가 된 당에 의해 폭력적으로 분쇄되었다.(스탈린주의 당이 내건 문예론은 알다시피 사회주의 리얼리즘이었다.) 표현주의와 다다 운동이 점차 코뮤니즘 정치와 결합되어 전개된 독일의 아방가르드는 정권을 잡은 나치에 의해 말살되었다. 공산당에 가입했던 초현실주의자들은 국제 공산주의 운동이 스탈린주의화 되는 가운데 공산당에서 축출되었다. 그리고 초현실주의 예술의 정치성은 정치 예술에서 주변화 되었다.[2]

이렇듯 아방가르드 운동은, 비록 실패했더라도 급진적인 정치와 적극적으로 결합하고자 했는데, 그렇다고 그것이 예술 활동을 정당 정치 운동에 종속시키려 했다는 것을 의미하진 않는다. 이들 아방가르드는 '예술의 정치화'를 통해 자본에 포획된 사람들의 감성을 급격하게 변화시킴으로써 삶의 근본적인 변화를 가져오려고 했다. 하지만 이러한 기획은 아방가르드 운동이 정치가의 통제를 넘어선다는 것을 의미했기 때문에, 관료화된 당은 아방가르드 운동을 통제하고 더 나아가 자신의 명령에 굴복시키려고 했다. 사실 1930년대 초 스탈린주의 당과 타협한 루카치가 주창한 리

---

2) 하지만 1950-60년대의 아방가르드 단체인 상황주의자에 의해 초현실주의는 다시 혁명적 프롤레타리아 예술로 재평가된다.

얼리즘론은 정치와 결합된 아방가르드적인 예술 활동을 통제하려는 당의 기도와 밀접한 관계가 있다고 생각된다. 브레히트가 벤야민에게 루카치와 같은 '관료'와는 공동체를 만들 수 없다고 말한 것은 다 이유가 있을 것이다. 당시 독일 좌파 문예 운동은 다다나 표현주의에 뿌리를 둔 예술가들이 적극 참여하고 있었다. 알다시피 루카치가 리얼리즘론을 적극적으로 내세우게 된 계기는 표현주의 논쟁을 통해서인데, 그 중 유명한 「문제는 리얼리즘이다」라는 글에서 그는 좌파 문예 운동 내의 아방가르드적 경향을 적극적으로 비판했다.

"예술 작품의 총체성은 오히려 내포적인 것이다. 그것은, 즉 형상화된 삶의 단면에 대해 결정적인 의미를 지니는, 전체적 삶의 과정 속에서의 그것의 존재와 운동, 그것의 특질과 위치 등을 결정하는 여러 규정들의 그 자체 내적으로 완결되고 마무리된 연관관계이다."[3]라는, 반영론과 총체성론을 그 철학적 기반으로 두고 예술관을 피력하는 루카치에게 아방가르드는 "제국주의적인 자본주의의 자연발생적인 발전과정이 점차로 상승되어 가는 형태로 그러한 반동적 선입견을 부단히 생산해내고 재생산해"[4]낼 뿐이다. 왜냐하면 자연주의에서 표현주의를 거쳐 초현실주의에 이르기까지의 현대적 문학조류는 직접성에 머물 뿐 본질을 캐내지 않기 때문이라는 것이다. 루카치는 그런 면에서 이 다양한 조류들이 '동일한 조류'라고 한다. 반면, 리얼리스트들은 "추상작업을 통해 가공된 연관관계들을 예술적으로 가리는 일, 추상을 지양하는 일"을 한다고 루카치는 말한다. 그리고

---

3) 게오르그 루카치, 「예술과 객관적 진리」, 『리얼리즘 미학의 기초 이론』, 이춘길 편역, 한길사, 1985, 55쪽.
4) 게오르그 루카치, 「문제는 리얼리즘이다」, 『문제는 리얼리즘이다』, 홍승용 편역, 실천문학사, 1987, 83쪽.

"이런 이중의 작업을 통해 형상화 작업에 의해 매개된 새로운 직접성, 형상화된 삶의 표면구조가 나타"나고, "이 표면구조는 언제나 본질을 명확히 드러내준다"(86쪽)는 것이다.

하지만 이와는 달리 전위주의 예술은 '혼돈상태'가 그 "세계관적 기반을 이루기 때문에 전체를 연결해주는 원칙들은 모두 소재와 이질적인 것들로부터 생겨날 수밖에 없다"(93쪽)고 한다. 특히 그러한 '혼돈상태'의 연결 원칙은 아방가르드의 대표적인 표현 형식인 몽타주로 나타나는데, 루카치는 몽타주를 "좋은 사진 몽타주는 좋은 위트와 같은 효과를 지닌다. 그러나 현실이 비현실로 파악되고 연관관계는 무관성으로 표현되며 총체성은 혼돈 상태로 체험되는 데도 이런 일면적 결합이 총체적 연관관계를 지니는 현실을 형상화한다는 터무니없는 주장과 함께 등장할 경우-개개의 위트는 타당성 있고 효율적일지라도-결과적으로 끝없는 단조로움이 이루어질 뿐이다"(91쪽)라며 평가 절하한다. 요컨대 루카치는 현실의 총체성을 내포적 총체성으로 반영하지 못하는 예술은 위기에 처한 자본주의의 혼동 상태를 직접적으로, 그리고 추상적으로 반영할 뿐이라고 비판하는 것이다. 그에 따르면, 좌파 예술가들이 정치적으로 전용한 몽타주(나치식 경례를 하고 있는 히틀러의 손에 자본가가 돈을 얹어주는 독일 다다이스트 출신 코뮤니스트 예술가 하트필드의 포토몽타주가 대표적이다.)는 다만 위트 있는 소품에 불과하다.

루카치는 이러한 총체성론에 입각한 리얼리즘론에 따라, 당시 독일 좌파 작가들이 사용했던 르포르타주적인 창작 수법 역시 비판한다. 루카치에 의하면, 르포르타주가 현실에 대한 개념적 이해를 목표로 하고 있다면 문학은 내포적 총체성을 통한 형상적 이해를 꾀한다. 그런데 르포르타주적인 수법을 창작 문학에 가지고 들어오면 두 장르가 혼동되어버리고 결국 '사이비 학문' 또는 '사이비 예술'이 된다는 것이다.[5] 루카치는 창작 문학과 실제 현실을 기록한 르포르타주 사이에 선명한 경계선을 긋는 것인데, 사실 르포르타주적인 창작수법은 1928년 『신레프(새로운 예술좌익전선)』라는 잡지에서 러시아 아방가르드 작가 트레차코프가 제창한 '사실의 문학'과 관련이 있다.[6] '사실의 문학'은 허구를 부정하고 르포르타주로 회귀하는 문학이었다. 트레차코프는 집단농장에서 여러 일들을 직접 하면서 그곳에서 일어나는 일들을 기록, 책으로 남기는 방식으로 작업했다고 한다. 그런데 그 문학은 허구를 부정하므로 설정된 플롯도 부정한다. 실제 사실의 전개를 몽타주하면서 중첩하여 진행되는 그 문학은 위대한 주인공과 같은 사회주의 리얼리즘의 주인공이 들어설 여지가 없다.[7]

루카치의 르포르타주 형식의 문학에 대한 비판은 사실 러시아의 아방가르드 문학에 대한 비판을 겨냥하고 있었다고도 할 수 있다. 이렇게 본다면, 비록 루카치가 아방가르드 문학을 비판하기 위해 리얼리즘 이론을 만들어냈다고 말할 수는 없을지라도, 그의 리얼리즘론이 아방가르드와의 대결 속에서 더 정교화 되었다고는 말할 수는 있을 것 같다.

---

5) 게오르그 루카치, 「르포르타지냐 문학적 형상화냐」, 『루카치의 변증-유물론적 문학이론』, 차봉희 편저, 한마당, 1987, 173-174쪽.
6) 당시 독일 좌파 작가와 예술가들은 러시아 전위주의자들과 적지 않은 교류가 있었다. 트레차코프는 브레히트와 친구 사이였다. 브레히트의 서사극 이론은 극작가이기도 한 트레차코프의 영향을 받은 것으로 알려져 있는데, 트레차코프 역시 러시아 전위주의 연출가인 메이에르홀드와 같이 작업한 이였다. 참고로 말하자면, 트레차코프와 메이에르홀드는 스탈린 대숙청 시기에 체포되어 처형당했다.
7) 트레차코프의 기획이 가진 의미를 잘 논의하고 있는 것이 발터 벤야민의 글 「생산자로서의 작가」로, 벤야민에 의하면 트레차코프는, "기술적인 작가와 보도하는 작가를 구별짓고 있다. 그의 사명은 보도하는 것이 아니고 투쟁하는 것이다. 관객의 입장을 취하는 것이 아니라 능동적으로 참여하는" 작가라고 평한 바 있다.(발터 벤야민, 『발터 벤야민의 문예이론』, 반성완 옮김, 민음사, 1983, 256쪽.)

3

그런데 루카치가 기대고 있는 마르크스 역시 문학예술에 대해 루카치처럼 생각했을까? 도리어 마르크스는 문학예술을 반영이 아니라 아방가르드의 감성 혁명과 관련해서 생각하진 않았을까? 젊은 마르크스가 예술이 감성 그 자체를 생산한다고 말하고 있는 것을 보면 그렇다. 그는 『경제학 – 철학 수고』에서, 감성은 고정된 무엇이 아니고 사회적으로 생성되는 것이며, 예술이 그러한 생성을 돕는다고 다음과 같이 논하고 있다.

> 주관적으로 생각해보면 음악은 인간의 음악적 감각을 일깨운다. 비음악적인 귀에는 제 아무리 아름다운 음악일지라도 아무런 의미도 없으며, 따라서 (어떠한) 대상도 될 수 없다. (중략) 사회적 인간의 감각들은 비사회적 인간의 감각들과는 다르다. 대상적으로 전개되는 풍부한 인간의 본질을 통하여 비로소 풍부한 주관적인 인간적 감성, 음악적인 귀, 형식미를 보는 눈이 생성된다. 간단히 말하자면, 인간적으로 향유할 능력이 있는 감각들 곧 인간의 고유한 능력들로서 자기를 확인하여 자기를 완성하기도 하고 산출하기도 하는 감각들이 생성되는 것이다. 왜냐하면 오감(五感)뿐만 아니라 이른바 정신적인 감각들, 실천적인 감각들(의지, 사랑 등등), 한마디로 말하자면 인간적 감각들 곧 감각들의 인간성은 그 대상의 현존재 곧 인간화된 자연을 통하여 비로소 생성되기 때문이다. 오감의 형성은 세계 전체가 이제까지 이룩한 하나의 노동이다.[8]

---

8) 칼 마르크스, 『경제학 – 철학 수고』, 김태경 옮김, 이론과 실천, 1987, 90쪽.

루카치와는 달리, 마르크스에게 음악과 같은 예술은 사회의 반영으로서가 아니라 사회적 생산으로서, 사회에서 비롯되었으나 또한 인간의 오감과 사회적 삶을 변모시키는 생산으로서 파악되고 있는 것이다. 이러한 생각은 초기 저작 뿐 아니라 중기 저작이라고 할 수 있는 『정치경제학 비판 요강』에서도 나타난다. "예술의 대상-다른 모든 생산물도 마찬가지로-은 예술 감각이 있고 아름다움을 즐길 줄 아는 공중을 창출한다. 따라서 생산은 주체를 위한 대상뿐 아니라 대상을 위한 주체도 생산한다."[9] 이에 따른다면 예술은 삶과 일체가 되는 무엇이다. 예술과 삶은 서로가 서로를 조건 지우면서도 새롭게 생성시키는 관계를 맺고 있기 때문이다. 그렇다면 아방가르드의 이상, 즉 예술과 삶의 일치와 탈제도 예술을 통한 탈자본주의적인 삶의 생성을 마르크스는 예술의 본령으로 생각하고 있었다고도 할 수 있다. 그런데 마르크스는 오감을 형성하는 예술의 기능은 사적 소유가 폐지된 사회에서나 가능하다고 생각했을지 모른다. 그가 위의 인용문 몇 페이지 뒤에서 말하듯이 자본주의에서 욕망이 자본의 이윤을 위해 조작될 수 있기 때문이다. "공업은 욕망의 세련화를 고려하듯이 욕망의 조야화 곧 교묘하게 산출되는 욕망의 조야성도 고려한다. 이러한 조야성의 참된 향유는 자기 마취요, 가상적인 욕망의 충족이요, 욕망의 조야한 야만 상태 내부에서 숨 쉬고 있는 문명"[10]이라는 것이다.

---

9) 칼 마르크스, 「정치경제학 비판 요강 서설」, 『정치경제학 비판 요강』, 김호균 옮김, 백의, 2000, 62 쪽. 여기서 마르크스가 예술을 생산물로 파악되고 있다는 점에 주목된다. 그리고 예술과 삶은 생산이라는 축을 따라 내재적으로 연결되어 있음도 주목된다. 이는 마르크스가 생산을 노동을 통해 필요물품을 만든다는 좁은 의미로서만 생각하지 않았고, 예술뿐만 아니라 삶 자체, 주체의 생산까지도 포함하는 개념으로 생각했음을 보여준다. 이러한 생각은 『앙띠 오이디푸스』에서 들뢰즈와 가타리가 주장한 생산 일원론으로 발전된다고 생각한다.
10) 위의 책, 102쪽.

자본주의 공업은 상품 판매를 통해, 그리고 상품 판매를 위해 대중들의 욕망을 세련되게도 또는 조야하게도 만들 수 있다. 상품화된 예술은 감각을 생성시키는 데 기능하는 것이 아니라 조야하게 할 수도 있다는 것이다. 아마도 자본은 대중들의 조야한 욕망을 그대로 두고 싶어 할 가능성이 더 크다. "노동자의 조야한 욕망은 부자의 세련된 욕망보다 훨씬 더 큰 이익의 원천"[11]이기 때문이다. "자기 마취"에 불과한 대중의 "가상적인 욕망의 충족"을 통해 자본은 더 큰 이익을 얻을 수 있고, 이를 위해 예술이 생산될 가능성이 크다. 반면 제도화된 예술을 파괴하고자 하는 아방가르드는 가상적인 욕망 충족에 이용당하기 쉬운 자본주의 예술 생산 제도에 반기를 들고 예술의 본령, 즉 감각을 형성하며 삶을 생성하는 예술의 생산을 위해 노력했다. 자본주의의 제도화된 문화와 예술이 '가상'을 통해 실제 삶을 외면하게 만들었다면, 이러한 제도를 거부하고 예술의 재현적인 가상성을 파괴하면서 새로운 감각을 생성하려는 아방가르드의 예술 표현은, 마르크스가 생각한 예술의 본령처럼 삶 자체, 즉 존재를 변화시키려는 것이었다.

여기서 앞에서 거론한 러시아 미래주의 작가 트레차코프의 아방가르드 예술 기획에 대해 소개하고 싶다. 그는 1920년대 중반 『레프』 지상에서 아래와 같이 말한 바 있는데, 마르크스의 '생산예술론'과 그의 말을 연결하여 읽어볼 만하다고 본다. 그에 따르면, 혁명적 미래주의 예술이 가질 영향력은 다음과 같은 방식으로 만들어져야 한다.

새로운 전투적인 공명과 기쁨의 형태로 소비자의 의식 안에 최대한의 금제품(禁制品)적인 요소가 존재해야 한다. 예술의 내부에서 예술을 수단으로 하

---

11) 위의 책, 같은 쪽.

여 예술을 파괴하기 위해, "즐겁고 쉽게 설사시키는" 것이 사명이라고 생각되는 시와는 달리, 소비자의 위 안에서 화약이 되어 폭발하는 것을 목표로 하여야 한다. 결국 미래주의에 의해 수행되고 있는 두 가지 주요한 과제는 다음과 같다. 1. 미학의 표현력과 설득력이라는 무기를 최대한으로 자신의 아래에 두고, 뮤즈의 페가수스들에 선동과 선전의 임무라는 실천적인 의무의 짐을 운반시키는 것. 예술의 내부에서 예술의 자족적인 입장의 해체작업을 행하는 것. 2. 사회적인 힘으로서의 예술을 낳는 에너지를, 재현된 생활의 필요가 아니라 현실의 필요를 향해 던짐으로써 모든 인간의 생산운동을 예술의 기술로 기쁘게 채색하는 것.[12]

트레차코프에게서 미래주의 시는 "즐겁고 쉽게 설사시키는" 소비주의 시와 단절하고, 금지되어 있던 요소들을 통해 사람들을 안으로부터 육체적으로("사람들의 위 안에서") 폭파시켜야 하는 것이다. 그 시는 그렇다고 고통을 낳는 것은 아니고 어떤 해방감, 전투적인 공명과 기쁨을 낳는 것이다. 폭탄이 되기 위한 시는 자기 자신부터 폭파시켜야 한다. 시의 자족성을 해체해야 하는 것이다. 그리고 "표현력과 설득력"이라는 시의 무기를 활용하여 선전 선동의 임무를 수행해야 한다. 이때 뮤즈의 페가수스는 정치적 실천이란 무거운 짐을 실어 나른다. 그리하여 정치적 삶은 시와 함께 날아간다. 동시에 시에도 코뮨주의적인 삶을 위한 실천적 에너지가 가득 채워진다. 트레차코프는 시가 정치와 결합됨으로써 시와 현실이 모두 열정적으로 변화될 수 있으리라고 생각했다. 그는 시의 폭발하는 에너지가 인간의 모

---

12) S. 트레차코프, 「어디로부터 어디에로」, 『러시아 아방가르드 7 - 레프 예술좌익전선』, 大石雅彦 외 편, 国書刊行会, 1990, 128-129쪽.

든 '생산운동'에 전달될 때, 모든 생산운동이 기쁨으로 채색되면서 시의 힘은 삶에 새로운 현실을 구축하는 힘을 가져다 줄 것이라고 믿었다. 다시 말해, 언어를 파괴하고 재구축하는 시의 힘이 정치적 실천의 통로를 통해 삶에 직접적으로 전달되고, 기존의 사회관계와 노동과정을 재구축하는 생산의 에너지를 공급한다. 그리하여 시는 정치적인 행동 자체가 된다. 뒤이어 그는 미래주의 문학의 강령에 대해 다음과 같이 말하고 있다.

> 예술을 생활 안에 용해시키는 것, 생활의 새로운 형식에 응하여 언어를 의식적으로 재조직하는 것, 생산자와 소비자의 심리를 정서적으로 훈련하기 위해 격투하는 것이 미래주의자의 최대강령이라면, 그날의 실천적 과제에 자신의 언어의 기술을 설립하는 것이 언어파 미래주의자의 최소강령이다. 예술이 그 독립적인 권위를 잃어버리기까지는 미래주의는 예술을 이용하고, 예술의 무대에서, 생활의 반영에는 선동의 영향을, 서정시에는 에너지 넘치는 말의 가공을, 소설의 심리주의에는 창의력 넘치는 모험소설을, 순수예술에는 신문의 잡문과 선동극을, 예술적 낭독에는 연설가의 연단을, 시민극에는 비극과 소극을, 심적 체험에는 생산운동을 대치해야 한다. 의지를 약화시키는 옛 미학에 반대하는 선동활동은 지금까지와 마찬가지로 계속 미래주의자의 과제여야 한다. 왜냐하면 미래주의자에게는 전투적인 경향 이외의 유효한 예술은 있을 수 없기 때문이다.[13]

위의 대목에는 러시아 미래주의자의 문학적 실천 방향이 구체적으로 잘 드러나 있다. 이들이 주장하는 선전 선동은 흔히 생각되듯이 '뼈다귀 시'

---

13) 위의 책, 131쪽.

26

와는 유가 다르다. 시가 폭탄이 되기 위해서는 금지된 것들을 삽입시켜 사람들에게 충격을 주고 영향을 주어야 한다. 이들은 이를 위해 자유롭게 형식과 언어를 새로이 구축하는 실험-말의 가공-을 권장했고 그것이 문학 작업에서 핵심적이라고까지 생각했다. 그래서 이들에게 말을 재조직하는 언어의 기술이 매우 중요했던 것이다. 이러한 실험은 기존의 문학 형식 및 문학관과 문학의 기능을 파괴하고 문학에 산문적인 현실을 수용하여 문학을 더욱 생생하게 만들려는 방향으로 행해진다. 인용문에서 볼 수 있듯이 잡문과 연설을 문학에 수용하여 문학을 형질 변화시키려 했던 것이다. 그리하여 문학은 독자에게 내면으로 침전되는 심적 체험을 주는 것이 아니라, 독자를 세상의 사건들과 연결시키고, 그가 삶을 새로이 생산하도록 이끄는 기능을 가지게 될 터였다.

  트레차코프의 논설을 소개하는 이유는, 급진 정치에 적극적으로 참여했던 아방가르드의 실제 기획을 좀 더 가까이에서 보기 위해서이다. 러시아 아방가르드는 감성의 변혁을 동반한 예술의 정치화를 통해 새로운 현실을 생산하고자 했다. 이러한 정치화는 당의 전술에 맞추어 선전선동을 해나가는 예술의 정치도구화와는 그 성격이 판연히 다르다. 러시아 아방가르드 예술은 직접적으로 정치에 개입함으로써 대중의 감각을 새로이 생산하고 대중의 삶을 직접적으로 변화시키고자 한다. 이러한 기획은 마르크스가 생각한 감성의 능력을 생산하는 예술과 상통한다. 시와 정치에 대한 담론이 수그러진 이후, 정치에 시를 들고 참여하고자 하는 시인들에게 트레차코프의 이 기획이 어떤 자극을 줄 수 있진 않을까? 참여시가 생각대로 잘 써지지 않는 시인들에게 말이다. 트레차코프에 따르면 시인의 시를 통한 정치 참여는 자유로운 상상력을 통해 현실과 시를 뒤섞으며 새로운 언어를 창조하는 기쁨을 얻는 과정 속에서 진행될 수 있다. 그래서 시인의 정치에의 참여는 새로운 감각의 생산이라는 예술의 시적인 것(포에지)을 획득하는 것과 모순되지 않는다. 도리어 시를 통한 정치에의 참여가 시인의 상상력을 더욱 북돋고 새로운 시작(詩作)을 촉발할 수 있다.

4

그런데 아방가르드는 죽지 않았는가? 거의 100년 전에 일어났던 아방가르드를 다시 꺼내 논한다는 것이 실제적인 효과를 가질 수 있을까? 저 트레차코프의 열렬한 전투성은 우리의 우울한 시대에선 지나치게 낙관적이고 유토피아적이지 않는가? 그래서 우스꽝스럽게 보이는 것은 아닐까? 한 시대를 풍미한 아방가르드는 그 시대에 걸맞은 조건에서 창출된 것이니 그 운동의 재출현은 불가능하지 않겠는가? 이 모든 질문들은 일리가 있다. 하지만 예술에 대한 마르크스의 통찰이 여전히 의미 있다고 한다면, 아방가르드가 꾀했던 예술의 정치화와 삶의 변혁 역시 아직 풀지 못한 질문으로서 함부로 버릴 수는 없다고 본다. 트레차코프가 제시한 행동주의적이고 전투적인 적극성은 우울증을 양산하는 현대 사회에서 가능한 것인지 의심해볼 수 있겠다.[14] 하지만 자신의 작업이 삶의 집단적인 변화-정치적인 것의 획득을 통한-와 함께하려는 예술가와 시인은 여전히 존재한다. 지나치게 자신만만하고 유토피아적인 예술론을 받아들이지 않는다고 해도, 정치적인 것이 창출되는 현장에 작품을 들고 참여하면서 현재의 시공

---

14) 『미래 이후』(난장, 2013)라는 책에서 프랑코 베라르디(비포)가 현 시기 행동주의에 대해 그러한 의심을 표명하고는, 더 나아가 그것이 우울증을 더욱 양산할 뿐이라고 비판하고 있다.

간을 헤쳐 나가고 있는 예술가 시인들에게 시학적 실험을 중시하는 트레차코프의 아방가르드 기획은 참조할 점이 있을 것이다.

그렇다고 저 아방가르드의 다소 과격한 기획만이 예술-시가 정치에 접속하는 길이라는 말을 하고자 하는 것은 아니다. 왜냐하면 시적인 것 자체가 정치적인 것에 절실하게 요구되고 있기 때문이다. 김수영의 말을 빌리면, 시적인 것은 세계로의 개진뿐만 아니라 대지에의 은폐적인 속성 역시 가지고 있다. 부드럽게 대지 안으로 감추는 시적인 것도 있을 것이다. 그런데 예술적 행동주의를 포함한 시적인 것 자체가 현 시대엔 정치적인 의미를 가진다. 우울증과 자살의 증가는 한국만의 상황은 아닐 것이다. 신자유주의에 점령당한 전 세계의 현대인들은 경쟁에 내몰리고 인지 능력이 착취당하며 쏟아지는 정보에 압도되면서 주체의 삶 자체가 자본에 포획되어가고 있다. 가치 자체를 뒤흔들어버린 금융자본주의는 돈을 텅 빈 기표, 숫자에 불과한 기표로 변화시켰고, 사람들은 이 기표에 삶을 종속시키고 있다. 자신의 통장에 기록된 숫자의 등락에 삶과 죽음이 달려 있다. 그 숫자의 등락은 주체의 노력과 상관없이 마치 자동 기계의 의지에 따라 이루어지는 것 같다. 게다가 금융자본주의는 부채를 통해 삶을 노예화한다. 금융자본주의에서는 대출에 의해 경기가 유지된다. 부채의 원제는 '죄'라고 한다. 일반화되는 부채는 죄의식을 양산한다. 죄의식은 저항의 의지를 박탈하고 주체성의 자기 형성을 파괴한다.

한편으로 대자본은 금융에 투자하고 생산에 투자하려고 하지 않는다. 그것이 이윤을 더 남길 수 있기 때문이다. 자본은 노동자들의 노동으로부터 가치를 회수하는 것에서 점차 자유로워지고, 하여 더 많은 이윤 획득을 위해 해고를 자유롭게 하고자 한다. 언제나 해고의 위협에 시달리게 되는 노동자들은 생계가 어떻게 될지 알 수 없다. 또한 자본은 계약직 노동자를 선호한다. 젊은이들은 프레카리아트화 되고 있다. 생계에 대한 불안 속에서 사람들의 삶 자체가 자본에 더욱 종속되고, 삶의 활력은 불안으로 인해 소진되어간다. 많은 이들이 깊은 상처를 받고 절망으로 빠져들고 있다. 비정한 세상에서 주체는 피곤한 삶을 잊기 위해 아예 자신의 삶을 잊고자 하기도 한다. 활력의 침전을 가져오는 우울증은 간혹 조증으로 반전되어 나타나거나 폭력적인 행위로 폭발하기도 한다. 좀비 영화가 유행한 것은 이유가 있다. 죽었으나 살아 있는 좀비는 살았으나 죽어 있는 삶을 살면서 점차 감수성을 상실하고 있는 신자유주의 체제 아래의 사람들은 비춘다. 좀비 영화에서 관객들은 그들을 좀비로 만들고 있는 신자유주의 체제의 위험을 감지하게 되는 것이다.

이러한 상황에서 정치적인 것의 활성화는 병든 주체를 치유하는 과정이 동반되어야 가능할 것이다. 그래서 신자유주의가 주조하는 우울한 인간상으로부터 벗어나는 작업 자체가 정치적인 의미를 가진다. 그 치유는 신자유주의의 노예가 되고 있는 주체성의 재탈환, 그리고 삶의 활력을 되찾는 일에서 가능하다. 이러한 재활을 위해서 시적인 것 자체가 커다란 역할을 할 수 있을 것이다. 이는 자본에의 주체성의 종속이 주체의 언어활동의 장에서도 이루어지기 때문이다. 가치가 붕괴되고 있는 현 금융자본주의에서 말과 기호는 점점 조작적으로 되고 의미를 상실하며 허위와 진실의 경계는 모호해진다. 언어생활 자체가 노동 과정에 포획되어 생산성 증대를 위해 말할 것을 강요받는다.(대학에서의 '말하기'와 '글쓰기'는 이에 대한 훈련의 장으로 변질되고 있다.) 광고는 언어를 스펙터클화 하고 사람들은 자신의 말을 찾지 못한 채 쏟아져 나오는 세상의 말과 기호, 정보에 짓눌린다. 이 과정에서 사람들의 말에 대한 감수성은 파괴되고 만다.

창의적인 말-수화나 몸짓도 포함해서-이야말로 주체성을 형성하고 확장하는 데 큰 역할을 하는 공통적인 것이다. 하지만 말까지도 조작되고 있는 현 상황은, 주체의 자본에의 종속이 그의 삶 뿌리 깊은 곳에까지 이르고 있다는 것을 드러낸다. 그러나 말의 창의성을 다시 활성화하는 시(문학)는 말의 조작 시스템으로부터 말을 탈출시킬 것이다. 그리고 시가 풀어놓은 말의 잠재성에 정동되는 주체는 말할 수 있는 능력을 점차 회복하기 시작할 것이다. 강요된 말이 아니라 한 개체의 삶을 표현하는 특이한 말-시-을 말하면서 타자와 접속하고, 이 접속은 공통적인 것을 형성하면서 점차 사람들을 우울한 침잠으로부터 빠져나와 타인과 연대할 수 있도록 할 것이다. 이렇게 말의 창의성을 풀어놓는 시는 주체성을 재활성화하고 주체성을 파괴하는 시스템에 저항할 수 있는 잠재력을 북돋는다. 그래서 시는 직접적으로 정치적인 것이 된다. 아니, 이제 정치적인 것의 창출이 시적인 것을 통해 이루어져야 한다고 해야 한다.

정치적인 것의 창출에 시적인 것이 필요 불가결하리라는 생각은 아방가르드를 공부하면서 갖게 된 것인데, 근래 이러한 생각과 공명하는 책들을 적지 않게 만날 수 있었다. 그래서 나의 생각이 전혀 근거 없는 것은 아니라는 안도감이 들기도 했다. 그 책들은 프랑코 베라르디(비포)의 『봉기』, 존 홀러웨이의 『크랙 캐피털리즘』, 앤디 메리필드의 『마술적 마르크스주의』 등이다. 이 책들에 전개된 저자들의 생각에 다 동의하는 것은 아니지만, 이 책들로부터 많은 것을 새로 배울 수 있었고 공감하는 바도 많았다. 정치적 저항에서 시적인 것이 왜 중요한지에 대한 이들의 말을 인용하여 독자에게 소개하고 싶다.

오늘날 확산되고 있는 금융 자본주의에 대항하는 운동은 언어를 탈자동화하는 운동이 되어야 한다. 이러한 탈자동화와 재특이화의 과정에서 시(문학)

는 중요한 역할을 할 수 있다. 그것이 사회의 성애적 신체를 재활성화하는 지점으로서, 정보 영역의 목소리로서 작동할 수 있다면 말이다. 사회의 성애적 신체가 재활성화 될 때라야만 연대는 다시 나타날 것이다. 그리고 연대는 금융독재로부터의 자율을 위한 필수적 조건이다. (중략) 시는 감각적으로 의미를 낳는 목소리, 신체 그리고 단어의 현존이다. 조작적 단어의 기능성은 발화 행위를 연결적 재결합능력으로 환원함을 의미한다. 반면에 시는 갑작스레 분출하여 사회적 소통의 회로가 되고, 무한한 해석게임, 즉 욕망의 역학을 다시 열어 놓는 감각(관능)의 과잉이다.[15]

혁명적 과정은 억압되었던 화산들의 집단적 폭발이다. 혁명의 언어와 사유는, 화산을 산으로 보는 산문일 수 없다. 그것은 틀림없이, 산을 화산으로 보는 시이며, 보이지 않는 열정, 보이지 않는 역량, 보이지 않는 지식, 보이지 않는 행위할 - 힘, 보이지 않는 존엄을 향해 뻗어나가는 상상력이다. 이것은 전통적 혁명운동의 독백적인 말하기-정치라기보다 대화의 정치이다. (중략) 혁명적 실천은 언제나 예술과 뒤섞여 왔지만 최근보다 더 그랬던 적은 없었다. 최근에 들어 예술적 표현이나 연극적 표현이 모든 불만의 시위의 통합적 일부를 형성하게 되었다.[16]

시와 미래의 이중 결정은 마술적 마르크스주의의 군단이다. 마술적 마르크스주의의 가장 훌륭한 추종자가 서정 시인이기 때문이 아니라 반드시, 시를 쓸 필요는 없지만 어느 정도 시적 삶을 이끄는 사람들, 들뢰즈가 말했을 법한 대로 말하자면 문자 그대로 시인이 되는, 강렬하게 되는, 강력한 감정과

---

15) 프랑코 베라르디(비포), 『봉기』, 유충현 옮김, 갈무리, 2012, 14-15쪽. 31쪽.
16) 존 홀러웨이, 『크랙 캐피털리즘』, 조정환 옮김, 갈무리, 2013, 323-324쪽.

시적 가치, 제한이 없는 자발적 가치를 내재화한 사람들이기 때문이다. 여기서 핵심은 마르크스주의자들이 삶을 시로 만들고, 살아가는 것에 대해 비판적 태도뿐만 아니라 창조적 태도를 지니고 있다는 것이다. (중략) 정치는 시와 같아야 한다. 뜨거운 어떤 것이며, 주변에서 나오는 뜨거움의 목소리이며, 무절제한 지나침이며, 반과학이고, 극단적으로 망상하는 변질된 마르크스주의(altermarxisme)이다. 따라서 시는 마술적 마르크스주의의 존재론적인 어떤 것이며, 삶을 지배하는 전제 군주적인 힘을 떨쳐버리고 삶을 만들어내는, 세계 내 존재이자 세계 내에서 되기의 상태이다.[17]

물론 이들 저자들의 정치노선에 비판적인 이들도 있겠는데, 여기서 이에 대해 왈가왈부할 수는 없겠다. 여하튼 위의 인용문들을 보면, 현재 일군의 급진적 정치 사상가들이 정당의 '지도'가 아니라 시적인 것의 활력이 급진정치를 위해 반드시 필요하다고 주장하고 있다는 것을 충분히 확인할 수 있다. 나의 생각 역시 이들의 논의에 공명하는 편이다. 저항 정치가 시적인 것으로 변모할 때 저항의 역량은 더욱 커질 수 있다고 생각해본다. 그러한 변모를 위해서 예술가들은 더욱 할 일이 많을지도 모른다. 이러한 상황에서 주체를 '되기'에로 이끄는 기계인 예술 작품은 급진정치에 더욱 필요하기 때문이다. 그리고 화폐에 중독되어 무력하게 된 주체를 치유하고, 말과 삶을 파괴하는 신자유주의 시스템에 저항하기 위해 화폐 대신 시를 유통시키는 활동, 그리하여 비포의 말대로 삶의 관능성을 회복하여 연대로 나아가는 길을 트는 활동, 이 또한 직접적으로 정치적인 활동이 될 것이다.

하여 현재 한국의 저항적인 예술가들에게는, 삶에서 유리된 예술을 비판

---

17) 앤디 메리필드, 『마술적 마르크스주의』, 김채원 옮김, 책읽는 수요일, 2013, 38-39쪽.

하고 실제 현실의 삶으로부터 예술을 길어 올리면서 그 예술을 통해 현실에 대한 비판과 대안적 삶의 모색을 꾀하는 한국 리얼리즘의 기획을 이어받으면서도, 더 나아가 예술을 통해 감성의 변혁을 꾀하면서 삶과 제도를 변화시키고자 한 아방가르드의 예술 정치적 기획과 접속할 필요가 있다. 정치를 시적인 것으로 충전하고 시적 삶을 촉발하는 예술 창작과 행동을 해나가는 길이 그들의 앞에 놓여 있는 것이다.

(2013)

'정치적인 것'을 형성하는 문학비평

― 세월호 참사 이후 문학과 비평을 생각한다

1

2014년 4월 16일. 세월호 참사가 일어난 날. 이 날을 한국인들은 오래 잊지 못하게 될 것이다. 어떤 시인은 1980년 5월 18일이 20세기 후반 내내 살아남은 사람들에게 막중한 부채의식을 가져다 준 것처럼, 21세기 초를 살아갈 한국인들에겐 이 4월 16일이 그러한 날이 될 것이라고 말했다. 공감이 되는 말이다. 참사가 일어난 지 적지 않은 시간이 지났지만, 여전히 그 참사에 대해 침묵하면서 예전의 일상을 되풀이하며 살기는 힘들다. 많은 사람들이 저 어린 이들의 죽음에 어떤 책임감과 미안함, 부끄러움과 분노를 느끼고 있으며, 그 감정은 좀처럼 사라지지 않고 있는 것이다. 그래서 이 날은 한편으로 한국에 감정의 공동체를 형성했다. 미안함과 분노의 공동체. 많은 사람들이 이구동성으로 잊지 않겠다고, 행동하겠다고 다짐하는 것은 그 때문이다. 언론에서도 국화꽃 무늬 속에 잊지 않겠다는 문장을 지속적으로 내보냈다. 그런데 과연 4월 16일을 잊지 않는다는 것의 의미가 무엇인지 생각해보아야 한다. 추모를 계속하거나 4월 16일을 기념일로 정하는 것으로만 '잊지 않음'을 다했다고는 말할 수 없다. 왜냐하면 저들이 그렇게 헛되이 죽어야만 했던 참사는 생명보다는 돈을 우선시하는 자본주의 논리에 점령당한 현 한국 사회에 의해서라는 점이 명확하게 드러났기 때문이다.

우리는 저들의 죽음이 사회적 타살에 가까운 일이었기에 분노를 마음에 품게 되었던 것이며, 또한 한국 사회가 이 지경에 이르기까지 방치한 것이 우리 자신이라는 사실에 부끄러움과 책임감을 느낄 수밖에 없었다. 이 분노와 미안함의 공동체는 한국 사회가 근본적으로 새롭게 구축되어야 한다는 의지를 가지기 시작했고, 나아가 그 구축의 지반이 되어가고 있다고 생각된다. 세월호 참사는 단순한 사고가 아니라 한국 사회의 총체적 문제가 고름 터지듯 터진 사건이다. 국가 권력이 재력과 유착하고, 각종 권력을 유지하기 위해 부패와 조작이 공공연하게 이루어지며, 권력과 돈을 위해서라면 99% 사람들의 삶 '따위'는 언제든지 거리낌 없이 파괴하는 단계에 다다른 한국 사회의 현주소를 세월호 참사는 드러내주었다. 세월호 참사가 우리를 그렇게 분노케 한 것은 정부가 죽어가는 사람들을 방치했다는 데에 있다. 그것은 성장 위주의 정책-여기서 성장이란 자본의 성장을 의미한다-을 펼친 정부가 자살할 정도로 고통 받는 사람들을 방치해왔다는 점을 볼 때 자연스러운 결과다. 그렇기에 한국이 OECD 국가 중 자살률 1위 국가라는 사실은 세월호 참사와 깊이 연관되어 있는 것이다. 자본에 기능적인 역할을 할 뿐인 정부는 "사람들을 죽게 내버려두는" 현대 국가의 삶권력을 전형적으로 보여주었다. 그래서 정당하게도, 세월호 참사 이후 정부에 항의하는 다중은 "이윤보다는 생명"이라는 삶정치적인 구호를 내세웠던 것이다.

그래서 송경동 시인이 「돌려 말하지 마라」(『오 마이 뉴스』, 2014년 5월 17일자)라는 시에서 "오늘 우리 모두의 삶이 세월호"라고 말한 것에 대해 전적으로 동의하게 된다. 세월호 참사는 한국 사회에 깊이 뿌리박혀 있는 질병의

'빙산의 일각'만 보여준 것이다. 진도 앞바다에만 세월호가 있는 것이 아님을 우리는 인식해야 한다. 지금 생활난으로 자살하고 있는 사람들, 유형무형의 권력에 의해 신음하다가 자살을 선택한 노조원들, 삶을 송두리째 빼앗겨 절망적인 저항을 해나가다가 목숨을 끊으신 밀양의 노인들 모두 한국이라는 세월호에서 수장된 이들이다. 정치적 민주주의만이 아니라 사회적 민주주의가 거의 허물어져 있는데, 99% 사람들에게 과도한 짐을 올려놓고 항해하고 있는 형국이 한국이라는 세월호인 것이다. 이 배가 언제 침몰할지 모르는 상황 속에서 우리는 살고 있다. 우리는 사회가 이렇게 항해하다가는 어떠한 재앙이 닥칠지도 모른다는 위기감을 가지면서 살게 된 것이다. 그 침몰은 구체적으로 핵발전소에 문제가 생기거나 거대한 신축 건물이 붕괴하면서 나타날지도 모르며, 국가 재정의 위기로 나타날지도 모르는 일이다.

이 사회가 침몰할지도 모르는 이 시간에 가만히 있으면 재앙을 막지 못하리라는 예측이 우리에게 현실로 다가오고 있다. 하여 또 다른 거대한 참사를 막기 위해서는, 세월호처럼 가고 있는 한국 사회의 항해를 "이제 그만!"이라고 외치며 멈추게 하고, 생명을 돈보다 중시하는 가치를 통해 한국이라는 배를 전면적으로 다시 건조해야 한다. 이를 위해서 우리는 우선 현재의 상태에 이르기까지 우리의 삶이 어디에 있었는지 따져보면서 어떤 가치로 이 사회를 바꾸어야 하는지 궁리하고 상상해야 할 것이다. 각자의 궁리와 상상은 자유롭게 유통되어야 하고 토론되어야 한다. 그리고 이를 통해 정치적·사회적 민주주의의 소생과 확장이 이루어져야 한다. 또한 그 궁리와 상상이 바로 돈과 권력이 지배하는 현 사회 체제의 폭주를 멈추기 위한 것이기도 하기에, 현존을 지탱하는 것들에 대해 저항할 필요성이 있다.

그러므로 2014년 4월 16일의 참사를 잊지 않는다는 말의 의미는, 이윤을 위한 사회 시스템을 생명을 위한 사회 시스템으로 바꾸기 위해 자유로운 탐색과 다양한 방식의 실천을 행하고, 이를 통해 더 큰 참사를 막는다는 데에서 찾아야 한다. 이는 곧 사회 각 방면에서 실질적 민주주의를 구축하는 일이기도 하다. 그러나 세월호를 잊지 않는다는 일, 즉 실질적인 민주주의를 구축하고 이윤보다 생명을 중시하는 사회를 만들어나가는 일은 쉬운 일이 아니다. 그 일은 실질적 민주주의의 구축을 저지하려는 정치적-물리적-경제적-이데올로기적인 권력을 쥐고 있는 지배층과 부딪치게 마련인 것이다. 그래서 "2014년 4월 16일을 잊지 않겠다"는 다짐은 생명의 이름으로 현 한국사회의 권력과 어떻게든 싸울 수밖에 없다는 의미를 가지고 있다.

2

2014년 4월 16일 이후에도 한국 문학은 평온한 얼굴을 할 수 있을까? 4·16 직후 많은 시인들이 어떻게 문학을 해나가야 할지 모르겠다는 심정을 사적으로 토로했다고 한다. 감성이 풍부하고 예민한 문학인들은 아마도 대부분이 이러한 심정을 가졌을 것이다. 그리고 세월호를 잊지 않겠다고 다짐도 했을 것이며, 이러한 다짐이 어떻게 창작에 스며들 수 있을지 고민도 했을 것이다. 세월호를 잊지 않겠다는 것은 근본적으로 "이윤보다는 생명"이라는 외침에 동참하는 것이어야 하리라는 위의 논의에 동의한다면, 그리고 그러한 동참이 창작 행위와 관련을 맺게 된다면, 한국문학은 한국사회의 권력과 부딪치는 방향으로 갈 수밖에 없을 것이다. 문학이 참담함과 분노로 마음 아파하는 이들에게 어떤 힘이 되어주기를 원한다면, 그리고 한국 사회의 침몰을 막고 새로운 배를 만들기 원한다면, 문학은 저 선량한 사람들이 수장되는 것을 지켜만 보아야 했던 이들에게 지상 명령이 되어가고 있는 "가만히 있지 않겠다"라는 외침과 함께해야 하는 것이다.

 "가만히 있지 않겠다"라는 말은 "가만히 있으라"라는 권력의 명령에 불응하겠다는 저항의 선언에 다름 아니다. 한국 문학도 4·16을 잊지 않고 수장된 이들의 죽음을 헛되이 하지 않기 위해서는, 세월호 참사를 창작의 소재로 삼는 것을 넘어서, 죽음을 방치하는 현재의 삶권력에 저항하면서 생명을 가치로 삼는 사회로의 전면적 재구조화를 이루어내는 과정을 시작하는 데에 힘을 보태야 한다. 그 거대한 과정은 삶의 가치의 재정립이 사회전반의 바탕에서 이루어져야 가능할 것이다. 현 한국 사회는 가치의 본질적인 전환이 필요하다. 이윤에 최고 가치를 두는 현재의 신자유주의 사회는 삶의 생명력에 가치를 두는 사회로 변화되어야 한다. 그래야 한국 사회에 다가오고 있는 미래의 더 큰 고통을 막을 수 있다. 가치 전환의 확산은 실질적 민주주의의 구축과 함께 이루어질 수 있다. 실질적 민주주의는 선거에 있는 것도 아니고 의회에 있는 것도 아니며, 주어진 모델이 있는 것도 아니다.(물론 이는 선거제도를 아예 무시하자거나 부정하자는 의미는 아니다.) 그것은 삶권력에 대한 저항과 함께 다중을 구성하는 평등한 사람들이 창의적인 소통 속에서 다양한 실천과 행동을 통해 형성되는 것이다.

 실질적 민주주의는 한 표를 행사하는 평등에 있지 않고 사람들이 '공통적인 것'을 구축하면서 각자의 삶을 더욱 풍성하게 하는 데 있다. 마르크스는 미래의 이상적인 사회를 "각자의 자유로운 발전이 모두의 자유로운 발전의 조건이 되는 하나의 연합체"라고 개념화한 바 있는데, 그러한 연합체-안토니오 네그리와 마이클 하트의 개념인 '공통체'(commonwealth)라고도 바꾸어 말할 수 있는-를 미래에 달성될 것으로 미루는 것이 아니라 바로 지금 여기서 구축해나가는 것이 바로 실질적 민주주의 형성 과정인 것이다. 그러나 현 자본권력-신자유주의-은 삶의 구석구석까지 침투하여 이러한 공통체의 구축을 방해하면서 사람들의 삶 자체를 착취하고 있으며, 나아가 세월호 참사가 상징적으로 드러냈듯이 사람들을 죽음으로 몰아넣고 있는 것이다. 그러니 실질적 민주주의 구축 과정은 저항과 함께할 수밖에 없다.

문학은 그 자체가 신자유주의가 내세우는 경쟁의 윤리에 적대적이며, 돈으로 환산되는 가치화에 대해 저항해온 역사를 가지고 있다. 또한 문학은 정동의 공동체(community)를 형성하면서 마르크스의 연합체-공통체-의 지반을 마련할 수 있다. 공통체를 구축하는 실질적 민주주의는 현 상황에서는 권력에 대한 분노와 빈자에 대한 사랑 속에서 형성될 수 있다. 이 적대적인 사회에서는 사람들이 분노와 사랑의 정동으로 연대하면서 공통체의 지반이 마련된다. 그런데 문학과 예술은 이미지를 통해 정동을 창출하지 않는가. 발터 벤야민의 개념을 빌리면 문학예술은 '이미지-사유'를 펼쳐내는데, 그는 「초현실주의」라는 글에서 이 이미지가 열리는 공간-'이미지 공간'-이 집단적 신체와 서로 깊이 침투하면서 '집단적 신경감응'이 일어날 수 있다고 말하고 있다.[1] 신경감응이란 생리학적 용어를 정동이라는 철학

---

1) 여기서 이에 대한 벤야민의 말을 인용해본다. "집단 역시 신체적이다. 그리고 기술 속에서 그 집단에게 조직되는 자연(physis)은 그것의 정치적이고 객관적인 현실에 따라 볼 때 저 이미지 공간 속에서만, 즉 범속한 각성이 우리를 친숙하게 만드는 그 이미지 공간에서만 생성될 수 있다. 그 자연 속에서 신체와 이미지 공간이 서로 깊이 침투함으로써 모든 혁명적 긴장이 신체적인 집단적 신경감응(kollektive Innervation)이 되고 집단의 모든 신체적 신경감응이 혁명적 방전(放電)이 되어야만 비로소, 현실은 「공산주의자 선언」이 요구하는 것처럼 그 자체를 능가하게 될 것이다."(발터 벤야민, 「초현실주의」, 『발터 벤야민 선집 5 – 역사의 개념에 대하여 외』, 최성만 옮김, 길, 2008, 167쪽.)

적 개념으로 바꾸어 말할 수 있을 것이다. 문학과 예술의 '이미지-사유'는 우리의 몸과 마음에 정동을 일으키면서 우리를 '범속한 각성(트임)'으로 이끈다. 우리는 문학예술의 '이미지-사유'와 충격적으로 조우하면서 개인의 차원에 갇혀 있던 삶이 집단의 차원으로 확장되는 해방감을 느낄 수 있게 되는 것이다.

그 과정은 극장이나 광장에서만 이루어지는 것이 아니라 방 안에서도, 감옥 안에서도 이루어진다. 옥중에서 시를 읽으면서 강렬하게 정동되었던 김남주는 그 정동의 힘으로 강력한 정치시를 써내지 않았던가. 19세기 유럽에서 가정의 도덕과 인습의 굴레에 묶여 있었던 여성들은 방안에서 몰래 읽은 소설을 통해 새로운 사회적 삶을 욕망하기 시작할 수 있었다. 감옥과 가정에 갇혀 있던 이들은 문학의 '이미지-사유'에 의한 신경감응을 통해 그 바깥의 세계와 연결될 수 있었던 것이다.

자본이 상품을 유통시켜 돈을 취득한다면, 문학예술은 시적인 것-기존의 삶을 고양시키는 초과적인 무엇-을 유통시켜 정동의 변화와 욕망을 불러일으킨다. 물론 문학예술도 자본주의 교환체제를 벗어나서 존재하지는 않는다. 하지만 '이미지-사유'를 펼치는 문학예술은 그러한 체제의 균형을 깨뜨리도록 우리의 생명력을 고양시킬 수 있는 잠재력을 가지고 있다. 이러한 잠재력이 현실화될 때 정동의 공동체가 형성되며 실질적 민주주의의 실현과 공통체의 구축으로 향하는 길이 열리기 시작된다. 그래서 잠재성 측면에서 볼 때 문학예술은 그 자체로 '정치적인 것'이다. 다시 말하면, 문학예술이 지닌 시적인 것은, 수용자가 자본과 국가의 삶권력에 저항하고 삶의 구석까지 포획하는 권력의 망에서 벗어나도록 욕망하게 만드는 힘을 가지고 있다. 세월호 참사 이후 "가만히 있지 않겠다"는 다짐을 하고 있는 작가들은 고유한 '이미지-사유'를 생산하고 수용자에게 제시함으로써 이러한 문학예술의 정치적 잠재력을 "가만히 있으라"라고 명령하는 권력에 대한 저항의 정동적인 힘으로 현실화하는 데 힘을 쏟아야 한다. 섬세한 성찰과 과감한 상상은 문학의 특기다. 이러한 관찰과 상상을 통해 작가는 문학작품에 고유한 '이미지-사유'를 펼쳐낸다. 그렇기에 문학은 자신의 특유한 힘으로 저 "가만히 있지 않겠다"는 말의 심도를 깊이 있게 만들고, 한편으로 그 말의 힘을 고양시킬 수 있을 것이다.

3

앞에서 '이미지-사유'를 펼치는 문학의 정치적 잠재력에 대해 말했지만, 이는 언제나 현실화되는 것은 아니다. 문학은 정치적 잠재력을 드러내지 못한 채, 외양은 화려하지만 사회의 변화에 힘이 되지 못하는 무기력한 양태로 현재를 살아갈 수도 있는 것이다. 현재의 한국문학 역시 어느 때보다도 시인과 작가가 많이 배출되고 있지만 문학이 지닌 정치적 잠재력이 현실화되고 있다고 말하기는 힘들다. 이에 대해 여러 가지 이유를 들 수 있을 텐데, 여기서 그러한 이유를 거론할 여유는 없겠다. 한 가지만 언급하자면, 현재 한국문학의 정치적 잠재력이 비대화된 문학제도에 의해 중화되고 있다는 느낌이 강하게 든다는 점이다. 현재 한국 문학제도는 문학의 불온성-문학 특유의 정치적 잠재성이기도 한-을 약화시키고 있는 것으로 보인다. 그 문학제도는 문학의 불온성에 대해 말하기는 하지만 자신의 '자율적' 제도를 강화하기 위해 그 불온성을 말한다. 문학의 불온성은 삶권력에 저항할 때 나타날 수 있다. 그러나 현재의 거대한 문학제도 자체가 삶권력으로 작동하는 면이 있음을 부정할 수 없다고 할 때, 그 제도는 문학의 불온성을 포섭함으로써 문학의 삶권력에 대한 저항적 성격을 중화시키고 있다고 말할 수 있다.

주류 문학제도에 의해 문학이 점령당하면 작가들-비평가들도 마찬가지다-은 문학제도에 의해 선택받고자 하는 출세주의의 유혹에 빠진다. 어떤 작가가 품게 된 출세주의는 그가 살면서 품어 왔던 사회에 대한 반항심을 문단에서의 출세를 위한 포즈로 전화시킨다. 한국 작가들은 바로 이러한 상황과 유혹에 직면해 있는 것으로 보인다. 하지만, 여기서도 물론 문학제도를 전면적으로 거부하자고 말하는 것이 아님을 부언해야겠다. 현재의 한국 상황에서 문학제도는 문학을 효과적으로 유통하는 기능을 하는 측면이 있으며 작가를 지원하는 측면도 있다. 그러나 그러한 문학제도에 따른 유통 과정이 문학의 저항적인 불온성을 약화시키고 있다는 것을 간과하지는 말자는 것이다. 4·16을 잊지 않는 문학은 문학의 정치적 잠재력을 현실화함으로써 문학제도를 압박하여 삶정치적 기관으로 변화시키려 해야 하고, 더 나아가 그 제도를 넘어서 다른 제도의 구축도 상상해야 할 것이다. 문학의 정치적 잠재력을 현실화하기, 이것이 4·16을 잊지 않으려는 문학에게 주어진 과제라고 한다면 말이다. 그런데 이러한 현실화는 한국 사회가 위기에 처해 있다는 급박한 인식 아래에서 이루어질 수 있다.

앞에서 말했듯이 한국 사회 자체가 또 다른 세월호라고 할 때, 위기감은 한국 사회가 현재 많은 이들을 수장시키면서 파멸을 향해 나아가고 있다는 상황 인식에서 빚어진다. 흔히 말하듯이 비평(criticism)은 위기(crisis)의 산물이다. 위기는 사회 내에서 지배적인 가치가 전반적으로 붕괴되고 있을 때, 그러나 새로운 가치가 세워지지 않았을 때를 의미하기도 한다. 그래서 위기의 시대에는 사회가 붕괴되고 있다는 불안감과 근본적인(급진적인)

변화의 전망이 공존한다. 바로 세월호 참사 이후 한국의 상황이 그러하다. 비평은 그러한 가치의 전환기 또는 혼란기에 온전히 자신의 빛을 발한다. 위기의 시대에서 비평은 넓은 의미에서 당파적일 수밖에 없다. 가치 판단을 행하는 비평은 몰락으로 이끄는 기성의 가치를 지지하느냐 아직 정립되지는 않았으나 형성되고 있는 가치 편에 서느냐를 결정해야 하기 때문이다. 그래서 다시, 자신이 사는 시대를 위기로 파악했던 발터 벤야민을 따라 ""사실성"(객관성)은 항상 당파정신에 희생되어야 한다"[2]고 말할 수 있는 것이다.

한국 사회를 위기 국면으로 읽고 있는 비평가는, 한국 사회 전체를 지배하고 있는 신자유주의의 가치-이윤-를 강요하고 있는 권력의 편이 아니라 생명과 삶 자체를 위한 가치를 사회에 정립하기 위해 권력과 싸우고 있는 저항의 편에 당파적으로 서야 할 것이다. 사실 그 자체로 정치적인 잠재력을 가지고 있는 문학은, 후자의 편에 서는 것이 당연하다. 아마 모든 문학제도를 운영하는 이들-비평가들을 포함하는-도 그렇게 생각하지 않을까. 하지만 거대 문학제도는 또 다른 삶권력이 될 수 있다는 아이러니가 있는 것이다. 그런데 현재 한국의 문학비평가는 대개 신자유주의 권력에 비판하는 입장에 서면서도 문학제도에 동원되어 제도를 재생산하는 기능을 하는 존재 조건에 처해 있는 경우가 많다. 젊은 비평가의 경우 그들 대부분은 시간강사로 일하면서 대학제도에 얽매여 있기도 하다. 그래서인지 비평가들은 문학 제도 내에서 숱한 급진적인 이론을 끌어들여 발언을 하면서도, 정작 삶권력에 저항하는 한국의 현장과는 거리를 두는 현상이 벌어지고 있

---

2) 발터 벤야민, 「비평가의 기법에 관한 13가지 명제」, 『발터 벤야민 선집 1 - 일방통행로 외』, 최성만 옮김, 길, 2007, 102쪽.

다. 어쩌면 이는 비평가가 자신이 할 일이 문학 제도 속에서 작품을 매개로 한국 사회에 대해 간접적인 발언을 하는 것이라고 생각하기 때문일 수도 있다. 이때 그는 자신이 작품에 대한 해설가이고 제도를 매개로 한 문학 재생산에 기여하는 자이며 작품과 독자 사이의 중계자로서 자신의 위치를 규정하고 있다고 하겠다.

그러한 생각이 현재 문단 상황에서 현실적인 것이라고 할 수도 있겠지만, 4·16 이후 드러난 한국 사회의 위기 국면에서 비평가는 좀 더 적극적으로 자신의 정치적 기능을 생각할 필요가 있다. 즉 그는 자신의 비평이 직접적으로 정치적인 것을 형성하는 데 작용할 수 있도록 작업을 해나갈 필요가 있다는 말이다. 그것은 비평 역시 문학의 정치적 잠재력을 지닐 수 있도록 작업한다는 것을 의미한다. 즉 비평 역시 문학 자체가 되어야 한다. 하지만 문학작품과 비평은 문학 안에서 다른 영역을 창출한다. 다시 벤야민의 개념을 끌어들여보자. 그는 문학이 펼쳐낸 '이미지-사유'에 '미메시스' 되면서 그 이미지를 '사유-이미지'로 변환하는 비평적 작업을 해나가고자 한다. 이 '사유-이미지'에 대해 벤야민 연구자 최성만은 이렇게 설명한다.

사유이미지는 말 그대로 사유가 응축된 이미지, 이미지에서 촉발된 사유를 뜻하며 모순관계를 암시한다. 왜냐하면 사유가 이미지와 반대되는 방향, 추상적·분석적 방향으로 이미지를 해체하는 작업이라면, 반대로 이미지는 사유로 포착되지 않고 분석을 거스르는 직관적이고 종합적인 성격의 존재라는 뜻을 함축하기 때문이다. 그런데 벤야민에게서 사유이미지는 통상적으로 이해되는 사유나 이미지로 환원되지 않는다. 그 둘은 긴장관계에 있다. 그럼에도 이미지에 무게가 더 실려 있다고 봐야 할 것이다. 벤야민의 사유는 종종 이미지적 사

유로 특징지어진다.[3]

이에 따르면, 벤야민에게 비평가의 작업은 문학예술의 이미지를 추상적으로 분석하면서 해체하는 방향으로 행해지지 않는다. 그의 작업은 사유와 이미지의 '긴장관계'를 통해 행해진다. 그러나 사유는 이미지에 용해되거나 이미지로 '환원'되지는 않는다. 그래서 문학예술의 '이미지-사유'와는 차이가 있다. 문학예술의 사유는 이미지에 용해되어 제시된다. 이미지가 먼저 제시되고 이미지에 따라 정동된 독자는 그 이미지 속에 용해되어 있는 사유를 읽어낼 수 있다. 하지만 비평의 '사유-이미지'는 문학작품을 포함한 여러 대상에 대한 사유 속에서 형성되는 이미지를 제시한다. 사유 작용이 먼저고 이미지는 사유 과정 속에서 형성된다. 하지만 비평 역시 사유 자체가 개념적으로 제시되는 것이 아니라 "이미지에 무게가 더 실려"서 제시되기 때문에 타인의 정동을 움직이는 문학예술의 정치적인 힘을 가지고 있다. 또한 그 비평은 이와 함께 독자를 곧 "직관적이고 종합적인" 사유로 이끄는 것이다. 다시 말하면, '사유-이미지'를 활성화한 비평은 시적인 이미지가 지닌 힘을 지니는 동시에 독자를 삶에 대한 성찰 또는 사회에 대한 비판으로 이끌면서 비평 특유의 산문적인 힘도 지닐 수 있게 된다. 이를 통해 비평 자체가 정치적인 잠재력을 지니는 문학의 일종이 될 수 있는 것이다.

4·16 이후의 비평가, 이 시대를 위기로 파악하고 사회를 파국으로 몰고

---

3) 최성만, 『발터 벤야민, 기억의 정치학』, 길, 2014, 158쪽. 최성만은 윗 구절에 단 각주에서 벤야민의 다음의 글을 인용하고 있다. "의지가 생생한 활력을 불어넣어주는 것은 표상된 이미지뿐이다. 그에 반해 단순한 말에서는 의지가 너무 지나치게 불붙어 이내 훨훨 타버릴 수 있다. 정확하게 이미지로 표상하는 일 없이 건전한 의지란 있을 수 없다. 신경감응(Innervation) 없이 표상이란 없다."(「골동품들」, 발터 벤야민, 앞의 책, 115쪽.)

있는 삶권력에 싸우고자 하는 당파적인 문학 비평가는 비평 자신이 지닐 수 있는 문학적·정치적 잠재력-'사유이미지'의 힘-을 염두에 두고 비평 작업을 해나가야 한다. 그는 문학작품의 '이미지-사유'에 잠재되어 있는 정치적인 것-정동의 정치적인 공동체를 형성하는 잠재력-과 사유를 포착하고 끄집어내어 이에 대해 다시 사유한다. 그리고 그 사유 과정에서 사유를 이미지로 변환하여 '사유-이미지'를 펼친다. 그럼으로써 비평은 문학작품처럼, 그러나 그와는 차별화된 방식으로 '정치적인 것'(The Political)을 형성하는 데 가담한다. 정치적인 것이란 사람들의 생동하는 삶이 삶권력과 충돌하고 저항할 때 형성되기 시작한다. 그리고 그러한 정치적인 것을 통해 현실은 변화되고 구성된다. 즉 사람들의 삶이 지닌 힘은 삶권력과의 충돌 속에서, 정치적인 것의 형성을 통해 현실을 새로이 구성하는 것이다. 이러한 현실의 구성은 다양한 장소에서, 복합적인 방식으로 이루어질 것이다.[4](그래서 이러한 구성 과정은 사람들이 다중으로 구성되는 과정과 같은 궤도를 그린다.) 4·16을 잊지 않고자 하는 문학비평은 현실을 변화시키고 재구성하는 과정에 기꺼이 동참하고자 한다. 자신의 특유한 시적-산문적인 능력을 발휘함으로써 삶권력에 저항하고, 이를 통해 정치적인 것을 형성하면서 사람들과 함께 공통적인 것을 구축하는 방향으로 나아감으로써 말이다.

(2014)

---

4) 정치적인 것은 의회에서뿐만 아니라 거리에서, 광장에서, 공장에서, 밀양에서, 용산에서, 강정과 구럼비에서, 학교에서, 술집에서, 가정에서, 문단에서, 인터넷에서, 지면에서 등, 우리가 거주하고 욕망하며 행동하면서 사람들 및 제도와 만나게 되는 모든 장소-그리고 그 장소에 스며들어 있는 삶권력과 부딪치게 되는 모든 장소-에서 형성될 수 있는 것이다. 그리고 그 형성은 다양한 마주침과 복합적인 얽힘 속에서 이루어진다. 이러한 다양하고 복합적이고 정치적인 것의 형성 과정을 통과하면서, 그리고 그 형성이 공통적인 것을 구축하는 방향으로 나아가면서 우리 사회의 거대한 변환은 바로 지금 여기서 이루어지기 시작할 것이다.

사랑의 실제비평과
'정치적인 것'의 발동

1

'지금, 문단 현실과 실제비평'에 대하여 자유롭게 써보라는 『시인동네』의
청탁을 받았을 때, 그 주제에 대해 내 생각을 밝히는 것은 어려운 일은 아
니리라고 생각했다. 그간 실제비평을 계속 써왔기 때문이다. 하지만 글을
쓰기로 마음먹었을 때, 이에 대해 쓴다는 것이 무척 곤혹스러운 일임을 깨
달았다. 내가 해온 실제비평에 대한 전면적인 반성과 재정비를 이 주제는
요구하고 있다고 느껴졌던 것이다. 그 반성과 재정비는 어떤 비전속에서
이루어져야 하겠는데, 비전이란 나의 세계관과 문학관 전체와 현 한국문단
에 대한 시각까지 갖추어질 때 확보되는 것이 아닌가. 아직 그러한 근본적
인 시각이 채 정리되지 않은 상태에서 그러한 글을 쓴다고 했으니, 이내 단
기간에 쓸 수 없는 글을 쓴다고 약속했음을 깨달았던 것이다. 하지만 어쩌
랴, 이미 쓰겠다는 약속을 했으니. 미흡하더라도, 뒤얽힌 생각을 풀어내면
서 조금이나마 논의를 전진시킬 수밖에.

『시인동네』가 '지금' '실제비평'에 대한 특집을 마련한 것은 이유가 있을
것이다. '지금'이라 함은 4·16 이후의 시기를 말함을 짐작할 수 있다. 거의
모든 문예지가 4·16 이후 세월호 특집을 마련한 것은, 그만큼 세월호 참사

가 문학인들에게 큰 충격을 주었다는 증거다. 세월호 참사는 지금까지의 어른들의 삶에 대한 전면적인 반성을 불러일으키는 일이었다. 참사가 교통사고에 불과하다고 보는 사람들도 있었지만, 적어도 대부분의 문학인들은 세월호 참사가 단순한 사고가 아니라 "국가가/ 국민을/ 구조하지 않은" 하나의 '사건'이라는 소설가 박민규의 말에 동의할 것이다.[1] 사건은 원인 없이 일어나지 않는다. 그런데 대부분 고등학교 학생들이 희생된 세월호 사건은 한국 사회 전체의 문제가 원인으로 드러났다. 그렇기에 이 사건은 사람들에게 어떤 수치심을 들게 했는데, 그것은 아이들을 그렇게 죽음에 이르게 하는 지경까지 우리가 이 사회를 용인했다는 데서 오는 수치심이다. 그래서 사람들은 아이들의 죽음에 어떤 책임이 있다고 느꼈던 것이며, 슬픔과 더불어 깊은 우울에 빠져들었던 것이다.

문인 역시 이 수치심과 우울에서 빠져나가기 힘들었을 것이다. 문인들은 '304낭독회' 등을 자발적으로 조직하여 4·16 참사에 적극적으로 발언하고자 했다. 그러나 그것은 문인들이 지금까지의 문학 활동에 대한 우울한 반성을 수반하는 것 같다. 그 반성은 이 사회에서 문학 역시 새로운 길을 찾아야 한다는 각성과 연결될 가능성이 있다. 『시인동네』의 특집 취지는, 문학계에서 나타나기 시작하는 우울한 반성 및 각성 가능성과 맞닿아 있는 것으로 보인다. 그 특집 주제 뒤에는 '4·16 이후 실제비평은 무엇을 해야 하는가?' 라는 발본적인 질문이 놓여 있다. 또한 그 질문은 지금까지 문학비평은 무슨 일을 해왔는가라는 질책을 품고 있으며, 이러한 질책에는 비평이 예전에 비해 상대적으로 무력하게 된 것은 비평 자신의 책임이 크지 않는가라는 근래의 비평 활동에 대한 비판적 진단이 들어있는 것이다.

---

1) 박민규, 「눈먼 자들의 국가」, 『눈먼 자들의 국가』, 문학동네, 2014, 57쪽.

2

긍정적이든 부정적이든, 1990년대 초반까지만 하더라도 비평은 한국문학 또는 한국사회가 나아갈 방향을 생각하면서 비평 행위를 해 나갔고 적극적으로 작품에 대한 평가를 내렸다고 기억된다. 그리고 그 평가를 둘러싸고 문학에 대한 사회적 공론을 형성했던 것이다. 이때까지만 하더라도 주요 문학제도는 사회에 저항적인 스탠스를 가지고 있었다. 그리고 이 문학제도는 문학적 활력을 생산해냈다. 여러 탄압을 뚫고 문인들이 활동할 공간을 지켜나가고자 했던 저항적인 문학제도는, 그래서 '우리의 것'이 될 수 있었다. 또한 그러한 문학제도 자체가 문학적 고투를 통해 비전을 형성하고자 했고 이를 통해 재생산되어 나가고자 했다. 한편, 다른 비전을 가진 저항적인 그룹이 새로이 생산되기도 했다. 이렇게 90년대 초반까지의 비평계와 문학제도에 대해 매우 적극적으로 평가해볼 수 있겠지만, 그러한 비평 활동이 지나친 '섹트화'와 큰 성과는 거두지 못한 논쟁의 과열화를 불러왔으며 재단 비평을 산출했다는 것은 지적해야 할 것이다. 당시의 비평은 자칫 작가들의 창작 방향을 통제하는 독단적인 방향으로 흐를 위험성이 없지 않았다. 하지만 문학판에서 진지한 열정과 비정상적인(좋은 의미로) 활력, 그리고 사회적·문학적 비전을 세우기 위한 토론이 있었던 것이 사실이다.

그러나 2000년대 이후의 비평은 주로 '세련된' 작품 해설자로서의 역할을 맡게 된 것 같다. 그러한 변화는 한편으로 한국 사회와 문학에 대한 비전의 약화와 무관하지 않을 것인데, 그러나 비평 기능의 이러한 변화가 사실 꼭 부정적이라고만 이야기할 수는 없다. 이 시기를 거치면서 비평이 특정한 이데올로기를 바탕으로 한 문학론을 통해 작품의 질을 판단하는 역할을 하는 것은 거의 불가능해진 것처럼 보인다. 이제 독단적인 판단은 문학계에 큰 영향을 끼치지 못하게 된 것이다. 하나 2000년대 이후에는 독단적인 비평의 위험성이 감소되었다는 긍정적인 측면이 있다고 하지만, '메이저 출판사'가 큰 권력을 가지고 문학계에 자리 잡는 식으로 문학제도가 '평정'되는 변화가 일어났다고도 판단된다. 이러한 판단에 따르자면, 그 이후의 문학계 양상은 그렇게 새로이 재편된 문학제도에 문학과 비평이 전면적으로 포획되어버리는 식으로 나타났던 것이다. 물론 창작과 비평은 일정한 제도 속에서 이루어질 수밖에 없다는 것은 분명하다. 그래서 문학제도 자체가 나쁘다고 할 수는 없는 노릇이다. 좋은 문학 제도는 어떤 비전을 통해 좋은 작품과 작가를 지원하고 발굴하는 것이다. 출판사와 문학지는 문인들을 포획하는 것이 아니라 그들을 적극적으로 지원하면서 문학적 활력을 창출하는 역할을 맡을 수 있을 때 존경받을 수 있다.

이에 비추어 볼 때 2000년대 이후 형성된 현재의 문학제도의 모습은 어떠한지 질문해볼 필요가 있다. 이것만은 분명한 것 같다. 소위 '메이저'라고 하는 거대 출판사와 정부 기관을 한편으로 하고 또 다른 편에는 다양한 잡지들이 할거하는 양상을 보이고 있는 현재의 문학계에서는, '메이저'든 아니든 자신만의 독특하고 뚜렷한 색깔과 비전을 가지고 잡지와 문학 작품을 펴내는 출판사는 많지 않다는 것 말이다. 이는 이전에 형성되었던 문학제도와는 확연한 차이를 보여주는 것이다. 현재 메이저 문학제도는 제도 바깥에서 생성된 문학적 흐름을 포획하는 식으로 생존해나가고 있는 것이 아닌지 의심된다. 다시 말하면, 제도 자체가 활력을 생산하는 것이 아니라, 제도 밖에서 생성된 마이너리티를 메이저로 격상시켜주면서 포획하는 방식으로 메이저 문학제도가 자신을 재생산할 수 있는 활력을 충당했다는 것이다. 사실 이것은 신자유주의의 지배와 함께 확연히 드러난 인지자본주의의 축적 전략-대중이 산출하는 지성과 비물질적 노동의 흡혈을 통한 축적-과 동일한 것이다. 이는 1990년대 중반 IMF를 겪은 이후 2000년대를 거치면서, 포스트 자본주의에 대한 거대한 전망이 상실된 채 새로운 지배체제-신자유주의-가 어느 사이에 뿌리를 내리게 된 한국 사회·문화의 변동과 무관하지 않다.

이러한 사회적·문화적 변동 속에서, 사회의 지배체제에 대한 저항을 통해 재생산되었던 한국의 문학제도는 더욱 강력해진 자본의 헤게모니에 대한 저항을 점차로 포기했던 것으로 보인다. 더욱 전망을 찾기 어려워진 상황에서, 저항의 포기는 문학제도를 사회적·문화적 비전의 생산이 아니라 제도 자체의 유지를 위해 재생산되는 제도로 이끌었던 것일지도 모른다. 그렇기에 문학제도는 자체적으로 활력을 생산하지 못하고 마이너리티의 활력을 포획하면서 살아나가야 했던 것 아니겠는가. 실제비평에 대한 이야기를 하는 와중에 문학제도에 대해 말하는 이유는 비평 역시 현재의 문학제도 속에 포섭되어 있다고 여겨지기 때문이다. 현재 '메이저' 문학제도가 사회의 변화와 비전의 생산을 위한 활동보다는 자신의 명예로운 이름을 유지하기 위한 활동-물론 이는 상업적인 전략과 연결된다-을 해나가고 있다고 할 때, 문학비평은 그러한 문학제도에 자극을 주어 변화를 추동하는 것이 아니라 현재의 문학제도를 정당화하고 유지하는 데에 기능하는 면이 많다는 것이다. 그 유지는 문학제도가 유통하는 작품에 대한 해설을 통해 이루어진다. 위에서 잠깐 언급했듯이 실제비평이 '세련된' 작품 해설이 되어가는 경향은 이러한 제도의 변모와 연관된 것이라고 생각한다. 이를 나쁘게 말한다면, 비평가는 한국 문학이 나갈 길을 만들기 위해 고투하는 사람이라기보다는 문학 제도 내의 기능인으로 전락했다고 할 수도 있겠다.

그러나 문학 비평가가 '작품 해설'을 한다는 것 자체에 대해 부정적으로 생각하지 않는다는 것을 밝혀두어야겠다. 아니, 그것은 비평가의 임무라고 도 할 것이다. 문학 비평가는 기본적으로 문학텍스트를 자세하게 읽으면서 생각하는 작업을 해나가야 하는 사람이다. 그는 텍스트를 섬세하면서도 과 감하게 읽으면서 새로운 의미를 도출해야 하고, 그만의 독특한 비평 텍스 트를 생산해내는 것을 자신의 임무이자 자랑으로 생각해야 한다. 그러한 '실제비평'은 텍스트에 대해 사랑하는 마음을 가져야 이루어낼 수 있다. 문 학텍스트에 대한 사랑이 식었다면, 그는 가라타니 고진처럼 문학계를 떠나 야 할 것이다. 떠나지 않는다면, 그로서는 자신의 시간을 자신의 정열과는 무관한 대상에 쏟아 붓고 있는 셈이 되기 때문이다. 그러나 비평가의 문학 텍스트에 대한 사랑이 문학제도의 보수(補修·保守)를 뒷받침하는 데 사용될 때, 그리고 그러한 사용에 비평가 스스로 적극적으로 호응할 때, 소위 '주례 사비평'이 나타난다. 하지만 '주례사비평'을 하게 될 때, 이미 문학텍스트에 대한 사랑은 무형의 권력에 의해 변질이 되어버린다. 텍스트에 대한 사랑 은 어루만지는 양태-자세히 읽기-로 나타나지 대상에 대한 찬양으로 나타 나지 않는다. 그 사랑은 잘 보이지 않는 부분을 보는 것이며, 아쉬운 부분 을 짚는 것이고, 나아가 텍스트와의 접붙이기를 통해 또 다른 담론을 낳으 면서 발현되는 것이다.

3

비평가가 문학제도의 기능인으로서 전락해가는 경향은 비평가의 위상 문제와 직결된다. 하지만 비평가가 자신의 권위를 이용하여, 특정 출판사 의 상업적인 목적이나 상징적 권력을 얻기 위한 목적으로 갖가지 세련된 이론을 동원하여 '해설 비평'을 한다면, 그는 그 출판사에 유형무형으로 고용된 고용인에 불과하게 되는 것이다. 이는 메이저 문학제도가 문학의 방향을 모색하고 마이너리티적인 활력을 창출하는 것이 아니라, 제도 자체를 확대재생산하기 위한 자본의 운동논리를 따라 살아가고자 하는 경향과 연동된다. 그것은 문학제도의 '물화-자본화'의 경향이다. 이러한 경향 속에서 생활인이기도 하고 비정규직 노동자(비평가는 주로 시간강사가 많다.)이기도 한 비평가는 메이저 문학제도에서 자신의 경력을 쌓고자 하는 생각을 갖게 된다. 메이저 문학제도에 의해 문학이 포섭되었을 때, 작가와 비평가는 그 제도에 의해 선택받음을 통해 생존 또는 출세하고자 하는 유혹에 빠지는 것이다. 지식인으로서의 비평가는 사라지고 있다. 작가나 비평가 역시 신자유주의 체제 아래에서 자신을 개발하여 살아남아야 하는 한 사람의 노동자가 되고 있다. 모든 것을 개인의 능력으로 돌리는 신자유주의 이데올로기는 신자유주의에 비판하는 담론을 생산하고자 하는 문학계에도 알게 모르게 침투해가고 있는 것이다.

현재 비평가의 위상이 메이저 문학제도의 기능인이 되어가는 경향이 있다고 한다면, 비평가는 이러한 상황에 대해 어떻게 판단하고 자신의 비평 태도를 잡아야 할 것인지 비평가로서 자문하게 된다. 이러한 상황을 수용하고 적극적으로 메이저 문학제도의 일원-정규직과 맞먹는-이 되고자 자기 계발을 하고 그 제도와 관련된 사람들과 인간관계를 쌓으며 그 제도의 입맛에 맞는 평론을 써서 투고하는 방향이 있을 것이다. 나는 비평가의 이러한 욕망을 이해한다. 그 욕망은 비정규직 노동자가 정규직 노동자가 되고자 하는 욕망과 유사한 면이 있다. 물론 그러한 욕망을 지지하고자 이 글을 쓰고 있는 것은 아니다. 왜냐하면 결국 그러한 욕망은 문학제도의 물화를 더욱 굳힐 수 있으며, 그 욕망에 따른 실제 비평 역시 문학의 마이너리티적인 활력을 순화시키고 중화하면서 문학제도에 포획시키는 기능을 담당할 수 있기 때문이다.

한편, 이러한 경향에 대해 비평의 타락이라고 질타하면서, 90년대 이전처럼 판관으로서의 비평가의 기능을 회복해야 하며, 실제비평은 작품의 질에 대한 판단을 내려야 한다고 주장하는 이도 있을 것이다. 하지한 '심판'으로서의 평론이, 2010년대 한국에서 예전처럼 작가나 독자에게 그렇게 큰 영향을 주지는 못할 것이다. '대중지성'의 시대에 독자들은 스스로 작품에 대해 판단하고자 원하기 때문이며, 작가들은 비평가의 '심판' 자체에 대해 불신하고 있기 때문이다. 물론 메이저 문학제도의 권력이 '심판'의 힘을 뒷받침해줄 수는 있을 것이다. 그래서 비평가가 메이저 문학제도의 일원이 된다면, 그는 판관으로서의 기능을 가질 수 있게 될 지도 모른다. 하지만 이때 비평가는 문학제도의 기능인이 되어야 한다는 역설을 떠맡아야 한다. 그래서 그 심판은 순수하게 받아들여지지 않을 공산이 크다. 또한 작가들에 대한 심판의 효력은 메이저 문학제도에 밀려날지도 모른다는 공포 위에 기초하기에 문학계에 더욱 부정적인 영향을 줄 수 있다. 이러한 과정은 문학제도가 자본주의적으로 권력화 되어 기성 체제화 된 데에 따른 메커니즘이어서, 작가나 비평가의 개인적인 탓으로 돌릴 수는 없다. 하지만 작가나 비평가가 이러한 메커니즘에서 탈출하여 자신의 활동을 할 수 있는 가능성까지 상상하지 못하는 것은 아니다.

비평가가 문학제도의 기능인이 되는 것을 거부하는 동시에, 이에 따라 판관으로서의 역할 역시 포기한다고 한다면, 그에게 남은 길은 무엇일 것인가? 비평가가 자신의 비평을 계속하고자 원한다면 문학제도를 거부할 수만은 없다. 나의 논지는 문학제도를 거부하자는 것이 아니다. 문학제도를 통해 그는 자신의 비평을 발표해나갈 수 있는 것이다. 하지만 기성 체제화 된 제도에 포섭되지 않으면서, 제도의 외부에 존재근거를 두면서 평론 활동을 계속할 수 있을 것이다. 그는 비정규직 노동자의 처지에 있다. 비평가는 자신이 비정규직 노동자로서 존재하고 있다는 것을 받아들이고, 이러한 자각 속에서 평론 활동을 해나갈 수 있다고 생각한다. 비정규직 노동자는 생존에 열악한 상황에 있으므로 정규직화를 바라지만, 한편으로 특정 회사에 고용되지 않음으로 해서 정규직보다 상대적으로 특정 자본으로부터 자유로울 수 있는 영혼을 가질 잠재성을 지니게 된다. 비정규직 노동자는 정규직으로 고용되기를 원하는 한편으로, 사회 자체의 변화를 더욱 원하게 되는 것이다. 물론 비정규직 노동자는 특정 회사에 일시적으로라도 고용되어 일해야만 살아갈 수 있다. 비평가가 문학제도를 통해 활동해야 하는 것과 마찬가지로 말이다. 이에 유비를 계속 가동시켜보면, 비정규직 노동자가 사회 시스템의 변화를 원하듯이 비평가도 문학제도를 변화시키고자 원할 수 있는 것이다.

그러나 사회의 변화는 제도 내부의 변화를 통해 일어날 수 있다기보다는 제도 외부에서 촉진될 수 있다. 그래서 비정규직 노동자가 정규직 노동자보다 사회 변화에 급진적인 입장을 가질 수 있는 것일지 모른다. 제도 외부에서의 비정규직 노동자, 그리고 각종 제도에서 배제된 여러 소수자들의 움직임과 횡단적인 연대를 이루어 다중을 구축할 때 정치적인 것-치안으로 변모되곤 하는 제도 정치에서의 정치가 아닌-이 발동된다. 이러한 정치적인 것의 발동을 통해 정치적·경제적 제도의 변모 가능성이 생길 수 있는 것이다. 비정규직 노동자로서의 비평가 역시, 작가를 포함한 여러 소수자들의 움직임과 횡단적인 연대를 이루면서 다중의 일부로서 정치적인 것의 발동을 위해 활동한다면, 기성 체제화 된 문학제도를 압박하면서 좀 더 진보적인 방향으로 변모시킬 수 있을지도 모른다. 그렇다고 정치적인 것의 발동이 문학제도의 변모를 위해 이루어지는 것은 아니라는 데에 주의해야 한다. 비평가가 정치적인 것의 발동에 힘을 보탠다는 것은 사회 전체의 변화를 향한 움직임에 문학인으로서 동참한다는 의미다. 그리고 사회 전체의 변화를 위한 문학인들의 운동과 연동되면서 문학제도도 변모될 수 있는 것이다. 주종을 바꾸어 생각하면 안 된다. 문학제도는 사회의 변화를 위한 정치적인 것의 발동에 '따라' 변모될 가능성을 가진다.

그래서 비정규직 노동자로서의 비평가는 정치적인 것의 발동을 위한 평론 활동을 해나가는 방향에 서 있다고 말할 수 있는 것이다. 실제비평은 이 방향에서 이루어질 수 있다. 위에서 말했듯이 좋은 실제 비평은 문학텍스트에 대한 사랑의 행위로 빚어진다. 그런데 그 사랑은 정치적인 것을 발동하는 더 넓은 사랑으로 향할 수 있는 것이다. 사랑은 주류 사회에서 배제된 소수자들과의 연대의 정동으로 전화될 수 있다. 하여, 사랑의 행위인 실제비평은 연대의 정동으로 나아감으로써 정치적인 것을 발동할 수 있다. 바꾸어 말하면, 텍스트에 대한 자세한 읽기는 정치적인 것의 발동을 향해 이루어져야 한다. 세계의 근본적인 변화를 위한 정치적인 것의 발동. 이를 '정치 이데올로기'로 재단하여 텍스트를 읽자는 이야기로 오해해서는 안 된다. 도리어 사랑의 행위가 기성의 제도정치나 정치 이데올로기를 넘어 정치적인 것을 구성해나간다는 비전을 통한 텍스트 읽기가 이루어져야 한다는 것을 의미한다. 텍스트에 대한 사랑이 중시되는 것은 그 때문이다. 사랑은 상대방을 재단하지 않는다. 사랑은 상대방과 접촉하면서, 미지의 방향으로 그 상대방과 함께 나아가는 행위를 수반한다. 정치적인 것을 발동하는 사랑의 실제비평은 텍스트를 애무하면서 텍스트와 함께 더 넓은 세계로 나아가는 행위다. 그럼으로써 실제비평은 문학제도 내부에 연대를 이루어 내는 사랑을 스며들게 만들 수 있을 것이다.

4

여기까지 썼더니 실제비평에 대해 말하기 위해서 먼 길을 돌아온 느낌이다. 또한 방금 말한 이 글의 결론이 매우 추상적으로 들릴 수 있겠다는 생각이 든다. 그러나 문학 텍스트를 대하면서 이루어지는 실제비평이 비평가가 처한 어떠한 상황에서 써지고 있는지부터 생각해보고자 했고, 어느 정도의 추상은 추상화처럼 독자에게 다채롭게 받아들여질 수 있는 면이 있다고 변명 삼아 말해본다. 그러나 사실, 지금까지 한 말은 독자뿐만 아니라 나 자신을 향해 한 것이기도 하다.

나의 비평은 주로 청탁에 의해 이루어져 왔다. 그렇게 쓴 나의 비평문은 기획특집에 따른 주제평론이거나, 실제비평이라고 할 수 있는 시집 서평, 신작시 해설, 시집 해설, 계간평 또는 월평 등으로 나뉠 수 있다. 마땅히 평론가라면 스스로 기획한 글을 통해 현재 한국문학을 보는 시각에 어떤 변화를 주고자 시도했어야 했지만, 청탁 받은 글을 쓰는 일만으로도 힘에 부쳐 허덕였던 것이 사실이다. 하지만 기획특집의 경우에는, 고맙게도 잡지 편집진들이 좋은 기획을 세워 흥미로운 주제를 나에게 제시했기 때문에, 나로서는 공부도 되고 새로운 생각을 해볼 수 있는 기회가 적지 않았다. 이러한 글에는 사회 비판적이고 이론적인 시각을 놓치지 않으려고 했다. 실제비평의 경우, 계간평이나 월평은 내가 하고자 하는 말을 미리 정한 이후에 이에 맞추어 좋은 작품을 선정하여 평을 해나갔다. 하지만 작품을 내 멋대로 나의 입장에 맞추기보다는 텍스트를 충실하게 따라가는 읽기를 통해 나의 생각이나 입장을 써나가고자 했다. 작품이 나에게 주어지는 시집이나 신작시에 대한 비평은, 최대한 작품과 같이 호흡하고자 노력했다. 하지만 이때에도 작품을 자유롭게 해석하는 독자의 권리를 잃지 않으려고 했다.

실제비평에 임하는 이러한 태도가 잘못되었다고 생각하지는 않았다. 작품을 존중하면서도 나를 잃어버리지 않으려는, 나와 작품의 혼합 속에서 비평텍스트를 산출하려는 이러한 태도는 의식적인 것이기도 했다.

그러나 이렇게 작업을 하는 가운데, 텍스트에서 상대적으로 자유로운 특집 글의 사회비판적인 목소리와 주어진 시를 자세히 읽어가는 실제비평 사이에 어떤 거리가 생겼다는 느낌을 가졌던 것이 사실이다. 그래서 다소 이론적인 작업과 실제비평 사이의 거리를 좁혀야겠다는 생각을 해오긴 했었다. 그래서 이론적인 비평과 실제비평 사이에 일관성이 있어야 하지 않겠는가라고 생각하고 있었는데, 이에 이 글은 이러한 일관성을 확보하기 위해 나름대로의 비평태도를 재정비하고자 쓴 것이라 하겠다. 그리고 그 확보는 '사랑'과 '정치적인 것'이라는 두 단어를 통해서 이루어질 수 있다고 생각해본 셈이다. 그렇다고 하더라도, 이 글이 나 자신을 향한 글만은 아니고 독자, 특히 비평가를 향한 글이기도 하다는 것은 물론이다. 정치적인 것을 발동하는 사랑의 비평을 같이 해나가자는 초청장……. 이는 4·16 세월호 참사 이후 비평가는 어떠한 실제비평을 해야 하는가라는 질문에 대해 미흡하나마 임시변통의 응답을 해본 것이기도 하다. 기회가 된다면, 좀 더 든든한 발판을 마련하고 미흡한 면을 보완하여 옹골찬 응답을 제시할 생각이다. 그런데 사실, 얼마 전에 세월호 참사 이후 비평의 문제에 대한 글을 반년간지 『리얼리스트』에 발표한 바 있었다. 논의가 다소 추상적인 이 글을 읽고 독자가 느낄 미진함을 약간이라도 줄일 수 있도록, 이 글의 일부를 인용해보기로 하겠다.

앞에서 말했듯이 한국 사회 자체가 또 다른 세월호라고 할 때, 위기감은 한국 사회가 현재 많은 이들을 수장시키면서 파멸을 향해 나아가고 있다는 상황 인식에 따라 빚어진다. 흔히 말하듯이 비평(criticism)은 위기(crisis)의 산물이다. 한편으로 위기는 사회 내에서 지배적인 가치가 전반적으로 붕괴되고 있을 때, 그러나 새로운 가치가 세워지지 않았을 때를 의미하기도 한다. 그래서 위기의 시대는 사회가 붕괴되고 있다는 불안감과 근본적인(급진적인) 변화의 전망이 공존한다. 바로 세월호 참사 이후 한국의 상황이 그러하다. 비평은 그러한 가치의 전환기 또는 혼란기에 온전히 자신의 빛을 발한다. 위기의 시대에서, 비평은 넓은 의미에서 당파적일 수밖에 없다. 가치 판단을 행하는 비평은 몰락으로 이끄는 기성의 가치를 직간접적으로 지지하느냐, 아니면 아직 정립되지는 않았으나 형성되고 있는 가치 편에 서느냐를 결정해야 하기 때문이다.[2]

지금까지 쓰고 보니, 이 글은 방금 일부를 인용한 「'정치적인 것'을 형성하는 문학비평」의 후속편이라고 할 수 있다는 것을 알았다. 두 글을 이어주는 것은 '정치적인 것'이라는 개념이다. 의식하지 못하고 있었는데, '정치적인 것'의 형성 또는 발동이 현재 나의 문학비평의 화두가 되고 있음을 새삼 깨닫는다. 그 화두의 바탕에는, 창작과 비평 그리고 이 글의 주제인 실제비평이 문학제도로부터 독립적이고 자유롭게 소수자들과의 연대를 이룸으로써 정치적인 것을 발동하고, 이를 통해 문학 제도 자체를 진보적으로 변모시킬 수 있는 방향으로 다시 출발해야 하지 않겠냐는 생각이 깔려 있다. 이에 마지막으로, 발터 벤야민의 『일방통행로』의 서두를 인용해보면서 이 글을 마치고 싶다. 그 문단에서 제시되고 있는 내용은 한국의 상황, 나아가 문학의 상황에 대해서도 거의 적확히 들어맞는다고 본다. 그런데 발터 벤

---

2) 이성혁, 「'정치적인 것'을 형성하는 문학비평」, 『리얼리스트 제10호』, 삶창, 2014, 152-153쪽.(이 글은 이 책 바로 앞의 글이다. 이 책, 43-44쪽.)

야민은 비평가들뿐만 아니라 작가들 역시 가장 좋아하는 비평가 중 한 명 아닌가. 내 머리에 새겨두고 싶은 그의 아래 문장들을 이 자리에서 공유하면서, 문학인들이 함께 출발할 수 있는 지대를 작으나마 마련해보고 싶은 마음이다.

삶을 구성하는 힘은 현재에는 확신보다는 '사실'(事實)에 훨씬 더 가까이 있다. 한 번도, 그 어느 곳에서도 어떤 확신을 뒷받침한 적이 없었던 '사실' 말이다. 이러한 상황에서는 진정한 문학적 활동을 위해 문학의 테두리 안에만 머물라는 요구를 할 수 없다. 그러한 요구야말로 문학적 활동이 생산적이지 못함을 보여주는 흔한 표현이다. 문학이 중요한 효과를 거둘 수 있는 것은 오직 실천과 글쓰기가 정확히 일치하는 경우뿐이다.[3]

(2014)

3) 발터 벤야민, 「주유소」, 『발터 벤야민 선집 1 - 일방통행로 외』, 최정만 옮김, 길, 2007, 69쪽.

위기 속의 비평과
시의 미학적 윤리

— 2010년대 시인들의 '시의 파레시아'

1. 문학의 위기와 삶의 위기

비평문을 쓸 때마다, 비평가로서의 나는 어디에 서 있는지 자문하게 된다. 이 자문은 비평가는 어떤 글을 쓰는 사람이어야 하는지 묻는 일이기도 하다. 비평(criticism)의 어원이 위기(crisis)라고 하니, 비평가는 우선 위기를 민감하게 감지해야 하는 사람이겠다. 위기는 사건에 의해 드러난다. 사건은 어떤 미래도 미리 주어져 있지 않는 상황, 즉 위기를 촉발한다. 그 위기의 시간에서 주체성의 문제가 불거진다. 위기가 벌려놓은 과거와 미래 사이에서, 주체는 어떠한 보증도 없이 자신의 주체성을 스스로 구성하지 않으면 안 되기 때문이다. 문학작품이 예민한 감성으로 세상과 주체성의 위기와 접촉하고 그 위기를 통해 구성되거나 해체되는 주체성의 모습을 형상화한다면, 비평가는 자기 시대와 작품에 표현되어 있는 위기를 들추어내고 주체성을 문제화하면서 그 위기와의 대결에 참여한다.

그런데 한국문학계에서 위기 담론은 '문학'에 맞추어서 전개된 감이 있다. 결국 예전의 문학 또는 (근대) 문학 자체가 더 이상 지속될 수 있느냐 없느냐에 논의가 맞추어져 있었다. 물론 그러한 논의가 의미 없다고 할 순 없는데, 문학에 대한 발본적인 문제제기와 토론 속에서 문학은 좀 더 젊어질 수 있고 습성화로부터 벗어날 수 있기 때문이다. 그래서 "역사적 국면 속에서 계속해서 돌출해왔던 '문학의 위기' 역시 문제를 설정하고 그 위기와 정면으로 대면하고자 하는 주체의 의지가 반영된 것으로 봐야 할 것"[1]이라는 말에 동의할 수 있다. 하지만 이는, 한영인의 표현을 빌리면 '문학+성(城)' 안의 논쟁이어서, 마치 신-구 논쟁처럼 논의가 전개되고 낡은 문학은 새로운 시대에 걸맞은 문학에 자리를 내주어야 하느냐 마느냐 식으로 흘러갈 위험이 있었다.

　문학의 자율성은, 문학이 자본주의 사회와 국민국가에 대한 비판적 거리를 확보한다는 의미를 가지고 있었지만, 요즘 한국의 상황에서는 사회적 갈등과 위기로부터 거리를 두기 위한 알리바이로 변조되었다는 느낌이 든다. 한영인은 지금의 한국문학의 위기에 대해 "문단을 둘러싼 각종 추문으로 인해 '(한국)문학' 자체가 사회적으로 지탄받는 위기에 처하고 만 것"[2]이라며 이전의 주체성을 새로 정립하기 위해 제시되었던 위기와는 유를 달리한다고 말한다. 아마도 그 지탄은 사실상 문학 자체라기보다는, '문학+성'을 지키고 그 속에서 안주하고자 하다가 그만 어떤 면이 부패해버린 문학 제도의 상태에 대한 것일 터이다.('문학+성' 바깥에서 글쓰기에 대한 욕망은 더 증대하고 있는 것을 보면 그렇다.) 문학비평이 결국 그러한 성을 계속 지키기 위해 기능했다면, 현 상태에 책임이 없다고 할 수 없다.

　발터 벤야민은 "문학사가 위기의 한복판에 있다면, 이 위기는 훨씬 더 보

---

1) 한영인 「문학성(文學性)에서 문학성(문학+성)으로, 그리고 그 밖으로」, 『문학과사회』 2017년 봄호, 73쪽.
2) 위의 글, 74쪽.

편적인 위기의 부분 형상에 지나지 않는"[3]다고 말한 바 있다. 문학비평은 문학의 자율적 장 안의 문학을 지키기 위해 문학의 위기를 의식하는 것을 넘어 '문학+성' 바깥의 세상에서 전개되고 있는 '보편적인 위기'-삶의 위기-를 더욱 의식할 필요가 있다. 문학을 세상의 위기와 연결하여 사고할 수 있을 때, 문학의 위기를 넘어설 수 있는 길도 열릴 것이다. 이를 위해서라도 비평은 자신이 지닌 실천적 성격(정치성)을 스스로 의식해야 한다. 비평은 시단의 지형도를 설명하면서 교통정리를 하는 글쓰기만이 아니라 다른 장르의 문학처럼 삶의 위기에 맞서고자 하는 실천적 글쓰기이기도 하다.

2. 세대론과 냉소적 비평을 넘어서

비평의 정치성에 대해 말을 꺼내면서, 한국 시비평에서 적잖이 보였던 어떤 경향-비평이 문학장 내부에서의 인정투쟁적인 세대론으로 빠지는 경향-에 대해서 언급해 두어야겠다는 생각이 들었다.[4] 세대론에 따르면 시사(詩史)는 문학장 내부의 세대교체에 따라 설명된다. 그래서 시사는 벤야민이 근대의 시간성의 특징으로 든 '공허하고 텅 빈 시간'을 따라 흘러가는 역사가 된다.[5] 이러한 인정투쟁에 따른 세대론은 문학의 위기 담론과 마찬가

---

3) 발터 벤야민, 「문학사와 문예학」, 『서사(敍事)·기억·비평의 자리』, 최성만 옮김, 길, 2012, 529-530쪽.

4) 이 역시 '비평의 정치성'이라고 말할 수도 있겠지만, 이때의 정치는 '문단 내 정치'에 한정된다.

5) 이를 모더니티의 어쩔 수 없는 속성이라고 생각할 수 있지만, 그 모더니티는 자신의 새로움을 주장하는 상품의 모더니티 논리에 종속될 가능성이 있다. 이와는 달리, 시의 모더니티와 새로움은 이전 세대의 시에 대항하여 자기 정체성을 형성하는 데서 확보된다기보다는, 현대사회의 '흐름'-그것이 상품의 논리에 따르는 모더니티이기도 하다-에 저항하면서 그 결을 거슬러 나아가는 데에서 확보된다.

지로 결국 '문학+성'의 안과 밖의 경계를 공고히 하는 결과만을 낳을 것이다.[6] 신세대가 자신의 문학적·정치적 방향을 뚜렷이 의식화하고 구세대의 문학과 투쟁한다면 인정투쟁은 긍정적인 결과-문학의 쇄신-를 낳을 수 있다. 그러나 신세대의 투쟁이 문학장 내의 중심 권력을 차지하기 위한 인정투쟁이라면 그 투쟁은 공허해질 가능성이 크다. 그 투쟁에서는 어떤 신세대가 문학장의 중심이 되면 또다른 신세대가 등장하여 문학장의 중심을 향해 이전 세대와 투쟁하는 식으로 문학의 중심 세대의 교체가 계속 반복될 뿐이다.

세대론이 불필요하다고 말할 수는 없지만, 2000년대 시 비평은 문학적·정치적 자의식이 결여된 채로 지나치게 세대론이 내세워졌다. 최근 발표된 박상수의 글(「발칙한 아이들의 모험에서 일상 재건의 윤리적 책임감으로」, 『창작과비평』 2017년 봄호)은, 뛰어난 분석과 서술의 전개를 보여줌에도 불구하고, 여전히 세대론을 비평 전면에 내세우고 있는 것으로 보여서 씁쓸했다. 박상수는 이 글에서 시적 주체의 "윤리적 모험"(283쪽)을 감행한 2000년대 시인들을 같은 세대로 묶고는, 주로 2010년대 중반에 첫 시집을 낸 시인들을 '일상 재건의 윤리적 책임감'에 따라 시를 쓰는 세대로 특징화하여 대립시킨다. 박상수가 비판하는 세대는 후자다. 그는 후자의 세대를 대변하는 비평가로 든 양경언의 글에서 "2010년대 시 이외의 다른 것들을 모두 지워버리거나 서둘러 비판하면서 자기 세대의 감각과 현실만을 절대적인 것으로 만들고 싶어하는 욕망"(294쪽)을 감지한다. 또한 시의 사회적 실천과 연대의 중요성을 주장하는 양경언의 비평은 "저 오래된 '문학적 진정성' 추구의 또다른

---

6) 이렇듯 세대론에 따라 시사를 파악하려는 시도는, 벤야민이 비판하고 있는 "학문의 역사를 정치적·정신적 사건의 외부에 자율적으로 분리된 과정으로 그때그때 서술하려는 시도"(발터 벤야민, 앞의 글, 529쪽)와 동일하다고 말할 수 있겠다.

버전"이며 그 비평에서 "1990년대와 2000년대를 거치면서 한국시에서 힘겹게 얻어낸 '입체적 개인'은 또다시 사라지고 만다"(293쪽)는 것이다.

이 글의 전편 평론(『기대가 사라져버린 세대의 무기력과 희미한 전능감에 관하여』, 『문학동네』 2015년 여름호)에서 박상수는 사회학적 계급론(부르디외)을 통해 2000년대 이후 시단에 등장한 세대를 흥미롭게 정리한 바 있다. 문학장 바깥의 한국 사회·경제 변화와 계급론을 적용하여 2000년대 시인들을 분류하고 설명하는 그 글의 논의 방식은 신선하기까지 했고 우상파괴적인 면이 있었다. 그러나 그의 논리는 현 자본주의에 적용하기에는 다소 낡은 계급론을 거칠고 자의적으로 현 시단에 덮어씌웠다는 비판을 피하기 힘들었다. 이에 양경언은 박상수의 논법에서는 "시가 새로운 화법을 발명할 때마다 개시하는 세계에 대한 가능성을 애초부터 차단하는 결론에 이를 수 있는 위험에"[7] 처한다고 비판하고 있는데, 그것은 박상수가 스스로의 위치를 시적 실천의 동료라기보다는 사회학적 (다소 독단적인) 설명가로 위치 짓는 데 대한 불만이기도 했다. 이러한 양경언의 비판을 받아들여서인지 박상수는 후속 평론에서 계급 개념을 완전히 포기하지만, 다른 기준-'윤리적 모험'이냐 '윤리적 책임감'이냐-으로 세대론을 전개하면서 양경언의 비평을 그 세대론으로 환원하여 비판한 것이다. 그럼으로써 전편 평론에서 보여주었던, 문학장 바깥을 통해 시단의 변화를 설명하는 방식마저 그는 저버리고 만다.

박상수가 양경언 등의 '윤리적 책임감' 세대에 대해 가한 비판의 요체는 "아무리 정교한 비평적 논리로 2010년대 시의 정치성과 운동성을 독특하게 조명한다고 해도 결국은 이미 전제된 '일상 회복', '타자-연대', '공동체

---

7) 양경언, 「이제 되었다니, 그럴 리가」, 『문학과사회』 2015년 겨울호, 544쪽.

재건'을 위한 순기능적 효용성이 당위적 명제로 전제"(290쪽)된다는 것이다. 이에 따르면 '타자-연대'를 지향하는 모든 시적 시도는 '아무리' 정교하게 비평적 논리를 펼쳐도 '결국' "오래된 '문학적 진정성'"(290쪽, 293쪽)으로 회귀하게 된다. 박상수의 이 글은 양경언을 향한 비판이 핵심이지만, 그의 비판논리는 시의 '타자-연대'에의 지향을 긍정하고 있는 나에게도 문제적으로 다가왔다. 박상수는 '문학-성'의 바깥으로 나가서 타자와 연대하고자 하는 모든 시도와 비평적 담론을 '뻔하거나 협소할 것'이라고 '전제'해버림으로써 미리 봉쇄해버린다. 이러한 부당전제는 '윤리적 책임감'에 따라 '타자-연대'를 수평적으로 지향하는 시는 수직적 차원의 반항을 전개하는 '반역적 개인'을 "그냥 통과"(290쪽)하게 됨으로써 2000년대 시의 '입체적 개인'을 놓치고 평면화될 것이라는 이미 '결정된' 결론을 낳는다.[8]

그런데 이런 질문도 가능하다. 우리는 박상수가 "2010년대의 시인들이 무기력이나 무능감을 드러내면 안 되는가?"(293쪽)라고 항의[9]했듯이, 거꾸로 "2010년대 시인들이 문학적 진정성을 추구하면 안 되는가?"라고 물어볼 수 있다. 박상수는 안 될 건 없겠지만 그러한 추구를 통해 쓰인 시는 미리 예상되는 전개를 보일 것이며 재미없으리라고 미리 '전제'할 것 같다. 그렇다면 이것 역시 박상수가 비판하는 순환논리이다. 사실 박상수의 이러한 논리는 한국문학사에서 '참여문학'에 대한 예술파의 '오래된' 비판을 상

---

8) 이러한 부당전제에 따른 안희연의 시에 대한 박상수의 비평에 대해서 김나영은 "어떤 당위를 전제한 읽기"라고 비판한다. 김나영, 「통감하는 주체, 유무의 경계 너머의 말들」, 『창작과비평』 2017년 여름호 454쪽.

9) 그런데 글에서는 박상수가 누구에게 항의하는 것인지 명확하지가 않다. 시가 무기력이나 무능감을 드러내면 안 된다고 말한 이는 보지 못했기 때문이다.(양경언이 그러한 말을 할 것 같지는 않다.) 다만 그가 이전 평론에서 송승언이나 황인찬 시가 지니는 다채로운 면을 무기력이나 무능으로 단선화하여 설명하여 그 잠재된 가능성을 차단했다는 점에 대해서는 항의가 있을 수 있겠다.

기시킨다. 물론 윤리적 책임감이 좋은 시를 자동적으로 낳지는 못한다는 것은 분명한 일이다. 그리고 윤리적 책임감이 없다면서 특정한 시를 가치 절하한다는 것도 위험한 일이다. 하지만 그는 그러한 우려 차원이 아니라, 2010년대 시가 추구하는 '문학+성' 바깥과의 연대에서 시의 새로운 가능성과 의의를 찾으려는 시도에 대해 세대론의 혐의를 씌우고는, '결국은 뻔한 결과에 빠질 것'이라는 냉소적 태도를 보여준다. 어떤 세대론의 강박이 박상수로 하여금 2010년대 중반의 시를 '윤리적 책임감'이라는 틀로 협소하게 규정하고자 만든 것은 아닐까.

'세대론 비평'은 특정 시간대의 다양한 시를 하나로 묶어서 그 특성을 설명한다. 그러한 비평은 현 상황의 위기에 대응하는 비평이 아니라 문학사적인 정리를 위한 비평, 또는 '문학+성' 내부에서의 '정치적' 비평이다. 그보다는 우리 시대 시인들이 '문학+성' 안팎의 위기와 그 위기를 드러내는 사건을 어떻게 체화하고 형상화하는지, 그 위기를 어떻게 미학적 가능성으로 전화(轉化)시키는지 살펴보는 것에서 한국 시 비평은 더 생산적인 방향을 찾을 수 있을 것 같다. 특히 한국의 문인들은 근래에 불거진 삶의 위기에 대해 고투했다. 특히 세월호 참사는 한국의 문인들에게 커다란 충격으로 다가왔다. 참사 직후 독일에 있던 허수경 시인은 "무슨 일이 일어났나요?"라고 묻고는, 그 사건에서 "무의식 뒤 모든 배반의 손들이 합작해서 판/무덤"(허수경, 「누군가 물었다」, 『우리 모두가 세월호였다』, 실천문학사, 2014)을 감지했다.

사건은 삶의 위기를 드러내고 주체성의 변화를 촉발한다. 세월호 참사가 그랬다. '가만히 있으면 안 된다'는 위기의식은 비통함의 정동을 통과하면서 사람들에게 각인되었으며, 그들의 주체성 변화를 촉발했다. 지난겨울 촛불이 그토록 지속적으로 힘있게 타오를 수 있었던 것은 사람들의 주체성 변화가 그 바탕에 깔려 있었다. 한국문학계가 세월호 참사에 그토록 빠져들었던 것은 문학인들 역시 그러한 주체성의 변화를 깊이 경험했기 때문일 것이다. 그들은 참사 이후 예전처럼 글쓰기를 지속하는 것이 불가능하다고 느꼈다. 그래서 '세월호 이후'에 문학을 한다는 것이 어떠한 의미인지 고민했다.

그런데 사회학자 서동진은 「서정시와 사회, 어게인!」(『문학동네』 2017년 여름호)이라는 글에서 세월호 참사 이후 일어났던 문학계의 움직임에 대해 냉소하고 있어서 주목된다. 그는 "충격이라는 경험을 통해 세계에 대한 경험을 말하는 이들은 경험될 수 없는 삶을 살아가는 이들을 소홀히 하는 것을 넘어서 충격이나 전율과 같은 경험 자체에 넋을 잃고 만다"면서, "오늘 세월호 이후의 문학은" 그런 경험될 수 없는 것을 미적 경험으로 "생산하기 위한 노력보다는 재난과 그로부터 비롯된 전율을 이야기하는 데 바쁘다"(282쪽)라고 주장했다.[10] 또한 그는 "경험이 우리에게 어떻게 들이닥치는지를 밝히는 것이 문학적 실천의 요체라면 오늘날 문학은 그러한 일에 더 없이 무능"하며, "재난 이후의 문학은 경험의 직접성에 넋을 잃은 채 경험이 얼마나 매개되어 주어지는지를 잊는다"(293쪽)라고 비판을 더하고 있다.

'세월호 이후'와 '세월호 이전'의 문학이 같을 수 없다고 말하는 문인들에게 세월호라는 스펙터클의 충격과 전율에 넋이 나간 모습을 포착하는 '비평가'의 모습은 2008년의 촛불집회로부터 '판타스마고리아'(phantasmagoria)에 취한 중간계급을 읽어냈던 오만한 문화비평-"도시의 환등상이 만보자를 유혹하듯이, 촛불도 월드컵과 2002년 대선을 거치면

---

10) 하지만 한국문학은 나름대로 "경험될 수 없는 삶을 살아가는 이들"에 대하여 말해 왔으며 말하고 있다. 작가와 시인을 포함한 이 사회의 많은 이들이 그러한 삶을 살아가고 있기 때문에, 근래 발간된 시와 소설을 서동진이 몇 권만 읽어본다면 그 속에서 경험의 빈곤 속에서 살아가는 군상들을 만날 수 있을 것이다.

서 잠복해 있던 대중의 욕망을 거리로 다시 불러내었다"[11]-을 떠올리게 한다. 문인들이 세월호 참사라는 '경험'에 깊이 들어가고자 했던 것은 그 참사를 자신의 주체성의 심원한 변화를 가져온 사건으로서 받아들였기 때문이다. 반면 문인들이 세월호 참사에서 '넋을 잃고' 이를 문학화했다고 생각하는 서동진은, 세월호 참사가 지니고 있는 사건성-가능성에 개방되는-을 경시하고 자신의 '경험'으로 전화시키려고 하지 않는다. 그가 내세우는 '매개의 변증법'은 어떤 사건의 직접성이 지니는 강렬성을 중화시키고 그 사건을 본질(구조)로 환원하게 될 것이다. 그것은 어떤 사건이 열어놓는 가능성에 대한 인식과 그 사건이 가져오는 위기의 시간-이는 기회의 시간이기도 하다-을 놓쳐버리게 만든다.

이러한 비평-"걸어가면서 묻는"(사빠티스타) 비평이 아니라 "멈추고 생각하는"(지젝) 비평-은 사건의 바깥 자리에서 날카로운 논평을 던질 수는 있겠지만 그 사건이 지닌 가능성의 실현에 관해서는 무기력하다. 서동진은 어떤 사건으로부터 구조로 소급될 매개를 파악하자고 주장하지만, 사건이 열어놓는 위기에 대한 각성이 없다면 그 위기를 주체성의 변화와 사회의 변화로 전도시킬 수 있는 기회를 포착할 수 없다. 그가 한국인이 경험의 빈곤을 겪고 있는 사태에 대한 자신의 논의를 뒷받침하기 위해 인용하고 있는 발터 벤야민의 「경험과 빈곤」(1933)은, 사실 위기를 기회로 전환시키자는 글이다. 나치가 정권을 잡은 사건 직후의 위기 속에서 발표된 이 글은 현재 "인류의 경험 전체가 빈곤해"진 상황이지만, "새로운 긍정적인 개념의 야

---

11) 이택광, 「촛불의 매혹은 우리에게 무엇을 남겼나」, 『그대는 왜 촛불을 끄셨나요』, 당대비평 기획위원회 엮음, 산책자, 2009, 54쪽. 이러한 태도를 보여주는 사회 비평가에게도, 2008년 한국을 뜨겁게 달구었던 촛불집회와 같은 사건-지난겨울의 '촛불혁명'에서도-에서 자신의 위치를 과연 어디에 세워두고 있었는지 물어보고 싶다.

만성을 도입"하여 "처음부터 다시" "새롭게 시작하기, 적은 것으로 견디어 내기, 적은 것으로부터 구성하고 이때 좌도 우도 보지 않기"[12]를 제안한다. 즉 그는 경험의 빈곤이라는 위기를 "근본적으로 새로운 것을 자신의 일로 만들고 그 새로운 것을 통찰과 포기 위에 구축"[13]하는 기회로 삼자고 주장한다. 벤야민에게 비평이란 위기를 기회로 전화시키려고 위기 상황에 개입하는 글쓰기인 것이다.

3. 2010년대 시인들의 실존 미학과 파레시아

세월호 참사는 한국 사회의 위기를 드러냈고, 그 위기는 정치를 변화시킬 기회-지난겨울의 촛불-를 가져왔다. '촛불'은 대의민주주의를 넘어서는 민주주의혁명을 가동했다. 하지만 지금 그러한 민주주의혁명은 대의민주주의에 갇혀 앞으로 뻗어나가고 있지는 못하는 상태이다. 또한 '촛불혁명'의 결과 한국에 상대적으로 진보적인 정부가 들어섰지만, 많은 이들의 삶은 여전히 신자유주의의 자본 기계에 '예속'되어 있어서, 그들의 실생활은 여전히 '헬조선'의 상황에 놓여 있다. 현재 한국은 혁명이 진행 중인 동시에 위기 역시 사라지지 않았다.

이탈리아 출신 정치사상가 마우리치오 랏자라또(Maurizio Lazzarato)는 최근 펠릭스 가타리(F. Guattari)의 논의를 빌려 "'오늘날 위기'의 본질은 담론적 차원과 실존적 차원을 접합하지 못하는 자본주의 세력들의 무능력에 있

---

12) 발터 벤야민, 「경험과 빈곤」, 『역사의 개념에 대하여 외』, 최성만 옮김, 길, 2008, 174쪽.
13) 위의 책, 180쪽.

다"면서, "이것은 현실화된 경제적·사회적·기술적 흐름들의 집합을 주체성 생산의 잠재적·비실재적 차원, 실존적 영토들, 가치의 세계들과 조합할 수 없다는 뜻"[14]이라고 말하고 있다.(이에 "주체성의 병리적 증상이 분출"(323쪽)한다.) 랏자라또가 말한 '오늘날의 위기'는 유럽에 한정된 문제일 수 없다. 그가 말한 위기란 현 자본주의-신자유주의-의 주체성과 관계되기 때문이다. 한국은 신자유주의의 주체성이 가장 심각하게, 급격히 구성된 나라다. 우리는 주체성의 위기를 드러낸 세월호 참사라는 사건이 신자유주의에 점령된 사회와 국가로부터 비롯되었다는 것을 잘 알고 있다.

랏자라또는 현재 부채경제의 노예화밖에 길이 보이지 않는 '주체성의 위기' 시대에, 그 위기로부터 주체성을 새로이 형성하는 기회로 전환시킬 대안으로 실존의 전언어적-정동적 차원(미적 차원)을 변화-특이화-시키면서 이를 담론과 통접하는 '미적 패러다임'(가타리)을 제시한다. 그에 따르면 가타리의 '미적 패러다임'은 푸코(M. Foucault)가 개념화한 '실존(삶)의 미학'과 '파레시아'(진실 말하기, Parresia)와 상통하는데, 랏자라또는 이 파레시아를 통해 주체성의 특이화('윤리적 차이')를 통한 대안적인 정치적·윤리적 주체가 구축될 수 있다고 주장한다. 이 파레시아를 고해성사 같은 것으로 생각해서는 안 된다. 랏자라또에 따르면, 푸코에게 파레시아의 급진적이고 모범적인 예는 견유학파다. 견유학파는 "존재 상태를 변함없이 유지하는 삶"인 "'진정한 삶'이라는 전통적 주제를 폐기"하고 "[지금 이곳의] '또 다른 삶/또 다른 세계'를 주장함으로써, 현세 내부에 또 다른 주체성과 제도를 창출하려고"(352쪽) 했으며, 그리하여 "정치와 윤리(그리고 진실) 사이를 단단히 결합함으로써 파레시아의 '위기', 민주주의와 평등의 무기력을 극복하고 윤리적

---

14) 마우리치오 랏자라또, 『기호와 기계』, 신병현·심성보 옮김, 갈무리, 2017, 322쪽.

차이를 생산"(353쪽)했다는 것이다.

랏자라또가 설명한 푸코의 '파레시아'에 대해 이렇게 바꾸어 말할 수 있겠다. 파레시아의 윤리란 말하는 자가 자신의 실존을 미학적으로 변형하고 특이화하면서 말-담론-과 결합시키고, 그렇게 형성된 자신의 '신체-말'을 세상에 투입하여 기존 삶의 양식을 문제시하는 윤리, 그리하여 새로운 삶의 가능성을 여는 정치적 윤리라고. 이 과정에서 그 파레시아는 감추어져 있던 이 세상의 위기를 드러낸다. 시 역시 이러한 파레시아를 행한다고 할 수 있지 않을까? 시인은 시 쓰기를 통해 자신의 실존이 자리하고 있는 위치를 되묻고, 자신의 실존적 영토를 재정립하면서 스스로를 차이화하는 데서 더 나아가, 세상의 질서를 문제시하기도 하는 사람이니까. 그래서 이러한 파레시아적인 시 쓰기에 '미학적 윤리'라는 개념을 연결할 수 있다. 그런데 미학적 윤리-파레시아-의 정치성은 차이화를 통해서 확보되는 것이기 때문에, 시인마다 그 윤리의 양상은 다르게 나타날 것이다. 파레시아를 실천하는 시인에게는 '진정한 삶'이 문제라기보다는 지금 여기에서의 '또다른 삶/또다른 세계'가 문제인 것이다.

2010년대 중반의 한국시가 보여준 '윤리'에서 바로 이러한 파레시아의 윤리, 미학적 윤리를 찾아낼 수 있지 있지 않을까? 특히 2010년대 등단해 시를 발표하면서 자신의 시 세계를 구축하기 시작한 시인들은 한국에서의 주체성의 위기가 드러난 세월호 참사 전후-신자유주의 '헬조선'이 가시화된 상황-에 시를 쓰면서 윤리의 문제에 고투할 수밖에 없었고, 그 문제에 대한 답을 찾아 시를 썼다. 최근 발간된 그들의 첫 시집에는 이러한 과정이 담겨 있을 터인데, 우리는 거기에서 헬조선을 살아가는 시인들에게 닥친 주체성의 위기와 그 위기 속에서 자신의 주체성을 '미학적 패러다임'을 통해 재구성하면서 현 사회질서에서의 삶을 문제시하는 시적 파레시아를 발견할 수 있다. 가령 아래의 시는, 헬조선을 마주한 주체의 주체성이 붕괴되어가는 상황에서도 자신의 실존을 힘겹게 재창안하려는 주체성을 아름답게 보여준다.

저녁뉴스를 보다가 베란다에 나가 세상을 바라본다
어두운 골목에 가로등이 하나둘 켜진다

오늘도 누군가 옥상에서 지상으로 몸을 던졌다
가해자에게도 피해자에게도 이 세계는 지옥이었다
자신의 몸에 불을 지른 사람은 불을 끄기 위해 바닥에 뒹굴다가 다행히 목숨을 건졌다
살 타는 냄새가 화면을 뚫고 나와 거실을 가득 메운다
가슴 안에 불을 담고 사는 사람
고개를 숙이고 자신 안의 절벽을 바라보는 사람
사랑의 기억으로 옛 애인의 집 유리창에 돌을 던지고
그녀는 유리 파편을 씹으며 사랑의 기억을 지운다

마음을 받아주지 않아 몸에 불을 지르고
몸을 받아주지 않아 마음은 잿더미가 된다

나는 새로 도배된 벽 앞에 서 있다
이전의 벽지 문양은 떠오르지 않는다
벽은 끊임없이 나의 기억을 지운다
자신이 고독하다는 생각이 그 고독에서 벗어나게 해줄 때가 있다

(중략)

밤늦게 돌아온 아내가
옷도 갈아입지 않고 침대에 눕는다
내가 지금 부여잡은 당신의 손
한 손으로 당신의 손을 잡았을 때 다른 손은 빈손이 된다
그 수많은 손금 중에
내 것과 똑같은 것이 하나는 있을 거라는 생각
당신의 손금을 손끝으로 따라가다
어디쯤에서 우리가 만났을지 가늠해본다
서로의 머리카락을 묶고 자면 우리는 같은 꿈을 꾸게 될까

밤하늘은 별의 공동묘지
이 별에는 어떤 묘비명이 새겨질까
별의 잿더미가 이 방안을 가득 채우고 있다
까마득히 먼 거리가
별들이 태어나고 사라지는 소음을 삼키고 있다
빈 그네가 시계추처럼 흔들린다

— 신철규, 「생각의 위로」 부분, 『지구만큼 슬펐다고 한다』, 문학동네, 2017

신철규는 세월호 참사에 깊은 감응을 보여준 바 있는 시인이다. 세월호 참사 이전에 원작이 발표된 위의 시에서도, 이 시인의 고통에 대한 강한 감응력은 "살 타는 냄새가 화면을 뚫고 나와 거실을 가득 메운다"라는 구절

에서 읽을 수 있다. 시인이 "저녁 뉴스"를 통해 본, 옥상에서 투신하거나 자신의 몸에 불을 붙이는 사람들은 헬조선 노동자들의 삶의 실재(The real)를 드러낸다. 시인은 이 실재에서 "살 타는 냄새"를 맡는다. 나아가 그는 저 죽음을 "가슴 안에 불을 담고 사는 사람"이나 "자신 안의 절벽을 바라보는 사람", "옛 애인의 집 유리창에 돌을 던지고" "유리 파편을 씹으며 사랑의 기억을 지우"는 사람들의 삶으로 확장하고 있다. 그래서 그에게 이 세계는 "몸에 불을 지르고" "마음은 잿더미가" 되는 사람들로 가득 찬, 실제로 지옥이다. 이 지옥을 가려버리려는 듯이 "새로 도배된 벽" 앞에서, 시인은 자신의 "기억을 지"우며 서 있다. 기억을 지운다는 것은 자신의 주체성을 말소한다는 것, 그래서 그는 고독하다. 하지만 "고독에서 벗어나게 해줄" 수 있도록 "자신이 고독하다는 생각"을 하면서, 자신의 주체성을 말소하면서 그는 지옥을 견디는 것이다.

그가 침대에 누운 "당신의 손"을 부여잡는 것은 자신의 고독으로부터 벗어나고 싶은 욕망의 표현일 것이다. 시인은 당신과 "같은 꿈을" 꾸고 싶다는 꿈을 품고 "그 수많은 손금 중에/내 것과 똑같은 것이 하나는 있을 거라는 생각"으로 "당신의 손금을 손끝으로 따라"간다. 하지만 한 손을 잡으면 "다른 손은 빈손이 된다"는 것을 시인은 알고 있다. 언젠가 "같은 꿈을" 꿀 수 있게 될지라도, 삶의 한쪽은 비어 있을 것이다. 여전히 "밤하늘은 별의 공동묘지"일 것이다. "별의 잿더미가 이 방안을 가득 채우고 있을" 것이다. 주체성이 말소된 자리의 시공간은 "별들이 태어나고 사라지는 소음을 삼키고 있"는 "까마득히 먼 거리"와 "시계추처럼 흔들"리는 "빈 그네"로 현상한다. 그러나 "빈손"의 다른 편에는 당신의 손금을 따라가는 손끝이 있다. 그것은 이 죽음의 세계와는 다른 세계, 당신과 "같은 꿈"을 꿀 수 있는 세계를 "가늠해"보는 미학적 실존의 삶이다. 그럼으로써 시인은 지옥을 마주한 고독의 시공간 속에서 자신의 실존을 조금씩 찾아나가고, 그리하여 이 지옥에서 다른 삶이 가능할 수 있다는 것을 세상에 드러낸다. 이를 미학적 윤리, 시의 파레시아라고 한다면, 시의 파레시아는 우선 이 세계가 지옥이라는 진실을 우선 감당해야 한다.

바다를
액자에 건다.

바다에 가라앉는 나를 본 적이 있다.
팔다리가 부식되어
산호가 되어갔다.

허옇게 변한 사지가
산호들 사이에 갇혀 있었다.
노랗거나 파란 물고기들이 주변을 배회했다.

저기 열대어가 있어, 스킨다이버들이
내 쪽을 가리키며 말했다. 젖은 빵을 찢어 던졌다.
아름답다는 말을 산호 숲에 남겨두고
스킨다이버들은 뭍으로 돌아갔다.

나를 그곳에 둔 채 나도
꿈에서 빠져나왔다.

이곳을 떠나본 자들은
지구가 아름다운 별이라 말했다지만
이곳에서만 살아본 나는
지옥이 여기라는 걸 증명하고 싶다.

나를 여기에 둔 채 나는
저곳으로 다시 빠져나가서

정육점과 세탁소 사이에
임대문의 종이를 쳐다보고 서 있다.
텅 빈 상가 속에서 마리아가 혼자
퀼트 천을 깁고 있다.

이 액자를
다시 바다에 건다.

— 임솔아 ,「아름다움」 전문, 『괴괴한 날씨와 착한 사람들』, 문학과지성사,
2016

이 시의 마지막 연은 1연을 전도시킨 것이다. 1연과 마지막 연 사이는
이 전도가 일어나는 과정이다. 액자 속의 바다는 아름다운 꿈의 세계, 예술
의 세계라고 할 수 있다. 이 시의 전반부에서 시인은 그 액자 속의 바다에
서 자신의 삶이 어떤 모습이었는지 말해준다. 시인에게 그 바다는 아름답
거나 쾌적한 곳이 아니었다. "바다에 가라앉"은 그는 "팔다리가 부식되어/

산호가 되어갔"다고 하니 말이다. 액자 속 바다('꿈-예술')의 세계는 시인을 "하얗게 변한 사지"로 "산호들 사이에 갇혀 있"는 존재로 만들 뿐이었다. 그래서인지 시인은 "꿈에서 빠져나"와 그가 지금까지 살아온 "이곳"으로 귀환한다.(그러나 그 꿈의 세계에 '나'를 놔두고 귀환한다.) 그 바다를 즐긴 후 "아름답다는 말을" 남기고 "뭍으로 돌아간" "스킨다이버들"과는 달리, 시인은 아름답다는 말을 남길 수 없었다.

그런데 시인이 귀환한 이곳은 지옥인 것이다. 시인은 "이곳을 떠나본 자들은" 아름답다고 말하는 '여기'가 지옥이라는 것을 증명하고자 마음먹는다. 그 증명 행위가 "임대문의 종이"와 "마리아가 혼자/퀼트 천을 깁고 있"는 리얼한 세계를 액자에 넣고는 그것을 다시 바다에, 즉 '예술-꿈'의 세계에 거는 일이다. 액자에 들어간 그 리얼한 세계가 바로 임솔아의 시 아니겠는가. 예술의 세계에 리얼한 세계를 걸어놓겠다는 것, 그것이 앞의 시에 표명된 임솔아의 시인으로서의 포부다. 이때 저 정육점과 세탁소 사이의 세계, 텅 빈 상가의 세계가 '여기'는 아니라는 데에 주의하자. 그 세계는 시인이 "지옥이 여기라는 걸 증명하고"자 자신을 지옥인 "여기에 둔 채" 빠져나가 서 있는 '저곳'에 있다. 저곳은 아름다워 보이는 여기가 지옥이라는 것을 증명해주는 '실재'로서의 현실이다. 그러니까 예술의 세계-문학장이라고 말할 수도 있지 않을까?-에 현실의 세계를 액자-시-로 만들어 걸기 위해서는 여기를 빠져나가 저기 실재의 세계로 갈 수 있어야 한다.

임솔아는 예술 속에서의 주체성의 위기-산호가 되어버리는-를 인지하고는 그 꿈의 세계로부터 빠져나와 이곳이 지옥임을 증명하기 위해 "임대문의 종이"가 붙어 있는 실재의 세계에 자신의 실존을 대면시킨다. 그리고 이 실재의 세계를 시로 써서 예술 앞에 건다.(이것이 임솔아의 실존의 미학, 미학적 윤리일 것이다.) 이 행위는 이 시대 예술의 위기를 드러내고 예술가로서의 삶을 문제시한다. 이것이 이 시의 파레시아다.

　그렇다면, 꿈의 세계를 이제 신뢰할 수 없는 상황에서, 또는 아래의 시에서처럼 그 세계에서 "내쳐진" 상황에서 시 쓰기는 어떻게 가능할 것인가? 안태운 시인은 그의 시집 마지막에 실린 아래의 시에서 그러한 질문에 답하고자 하는 것으로 보인다.

　　꿈으로부터 내쳐진다. 감은 눈으로, 일부러 눈 뜨지 않고 걸으면 나와 함께 내쳐진 논이 있고 논 위로 걷는 내가 만져진다. 보이지 않는 눈앞에서 그러나 내가 만진 것들은 다 사라지고 사라진 것들은 내 손을 멈추게 하고 손은 어둠에 익숙해진다. 걷고 난 후의 일들은 다른 곳에서 벌어지고 있다. 짚이 타고 있다. 눈 뜨면 꿈과 함께 내쳐졌다.

　　　　　— 안태운, 「감은 눈으로」 전문, 『감은 눈이 내 얼굴을』, 민음사, 2017

　위의 시는 "꿈으로부터 내쳐진다. 감은 눈으로"라는 문장과 "눈 뜨면 꿈과 함께 내쳐졌다"라는 상황 사이에서, "일부러 눈 뜨지 않고" 걷는 시인에게 일어나는 감각의 변화를 기록한다. 꿈-예술?-으로부터 내쳐지는 존재. 이것이 안태운이 포착한 우리 삶의 위기 상황이고, 거기서 감은 눈으로 걸으면서 세계의 존재를 감각하기가 안태운의 시 쓰기일 것이다. 안태운에 따르면, 감은 눈으로 시를 쓸 때 "나와 함께 내쳐진 논"의 존재와 "논 위로 걷는 내가" 비로소 만져진다. 이때 감각한 세계는 색채가 없다. 감은 눈으로 감각했기 때문이다.(안태운 시의 모호함은 이 눈을 감고 체험하는 감각을 되살리는 데서 오는 것일 테다. 하지만 장님이 체험하는 감각이 실재적인 것처럼 그 모호성 역시 실재적이다.)

그런데 그 감각에는 "내가 만진 것들이 다 사라지고 사라진 것들은 내 손을 멈추게" 한다는 아이러니한 비극성이 있다.(안태운 시가 시제에 예민한 것은 이러한 사라짐의 감각을 붙들려는 불가능한 시도를 하기 때문이다.) 눈을 감고 세계를 체험할 때, 세계에 대한 감각은 점차 사라지고 시인은 "어둠에 익숙"해질 것이다. 이때 시인은 걸음—시 쓰기—을 멈출 것이며, 이 걸음을 멈춘 이후에는 "내가 만져"지지는 않게 될 터, 그 이후의 "일들은 다른 곳에서 벌어지고 있"는 것이 될 뿐이다. 그 일들은 감은 눈으로 감각한 세계와는 다른, "짚이 타고 있"는 현실에서 벌어진다. 이렇게 자신이 만져지는 감각이 더 이상 가능하지 않자 시인은 눈을 뜨고, 그러자 "짚이 타고 있"는 현실이 그에게 닥친다. 시인은 이때 꿈도 내쳐지고 자신도 내쳐진다고 말하고 있다.

안태운은 꿈과 현실 사이에 자신의 실존적 영토를 마련한다. 그의 시는 꿈—예술—과 현실 사이에서 "내쳐진 논"과 같은 버려진 세계—자기 자신의 몸을 포함하여—를 감각하고자 한다. 이를 위한 방법론이 "일부러 눈 뜨지 않고" 걷기일 터, 그런데 그 행위는 현실에서도 꿈에서도 내쳐질 운명의 고독을 안고 있다. 눈을 감는다는 이 외로운 행위를 통해 안태운은 시인으로서의 자신의 실존적 영토를 재정립하고 거기에서 감각되고 정동되는 실재를 기록한다. 이는 내쳐진 세계의 실재를 구제하고자 하는 미학적 윤리에 따르는 행위다. 그 행위를 통해 실재하는 존재를 드러내는 것, 이것이 안태운의 파레시아다.

4. 촛불을 밝힐 시의 파레시아

촛불혁명 이후 세월호가 인양되었다. 세월호의 모습은 처참했다. 세월호 참사는 침몰하는 세월호처럼 우리 사회가, 그리고 우리가 침몰 중의 위기에 놓여 있음을 알려준 사건이었다. 바닷속에 수장될 뻔했다가 인양된 세월호의 모습은 폐허가 되어버린 한국사회와 우리의 실재를 선명한 이미지로 보여주었다. 우리는 아직 폐허의 상태에 있다는 것을, 위기는 계속되고 있다는 것을 그 이미지는 암시한다. 그 이미지는 우리가 그 폐허를 만든 질서로부터 새로운 질서를 세우지 않으면 안 된다는, 위기를 가능성의 기회로 전환시키지 않으면 안 된다는 다짐을 불러일으킨다. 이 전환을 위해서는 인양된 세월호의 모습과 같은 우리 세상의, 우리 내면의 폐허를 계속 이미지화해 드러내야 한다.

2010년대 활동을 시작한 시인들은 자신의 육체와 마음에 각인되어가는 삶의 위기-폐허-를 드러내고 미학적으로 자신의 실존을 재창안하면서 그 위기로부터 존재의 미학을 통해 새로운 가능성을 찾는다. 이러한 미학적 윤리에 대해 이 글은 파레시아라는 푸코의 개념을 접맥하여 의미화하고자 했다. 2010년대 시인들의 시적 파레시아는, 이설야의 시를 빌려 말하자면 어둠에 가려 보이지 않는 실상들을 드러내는 성냥개비와 같다고 할 수 있을 것이다.

> 성냥 한개비를 켜면
> 눈먼 소녀가 덜덜 떨며 울고 있습니다
>
> 성냥 한개비로 촛불 하나를 켜면
> 망루에 얼어붙은 다섯 그림자가 상여를 밀어올리고
>
> 또 성냥 한개비 그어 촛불들을 옮겨 붙이면

높은 사다리 위에 선 그녀가 멀리 타전하고 있습니다

금 간 벽에 부러진 성냥 한개비 긋자
벽 속으로 뛰어들어가는 사람들
붕대를 감은 그림자들이 재개발 상가 입구에 멈추고
성냥개비를 입에 문 늙은 소녀들이 지하도로 숨다가 멈추고
꽃들이 피다가 멈추고 새들이 날다가 멈추고
돌아보니 아무도 없고, 저 혼자 피었습니다

무궁화꽃이 피었습니다

무너져내리는 벽 속을 뛰쳐나와 누군가 마지막 성냥을 그었을 때

저기 멀리 불붙는 광장에 눈먼 소녀 머리카락이 보일락 말락

— 이설야,「성냥팔이 소녀가 마지막 성냥을 그었을 때」 전문,『우리는 좀더
어두워지기로 했네』, 창비, 2016

동화「성냥팔이 소녀」에서 소녀가 켠 성냥은 소녀의 소망을 담은 환상을
보여주지만, 이제 환상은 더이상 불가능하다는 듯이, 앞의 시에서는 화자
가 켠 성냥에 "덜덜 떨며 울고 있"는 소녀가 보인다. 그 성냥팔이 소녀는 자
신의 마지막 성냥을 긋고는 환상을 보았던 눈이 멀어버렸다. 이제 성냥은
환상을 보여주는 것이 아니라 용산 망루에서 불타 죽고 "얼어붙은 다섯 그
림자", "높은 사다리"를 올라 크레인에서 농성하는 김진숙, 무너지기 직전

의 "금간 벽"과 지하도로 숨어들어가는 "늙은 소년들"을 보여준다. 이 한국 사회에 널린 삶의 위기를 드러내는 저 성냥을 바로 세상의 질서를 의문시하는 '진실 말하기', 파레시아의 시라고 말할 수도 있지 않겠는가? 그러한 시를 쓰는 시인은 자신의 실존적 위기와 미학적 윤리로 성냥을 그어 세상과 삶의 위기와 그 위기에서 생겨나는 가능성-기회-을 드러낸다.

이설야는 그 성냥이 "촛불"을 밝힐 때 쓴 성냥이기도 하다는 것을 말해준다. 파레시아의 시 역시 촛불의 불을 붙이는 데 사용될 수 있으리라고 말할 수 있지 않을까? 이때 시인은 "무너져내리는 벽 속을 뛰쳐나와" "마지막 성냥을" 긋는 사람이 될 수 있을 터, 그 마지막 성냥은 다른 세계의 가능성을 밝히고 있는 "저기 멀리 불붙는 광장"을 보여주게 되리라.

(2017)

비평의 위기와
시문학의 위기
― 공동체를 구축하는 아방가르드를 향해

1. 발표 제목에 대하여

「비평의 위기와 시문학의 위기」라는 이 글의 제목은 내가 붙인 것이 아니다. 주최 측-계간 『포지션』-에서 임의로 붙인 제목인데, 정해준 제목으로 글을 쓰는 것도 괜찮겠다 싶어서 수정을 하지 않았다. 주최 측이 내 발표문 제목에 임의로 '위기'를 붙인 것은 이유가 있겠다. 아마 내가 발표한 「위기 속의 비평과 시의 미학적 윤리」(『창작과비평』 2017년 겨울호, 이 책 바로 앞의 글)라는 글을 읽고 이 글의 후속작을 요청한다는 의미도 있을 것이다. 그 글 서두에서 나는 "비평(criticism)의 어원이 위기(crisis)라고 하니, 비평가는 우선 위기를 예민하게 감지해야 하는 사람이겠다"(364쪽, 이 책 62쪽)라고 썼다. 이 글 제목을 보고 '또 위기? 위기로 밥 먹고 사나…'라고 비아냥대는 이들도 적지 않겠지만, 비평가는 위기로 밥 먹고 사는 사람이 맞을지도 모른다. 비평가는 언제나 지금이 위기라고, 비상벨을 울려야 한다고 말해야 하는 사람이겠다는 말이다. 언제나 문학은 위기에 처해 있었다. 그리고 위기에 대한 예리한 자기 인식이 문학을 관성으로부터 벗어나게 해줬던 것이다. 평상시에도 위기라고 반복해서 말하면 양치기 소년 이야기처럼 진짜 위기가 왔을 때 위기라고 말해도 사람들이 그 심각성을 감지할 수 없게 된다고 말할 수도 있을 것이다. 그러나 위기는 언제 어디에나 있어 왔다. 평온한 것 같지만 늑대는 여기저기에 숨어 있는 것이다.

여전히 우리의 삶은 행복하지 못하고, 불행으로 빠뜨리는 시스템은 거의 바뀌지 않고 있다. 우리가 우리의 삶을 사랑한다면, 지금과 같은 삶은 달라져야 한다는 것을 느낄 것이다. 하지만 시스템에 엮여 돌아가는 일상의 관성은 우리의 삶을 예전 그대로 눌러 앉힌다. 우리의 삶은 삶의 존엄성과 활력을 잃을 위기에 처해있음을 우리는 여전히 감지하고 있다. 문제는 감지되는 위기를 위기로 보지 않는다는 것, 위기에 대한 감수성이 무뎌지고 있다는 것, 나아가 위기를 위기로 보려고 하지 않는다는 점에 있는 것 아닐까? 바로 이것이 현 상황의 위기 아닐까? 그렇다면, 위기를 말하면서 밥 먹고 사는 비평가는 위기를 말하는 사람을 거짓말쟁이라고 손가락질하는 세태와 싸워야 하는 것일지 모른다. 게다가 보이지 않는 삶의 위기를 보이게 만들고 증언하는 것, 그것이 문학이 하는 일 중의 하나 아닌가? 시문학과 비평이 위기를 말하지 않는다면, 그것이 바로 시문학과 비평의 위기이지 않겠는가? 물론 현 한국 문단 상황에서 비평과 시가 위기에 빠졌다고 내가 감히 판단할 수는 없다. 위기 운운하고 있는 것은, 고백하자면 사실 비평가로서의 나 자신의 얘기다. 그러니까 '위기'라는 단어를 내건 이 글은 나 자신에게 쓰는 글인 것이다.

2. 세월호 〈가족대책위원회〉의 사건을 사건화하기

위기를 인식해야 한다고 강변(?)하는 것은 그 위기의 인식이 주체성의 자기 형성의 기회를 제공할 수 있기 때문이기도 하다. 위기는 지금까지 살아온 삶에 대해 의문을 제기한다. 위기 상황에서 우리는 우리 자신의 삶을 어떻게 결정해야 할지 생각한다. 위기를 위기로서 인식하지 못한다면, 우리는 주체성을 다시 생성할 기회를 잃게 된다. 위기를 인식할 때야말로 삶을 다르게 생성할 기회를 가질 수 있다. 위기의 인식은 그냥 주어지지 않는다. 어떤 단절을 통해, 지금까지의 삶이 의심될 때 위기는 인식된다. 그 단절을 일으키는 것이 사건이다. 어떤 사건을 겪고 그 사건을 깊이 받아들인 이는 사건 이전의 삶과는 확연히 다른 삶을 살아가게 될 것이다. 그 삶의 변화는 사건에 대한 인식으로부터 오는 것은 아니다. 사건이 가져온 정동적인 충격이 변화를 가져온다. 정동적인 충격을 받지 않는다면 사건을 사건으로서 겪은 것은 아니다. 어떤 사건을 겪는다는 말은, 그 사건을 깊은 정동의 변동을 통해 온몸으로 받아들인다는 것을 의미한다. 사건의 겪음은 일차적으로 정동의 수준에서 이루어지는 것이지 어떤 인식을 통해 이루어지지 않는다.

하지만 정동적인 차원에서의 충격에서 벗어나지 못한 채 살아간다면 다른 삶을 향한 주체성의 생성 역시 이루어지지 않는다. 사건을 계기로 가능하게 되는 주체성의 다른 생성을 위해서는 정동의 충격이 가져온 삶의 위기를 위기로서 감지하고 인식하는 일이 필요하다. 위기를 감지하고 인식한다는 일은 사건이 뒤흔들어놓은 기성의 삶이 다른 삶으로 변화되어야 한다는 것을 체감하고 파악하는 일이다. 그때 미래는 코드화된 현재로부터 열리기 시작하며 다른 삶으로 변이될 가능성이 생긴다.(그래서 어떤 이와 사랑에 빠지게 되는 사건 역시 기성의 삶에 위기를 가져온다고 말할 수 있다.) 그 가능성의 장에서 지금까지의 삶의 배치와는 다른 삶의 배치를 형성할 것을 욕망하며 타자-꼭 사람을 의미하는 것이 아니다-와 접촉하기 시작할 때, 다른 삶이 생성될 가능성이 열리기 시작하고 주체성은 새로이 형성되기 시작할 것이다. 다른 삶으로의 생성은 타자와 지금까지의 관계와는 다른 관계를 맺는 삶의 배치를 구축할 때 이루어질 수 있다. 그러한 생성을 향한 관계맺음의 바탕에는 능동적으로 기쁨의 정동으로 충만하기 위한 욕망-사랑-이 흘러야 할 것이다. 그래야 삶은 주체화될 수 있으며 다르게 변화될 수 있다.(슬픔의 관계 또는 미움의 관계에서는 삶의 상호 생성이 이루어질 수 없다.) 어떻게 해야 기쁜 관계를 맺을 수 있을 것인가는 도구적인(instrumental) 이성이 아니라 제작(poiesis)적인 이성-시적(poetic) 이성이라고도 할 수 있는-을 통해, 창의적인 실험과 인식을 통해 모색되어야 한다.(이러한 삶의 생성 과정을 스피노자적인 의미에서 '윤리'라고 말할 수 있다.)

 이 모든 것은 공허한 추론이 아니다. 2014년 세월호 참사로 희생된 이들의 가족들이 모여 만든 〈세월호 가족대책위원회〉는 크나큰 비통을 가져온 사건으로부터 주체성이 어떻게 그 비통을 이겨내면서 형성되는지 우리에게 보여주었다. 희생자 가족들은 사랑하는 이들의 죽음이라는 사건을 맞아 거대한 정동적인 충격을 받았을 것이다. 그들은 참사 이전처럼 살 수 없게 되었다. 그들은 슬픔을 걸머지고 살아가게 될 터였다. 하지만 희생자 가족들은 〈가대위〉를 꾸리면서 가족끼리 새로운 관계를 맺기 시작했고 지금까지 살아오던 배치와는 다른 배치를 형성하기 시작했다. 그들은 우선 세월호 참사를 사건으로서 인식하고 그 사건으로부터 한국 사회 전체가 거대한 위기에 빠져 있다는 진실을 드러냈다. 정부는 세월호 참사를 '교통사고'로 애써 축소했다. 일상에서 흔히 벌어지는 사고가 좀 크게 일어났을 뿐이라는 식이다. 하지만 〈가대위〉는 참사의 진실규명을 끈질기게 요구하면서 그 사고가 단순한 사고가 아니라 지금까지 이어져온 한국사회의 감추어진 문제가 집약되어 터진 사건이라는 것을 밝혔다. 다시 말해 〈가대위〉는 이윤을 위해 과적을 해오다가 닥친 세월호의 침몰은 역시 이윤을 생명보다 더 중시하는 한국사회 자체가 가져온 사건이라는 것을 드러내면서, 한국사회가 세월호처럼 침몰할 위기에 처해 있다는 것을 진실규명을 위한 투쟁을 통해 세상에 알렸던 것이다. 이 투쟁은 이제 이 세상에 없는 사랑하는 이들에 대한 사랑의 행위이자 윤리였다. 또한 그 사랑의 윤리는 사람들 사이의 연대를 불러일으켰던 것이다.

이들의 투쟁은 그 자체가 시적이고 예술적이었다고도 말할 수 있다. 아래의 〈가대위〉의 활동에 대한 의미화를 읽어보자.

> 〈가대위〉가 보여준 것은, 공식적으로 예술가로 분류되지 않는 사람들이 예술가보다 더 예술가적인 사유와 미적 행동을 보여 주고 그것을 통해 전통적 예술작품보다 더 큰 예술적 감응을 불러일으킨 사례라고 할 수 있다. 세월호 〈가대위〉는 더 많은 이윤을 추구하는 기업, 더 큰 권력을 추구하는 정당, 돈과 권력의 하수인이 된 국가 등에 맞서면서, 생명구조, 생명과의 연대, 그리고 미래를 위한 진실 등의 가치를 일관되게 주장하고 또 추구했다. 〈가대위〉는 결집, 시위, 성명과 호소문, 기자회견, 항의방문, 가두농성, 걷기행동, SNS, 인터뷰 등 다양한 수단들을 통해 정치가들, 경찰관들, 기업가들, 종교인들, 매스미디어 등이 서 있는 끝 모를 부패의 고리를 파헤치고, 우리 사회를 지배하고 있는 화폐적 가치관에 대항하여 생명과 존엄의 가치관을 내세움으로써, 한순간 304명의 목숨을 앗아간 이른바 '세월호 교통사고'의 사건적 의미를 그 누구보다도 깊이 있게 그려냈다.

— 조정환, 『예술인간의 탄생』, 갈무리, 2015, 388-389쪽.

조정환에 따른다면 예술은 소위 예술작품에만 존재하지 않는다. 공인된 예술가만이 예술의 생산주체가 되는 것도 아니다. 저 평범한 시민이었을 〈가대위〉 구성원들이 '세월호 참사'라는 사건을 사건화 하는 투쟁 과정에도 예술은 존재한다. 이들은 "예술가보다 더 예술가적인 사유와 미적 행동을 보여주"었다. 세월호 참사라는 사건을 부패한 기업, 정당, 국가에 의해 운행되는 한국 사회와 그 속에서 살아가는 주체성의 위기로서 의미화하고, 예술적 집단행동을 통해 정부와 권력에 진실을 요구하며 저항하는 또 다른 사건의 창출 과정을 통해, 이들은 투사이자 예술가의 주체성으로 형성되었다. 이들은 시적으로 고안되고 제작된 '다양한 행동들'을 실천해나갔다. 그럼으로써 시민들은 세월호 참사를 사건으로서, 한국사회와 주체성의 심대한 위기로서 인식할 수 있었고, 〈가대위〉와 마음과 행동을 같이해 나갈 수 있었다. 이러한 동참은 〈가대위〉가 한국사회가 더 이상 이대로 진행되어서는 안 된다는 것을 시민들의 마음에 불러일으켰기에 가능했던 것, 이를 〈가대위〉가 제작하고 실천한 시의 예술적인 힘이었다고 말할 수 있을 것이다. 사람들이 〈가대위〉의 투쟁과 함께한 것은, 불행한 이들에 대한 동정이나 이해 때문이라기보다는 그들의 실천에 접촉하면서 일어난 감성의 변화와 정동의 울림 때문이었기 때문이다. 감성의 변화를 일으키는 것이 바로 예술이 가진 미학적 힘이라고 할 수 있기에, 〈가대위〉의 활동 역시 예술이라고 말할 수 있는 것이다.

물론 대중의 감성과 정동이 변화하는 것만으로 〈가대위〉가 창출한 광범위한 저항지대가 형성되지는 않는다. 그리고 대중의 감성과 정동의 변화는 〈가대위〉의 활동에 따라서만 이루어지지도 않았다. 세월호 참사는 그 자체가 사람들의 마음을 아프게 했는데, 특히 어른들은 부끄러움을 동반한 아픔을 느꼈을 것이다. 어른들은 알고 있었다. 참사에서 가장 많이 희생된 아이들의 죽음에는 이 사회가 이대로 흘러오도록 용인한 자신들에게도 책임이 있다는 것을 말이다. 비통과 부끄러움의 정동 속에서 어른들은 어찌해야 할지 몰랐다. 하지만 〈가대위〉의 예술적 실천은 비통과 부끄러움의 정동을 분노와 연대의 정동으로 전화시켰다. 이러한 전화는 한국사회가 변화되지 않으면 안 되는 위기 상황에 놓여 있다는 지성적인 인식이 동반되면서 이루어졌다. 사람들은 분노와 연대의 정동과 함께 우리 자신 역시도 위기에 놓여 있음을 인식하면서 〈가대위〉의 투쟁과 연결되었으며, 이를 통해 사회의 변화를 향한 다중의 주체성 형성이 이루어질 수 있었다. 알다시피 이 주체성들이 바로 2016년 후반부터 전개되었던 '촛불혁명'의 주역들이 되었다. 다시 말하면 세월호 참사와 〈가대위〉의 활동(예술), 그리고 정동의 집단적 변화-비통과 부끄러움, 그리고 분노와 이를 사랑으로 전화시키는 연대감-와 위기에 대한 시민의 지성적 인식이 '촛불혁명'을 불러일으킨 것이었다.

세월호 참사라는 사건이 가시화 한 위기가 '촛불혁명'이라는 사건을 낳았다. 세월호 참사라는 사건이 사건화 되면서 다른 사건이 생성된 것이다. 2010년대 중반 세월호 참사에서 '촛불혁명'까지의 일련의 과정들은, 사건이 불러일으키고 확장시킨 광범위한 정동의 변동과 이에 동반된 위기에 대한 지성적인 인식이 주체성의 집단적 생성으로의 길을 열 수 있다는 것을, 그리고 그 생성이 혁명적인 힘으로까지 전화될 수 있다는 것을 실증해주었다. 이는 집단화된 정동과 지성이 가지고 있는 거대한 잠재력을 보여주는 일이기도 했다. 이 위기의 인식과 주체성의 생성을, 〈가대위〉는 앞자리(Avant-garde)에서 현실을 시화하는 예술적 행동을 통해 시민-다중의 변화를 이끌며 보여주었다. 이 기간 동안 〈가대위〉는 아방가르드였던 것이다.

이 기간은 시가 사회에 충만한 시간이었다. 시는 현실에 실현되고 있었다. 많은 시인들이 시적 현실의 구성에 참여했고 시를 써서 텍스트를 생산했다. 시 쓰기는 시적인 현실을 구성하는 행위 중 하나였다. 시가 된 현실 속에 텍스트로서의 시는 그 시적 현실의 일부로서 존재했다. 시인들은 그렇게 현실의 시 속에 자신의 시가 포함되어 존재한다는 사실에 위축되기보다는 더 기뻐했을 것이다. 많은 시인들이 현실을 시적인 것으로 충만한 변화를 일으키기 위해 시를 쓰고 있다고 생각되기에 그렇다. 이 기간에는 텍스트로서의 시와 현실은 상호 침투하고 상호 풍부해질 수 있는 길이 열리는 것 같았다. 시의 어떤 이념이 실현되는 것 같았다.

3. 혐오의 시대에서의 비평과 시문학

세월호 참사가 일어난 지 5년이 지났고, '촛불혁명' 이후 새로운 정부가 들어선 지 2년이 지났다. 현재 상황은 어떠한가? '혁명' 이후 현실은 어떻게 변화했는가? 우리의 삶은 어떻게 변화했는가? 이런 질문을 던지면 어떻게 대답해야 할지 모르겠다는 것이 나의 솔직한 심정이다. '혁명'은 대통령 선거 이후 멈춰버린 것은 아닌가? 그리고 세월호 참사라는 사건에 의해 가시화 되었던, 그렇게 뚜렷했던 가야할 길은 이제 보이지 않게 된 것은 아닌가? 미투 운동이 있었고 갑질에 대한 을의 저항이 있었다. 봉기라면 봉기였다. 이러한 봉기들은 '촛불혁명'을 이은 여파라고 할 수 있을 것이다. 하지만 그러한 봉기가 잦아진 이후인 지금, 우리 주변을 돌아본다. 무엇이 있는가?

정부를 바꾼 것은 대단한 혁명이었다. 그 혁명을 이끈 것은 세월호 참사가 불러일으킨 사랑의 힘이었다고 할 수 있을 것이다. 촛불의 파도를 일으킨 사랑의 힘. 하지만 그때 촛불로 현현한 사랑은 어디론가 사라진 듯하다. 그 대신 혐오의 정동이 사랑을 대신해 사람들을 움직이고 있는 것 같다. 하지만 이 상황을 우리는 팔짱 끼고 보고만 있지 않는가? 이 상황이 위기임을 애써 인식하지 않으려는 것은 아닌가? 신자유주의의 심화 속에서 경쟁원리를 묵인함으로써 생명보다 이윤이 더 중시되는 사회의 도래를 방기했기 때문에, 그 묵인이 위기를 방임하는 것이었음을 인식하지 못했기 때문에 세월호 참사라는 사건이 발생하고 아이들이 죽어야 했다. 세월호 참사 이후 우리는 이를 깨달았다. 다른 세상을 가져와야 한다는 위기감을 가졌다. 그렇다면 지금 전염되고 있는 혐오를 묵인한다면, 이를 위기로서 인식하지 않는다면, 또 다른 형태의 참사가 일어나지는 않을까?

'촛불'을 불러일으킨 사랑의 혁명적 힘은 어디로 가고 이러한 혐오의 정동이 우리를 지배하게 되었을까? 요즘 나는 현 상황에서 이러한 질문을 막연히 던질 때가 많다. 혐오는 정치적인 힘을 가진 정동이다. 그리고 부정적인 정동만은 아니다. 정치적인 것은 우리를 억압하거나 통제하면서 경쟁의 가치화에 따라 우리를 서로 미워하게 만드는 권력과 그 권력으로부터 벗어나 자유와 생성의 힘을 찾고 사랑의 관계를 맺으려 하는 우리의 욕망이 부딪칠 때 발현된다. 그리고 그 투쟁 과정에서 우리의 정치적 주체성은 형성된다. 권력과의 투쟁은 권력에 대한 혐오를 발생시킨다. 그러나 그 혐오는 사랑의 관계를 맺으려는 욕망에 종속된다. 그 사랑의 욕망은 타자와의 관계맺음을 통해 새로이 삶을 형성하고자 하는 욕망이다. 이때 삶은 즐거워지고 나날이 신선해진다. 이 사랑의 즐거움을 위해서 권력과 투쟁하는 것이다. 그러나 혐오에 종속된 사랑이 있다. 그것은 동일화하는 사랑이다. 타자를 자기에 종속시키고자 하는 욕망이다. 그 동일화의 사랑은 타자에 대한 혐오를 통해 형성될 수 있다. 사랑이 혐오에 종속되는 것은 이 때문이다. 유대인과 공산주의에 대한 혐오를 통해 아리아인끼리의 굳건한 사랑을 이루고자 한 나치 파시즘이 이를 여실히 보여주었다.

세월호 참사 이후의 일련의 과정이 우리에게 보여주었듯이 집단적 정동은 거대한 정치적 힘이 될 수 있다. 집단적 정동은 정치적 장을 형성한다. 집단적 혐오 역시 정치적 힘이 될 수 있다. 혐오의 정동이 정치적 장을 장악한다면 진짜 파시즘이 우리 사회에 도래하게 될지도 모른다. 그렇다면 혐오의 정동이 사람들을 사로잡아가고 있는 현재 상황을 위기라고 말할 수 있지 않겠는가? 게다가 촛불을 생성한 사랑의 주체들은 어디로 갈지 방향을 잡지 못하고 있는 것처럼 보이는 게 현재다. 이 틈을 타서, '빨갱이'를 혐오하는 '태극기 부대'가 현재 광화문 광장을 점령하고 있듯이 파시즘이 사회의 '정동-장'을 점령할 수 있지 않겠는가? 과도한 의심일 수는 있으나 촛불을 이끈 사랑의 힘이 사회를 이끄는 힘이 되지 못하고, 현재 상호 혐오가 사람들의 마음에 알게 모르게 스며들고 있다는 것이 사실이라면, 파시즘의 도래는 불가능하지 않다. 혐오에 대한 담론이 '일베'를 넘어 여기저기서 일상적으로 전개될 때, 그리고 그 담론이 광범위한 호응을 얻을 때 그러한 위기의식을 느끼곤 한다. 인종적 혐오를 바탕에 둔 난민 혐오가 담론화되고 이 담론이 호응을 얻는 것을 보면 다가오는 파시즘의 냄새를 맡게 된다. 페미니즘의 부상에 대한 반동으로 혐오담론이 유투브나 인터넷 댓글을 점령할 때, 시대착오적인 '빨갱이' 담론이 더욱 위세를 떨쳐나가는 듯이 보일 때 파시즘 도래의 위기를 느낀다.

혐오가 혐오를 낳는다. 혐오는 우리의 주체성을 위축시킨다. 타자와의 에로스적인 만남을 회피케 하고, 동일자 무리 속에서만 안정을 느낄 수 있도록 만든다. 사건으로서의 만남, 만남의 모험을 하고자 하는 욕망은 억눌려지고, 그 욕망의 에너지는 타자의 파괴를 위한 폭력적 힘을 충전하는 것으로 전화된다. 혐오가 가져오는 이러한 과정은 예전에도 사회의 저변에서 이루어지고 있었지만, 현재는 그러한 과정이 공공연하게 이루어지고 있는 것 같다. 예전에 혐오의 힘은 사랑의 힘에 의해 저지당할 수 있었다. 예를 들어 세월호 참사 이후 〈가대위〉의 예술적 실천은 혐오의 정동-'일베'가 유포하고자 한-을 이겨내고 사랑의 정동으로 충전된 거대한 정치적 힘을 형성시켰다. 하지만 지금은 저 혐오의 힘을 저지할 사랑의 주체가 잘 보이지 않는다는 데에 문제의 심각성이 있다. 여기서 혐오에 맞설 수 있는 사랑의 정동적인 힘을 다시 이끌어 올리는 작업, 〈가대위〉가 보여주었던 그 예술적 실천을 시문학이 해내기를 바라는 마음이 생기는 것이다. 이를 위해서는 현 상황의 위기에 대한 인식이 필요한 바, 하지만 비평과 문학이 이러한 인식을 하지 못한다면 그 또한 비평과 문학의 위기라고 할 수 있는 것이다.

'촛불혁명'의 환희와 그 이후 도래한 환멸. 그리고 집단적 '정동-장'을 장악해나가는 혐오. 지금의 위기 상황을 요약해서 말하자면 이렇다. 사랑의 정동을 통해 정치적 공간을 구성해나가면서 발현된 혁명의 힘은, 혁명을 대리하고자 하는 정부의 수립과 함께 해체되어버린 느낌이다. 촛불의 힘을 받아 안겠다는 정부에 촛불의 주체는 모든 것을 맡긴 듯이 보이는 것이다. 물론 그 힘은 지금도 잠재적으로 사회에 내재해 있다. 이 잠재적인 힘을 다시 현실화하면서 알게 모르게 형성되어가는 파시즘의 위험에 맞서고 사랑의 정동으로 정동의 장을 재구성하고 혐오로부터 탈환해야 된다면, 현실을 시로 충전하는 이러한 일은 예술과 시의 미학적 힘에 의해 이루어질 수 있는 것이다. 세월호 참사 이후 시인들은 슬픔과 분노의 정동을 사랑의 정동으로 전화시켜나가는 현실 아래에서 자신의 시를 펼쳤다. 그 시는 시적으로 변모하고 있는 현실을 더욱 시화(詩化)하고자 하는 작업이었다. 〈가대위〉의 예술적 실천이 창출하고 있는 시적 현실이 앞서 있었고 시와 예술의 텍스트 작업은 이러한 현실의 시화를 뒷받침하고자 했다. 위기가 위기로 인지되지 않고 있는 위기의 현재 상황에서는, 시와 예술이 앞서서 현 상황의 위기를 드러내고 혐오의 정동과 싸우며 사랑의 정치적 힘을 복원하여 현실을 시로 충전하는 작업을 해야 한다.

현재의 한국 시문학이 위기라고 말한다면 말도 안 된다고 말하는 이도 있겠다. 사실 나 역시 내심 그러한 생각을 가지고 있다. 시는 지금 어느 때보다도 대접받고 있다는 느낌이다. 국가와 지자체가 제도적으로 문학을 지원하고 있으며 독자층도 늘어나고 있다. 책을 멀리할 것 같은 젊은 층에서도 시 읽기를 좋아하고 시를 쓰고자 하는 이들이 많아지고 있다. 한국만큼 시집이 많이 팔리는 나라가 없다고 말하는 이도 있다. 개성 있는 시인들이 다수 등장하고 있으며 작품을 발표할 수 있는 매체도 늘어나고 있다. 물론 문학권력 문제는 여전히 존재하지만, 시문학 자체가 위기라고 말한다면 엄살일 것 같은 상황이다. 한국의 시문학은 융성하고 있는 듯이 보인다. 하지만, 그럼에도 불구하고 어떤 씁쓸함과 쓸쓸함이 느껴지는 것이 사실 아닌가. 이는 시인들이 제각각 자신의 시세계를 개성적으로 만들어가고는 있지만 뿔뿔이 흩어져서 자신의 길만을 걷고 있는 듯이 보이기 때문이다. 시인들 각각의 작업은 그대로 인정되고 존중되고는 있지만 시를 통한 집단적 정동의 장을 구성하는 일, 세월호 참사 이후 이루어졌던 그러한 일은 더 이상 추진되지 않는 것 같다. 시가 나아갈 방향을 찾지 못하고 있어서 집단적 정동의 구성을 추진할 수 있는 힘을 얻지 못하고 있기 때문이리라.

'시가 꼭 함께 어디로 나아가야 하는가'라고 묻는다면 할 말이 없지만, 현재의 위기를 생각한다면 문제는 달라진다. 현재의 위기 상황에서 시가 사랑의 생성에 무관심하다면, 그것이 바로 시의 위기를 의미하는 것이기 때문이다. 시는 보이지 않는 위기를 위기로서 드러내고, 사고로 치부되는 사건을 사건화해 왔다. 시인들은 자신의 주체성을 미학적으로 구성하면서 사건을 자기화하는 진실 말하기를 통해 현실에 시를 불어넣어 왔다. 그리고 현실에 불어넣어지는 시의 힘은 사랑을 불러일으켜 왔다. 어쩌면 지금의 한국시 역시 잘 드러나지 않았을 뿐이지 그러한 작업을 여전히 하고 있는지도 모른다. 그렇다면 비평의 역할 중 하나는 바로 여기에 있다고 하겠다. 비평 역시 위기에 대한 인식을 통해 자신의 주체성을 생성시켜 나가야 한다. 이는 시에 내재해 있는 사랑의 힘을 가시화하고, 시가 포착하고 있는 우리 삶의 위기에 대해 말하면서 이루어져야 할 것이다. 비평의 이러한 자기인식이 없을 때 비평 역시 위기에 처해 있다고 말할 수 있다. 비평은 자신이 지금 위기에 처해 있지 않는가라고 스스로에게 물어보아야 한다. 비평은 언제나 자기 자신도 위기에 빠질 수 있는 위기에 처해 있음을 예민하게 의식해야 하는 것이다.

4. 공통체의 구축을 향한 아방가르드 되기

앞에서 현 상황의 위기를 집단적 정동의 장이 혐오에 의해 장악해가고 있다는 것에 두었다. 그런데 혐오를 생산하는 기제가 무엇인지도 물어보아야 한다. 어떠한 배치의 상황이 파시즘의 검은 마음을 퍼뜨리는 것인가. 소위 '헬조선'의 현실이 그 바탕에 있다. 빈부격차의 심화와 신분화 되고 있는 계급 구조의 견고화, 생활 현장에서의 권력관계, 삶의 원리와 가치가 되어버린 경쟁, 감정마저도 상품화하고 정동과 인지능력을 노동력으로 동원하는 인지자본주의의 전면화, 점점 늘어나고 있는 가계 부채와 부채로 인한 중압감, 기본적인 생활이 박탈될 것 같은 미래의 불안과 공포, 기존 권력관계를 재생산하고자 낡은 흑백논리를 유포하는 보수 미디어 등이 확산되고 있는 혐오의 배후에 있다. 권력이 작동하는 갖가지 배치 안에서 살아가고 있는 우리 삶은, 자신의 삶을 미워하고 타자와 사랑의 관계를 맺지 못하는 무능력 상태로 이끌린다. 그리고 삶의 에너지는 혐오를 통해 분출되고, 사랑은 타자 혐오를 통해 맺어진 동일자끼리의 동질감으로 폐쇄된다. 그럼으로써 삶의 생성적 힘은 봉쇄되고, 삶은 삶의 본원적인 힘을 잃게 되는 전면적인 위기 상태에 처하게 된다. 삶의 위기는 넓게 편재하며, 그 뿌리는 깊은 곳에 있다.

시문학의 지성은 깊이 뿌리박고 있는 위기의 근원을 투시해야 하며, 이를 이미지화하여 정동적인 힘으로 전화시킬 수 있어야 한다. 그와 함께 현재의 사회 체제가 강요하는 삶의 무기력과 혐오를 사랑의 힘으로 전복해나가야 한다. 이러한 일은 '촛불정부'가 할 수 있는 일이 아니다. 문학과 예술이 자신이 가진 미학적 힘을 통해 할 수 있는 일이다. 이러한 미학적 힘을 통해 맺어지는 정동적인 연대는 상호 생성하는 사랑의 힘을 현실 속에 충전할 것이다. 이는 혐오와 무기력을 생산하는 삶의 배치, 현재 우리의 삶이 놓여 있는 인지자본주의의 여러 장치들 바깥에 공통적인 것을 생성한다는 것을 의미한다. 시문학을 포함한 예술과 비평은 자신의 위기를 인식하고 공통적인 것의 생성을 향해 나가면서 삶다운 삶이 박탈당하고 있는 위기를 삶의 주체적 생성의 기회로 전화시킬 수 있다. 공통적인 것의 생성이란 차이를 동일성으로 묶어내는 것이 아니라 '상호 생성(becoming)'을 통해 함께 새로이 형성되어가는 것을 의미한다. 하여, 공통적인 것의 생성을 통해 보편성은 계속 갱신된다.

만인이 타자와 사랑으로 연결되면서 이루어지는, 난민과 연결되고 아이와 연결되며 동물과 연결되고 나아가 우주와 연결되면서 이루어지는 '상호 생성'에 의해, 공통적인 것은 계속 새로이 형성되고 세계는 사랑으로 재구축된다. 지금은 바로 시가, 예술이 이러한 재구축을 향해 예술적-정치적 실천을 앞서서 해나가야 할 위기 상황이다. 그것은 아방가르드가 된다는 것을 의미한다. 철 지난 아방가르드? 어쩌면 철 지났을 것이다. 그러나 아방가르드는 옛날이나 지금이나 있어 왔다. 세월호 〈가대위〉가 아방가르드였듯이. 삶을 질식시키는 권력이 여러 장치를 통해 작동하고 있는 한, 아방가르드는 계속 존재할 것이다. 이 아방가르드는 문학 형식의 파괴 등에서 이루어질 수 없다. 그리고 그것은 예술계나 문단 내부에만 존재하는 것이 아니다. 바로 그러한 식으로 아방가르드를 생각하는 것이 철 지난 것이다. 모두가 아방가르드 예술가가 될 수 있다. 〈가대위〉의 가족들처럼. 현실과 삶을 시와 사랑의 힘으로 충만하게 하고 현재를 넘어서게 하는 것, 여기에 아방가르드 기획이 놓여 있다. 문학예술계에서 생산되고 있는 시와 예술 작품들은 자신을 현실화하고자 함으로써 아방가르드가 될 수 있다. 현재 비평과 시문학이 위기에 처해 있다면, 공통적인 것을 구축해나가는 '시-예술'의 아방가르드에 대해 다시 생각해보고 그 방향과 방안을 고안해 나가면서 그 위기를 극복할 수 있을 것이다.

여기에 이르러서야 이 글의 부제를 내 힘으로 달아볼 수 있겠다. '공통체를 구축하는 아방가르드를 향해'라고. 그것이 비평과 시문학이 현재의 위기를 위기로서 살면서 자신의 주체성을 생성하는 길이라고 생각하면서.

〈콜로키엄 후기〉

콜로키엄이 끝난 후 거의 한 달이 지났다. 『포지션』에 싣기 위해 오문 검토 차 이 글을 다시 읽었다. 그런데 오문 차원을 넘어 내용 자체를 고치고 싶다는 생각이 들었다. 특히 현재 격화되고 있는 일본의 무역보복에 대한 관심이 그러한 생각을 불러일으켰다. 이 글이 강조하는 현 시기 '위기'의 내용을 다시 생각하게 되었던 것이다. 삼일운동 100주년이 기념의 의미만을 가지고 있지 않다는 것을 절실하게 느끼고 있는 요즘이다. 한국 내부만이 아니라 한일 관계에서도 식민체제의 청산이 이루어지지 않았다는 것을 현 상황은 여실히 보여주고 있는 것이다. 하지만 콜로키엄에서 발표까지 한 글을, 게다가 이 글로 토론까지 한 글을 내용을 바꿔 잡지에 실을 수는 없다고 판단되었다.

콜로키엄에서 김영희 평론가가 날카로운 지적을 해주었다. 그 중에서 세월호 〈가대위〉가 창출한 '시적 현실'이라는 말이 관념적이고 비대중적이라는 지적이 기억에 남는다. '포에지'가 제작을 의미하는 '포이에시스'라는 말에서 나왔다고 할 때, 시적 현실이란 지금 현실을 넘어서 창출된 또 다른 현실이라고 말할 수 있지 않을까 한다. 그런데 이때의 '또 다른 현실'은, 포에지의 어원 상 파괴적인 것이 아니라 생산적이어야 한다. 전쟁과 같은 파괴적인 현실의 창출은 시적 현실이라고 말할 수 없는 것이다. 그리고 '시적'이라는 말은 문학인이나 지식인만 사용하지는 않고 어린 학생들도 사용하곤 하는 평범한 관형어라고 생각한다. 많이 사용하지는 않는 말이긴 하지만. 사람들은 어떤 멋진 장면이나 사건을 두고 '시적'이라는 말을 자신도 모르게 붙이곤 하지 않는가.

김영희 평론가가 또 달리 말해준 문제는 비평의 위기와 함께 비평가의 위기도 심각하다는 것이었다. 비평가의 존재 근거가 흔들리고 있는 현재 상황이 비평을 더욱 위기에 몰아놓고 있다는 것이 그의 진단이다. 필자 역시 직장을 아직 못 잡은 채 평론 활동을 하고 있는 사람으로서 그 진단에 격하게 동의한다. 대학에서, 한국문학 학과에서도 지금 문학현장에서 벌이고 있는 문학 활동에 대해 학술적 가치를 '전혀' 부여하지 않고 있다. 평론가는 아무래도 대학에서 일자리를 얻어야 하는 사람들이 많다. 그렇기에 대학에서 가치를 부여하지 않는 활동에 전념하기란 심적으로도, 경제적으로도 힘들다. 논문 편수로 연구자의 학술적 활동을 평가하는 대학에서 논문이 아닌 평론 활동에 힘을 다하기란 한국문학의 생산에 조금이라도 기여하겠다는 생각을 '굳게' 갖지 않는다면 어려운 일이다.

그래서 필자 역시 김영희 평론가의 진단에 슬픔과 분노를 담아 격하게 동의하는 것인데, 콜로키엄에서는 '평론가들이여 힘을 내자'고 말했다.(사실 선배 평론가로서 그렇게 말해야 한다고 생각했다.) 창작을 하는 이들도 어떠한 경제적 대가나 사회적 지위를 얻기 위하여 창작을 하지 않으며, 평론가 역시 그래야 한다고 말했다. 하지만 지금 생각해보면 이 또한 무책임한 말이 되지 않겠는가 하는 생각이다. 창작 활동이나 평론 활동이 사회적으로 합당한 가치를 인정받아야 하며 이를 위한 제도적 보완이 필요하다고 말했어야 했다. 평론을 포함한 예술 활동을 인정받으면 국가로부터 지원을 받는 제도가 유럽 여러 나라에서는 이미 만들어져 있다고 알고 있다. 한국에서도 문학예술의 창작과 평론 활동을 경제적 어려움 없이 지속할 수 있는 제도를 구축해야 하지 않겠는가. 이 주제에 대한 사회적 담론화가 절실한 것, 이 문제를 차후 『포지션』 콜로키엄 주제로 다루면 좋겠다는 생각을 해본다.

(2019)

II

2000년대 한국시의 정치적인 것과 그 전개

2000년대 한국시와
정치적인 것

1. 시와 정치, 그리고 정치적인 것

시는 흔히들 정치의 반대편에 놓여 있다고 말해지곤 한다. 플라톤이 자신의 이상적인 '정치체'(Politeia)에서는 시인을 추방해야 한다고 말한 이후, 정치는 시를 무시하고 불편해한다고 알려졌다. 시 또한 정치에 복속되는 시라면 진정한 시가 될 수 없다고 생각되어 왔다. 시와 정치는 물과 기름 같아서 서로가 서로를 밀어내는 관계로 여겨져 왔던 것이다. 이러한 생각이 틀린 것은 아니다. 자유로운 상상력을 필요로 하는 시는 현실의 정치질서로부터 벗어나려는 원심력을 가지고 있어서 정치가에게는 시가 질서를 어지럽히는 존재로 보일 수 있기 때문이다. 그래서 정치와 시는 조화로운 관계보다는 갈등의 관계를 맺어왔던 것으로 보인다.

특히 종교를 중심으로 하는 단일체제에서 예술과 정치, 과학이 분리되고 자율화되는 근대세계에서는 정치와 시는 더욱 갈등 관계에 놓이게 되었다. 근대세계에서 시와 정치는 서로 자율적으로 존재하면서도 시의 힘과 정치의 힘은 상대방의 영역에 영향을 끼치려고 했다. 정치는 시를 자신의 통제 아래에 놓으려고 했으며 시는 정치를 변화시키려고 했다. 시와 정치가 갈등하는 양상은 '시-예술'과 정치의 자율화와 함께 두 영역의 상호 침투가 이루어지면서 나타났다고 할 수 있다. 서로가 서로의 영역에서만 자율적으로 움직인다면 갈등이 일어날 이유가 없는 것이다.

그러나 시와 정치가 서로가 서로를 밀어낸다는 생각은 예술과 정치가 자율적으로 존재해야 한다는 근대적인 사고방식에서 기인하는 것이다. 우리는 의회나 선거 국면에서 나타나는 정당의 행위들, 또는 정부의 공적 행위들로부터 정치를 생각하곤 한다. 근대 정치체의 형성은 공화국을 구성하고 운영하는 정치의 제도화를 통해서 이루어졌기 때문에 이러한 연상은 자연스러운 면이 있다. 하지만 정치를 근대 정치제도의 운영을 둘러싼 힘 관계로만 한정한다면 그것은 정치를 대의제의 한계 안으로 가두어놓는 일이다. 그러나 근대 정치제도를 넘어서 정치를 생각한다면 시와 정치의 관계는 달리 보일 수 있다.

2000년대 후반부터 한국 문학계에서 널리 거론된 프랑스 철학자 자크 랑시에르(J. Ranciere)는 '정치적인 것'이란 개념을 통해 정치와 예술의 관계를 재정립한다. 랑시에르에 따르면 치안(police)은 감각적인 것을 구획하여 볼 수 있는 것과 볼 수 없는 것을 분배하지만, 예술은 그 감각적인 것의 분배를 교란시키면서 감각을 재발명하고 재분배한다. 그리고 여기에 예술의 민주주의적 잠재성과 직접적인 정치성이 있다는 것이다. '정치적인 것'이란 랑시에르의 개념화에 따르면 "자리들과 기능들을 위계적으로 분배하는 것에 바탕을" 둔 치안과 해방 과정의 이름인 정치가 마주치는 현장[1]이다. 그런데 그에 따르면 예술 역시 감각을 분배하는 치안과 그 감각을 해체하고 재분배하는 과정이 마주치는 현장이어서, 직접적으로 정치적인 것을 창출한다.

그렇다면 언어를 통해 감각적인 것을 발명하고 재분배하는 시 역시 자신

---

1) 자크 랑시에르, 『정치적인 것의 가장자리에서』, 양창렬 옮김, 길, 2008, 135-136쪽.

의 방식대로 정치성을 가지고 있다고 하겠다. 시와 정치는 물과 기름처럼 겉도는 것이 아니다. 시와 정치는 치안을 각각 나름의 방식으로 교란하고 붕괴시키는 해방 과정이며 그래서 둘 모두 정치적인 것을 창출한다. 이는 '시-예술'이 정치의 도구가 되는 것을 의미하지 않는다. 랑시에르는 미학의 정치와 정치의 미학이 다르다고 한다. 미학의 정치는 자기 방식대로 직접적으로 정치적이라는 것이다. 하지만 미학의 정치와 정치의 미학의 차이가 두 영역의 분리를 의미하지는 않는다. 두 영역은 서로 연결되면서 변형되고 확장되며 고양될 수 있다. 예술은 그 자체로 정치적이지만, 정치의 미학과의 연결을 통해, 나아가 그 정치의 미학에로의 참여를 통하여 더욱 창조적이며 정치적인 예술이 탄생할 수 있다. 이 참여란 예술이 정치를 대변한다거나 재현하는 것을 의미하지 않는다. 이때에도 예술은 고유한 방식으로 직접적으로 정치적인 것을 창출하기 때문이다.

정치를 치안에 저항하는 시민 다중―랑시에르는 '몫 없는 자들'이라는 개념을 사용한다―의 해방과정이라고 달리 개념화하면, 시와 정치는 갈등 관계에 놓인 것이 아니라 정치적인 것을 공유하면서 서로 필요로 하고 접속하며 섞이는 관계에 있다고 할 수 있다. 그래서 시는 정치로부터 독립적이어야 한다는 생각은 한편으로는 맞지만 다른 한편으로는 틀리다고 할 것이다. 즉 그 생각은 시가 정치의 도구화가 되어서는 안 된다는 의미에서는 맞지만 시가 정치와 무관해야 한다는 의미라면 틀리다.[2] 시는 그 자체로 정치적이지만 자신의 고유한 정치성을 시민들의 저항 정치와 접속하면서 정치에 참여하는 경우도 있다. 이를 '정치시'라고 개념화할 수 있을 것인데,

---

[2] 반복해서 말하자면, 이때의 정치는 정치 제도를 둘러싼 정치, 제도를 통한 정치가 아니라 시민이 치안의 권력에 저항하면서 이루어지는 정치다.

우리가 존경하는 시인들의 '저항시'는 바로 이러한 '정치시'라고 말할 수 있을 것이다. 사실 한국 근대시의 정전을 형성하고 있는 시인들, 이육사나 한용운, 김수영이나 신동엽 등의 저항시는 일종의 '정치시'인 것이다.

그렇기에 시는 정치적인 색채를 띠지 말아야 한다든지 시가 정치적이 되고자 하면 그 예술성이 떨어진다든지 하는 생각은 문제가 많다. 시가 정치, 특히 제도 정치의 시녀가 된다면 그 시는 예술적으로 파탄이 날 뿐만 아니라 시의 정치성도 구현하지 못하는 경우가 될 것이다. 독재체제에서 볼 수 있는 권력자나 체제 찬양의 시가 그렇다. 당의 방침에 따라 쓰는 시도 그럴 것이다. 그러나 시 자체의 정치성을 전경화(前景化)하면서 정치와 접속하는 시는 시의 본령에 어긋나지 않는다. 어쩌면 시의 본령에 충실한 시라고도 할 수 있다. 그러한 '정치시'는 시가 지니는 정치성을 더욱 의식화하여 치안에 저항하는 해방과정에 힘을 보태고, 그리하여 그 해방과정을 확장 증폭시키는 데에 기여하고자 한다.

한국 현대시의 명편들 중 다수는 정치와 접속하고 정치로부터 시적 자양분을 얻으면서 창작되었다. 그도 그럴 것이 한국의 근대사는 정치적인 것이 격렬하게 창출되면서 이루어졌다. 일본의 근대로 식민화되고 이에 저항하면서 한국의 근대성은 형성되기 시작했다. 식민지로부터 벗어난 이후에도 분단, 군사정권과 개발독재, 신자유주의의 지배 등에 저항하면서 한국에서는 정치적인 것이 지속적으로 창출되었으며, 최근 그것은 '촛불혁명'을 통해 거대하게 불타오르기도 했다. 한국 현대시는 그 출발부터 이러한 정치와 무관할 수 없었으며 한국 현대시 다수가 정치에 접속하고 참여하면서 그 창작이 이루어져 왔다. 이러한 '정치시'의 전개 과정을 여기서 다 개관하기는 힘들기에, 2000년대 이후에 이루어진 '정치시'의 양상들을 정리하는 데 만족하기로 한다.

2. 정치 현장과 접속하는 시

2000년대는 신자유주의가 본격화되면서 자본주의의 횡포가 더욱 가시화되기 시작한 시기였다. 이 시기의 전반기는 '민주화 세력'이 정권을 잡은 시기였지만, 그 정권이 노동자와 친화적인 정권은 아니었기에 노동운동에 대한 탄압 역시 계속되었다. 특히 비정규직 노동자들의 양산으로 노동계급의 투쟁 양상이 전과 다르게 나타나기 시작했다. 기업은 비정규직 노동자들을 자유롭게 해고할 수 있기 때문에 조금만 회사가 어려워지거나 노동자들이 저항의 모습을 보여주면 가차없이 그들을 '정리해고' 시켜버렸다.

이러한 상황에서 노동자들의 저항을 시로 표현하고자 하는 '노동시'가 다시 부활하고, 또한 새로운 세대의 젊은 노동자 시인들이 등장하기 시작했다. 1980년대 중반 이후 사회주의적 정치의식과 직접적으로 연결되는 '노동시' 운동이 급부상했다. 그러나 현실 사회주의 몰락 이후인 1990년대 중반에 오면, '노동시'가 급속히 퇴조하는 듯했다. 물론 노동자 시인들은 계속 시를 썼으나 문학계에서의 파괴력은 전만큼 강하지 못하게 된 것이다. 그런데 신자유주의의 폐해가 본격적으로 드러나기 시작한 2000년대 중반부터, 저항적인 노동시가 다시 활발하게 발표되었으며 그 영향력도 강화되었다.

새로운 세대의 저항적인 노동자 시인들 중 송경동이 상당한 주목을 받았다. 2000년대 중반 이후, 그는 시인으로서뿐만이 아니라 운동가로서도 활발한 활동을 보여주었다. 그는 현실에 직접 개입하여 '못 없는 자들'의 마음을 들끓게 하는 선동시를 통해 그들의 정치적 행동을 촉발하려고 시도했다. 송경동 시인에게 시의 현실화란 억압받고 착취당하는, "비천한 모든 이들"(「사소한 물음들에 답함」)이 말할 수 있는 세상, 그들이 자신의 삶의 존엄성을 지키고 타자를 사랑할 수 있는 삶의 능력을 개화할 수 있는 세상이 이루어졌을 때를 의미한다. 그러한 세상이 그냥 올 수는 없고 투쟁을 통해서만 올 수 있는 것이라면, 그리고 그 투쟁 과정에서 시가 무기가 될 수 있다면, 그는 이 또한 시의 영예라고 생각하는 시인이다. 그러므로 무기로서의 '선전선동 시'를 쓰는 행위는, 송경동 시인으로서는 반시(反詩)적인 것이 아니다.

선전선동 시를 잘 쓰기 위해서 시인은 '미적 형식' 또는 언어의 시적 효과에 대해 등한시 할 수 없다. 왜냐하면, 거리에서 시를 쓰고 집회에 모인 청중을 대상으로 시를 읽으려고 하는 시인에게, 시의 성공 여부는 자신의 시가 청중에게 그들의 심적인 힘과 정치적 의지를 얼마나 북돋아 줄 수 있느냐에 달려 있는 것이기 때문이다. 청중의 힘과 의지를 북돋기 위해서는 효과적인 형식에 대해 고심하고 실험해야 한다. 그렇기에 선전선동시를 쓴다고 하여 송경동이 시적 표현에 신경 쓰지 않고 자신의 관념만 나열하는 식으로 시를 쓸 것이라고 생각하면 오산이다. 용산 참사를 주제로 하고 있는 「냉동고를 열어라」는 선전선동의 효과를 배가시킬 수 있는 시적 형식에 대해 시인이 고심하고 있음을 보여준다.[3] 후반부를 인용한다.

> 150일째 우리 모두의 양심이
> 차가운 냉동고에 억류당해 있다
> 150일째 이 사회의 민주주의가
> 차가운 냉동고에 처박혀 있다
> 150일째 이 사회의 역사가
> 차가운 냉동고에 얼어붙어 있다
> 이 냉동고를 열어라

---

3) 용산 참사의 희생자들 가족은 희생자들의 명예 회복을 위하여 장례를 치르지 않고 시신을 냉동고에 그대로 보관하면서 당국과 투쟁했다. 이와 관련한 집회에서 이 시는 낭독되었다.

이 냉동고에 우리의 용기가 갇혀 있다

이 냉동고를 열어라

이 냉동고에 우리의 권리가 묶여 있다

이 냉동고를 열어라

이 냉동고에 우리의 미래가 갇혀 있다

이 냉동고를 열어라

이 냉동고에 우리 모두의 소망인

평등과 평화와 사랑의 염원이 주리 틀려 있다

거기 너와 내가 갇혀 있다

너와 나의 사랑이 갇혀 있다

제발 이 냉동고를 열어라

우리의 참담한 오늘을

우리의 꽉 막힌 내일을

얼어붙은 시대를

열어라 이 냉동고를

— 송경동, 「냉동고를 열어라」 부분

이 시는 집회에서의 낭송을 목적으로 쓰였음에 유의해야 한다. 즉 이 시의 진가를 알기 위해서는 송경동 시인의 낭송을 직접 들어봐야 한다.(이 시에 대한 시인의 낭송은 인터넷을 통해 쉽게 찾아 들을 수 있다.) 그 낭송을 들어보면, "이 냉동고를 열어라/이 냉동고에"라는 반복되는 문구와, 그 반복 문구 사이에 삽입되어 점층적으로 변조되고 있는 문장이 어울리면서 점점 급박한 리듬이 창출되고 있음을 느낄 수 있다. 점점 급박하게 변조되는 리듬은 청자의 감정을 고양시킨다. 즉 이 시에 쓰인 반복과 변조, 대구법은 낭송에 급박한 리듬을 형성하면서, 그 리듬에 호응한 청자의 심장을 북소리처럼 두드린다.

그 리듬은 진술되는 내용, 즉 참사라는 사회적 사건과 호응하면서 청자가 어렴풋이 품고 있었던 분노와 비애를 증폭시킨다. 이러한 리듬을 창출하고 있는 시적 구성은, 시가 집회에 사용될 때 가질 수 있는 정치적인 효과를 최대한으로 높이기 위해서 시인이 세심하게 만든 것이다. 그것이 아니라면, 오랜 습작 끝에 시인이 자연스럽게 터득한 기법에서 나온 것이다. 이 기법의 특징은 직설에 기반하고 있다. 직설적인 문장들의 반복 변주가 북소리와 같은 리듬을 형성하여 특유한 시적 효과를 만들어내는 것이다. 이러한 효과를 통해 위의 시는 '비천한 자들'의 집회 현장에서의 정치를 의미화하고 고양시킨다.

한편, 문동만의 아래 시는 방금 읽은 송경동의 '선전선동 시'와는 다른 양상의 노동시의 정치성을 보여주고 있다.

가리봉동 기륭전자 앞
급조된 망루 위에 한 여인이 농성중

깡패와 구사대는 밑동을 흔들며
뛰어내릴 테면 뛰어내려보라고 죽을 테면 죽어보라고
폼만 잡지 말고 확실히 결행해보라고

어떤 힘에도 밀리지 않던 그녀가 이 조롱에는 흔들린다

육두문자는 그녀의 가슴팍을 지지한

작대기를 걷어차라고 한다

작대기가 걷어차이면 지게는 앞으로 고꾸라지는 것

순간

94일을 굶은 여인은 아시바에 두 팔을 건다

두 팔은 지게끈처럼

가녀린 두 다리가 쭉 지게다리처럼

허공에 걸린 가벼운 지게

허공은 가벼운데 발바닥 아래 세상은

무거운 중력이 되어 그녀를 끌어당긴다

아무리 부려도 가벼워지지 않는 짐에 화염이 붙는다

그녀가 흔들리는 지게가 되자

또아리를 틀고 아가리를 벌리던

무리들 몇발짝 물러났다

잠시 평온이 흘렀고 사위는 어두워지고

몇몇 소녀의 흐느낌과 아우성이 터졌다

그 울음만이 지상의 매트리스였다

― 문동만, 「지게」 전문

송경동처럼 새로운 세대 노동자 시인 중 한 사람인 문동만 역시 노동자들의 '투쟁현장'에 활발하게 결합하고 있는 실천적인 시인이다. 그 역시 현장에의 참여를 통해 창작되고 현장에서 작동되는 시를 많이 쓰고 있다. 기륭전자 해고 노동자가 농성하고 있는 현장을 그리고 있는 위의 시 역시 투쟁현장에서 나온 시라고 볼 수 있다. 그런데 위의 시를 보면, 그의 시는 송경동의 '현장시'보다는 덜 직설적이고 상대적으로 더 농도 짙은 서정을 보여준다. 위에서 인용한 송경동의 시가 어떤 '절규'의 리듬을 통해 현장에 있는 사람들의 마음을 움직이려고 한다면, 위의 시는 삶과 죽음이 외줄에 걸려 있는 투쟁 현장의 절박성을 "급조된 망루 위에"서 농성하다가 "흔들리는 지게"가 된 한 여성 노동자의 모습을 통해 강렬하게 보여준다. 이 노동자는 구사대에 의해 생명을 위협받으면서도 이에 굴하지 않고 죽음을 불사하면서 저항한다.

위의 시는 전율적인 상황이 실제로 일어나고 있는 투쟁 현장을 리얼리스틱하게 드러냄으로써 이데올로기에 뒤덮인 세상에서 실재가 무엇인지 고발한다. 저러한 현장을 직접 경험한 사람은 극소수일 터, 그래서 저렇게 현장을 제시하는 것은 여전히 진실을 드러낸다는 면에서 문학적인 가치를 가진다. 나아가 인간으로서의 존엄성을 지키기 위해 목숨을 건 여성 노동자의 모습을 통해 착취와 배제, 그리고 폭력이 횡행하는 실재를 변화시킬 수 있는 어떤 잠재력을 드러낸다. "흐느낌과 아우성"만이 여성 노동자를 위한 "지상의 매트리스"가 되어준다는 시적 발견은, 그 잠재력이 어떻게 형성되는 것인지 알려준다. 그렇게 잠재력이 드러나면서 시의 내면으로부터 시적인 것이 강렬하게 분출된다.

우리가 지금까지 읽어본 송경동과 문동만 시인 등, 젊은 노동자 시인들은 이렇게 투쟁 현장과 밀접하게 관계를 맺으면서 2000년대를 점령한 신자유주의에 직접적으로 저항하는 길을 걸었고 지금도 걸어가고 있다.

3. 알레고리와 유머를 통한 정치성의 표현

보수주의 정권이 들어선 2000년대 후반에는 '노동시'의 전통과는 다른 방향에서 새로운 '정치시'가 생성되고 있는 징후들도 보이기 시작했다. 사실, 2000년대 들어서 문학이 탈정치화 되었다면서 우려를 나타낸 사람들이 많았다. 특히 그들은 젊은 문인들의 시가 정치 윤리적인 문제를 외면하고 있다고 하여 비판을 하곤 했다. 그러나 소위 MB 정부가 들어선 후 '광우병 파동'과 '촛불 봉기'가 일어나고 연이어 용산참사가 일어나면서 젊은 문인들을 포함한 많은 문인들이 집단적으로 정치적 발언-선언의 형식으로-을 해나갔다. 그 발언들은 적어도 현재의 한국 문인들이 인권이라든지 민주주의와 같은 정치 윤리적인 문제를 외면하고 있지 않음을 보여주었다.

일련의 '반민주적' 사건을 경험하면서 '한국작가회의' 문인들이 시국 선언을 했다. 한국작가회의가 비교적 문학과 사회적 실천의 관계에 대해 고민해 왔던 작가들의 단체라는 면에서 그 시국선언은 예상된 일이었다 할 것이다. 그런데 문인들의 선언은, 한국작가회의라는 '조직'에서 뿐만 아니라, 비교적 비정치적인 문학 세계를 보여주었다고 판단되었던 젊은 문인들이 상당수 참여하면서 이루어진 느슨하고 자율적인 모임에서도 이루어졌다. 소위 '6·9 작가선언'이 그것이다. '6·9 작가선언'의 특징은 선언에 참가한 자들이 모두 선언문 작성에 참여했다는 점이다. 즉 선언은 작가 한 사람 한 사람의 선언적인 문장으로 이루어졌던 것이다. 이는, 대표가 선언문을 쓰고 이에 회원들이 찬동하는 형식으로 이루어진 한국작가회의의 선언과는 다른 면모를 보여주었다. 또한 '6·9 작가선언'의 경우는, '미학주의자'로 판단되곤 했던 젊은 작가들이 사회적 실천 행위에 뛰어든 것이어서 더욱 주목되었다.

2000년대 등장한 젊은 시인인 진은영도 그 중에 한 사람이다. 그는 시의 정치적 참여의 길을 새로이 모색하는 시와 산문을 발표하여 많은 주목을 받았다. 그는 「감각적인 것의 분배」라는 산문을 통해 '시와 정치'에 대한 논의의 물꼬를 텄다. 이 산문이 발표되고 나서, 2008년 후반부터 한국 시단에서는 '시와 정치'를 둘러싼 담론이 활발히 전개되었다. 진은영이 물꼬를 튼 '시와 정치' 담론이 전 문단적인 주목을 받을 수 있었던 것은 '촛불'과 '용산참사'라는 두 사건 때문이었을 것이다. 그 사건들은 우리 삶의 실재가 무엇인지 드러냈다. 그 실재는, 안온하게 전복의 포즈만을 취하는 경향이 있던 한국 시단에 충격을 주는 것이었다. 이러한 현실을 앞에 두고, 진은영은 시가 과연 '정치적으로' 무엇을 해야 할까라는, 그간 다소 금기시되어 왔다고까지 할 그러한 질문을 위의 산문에서 정면으로 제기한 것이었다. 이와 동시에 그녀는 독특한 형식의 정치적인 시를 발표해 나갔다.

관료들은 결정을 서두른다.
노래는 폐허와 부패의 미끌거리는 창자를 입에 문 채
갈가마귀처럼 하늘을 날아가는 법이라고
우리를 가르치기 위해?
      또는
고통과 비명의 자유로운 확산과 교역을 위해?

그들은 결정을 서두른다.

폐병쟁이 시인을 위해 흰 알약의 값을 올리고
아직도 발자크처럼 건강한 소설가에게는
어미소를 먹인 얼룩소를 먹이도록.

잠든 이웃에게는 아름다운 나라의 산업폐기물이
트로이의 목마처럼 입성하는 도시들과
햄릿에서처럼
독극물이 고요한 한낮의 귓속으로 흘러드는 이야기를 선물하라.

당신들은 결정을 서두른다.

이런 결단들은
종이봉지에서 포도송이를 꺼낼 때처럼
조심스럽거나 부스럭거려서는 안 된다.

소리 없이
비닐봉지를 휙 가르고 떨어지는 나이프처럼
사람들이 모여들기 전에.

— 진은영, 「문학적인 삶」 후반부

　진은영의 이 시는 불투명하다. 우선 제목과 시의 내용이 어떻게 연결되
는 것인지, 명확하게 파악하기 힘들다. 그래서 '노동시'의 정치성에 익숙한
사람들로서는 이 시가 과연 정치적인 내용을 담고 있는 시라고 말할 수 있

을까 의심할 수도 있다. 하지만 이 시는 폭력적인 관료 세계의 어떤 운행이 암시되다가 돌발적인 이미지가 갑자기 등장함으로써 독자에게 강한 인상을 부여하는 데에 성공하고 있다. 그 폭력은 국가나 대중 매체에서 떠들어대는, 하도 사용되어 흐물흐물해진 말인 '문학적인 삶'과 연결되어 나타난다. "관료들은 서두른다", "고통과 비명의 자유로운 확산과 교역을 위해?"라고 시적 화자가 말할 때, 독자들은 자연스럽게 삶을 파괴하는 신자유주의적인 세계화와 이른바 '문학의 세계화'를 겹쳐서 생각하게 된다. 그런데 관료들이 서두르는 결정의 내용은 "흰 알약의 값을 올리고", "어미소를 먹인 얼룩소를 먹여"며, "산업폐기물이/트로이의 목마처럼 입성하"도록 하는 것이다. 그와 동시에 폐병쟁이 시인과 발자크와 햄릿과 오딧세이의 이야기가 마치 트로이의 목마인양 삶을 파괴하기 위해 이웃 속으로 들어간다.

그 관료들이 누구를 가리키는지 애매모호하지만, 시인은 그 애매함을 통해 시적 효과를 증폭시킨다. 저 관료들의 애매한 모습은, 그들이 우리 주변에 유령처럼 배회하는 존재로서 현상하도록 만든다. 하지만 그들은 우리의 귀에 독극물을 붓는 결단을 명령하는 권력자들이다. 그들은 마치 존재하지 않는 것처럼 몸을 드러내고 있지 않지만, 모든 곳에 존재한다. 사람들은 이들이 어떤 결단을 내리고 있는지 사실조차도 알지 못한다. 그들의 결단은 "사람들이 모여들기 전에" "비닐봉지를 휙 가르고 떨어지는 나이프처럼" "소리 없이" 이루어지기 때문이다. 사람들이 모이기 전에 모든 것은 나이프의 칼날처럼 신속하고 날카롭게 결정되어야 한다. 이때 "-은 결정을 서두른다"라는 문형의 반복은 독자로 하여금 어떤 공포의 감정에 젖어들게 만든다. 그리고 그렇게 반복되는 문구 사이에 삽입되는 선명하면서도 강렬한 시적 이미지는 독자에게 시각적 충격을 준다. 이렇게 읽어보면, 진은영의 위의 시에 대해, 다국적 자본과 국가(관료)가 벌이는 삶의 파괴와 그것과 관련된 문학의 문제를 알레고리로 보여주는 시라고 말할 수 있다.

한편 2000년대 후반에는 1980년대에 출생한 시인들-이들은 IMF와 함께 청(소)년 시절을 살기 시작했다-중에서 현 시대에 대한 정치적 저항을 선언하는 시인도 나타나기 시작했다. 이 시인들은 노동시의 현장성과 리얼리즘에서 벗어나 있지만, 진은영 시인과 같이 고유한 형식을 창출하면서 정치적인 시를 쓰고자 했다. 그 중 서효인은 기성세대 전반에 대해 비판하면서 새로운 방식으로 저항할 것을 선언한 시인이다. 그는 기성세대가 만든 가치가 IMF 경제 위기에서 볼 수 있듯이 무력한 것임에도 불구하고, 기성세대는 그 무력한 가치를 소년들에게 폭력적으로 강요하고 있다고 판단한다. 그의 첫 번째 시집 『소년 파르티잔 행동지침』(민음사, 2010년)에 실린 「분노의 시절-분노 조절법 중급반」에 등장하는, "한국 놈들은 맞아야 정신 차린다고 이를 부드득 갈며" "이글이글한 분노의 원심력을 당구 큐대나 야구방망이나 담양대뿌리 등에 부착해 허공에 휘두"르는 '선생' 같이 말이다.

서효인은 기성세대가 폭력적으로 강요하는 가치에 맞서 저항할 것을 선언하는데, 그 저항은 '파르티잔'적 방법으로 이루어져야 한다고 주장한다. 파르티잔인 저항이란 무엇인가? 첫 시집의 표제작인 「소년 파르티잔 행동 지침」에 따르면, "만국의 소년"이 "붉은 엉덩이를 치켜들고" "분열"하는 것이다.

우리학교야자시간 : 수레바퀴의 빈틈에 덕지덕지 달려들어 주제들의 세상을 혼내 줄 시간, 휘영청 휘영청 마음껏 변신할 것, 양껏 분열할 것.

생뚱한 바람이 거대한 치마를 들어 올려 아이스크림 한 입 베어 먹기 전까지 우리의 항전은 끝나지 않아요. 근엄한 얼굴로 인생의 진리를 논하는 정규군의 향연에 더 이상 뒤를 대지 않을 테니 그리 알아요. 부릉부릉 분열하는 파르티 잔들이 습격을 거듭하는 이상한 트랙에서, 소년들이여, 등에 누운 참고서 아래에 붉고 뜨거운 바람의 계곡을 기억해요. 그리고 궐기해요. 배운 대로, 그렇게, 뿅.

　　― 서효인, 「소년 파르티잔 행동 지침」 부분

　기성세대의 '꼰대' 기질에 대한 시인의 불신은 깊다. 시인은 "근엄한 얼굴로 인생의 진리를 논하는 정규군의 향연에 더 이상 뒤를 대지 않"겠다고 선언한다. 이 정규군에는 국가의 군대에서와 같이 계급 서열이 있는 것, 이곳에서 젊은 세대는 자신을 주장하지 못하고 보충병처럼 "뒤를 대"주는 역할밖에 하지 못한다. 정규군은 저항하기 위해선 '단결'이 중요하다고 주장하며, 단결을 위해 동일성의 논리를 강요한다. 소위 정규군은 '80년대' 식 운동권 논리로 체제에 저항하고자 한다. 이 소년 시인은, 자신은 그러한 논리를 통해 저항하지 않겠다는 것이다. 인생의 진리로 단결한 정규군이 체제와 정면으로 대결하는 방식이 아니라, 분자로 분열하여 체제의 내부를 습격하고 빠지는 방식으로 저항하겠다는 것이다.

　'소년 파르티잔 행동 지침'의 핵심은 "마음껏 변신"하고, "양껏 분열"하여 '뿅' '궐기'하고 "부릉부릉 분열하는 파르티잔들이 습격을 거듭"하는 것이다. 분자적인 분열과 변신은 몰(mole)의 단일성과 동일성을 해체할 것이요, '뿅'과 같은 유희적 태도는 굳어 있는 근엄한 얼굴을 깨뜨린다. 그래서인지 『소년 파르티잔 행동지침』에서 시인은 시종 장난스러운 어조로 말한다. 하지만 이러한 어조는 '선생'의 이름으로 가해지는 기성세대의 폭력에 대한 대응 방식이지 무책임한 가벼움을 의미하지는 않는다. 그 어조는 "근엄한 얼굴"이 폭력이 되는 세상에서 그 폭력으로부터 도주하기 위해서 선택된 것이어서, 그 장난기에는 실패한 자들에 대한 슬픔과 폭력적인 세계에 대한 분노가 어려 있다.

반어적인 장난기의 어조를 통해 기성 정치와 현실을 비판하는 형식은, 2000년대 후반에 새로이 등장한 젊은 세대 시의 특유한 정치성이라고 말할 수 있다. 이들은 기성 시의 정치성에 드리워진 엄숙성에서 자신의 세대를 짓누른 도덕-죄책감을 주입하는-의 그림자를 보았다. 한편으로 서효인이 단결보다는 분열을 선택하는 '파르티잔'의 방식으로 저항하자고 주장하는 것은, 젊은 세대가 '프레카리아트화'되는 현실을 일정 정도 반영하는 것이다.[4]

4. 상징적 이미지와 저항적 사유

2000년대 이후 활발히 전개된 시의 정치성 담론에서는 주로 '감각적인 것의 정치성'에 대한 논의가 중심을 이루는 감이 있었다. 앞에서 거론한 랑시에르의 이론에 기대서였다. 하지만 시인은 감각적인 것의 재분배뿐만 아니라 시적 '사유'를 감행하는 사람이기도 하다. 시인은 현실의 심층부를 읽

---

4) 그러나 젊은이들의 불안정 고용이 더욱 심화되고 있는 현재의 현실은, 저러한 '유쾌한 저항'을 지속할 수 없도록 만드는 것 같다. 1980년대 초반 생인 서효인 시인보다 더욱 젊은 시인들의 시에서는 저런 유쾌함을 찾아보기 힘들다. 2010년대에 발표되기 시작한 이들의 시는 추상적이고 암울하다. 이러한 경향은 구체적인 정동과 소통마저도 추상적으로 교환가치화 되고 있는 현 자본주의의 특성과 무관하지 않다.

어내고 미래를 투시하고자 하는 이다. 시인은 그 심층부에서 사회의 위기, 현재 우리 삶의 위기를 읽어내고 사유한다. 그런데 이때의 사유는 시적으로 이루어진다. 그는 이미지를 통해 사유하고 이를 이미지를 통해 표현한다. 현실 속에 내장된 위기를 읽어내는 '이미지-사유'가 정치적 현실에 대한 적극적인 비판으로 나아간다면, 그 시적 사유를 이미지화한 시 역시 정치시에 해당된다고 말할 수 있다. 그렇기에 정치시 안에는 노동 현장에 대한 리얼리스틱한 묘사나 집회 현장에서의 행사시만이 아니라 묵직한 사유를 담고 있는 시도 포함된다고 하겠다.

2014년에 일어난 '세월호 참사'는 시인들에게 현 한국 사회의 본질적인 문제뿐만 아니라 현재의 자본주의 문명 전반에 대해서까지도 깊고 넓은 사유를 해야 한다는 과제를 시인에게 부과했다. 또한 '세월호 참사'는 지금까지 이어져 온 한국사회의 뿌리 깊은 병폐와 시인들이 대결해야 한다는 것을, 이 사회 체제를 지탱하고 움직이고 있는 권력에 저항해야 한다는 것을 깨우쳐주었다. 세월호 참사 이후 "가만히 있지 않겠다"라는 다짐을 한 시인들은 시의 고유한 '이미지-사유'를 생산하고 이를 세상에 전파함으로써, 문학예술의 정치적 잠재력을 "가만히 있으라"고 명령하는 권력에 대한 저항의 정동적인 힘으로 현실화하고자 했다.

특히 백무산은 이러한 저항을 향한 '이미지-사유'를 거대한 규모로 감행한 시인이다. 그는 세월호 참사가 일어난 지 1년 후에 출간한 『폐허를 인양하다』에서 세월호 인양을 둘러싸고 지지부진한 상황 전개를 지켜보면서 선진 자본주의 문명의 맹점을 꿰뚫어 보여준다. "마천루를 들어올리는 기술은 있어도 저 버림받은 가벼운 목숨들 들어올리는 기술은 존재하지 않는"다는 것이 바로 최고의 기술 문명을 자랑하는 선진 자본주의 세계라는 것이다. 백무산은 「인양」의 마지막 연에서 다음과 같이 말한다.

무엇을 인양하려는가 누구는 그걸 진실이라고 말하고 누구는 그걸 희망이라고 말하지만 진실을 건져올리는 기술은 존재하지 않고 희망이 세상을 건져올린 적은 한번도 없다 그것은 희망으로 은폐된 폐허다 인양해야 할 것은 폐허다 인간의 폐허다

- 백무산, 「인양」 부분

우리의 상식을 뒤집는 인식, 아이러니를 넘어서 기성 인식을 전복하는 인식이 시적인 인식이라고 할 때, 위의 시는 그러한 인식을 잘 보여주는 예이다. 위의 문장들은 희망에 기대는 우리의 습성을 전복한다. 인양해야 하는 진실은 희망이 아니라 폐허라는 것. 희망은 폐허라는 진실을 은폐할 뿐이며 "세상을 건져올린 적은 한번도 없다"는 것. 폐허를 인양하라는 말은 이 세상이 폐허임을 직시하는 데서 출발해야 한다는 말이다. 『폐허를 인양하다』에서 백무산은 '폐허'라는 상징적인 이미지를 중심으로 깊고 넓은, 그리고 근본적으로 비판적인 사유를 전개한다.

어쩌다 한밤중 산길에서
올려다본 밤하늘
만져질 듯한 별들이 패닉처럼
하얗게 쏟아지는 우주

그 풍경이 내게 스며들자
나는 드러난다
내가 폐허라는 사실이

죽음이 갯벌처럼 어둡게 스며들고
사랑이 불같이 스며들고
모든 질서를 뒤엎고 재앙의 붉은 피가 스며들 때
나는 패닉에 열광한다

내게 고귀함이나 아름다움이나
사랑이 충만해서가 아니다
내 안에 그런 따위는 눈을 씻고 봐도 없다
그런 따위로 길이 든 적도 없다

다만 가쁜 숨을 쉬기 위해서
갈라터진 목을 축이기 위해서
존재의 소멸이 두려워 손톱에 피가 나도록
매달린 적은 있다
고귀함이나 사랑 따위를 발명한 적은 있다

패닉만이 닿을 수 없는 낙원을 보여준다
나는 그 폐허를 원형대로 건져내야만 한다

— 백무산, 「패닉」 전문

이 '패닉(panic)'이라는 불가사의한 말은 무엇을 의미할까? 조정환의 '시집 해설'에서 설명되어 있듯이 '패닉'은 심리학에서는 공포, 경제학에서는 공황을 의미한다. 패닉은 심리적 공황상태를 의미하기도 하는데, 그것은 큰 충격을 받아 무엇을 어떻게 해야 할지 모르는 상태를 지칭한다. 한편으로 'pan'은 역사학에서 '모든 것들'을 의미한다고 한다.[5] 이러한 다양한 의미를 함유하는 '패닉'을 백무산은 나름대로 독특한 의미화를 이루어낸다. 별들이 "하얗게 쏟아지는 우주"의 "풍경이 내게 스며들" 때 엄습하고, 그러한 엄습으로 인해 "내가 폐허라는 사실이" 드러날 때 '나'는 패닉에 빠진다. 그 '폐허'는 "모든 질서를 뒤엎고 재앙의 붉은 피가 스며들 때" 드러나는 것, 그래서 그 폐허에는 "죽음이 갯벌처럼" 스며드는 것이다.

하지만 그와 동시에 사랑 역시 "불같이 스며"든다는 것이 백무산의 독특한 시적 인식이다. 재앙은 사랑의 가능성을 품는다. 하지만 그러한 가능성은 내면이 사랑으로 "충만해서가 아니"라, "존재의 소멸이 두려워 손톱에 피가 나도록/매달"리면서 "고귀함이나 사랑 따위를 발명"해야 했기 때문이다. 소멸하지 않기 위해서는 사랑하지 않으면 안 되었기 때문이다. 이 절박한 사랑의 요구 때문에 시인은 "사랑이 불같이 스며"든다고 말한다. 사랑은 죽음이 스며들고 질서가 무너지는 패닉의 상태가 발명하도록 추동한 것, 그렇기에 '패닉'은 도리어 "닿을 수 없는 낙원을 보여"주는 반전을 이루어내며 시인은 "패닉에 열광"하는 것이다. 시인이 마지막으로 "폐허를 원형대로 건져내야만 한다"고 말할 때, 그것은 죽음과 재앙, 사랑이 스며들어 있는 폐허만이 새로운 세계의 가능성을 가시화 할 수 있기 때문이다.

새로운 세계의 가능성은 주체성이 지독하게 파괴되었음을 인식했을 때 볼 수 있을 것이다. 즉 미래의 폐허를 내재하고 있는 '정상 사회'에서, 새로운 대지의 인간으로 나아갈 가능성은 주체성 역시 폐허가 되고 있음을 절

---

5) '패닉'은 어원적으로는 하반신은 염소 모양이며 머리에는 뿔이 난 '판'에서 비롯된 것인데, 흉한 외모로 버림받아 갈대 피리를 구슬프게 불며 살았다고 한다.

박하게 인식해야 생길 수 있는 것이다. 위의 시는 이렇듯 새로운 세계를 향한 정치적 비전을 위한 인식을 '이미지-사유'를 통해 제공한다. 백무산의 후배 세대이면서, 역시 그처럼 '노동시'를 써왔던 황규관 역시 그의 시적 인식을 공유한다. 아래의 시를 읽어본다.

아직껏 내가 가져보지 못한 것 중에
가장 찬란한 것은 허공이라네
갓난아기가 꼭 쥐고 놓지 않는 것
차마 먼저 돌아서지 못하는 어머니의 눈빛 같은 것
마지막 구호를 삼켜버린 망루의 불꽃 같은 것
모든 신앙은 미신이지 주기도문도
허리를 분질러버리는 삼천배도
모두 허공에 대한 경배 아니던가
가장 나중까지 매달려 있는 이파리가
동틀 무렵 잠깐 증명하는 것을
나는 아직까지 갖지 못했네
바람이 지나가고 아무 형식도 없는 탄식이
낙오된 기러기처럼 뒹구는 곳
어쩌면 끝내 내가 되지 못할,
내 싸움이 지향했던 13월 같은 것
대신 끝나지 않은 책을
나는 이제 허공이라 부르겠네
내 몸이 다 녹아 파도로 돌아가는 순간이 허공이라고
오직 저 나비의 귀에만 속삭이겠네

— 황규관, 「허공」 전문

위의 시에서 허공은 "가장 찬란한 것"으로서 적극적으로 긍정된다. 충만한 사랑의 시간은 지금 여기 없다. 그래서 허공이다. 하지만 허공은 마냥 비어 있지만은 않다. 그렇기에 "갓난아기가 꼭 쥐고 놓지 않"을 수 있는 대상인 것이다. 하지만 허공은 역시 비어 있는 허공이기에 소유될 수 없다. "차마 먼저 돌아서지 못하는 어머니의 눈빛"처럼 말로 포착하여 자기 것으로 만들 수 없는 시공간, 하지만 잠깐 붙잡을 수는 있는 시공간이 허공이다.

시인에 의해 '찬란한 것'으로 긍정되는 허공은 여전히 고통으로 휘날리는 시공간이다. "마지막 구호를 삼켜버린 망루의 불꽃 같은 것"이기도 하기 때문이다. 그렇게 허공은 억압받는 자의 고통과 설움이 죽음과 이별 직전에 폭발하는 시공간이기도 하다. 허공은 "가장 나중까지 매달려 있는 이파리가" 떨어지기 직전에 휘날리고 있는 곳이기 때문이다. 그래서 허공은 "바람이 지나가고 아무 형식도 없는 탄식이/낙오된 기러기처럼 뒹구는 곳"이다. 하지만 고통과 슬픔이 휘날리며 뒹구는 시공간인 허공에서 사랑의 이행과 투쟁이 진행될 것이기도 하기에, 허공은 '찬란'하다. 그러나 사랑의 완성이란 이루어지지 않는 것, 온갖 슬픔과 고통과 사랑의 이행과 투쟁을 기록한 책은 완성되지 않는다.

그래서 마지막 달이란 없다. 12월 이후에 13월이 있다. 달리 말하자면 투쟁은 인간의 달력을 넘어선 시간을 지향한다. 이 13월의 시간을 기록한 "끝나지 않은 책"에 대해서도 시인은 허공이라고 명명한다. 슬픔과 고통과 사랑과 투쟁으로 휘날리고 들끓는 허공에 시인 역시 휘말려 들어가는 순간이 있다. 그것은 "내 몸이 다 녹아 파도로 돌아가는 순간"이다. 허공에서 일어나는 파도에 용해되어 자신 역시도 파도가 되는 순간. 이 순간 역시 시인은 허공이라고 이름 붙인다. 이렇게 위의 시는 '허공'의 여러 의미들을 중첩과 상징화를 통해 새로운 의미로 갱신한다. '허공'에 대한 '이미지-사유'

는 새로운 상징적 이미지를 창출하고, 이 상징을 통해 위의 시는 슬픔과 고통의 현실에서 투쟁하는 동시에 이 현실을 사랑의 힘으로 변화시키며 다른 세계로 이행한다는 '시적-정치적 비전'을 보여준다.

(2019)

우리 시대에 요구되는
'시의 정치적 상상력'

— 김선우의 시와 함께

1

2012년 대통령 선거가 끝나고 우울해 하는 사람들이 많았다. 필자 역시 그러한 사람 중 한 명이었다. 우울을 떨쳐버리기 위해 영화 〈레미제라블〉을 보러갔다. 영화관에는 1년에 두세 번이나 갈까 말까 하는 필자인데, 많은 이들이 '힐링'을 받았다고 하는 영화라도 보러가야만 했던 것이다. 한편으로는 우울해하는 내 자신이 좀 이해가 되지 않았는데, 나로서는 이번 야권 후보의 승리에 큰 기대를 하지 않고 있었던 데다가 정치의 본질은 선거에 있지 않다고 생각해왔기 때문이다. 예상치 못하게 나에게 우울의 쓰나미가 온 것은, MB 정부의 치하에서 5년 간 살면서 정말 지긋지긋하다는 생각을 하고 있었기 때문이었던 것 같다. 다음 정부에도 MB 정부와 다를 것 없는 새로운 권력자들이 5년 동안 사람들을 또 다른 방도로 괴롭힐 것이 예상되었고, 그러자 견딜 수 없이 분한 마음이 들었던 것이다.(아마 '멘붕'이 온 다른 사람들도 마찬가지였을 것이다.)

더 나아가 '박근혜 정부' 역시 MB 정부의 뒤를 이어 노동운동과 사회운동에 적대적일 것이고, 한국의 경제 위기에 따른 사회적 동요를 탄압을 통해 헤쳐나가리라고 판단되기에, 십중팔구 사회분위기는 87년 체제 이전으로 후퇴하여 경색될 것이라고 예상되었다. 그래서 MB 정부의 반노동 정책에 힘겹게 저항하고 있는 이들이 인내의 동력을 잃을 가능성이 있다는 걱정도 했다. 대선 직후 이어진 노동자들의 자살은 그러한 가능성이 현실화되는 조짐 같았다. 하지만 점차 사회 전반적으로 퍼졌던 '멘붕'의 암울함이 씻겨나가고 분위기가 차분해지고 있는 것으로 보인다. 사람들이 현 상황을 체념하여 받아들이기로 마음먹어서 그럴 수도 있겠지만, 한편으로 정치에 대해 근본적으로 다시 생각했기 때문일 수도 있다. 대선 후보들이 내세웠던 '복지' 공약들-물론 그 공약들이 불충분하고 이행되지도 않을 기만이라고 하더라도-은 한국의 많은 이들이 '신자유주의', 더 나아가 '자본주의'의 본질 자체에 대해 의심의 눈과 거부감을 가지고 있다는 것을 반증한다.

복지 정책을 포퓰리즘, 빨갱이 정책이라고 몰아세우던 우파 정치가나 언론도 MB 정부에서 더욱 노골적으로 추진된 신자유주의의 경제 논리에 대중들이 점차 분노하게 되었다는 사실을 인지하고 대중의 심정을 '복지'로 달래지 않으면 안 된다는 것을 알아차린 것 같다. 그들이 내세운 '복지'가 무조건 폄하될 수는 없을지라도, 삶을 피폐하게 만드는 자본주의의 경쟁 원리에 변화를 만들지 못한다면 그 복지는 사탕발림에 불과하다는 것이 드러날 것이다. 그리하여, 곧 출범할 정부가 앞장서서 자본주의 원리의 변화를 이끌지는 않을 것임이 분명하기에, 변화를 만들어낼 주체는 우리 자신이 되지 않으면 안 된다는 것 역시 뚜렷해질 것이다. 그렇다면 이러한 각성을 통해 자본주의 자체에 대한 대안적 삶을 요구하는 어떤 흐름이, 앞으로 대중 사이에 형성될 가능성이 있다. 이때 대중은 자본주의적인 삶의 원리에서 벗어나 다른 삶을 구성해나가려고 시도하는 동시에, 권력이 그러한 대안적인 삶을 파괴하려고 한다면 이에 대해 저항하게 될 것이다.

이러한 저항은 '촛불' 시위에서 볼 수 있었듯이 정권 대 다중의 차원으로 이루어질 수도 있겠지만, 그보다는 삶의 저변에서, 구체적인 일상생활의 차원에서 광범위하게 부글부글 끓는 형태로 이루어지게 될 가능성이 크다. 즉 자본의 논리에서 탈주하고자 하는 삶들, 그리고 그 삶들이 모여 만들어진 작은 조직들이 자본과 국가의 주변 여기저기에서 들끓는 형태로 저항과 대안의 어떤 구축이 이루어질 수 있는 것이다. 이때 자본주의의 내부에서 탈주하고 구축하는 다른 삶들은 자본이 지배하는 사회 곳곳에 스며들어 자본주의 메커니즘에 작은 구멍을 뚫고 균열을 만들어낼 수 있다. 그렇게 되면 비자본주의적인 대안적 삶의 공간이 넓어지고, 자본과 이를 뒷받침해주고 있는 국가의 지배력을 약화시킬 수 있게 될 것이다. 이렇게 전망해보면, 대선 결과에 대해 너무 우울해하지 않아도 되지 않을까. 바로 지금 자본의 논리에 사로잡혀 사는 일상에서 조금이라도 벗어나고자 시도하는 것, 자본의 규율과 통제에서 벗어난 즐거운 삶을 상상해보는 것 자체가 정치적인 의욕을 불러일으킬 수 있기 때문이다.

  정치적인 것은 선거에만 존재하는 것이 아니라 근본적으로는 다른 삶을 살고자 하는 욕망 자체에 잠재해 있다. 다른 삶을 살기 위해서는 상상력이 필요하다. 현 자본주의는 삶 자체를 포획하여 작동한다. 우리는 빚에 쪼들리고 불안정 노동에 시달리며 배제와 축출의 위협으로 인해 불안해하고 있다. 자본의 명령에 복종하지 않으면 삶은 나락으로 떨어질 것만 같다. 불안과 현기증, 발작과 심인성 협심증과 같은 병리를 통해 삶은 자본의 논리에 사로잡히고 마음의 감옥에 갇히고 만다. 다른 삶이 가능하다는 것을 생각해보지도 못한 채, 죽음으로 이끌리면서도 죽지 못해 사는 사람들이 늘어나고 있다. 하여, 이와는 다른 삶의 윤리가, 아름다움이, 진실이 있다는 것을 인지하고 마음의 감옥에서 벗어나 자신의 삶을 되찾기 위해서는 어느새 잃어버리고 말았던 상상력의 회복이 필요한 것이다. 그래서 다른 삶을 살기 위해서는 시가 요청된다. 시야말로 상상력을 회복하는 데 좋은 기계이기 때문이다. 상상력이란 이미지를 활성화하고 또 다른 이미지를 생산하는 힘이라고 한다면, 이미지들을 결합하여 독특한 이미지를 산출하면서 제작되는 시는 상상력이 응축되어 있는 충전기이다.

2

삶을 자본의 권력이 포획한 시대에서 그와는 다른 삶을 살고자 욕망하는 것 자체가 정치적인 것의 발생 지반을 이룬다고 한다면, 이러한 '삶 정치' 시대에서 정치적 상상력이 더욱 절실하게 요청된다고 할 것이다. 이는 정치적인 것에 시적 상상력이라는 충전기가 꽂혀 들어가야 한다는 것을 의미한다. 그래서 정치적인 것이 전혀 드러나 있지 않은 한 편의 서정시, 또는 아방가르드적인 시 그 자체가 잠재적으로 정치적인 성격을 가질 수 있다. 그렇다고 상상적인 이미지의 구축물인 시를 정치적인 것으로 환원할 수만은 없다. 이미지를 새로이 창출하는 시가 주체의 존재론적인 창조력과 직결되어 있는 것이라고 한다면, 정치는 스스로 자신을 구성하려는 주체성과 개체를 특정한 주체로 만들려는 권력과의 부딪침에서 형성되는 것이라고 할 수 있다. 그래서 시적인 것과 정치적인 것은 그 개념적인 위상이 다른 것이다. 하지만 시적인 것과 정치적인 것은 상호 침투할 수 있어서, 시적인 상상력은 정치적 상상력을 풍부하게 만들 수 있고, 정치적 상상력은 시적인 상상력을 가동하여 시 자체를 충전시키는 데 직접적인 에너지원이 될 수 있는 것이다.

그래서 '시의 정치적 상상력'이라는 테마에 대한 논의가 가능하다. 시적 상상력이 정치적 문제나 현장을 새로이 이미지화하고, 그 이미지가 정치에 대한 새로운 인식이나 비전(vision)을 낳을 때, 이에 대해 '시의 정치적 상상력'이라고 말해볼 수 있겠다. 이 '시의 정치적 상상력'은 정치적인 것이 시적 상상력을 자극하고 가동함으로써 시적 상상력의 정치화, 시적 상상력의 정치적 상상력으로의 전화가 이루어진 것을 의미한다고도 부언할 수 있겠다. 그런데 굳어지거나 교조가 된 이념-즉 스탈린주의 또는 그 이념의 변종들-에 기반을 두고 있는 '당의 정치'에 시가 복무했던 때에는, 시는 당이 대중에게 전달하고자 하는 전술적인 내용을 형상화하는 데에 그 기능과 가치를 부여받곤 했다.(북한은 여전히 현재형이겠지만.) 여기서 시의 상상력은 개념을 형상으로 번역하는 형상화 능력에 다름 아니었다. 이러한 구도에서는, 주어진 이념에 복무해야 하는 시가 어떤 정치적 문제나 현장에서 뜻밖의 정치적 비전이나 사회적 관계를 근본적으로 다르게 상상해보는 정치적 상상력을 가동하는 것은 불가능하거나 아니면 금지되었다.

하지만 그러한 '당 정치'가 가능하지도 않고 더욱이 정치와 삶에 큰 폐해를 가져온다는 것이 판명된 현재에는, 그리고 일상생활의 삶이 중요한 정치적인 장을 이루고 있는 현재에는, 어쩌면 시적 상상력과 정치적 상상력의 회통 가능성이 더욱 커지고 있다고 할 수 있다. '삶 정치'의 현 시대에 점차 가시화되고 있는 이러한 경향 속에서, 정치의 장에 꽂힌 '시의 정치적 상상력'은 정치적인 것에 대한 인식과 비전을 더욱 풍부하게 만드는 동시에 삶 정치적 탈주 또는 투쟁의 힘을 직접적으로 북돋을 수 있다. 이 글은 김선우의 시집 『나의 무한한 혁명에게』(창비, 2012)에 실린 시 몇 편을 이러한 예로서 살펴보고 싶다. 이 글의 논의 주제에 김선우 시인의 시를 살펴보고자 하는 이유는, 그녀의 시집이 비교적 근래에 나왔다는 것과 함께 그녀가 한국 사회에서 정치적인 것이 형성되는 현장에 시를 들고 직접적으로 참여해왔기 때문이다.

물론 많은 시인이 정치적인 것의 형성 현장에 열심히 참여했다. 굳이 여기서 김선우의 시를 살펴보고자 하는 것은 그녀가 여성이라는 데에도 이유가 있다. 사실 필자는 여성 시인의 시에 대해 논의하는 것을 꺼리는 편이다. 왜냐하면 여성이 쓴 시에는 감지는 되지만 이해되지 않는 부분이 필자로서는 많았기 때문이다. 그래서 여성의 시에 대해 논의를 펼칠 때 어떤 벽을 느끼곤 했다. 그러던 차에 최근 출간된 존 홀러웨이의 『크랙 캐피털리즘』이란 책을 읽으면서 그러한 나의 기피에 대해 반성을 하게 되었다. 그는 '남성'이라는 정체성이 추상노동에 의해 축적이 가동되는 자본주의가 삶까지 추상화시키는 데에서 비롯된다고 설파한다. 여기서 그의 논의에 대해 소개할 여유는 없다. 다만, 남성노동을 기준으로 삼는 추상노동은 '남성'을 기준으로 하는 노동자의 정체성을 만들며, 이에 따라 우리-생물학적으로 여자든 남자든-는 '남성'이라는 마스크를 쓰고 삶을 살아나가게 된다는 그의 성 정체성에 대한 논의만 언급해둔다.

하여, 홀로웨이는 우리의 마스크 뒤에는 여성-남성에 대비된 여성, 정체성이 부여된 여성이 아닌 그 무엇으로서의 여성-이 존재하며, 자본에 균열을 내기 위해서는 남성적인 성격의 추상노동으로부터 탈주하여 마스크 뒤에 있는 여성으로서의 행위를 해야 한다고 주장한다. 그의 논의에 수긍하면서, 나 역시 어느새 단단해진 남성의 정체성을 허물 필요가 있으며, 이를 위해서라도 여성의 시에서 느끼곤 했던 벽을 넘으려는 노력이라도 해야 한다는 생각을 하게 되었다. 그래서 이 글을 쓰게 된 기회에, 평소에 논의의 접촉을 시도해보아야겠다고 생각했던 김선우의 정치적 상상력을 보여주는 시 몇 편에 대해 쓰려고 마음먹게 된 것이다.(물론 많은 다른 여성 시인들도 정치적 상상력을 보여주는 시편들을 발표하고 있다. 그런데 『나의 무한한 혁명에게』가 발간된 것이 작년이기 때문에 대중적으로 잘 알려져 있어서 접근성이 좋고, 한편으로 그 시집에 대해 의외로 평론의 접근이 많이 이루어진 것 같지 않다는 느낌도 들어서 그 시집에 실린 시편들을 여기서 살펴보는 것이 좋겠다고 생각했다.)

3

김선우의 정치적인 성격의 시는 다른 남성의 '정치시'와는 무척 다른 느낌으로 다가온다. 남성들의 '정치시'는 선언적이고 단호한 어조에다가 직접적이고 단선적인 진술에 거칠고 목소리가 크다는 느낌을 주곤 한다. 하지만 김선우의 정치적인 시편들은 부드러운 어조로 암시적인 비유를 풍부하게 사용하여 진술되는 편이다. 그렇다고 그녀의 시가 화려하다거나, 통상적인 의미에서의 서정성이 짙다고만 말하기는 힘들다. 그녀의 시에서는 묘하게도 단호함이나 묵직함, 그리고 강력한 힘이 느껴지기 때문이다. 그래서 그녀의 시는 '여성시'라고 할 때 보통 연상되는 처연함이나 감상성, 또는 과민성 등과는 다른 여성성을 감지하게 된다. 그렇기에 남성의 정치시와는 또 다른 성격을 가진 그녀의 정치적인 시는, 한국시의 정치적 상상력의 지평을 더 넓히고 있을 뿐만 아니라 여성시의 지평 역시 넓히고 있다고 판단된다.

다시 말하지만, 그녀의 시는 묵직한 정치적 주제를 담고 있음에도 엄숙함에 빠지지 않고 소녀의 발랄함과 명랑함, 그리고 어머니의 부드러움을 잃지 않는다. 그렇다고 그 주제를 절대로 가볍게 다루지 않으며, 그와는 반대로 강렬함과 강력함을 수반하곤 한다. 그래서 그녀의 시는 뭐라고 한정할 수 없는 독특한 정치성을 발휘한다. 그녀의 시에 나타나는 독특한 특성은, 그녀가 삶을 사랑하고 품고 키우는 여성성에 대한 긍지를 갖고 정치적인 것에 임하기 때문인 것 같다. 그녀에게는 여성이야말로 사랑할 수 있는 능력을 지니고 있는 자의 성(性)이다.(그래서 남자도 여성적일 수 있다.) 그리고 이 자본주의와 제국주의의 남성적 권력을 근본적으로 변혁하는 힘은 여성성으로부터 나올 수 있다고 생각한다. 그것은 자연의 힘이요, 사랑의 힘이기 때문이다. 자연에 내장되어 있는 사랑의 힘이야말로 삶을 생성(becoming)에로 이끌며 세상의 변화도 이끄는 것이다. 그녀는 말한다.

> 자전거 바퀴 돌리는 달리아꽃 빨강 꽃잎 흔들며 인사한다 다음 생에 코끼리 될 꿀벌 자기 몸속에서 말랑한 귀 두 짝 꺼낸다 방아깨비들의 캐스터네츠 샐비어 꿀에 취한 나비의 탭댄스 사랑에 빠진 자전거 되기 전 걸어온 적 있는 오솔길 따라 숲의 모음들 홀씨처럼 부푼다 아, 에, 이, 오, 우, 아, 아
>
> 만약에 말이지 이 사랑 깨져 부스러기 하나 남지 않는다 해도 안녕 사랑에 빠진 자전거 타고 너에게 달려간 이 길을 기억할게
>
> 사랑에 빠져서 정말 좋았던 건 세상 모든 순간들이 무언가 되고 있는 중이었다는 것
>
> 행복한 생성의 기억을 가진 우리의 어린 화음들아 안녕
>
> ─ 「사랑에 빠진 자전거 타고 너에게 가기」 부분

사랑에 빠지기란 저 달리아꽃, 꿀벌, 방아깨비들, 나비들의 갖가지 행위들이 만들어 내는 "숲의 모음들", 그 "어린 화음들"을 들을 수 있는 것, 그래서 "홀씨처럼 부"풀어 오르는 일이다. 사랑에 빠져 이 화음들에 어우러질

때, '우리'는 "세상 모든 순간들이 무언가 되고 있는 중"으로 존재하게 된다. 이 상호 생성의 능력은 곧 자연이 준 선물인 사랑의 능력이다. 그리고 이 사랑의 능력은 살기 위한 능력, 즉 생명의 능력이다. 자연의 존재들은 살기 위해 사랑을 하고 상호 생성한다. 그래서 이 사랑의 능력은 한 장의 풀잎에 서도 발견할 수 있다.

> 최선을 다해 광합성하고 싶은
> 꼼지락거리는 저 기척이
> 빗방울 하나하나 닦아주는 일처럼
> 무량하다 무구하다 바닥이 낮아진다
>
> 아마도 사랑의 일처럼
>
> ─「연두의 내부」 부분

풀잎 한 장 역시 생명을 세계로 펼치기 위해 "최선을 다해" 저 햇빛과 사랑하려고 '꼼지락거리'고 "빗방울 하나하나 닦아"준다. 지구의 모든 생명체는, 인간이 하찮아하는 미물까지도, 저렇게 최선을 다해 사랑하고 살고 있다. 이러한 생성의 힘, 사랑의 힘이 이 세계를 지속시키고 변화시키는 동력이요, 존재의 본질이다. 모든 생명체들이 이 본질에 따라 살고 있다. 그러므로 이 세상의 존재들과 사랑하는 일이란 자신의 삶의 본질인 생명을 펼치는 일이다. 하지만 사람은 인공적인 사회체제가 만들어놓은 권력 망에 포획되어 있다. 그래서 생명력의 발산이 가로막힌 채 살고 있다. 그렇기에 사람인 우리가 생성을 하기 위해서는 권력 망에 저항하고 그로부터 탈주하면서 사랑에 빠질 수 있도록 자유로워져야 한다. 그래야 자연이 선사한 생성의 장에 들어설 수 있으며, 공허하게 시간을 보내지 않고 "모든 순간"을 사랑으로 채울 수 있을 것이다. 그렇기에 삶을 위해서, 사랑의 능력을 온전하게 회복하기 위해서 삶을 파괴하는 체제에 대해 저항해야 하고, 또한 그 저항을 위해서는 거꾸로 사랑의 능력을 회복해야 한다. 그래서 김선우 시인에게 사랑과 생명은 저항의 목적이요 원리이며 도구이다.

> 만나서 하나의 몸을 이루고 싶은,
> 서로의 몸을 깍지 낀 채 함께 머무는
> 지금 이 순간
> 당신이 사랑한 사람들을 나도 사랑하려는
> 나는 나들이다
> 당신이 그런 것처럼
>
> 나들이 함께 머물며 이룬
> 체, 나는 사랑의 인연이 만든 기계
> 당신의 모터사이클로 존재하는
> 나는 지금 이 순간의
> 사랑의 역사
>
> 나들은 언제든 새로운 길을 떠난다
> 체, 당신처럼
>
> ―「모터사이클 다이어리」 부분

이 시의 '체'는 물론 체 게바라를 가리킨다. 알다시피, 젊은 체 게바라는 모터사이클을 타고 여행을 하면서 민중의 삶을 발견하고 그들에 대한 사랑을 키워나갔다. 시인은 이 시에서 그러한 체 게바라와 동일시되거나 빙의되고 있는 것은 아니다. 이와는 달리, '나'와 '체'는 사랑의 마음으로 공명하고 있다. 다시 말하면, '체'가 사람들을 사랑했듯이 '나'도 사람들을 사랑한다는 것, 즉 나와 그는 사람들을 사랑한다는 행위로 공감하고 공명한다. '나'와 '그'가 먼저가 아니라 사랑이라는 정동이 먼저다. 그래서 김선우 시인은 인간주의적인 시야에서 사랑을 인식하지 않는다. 그에겐 생명, 정동이 개인이나 인간보다 우선 존재한다. 그래서 "나는 나들이다"라고 말할 수 있는 것이다. '나'는 인간으로서의 한 개인, 나르시시즘에 기초한 한 '자아'가 아니라 사랑이란 정동으로 들끓고 있는 다양체인 것이다. 그래서 '나'는 인간이라기보다는 '체'의 '모터사이클'처럼 "사랑의 인연이 만든 기계"라고도 말할 수 있게 되며, 또한 '나' 자신을 탈인격화 하여 "이 순간의/사랑의 역사"라고도 말할 수 있게 된다.

김선우 시인은 '체' 역시 사랑의 순간들로 이루어진 역사를 생성하면서 살았다고 생각한다. 그것은 사랑을 찾아 "언제든 새로운 길을 떠"나는 삶이다. 체 게바라의 혁명에의 투신은 사랑의 정동으로 들끓는 '나들'로 살고자 하는 행위였다. 시적 화자는 '체'처럼 "언제든 새로운 길을 떠"나면서 '나들'로 살고 있고 또한 살고자 하기 때문에, '체'의 삶과 동일한 평면에서 공명하면서 '체'와 같이 산다고 할 수 있다. 그 공명은 "만나서 하나의 몸을 이루고 싶은,/서로의 몸을 깍지 낀 채 함께 머무는" 사랑의 욕망이 일어나고 또 실현되는 순간에 이루어진다. 체 게바라가 걸어간 혁명의 길은 이러한 공명의 순간에 '나'에게도 역시 열리는 것일 터, 혁명적인 삶은 '체'와 마찬가지로 사람들을 사랑하고자 하는 욕망과 사랑할 수 있는 힘에 의해 '나'에게도 마련될 수 있는 것이다.

　이렇게 '나'와 '체', 사람들은 사랑으로 공명하면서 서로 '되고 있는' 순간의 연속 속에서 공존할 수 있다. 이를 위해서 우리는 사랑의 능력을 회복해야 한다. 사랑의 능력을 회복하기 위해서는 도구적 합리성의 인식 틀을 뛰어넘어 자연과 교감할 수 있는 시적 상상력을 갖추어야 한다. 통상의 '과학적' 인과론으로는 저 생명의 세계를 투시할 수 없으며, 사랑의 원리를 인식할 수 없고, 그래서 사랑과 생성의 장으로 들어갈 수 없다. 이와는 달리 '무량'하고 '무구'한 '연두의 내부'를 볼 수 있는 상상력은 '나'와 세계가 생성의 장에 잠재적으로 공존하고 있다는 것을 감지하게 해준다. 그리고 사랑의 힘이 우리에게 '무량'하고 '무구'하게 잠재해 있다는 것 역시 깨닫게 해준다. 이러한 상상력의 회복을 위해서는 저 "빗방울 하나하나 닦아주는" 풀잎처럼, 세계의 대지인 "바닥이 낮아"질 수 있도록 몸을 눕혀야 할 것이다. 그렇게 대지와 접촉하였을 때, 자연 자체가 가진 무량하고 무구한 힘을 인식할 수 있는 상상력이 다시 삶에 충전되기 시작할 것이다.

　김선우 시인의 상상력은 저 '연두의 내부'에 잠재해 있는 무량하고 무구한 힘의 그 무한함을, 인간 세상인 한국 사회 내부에서도 발견하고 있다. 그 발견은 영도에 있는 한진 중공업 크레인 위의 김진숙과 그와 연대하고자 하는 사람들과 함께 있음으로부터 이루어진다. 대작이라고 할 만한 표제작 「나의 무한한 혁명에게」가 이를 보여준다. 50행이 넘는 긴 시이기 때문에 일부만을 인용한다.

　　오래 흔들린 풀들의 향기가 지평선을 끌어당기며 그윽해졌다
　　햇빛의 목소리를 엮어 짠 그물을 하늘로 펼쳐 던지는 그대여
　　밤이 더러워지는 것을 바라본 지 너무나 오래되었으나

가장 낮은 곳으로부터 번져온 수많은 눈물방울이

그대와 함께 크레인 끝에 앉아서 말라갔다

내 목소리는 그대의 손금 끝에 멈추었다

햇살의 천둥번개가 치는 그 오후의 음악을 나는 이렇게 기록했다

우리는 다만 마음을 다해 당신이 되고자 합니다

받아줄 바닥이 없는 참혹으로부터 튕겨져 떠오르며

별들의 집이 여전히 거기에 있고

(중략)

태어난 모든 것은 실은 죽어가는 것이지만

우리는 말한다

살아가고 있다!

이 눈부신 착란의 찬란,

이 혁명적인 낙관에 대하여

사랑합니다 그 길밖에

온갖 정교한 논리를 가졌으나 아무 일도 하지 않은 채

옛 파르티잔들의 도시가 무겁게 가라앉는 동안

수만개의 그물코를 가진 하나의 그물이 경쾌하게 띄워올려졌다

공중천막처럼 펼쳐진 하나의 그물이

무한한 하늘 한녘에서 하나의 그물코가 되는 그 순간

별들이 움직였다

창문이 조금 더 열리고

두근거리는 심장이 뾰족한 흰 싹을 공기 중으로 내밀었다

그 순간의 가녀린 입술이 이렇게 말하는 것을

나는 들었다 처음과 같이

지금 마주본 우리가 서로의 신입니다

나의 혁명은 지금 여기서 이렇게

이 시를 읽으면서 폭죽놀이가 생각되었다. 시의 전모를 다 보여주지는 못해서 아쉽지만, 쉴 새 없이 불꽃 같은 이미지들이 하늘을 수놓는 시인 것이다. 그 하늘은 크레인 위에 서 있는 김진숙의 등 위에 펼쳐져 있다. 즉 이 시는 "탐욕한 자본의 폭력"에 대항하여 삶의 존엄을 지키고자 하는 김진숙과 낮은 곳에서 꽃씨처럼 번져오는 노동자들, 그리고 그와 연대하고자 크레인에 달려온 사람들에게 바치는 이미지의 폭죽이다. 그렇다고 이 시가 가볍다거나 분칠한 듯 화려하다고 할 수는 없다. 그보다는 이 시는 장엄하고 또한 동시에 우아하며, 그러면서도 강렬하고 서정적이다.(이는 신화적인 상징을 동원하여 시적 이미지들을 구성했기 때문이기도 할 터이다.) "햇살의 천둥번개가 치는 그 오후의 음악"이라는 멋진 구절이 장엄함을 드러낸다면, "두근거리는 심장이 뾰족한 흰 싹을 공기 중으로 내밀었다"는 구절은 우아하면서도 강렬하다. 또한 "오래 흔들린 풀들의 향기가 지평선을 끌어당기며 그윽해졌다"와 같은 구절은 서정적이면서 힘있다. 이렇듯 여러 가지 정서를 불러일으키는 구절들이 암시가 풍부한 상징들을 통해 엮이면서, 이 시는 그 모든 이들이 함께 '공중천막'을 하늘에 펼치는 하나의 드라마를 구성해낸다.

이 시는 이렇게 부산 영도의 한 크레인 위에 있는 여성을 둘러싸고 정치적인 것이 창출되는 순간을 장엄하면서도 우아한 시적 이미지를 통해 상징적으로 시화詩化했다. '희망버스' 운동이라는 전대미문의 정치적 상상력은 이 시에서 시적 상상력과 융합되어 새롭게 의미화 되고 우주적인 비전을 얻는다. 시적 상상력은 정치적 상상력에 의해 충전되며, 그렇게 충전된 시적 상상력은 정치적인 것에 전기를 보급하듯이 지속적인 강렬성을 부여한다. 이 시의 시적 상상력은 정치적 상상력을 더욱 가동시켜 강렬하게 표현하는 것이다. 그리고 상상력에 의해 가열되고 있는 정치적인 것은 사랑이라는 "그 길"에 충실함으로써 이루어진다. 그래서 그 정치적인 것이 창출되는 현장은 사랑이 창출하는 "눈부신 착란의 찬란", 곧 일종의 시라고 할 수 있을 것이다.

시는 영원할 수 있기 때문에, 저 영도에서 실현되고 있는 시 역시 영원할 수 있다. 그래서 시인은 '혁명적인 낙관'이라고 썼을 것이다. 김선우 시인에게 혁명이란, 사랑과 생명이 죽임의 권력과 자본의 습성을 넘어 세상의 원리가 되는 것을 의미할 테니 말이다. 저 크레인 앞에서 시인이 "죽어가는 것"들은 "살아가고 있다!"라고 소리칠 수 있게 되었다고 말하게 되는 것은, 그 장소가 사랑이 창출하는 시가 되었기 때문이다. 앞에서 보았듯이, 사랑은 생명력인 것이다. 사랑이 이루어지는 곳에서 생명은 지속되고, 그래서 사랑으로 지은 시는 사랑을 계속 조성하여 생명을 지속시키는 기계가 된다. 그래서 사랑과 시는 영원성과 통하는 것이다. 그래서 이 시가 실현된 사랑의 장소는 영원성의 신적 공간이라고 할 것이며, 이 속에서 사랑하는 이들은 "지금 마주본 우리가 서로의 신입니다"라고 말할 수 있는 것이다. 이 구절은 혁명에 새로운 의미심장한 이미지를 선사한다. 서로 신이 되어 마주보기. 이때 "나의 혁명은 지금 여기서 이렇게" 생성되고 있는 과정에 놓이게 될 테다. 이렇듯 「나의 무한한 혁명에게」에서 '시의 정치적 상상력'은, 정치적인 것이 형성되는 장면에 대한 새로운 이미지의 창출과 크게 확장된 비전의 발견을 통해 펼쳐지고 있다.

(2013)

4·16 이후 도래하는
트랜스로컬리티의 삶과 문학

1

세월호 참사가 일어난 4월 16일은 이제 한국인들에게 잊을 수 없는 날이 되었다. 1980년 5월 18일 일어난 광주 항쟁을 5·18로 부르듯이, 세월호 참사를 4·16으로 부르는 사람들이 많아지고 있다. 4·16은 무엇이었나? 참사가 일어난 지 200일이 넘었지만, 누구도 쉽게 대답하지 못할 것이다. 물론 단순 사고라고 보는 이들도 있다. 하지만 그들은 소설가 박민규가 말했듯이 4·16의 "국가가 국민을 구조하지 않은 '사건'"이라는 측면을 고의로 망각하려고 한다. 자신들이 지지하는 정부에 부담을 지우고 싶지 않아서일 것이다. 나 역시 박민규처럼 4·16을 '사건'으로 보고 있다. 그런데 그 '사건'의 성격에 대해서는 더 많은 논의가 필요하다고 본다. 국가가 국민을 구조하지 않았다는 측면도 분명히 있지만, 더 나아가 세월호의 침몰 자체도 생명보다 이윤을 추구하는 사회 시스템에 그 원인이 있는 사건이라고 볼 수 있는 것이다. 세월호는 암초에 걸리거나 승무원들의 운항 실수로 벌어진 일이 아니다.[1]

---

1) 침몰의 직접적인 원인 중 하나로 조타수의 급변침 논란이 있지만 단순 조타 과실에 의한 급변침으로 세월호가 침몰됐다는 주장에 의문이 제기되고 있는 상황이다.(『4·16 세월호 민변의 기록』, 아름다운 사람들, 2014, 54-60쪽 참조.)

아직 그 원인이 속 시원하게 다 밝혀진 것은 없지만, 짐짝을 더 싣기 위해 평형수를 적게 넣은 것이 침몰 원인 중 하나임은 잘 알려져 있다. 해운 회사로서는 사람들의 안전보다도 돈이 되는 짐짝이 더 중요했던 것이다.

또한 자본과 유착된 국가 기관이 이러한 불법을 계속 용인해왔다는 것도 침몰 원인 중 하나다. 그래서 많은 이들이 세월호는 한국 사회의 현주소를 보여주는 '축소판 한국'이라고 말해 왔다. '비용절감'이라는 모토를 내걸고 비정규직화와 해고를 밥 먹듯이 하는 한국의 자본, 그리고 자본을 뒷받침해 주면서 자기 자신도 자본처럼 피고용자들의 삶을 파괴하는 한국의 정부를 보라. 세월호가 가라앉은 진도 앞바다의 '맹골수도'와 유가족이 자신의 아들, 딸들의 귀환을 애타게 기다렸던 진도 팽목항이 특정한 로컬리티(locality)를 넘어서서 보편적인 의미를 가지게 되는 것은 그 때문이다. 맹골수도 바닷속에서 숨을 멈춰야 했던 단원고 학생들과 선생님들의 영정이 안치된 안산 화랑유원지의 합동 분향소 역시 마찬가지다. 그 아이들이 매일 자고 일어났던 집이 있고 매일 등교했던 학교가 있는 안산은, '적폐'로 인해 선한 이들이 희생되어야 하는 한국 사회의 비극이 응축된 장소가 되었다.

그런데 진도나 안산과 같은 장소가 한국의 비극을 상징하는 보편적인 의미를 가지게 되었다고 하지만, 그렇다고 해서 그곳에서만 경험하게 되는 특정한 로컬리티가 사라지는 것은 아니라는 데 유의해야 한다. 작가들의 이야기를 들어보면, 안산에 사는 작가들이 다른 곳에 사는 작가들보다 더욱 깊은 가슴앓이를 했음을 알 수 있다. 그들은 한동안 글쓰기 자체를 하지 못했다. 거리에서 언제나 볼 수 있었던 아이들이 그런 끔찍한 일을 당했다는 것을 생각한다면, 그리고 바로 그들의 이웃이 아이를 잃는 극도의 슬픔을 맞게 되었음을 생각한다면, 미디어를 통해 간접적으로 참사를 보았던 일반 한국인보다도 그들이 더욱 정신적 충격을 받게 되었던 것은 당연한 일이다.

일반 한국인들도 4·16 이후 우울과 죄책감으로 상당 기간 후유증을 앓게 되었다고 할 때, 안산 거주 작가들의 심적인 아픔과 갈등은 더욱 크고 깊었을 것이다. 안산 작가들이 타 지역 사람들보다 더 깊게 겪은 충격과 고통은, 안산에서 형성되어 있는 유형·무형의 로컬리티와 무관하지 않을 테다.

이를 보면, 진도와 안산이 한국의 비극을 상징하는 보편적인 의미를 갖게 되었다는 것은, 그 장소의 로컬리티를 바탕으로 또 다른 로컬리티가 덧붙여 형성되었다는 것이지 이전의 로컬리티가 보편성에 해소되어버린 것은 아님을 알 수 있다. 다른 지역에 사는 사람들이 진도 팽목항이나 안산에 가게 되면 다른 곳에서 느낄 수 없는 참담한 심정에 빠지는 것은 그 때문이다. 세월호 참사 이후에 보편적인 의미를 부여받게 된 그 장소들은 역설적으로 그 장소만의 로컬리티를 더욱 짙게 가지게 된 것이다. 그러나 그것은 그 장소에 부여된 비극적인 보편성 때문에 형성된 로컬리티로, 어떤 지역만이 가지고 있는 풍물이나 문화적 관습 때문에 형성된 로컬리티와는 완전히 상반된 의미의 로컬리티다. 다시 말하면, 서울에 사는 사람이 조문을 위해 안산 분향소나 진도 팽목항에 다녀오게 된다면, 그는 제주도에 여행가서 가지게 되는 추억과는 상반되는 의미에서 안산과 진도를 마음에 품고 살게 될 것이다. 특별한 지역에 가서 낯선 문물을 보며 얻은 추억은 사진첩에 넣은 사진과 같다. 하지만 가령 서울 거주자가 안산과 진도를 마음에 품고 산다는 것은, 새로이 형성된 안산과 진도의 로컬리티를 그가 살고 있는 서울에 끌고 와서 산다는 것을 의미한다. 그는 서울 도심 거리를 걸으며 살고 있지만 그가 냄새 맡았던 안산과 진도의 참담한 공기를 잊지 않으면서 살고 있는 것이다.

사실 서울 도심에 안산과 진도의 로컬리티가 옮겨져 심어진 곳이 있는데, 특별법 제정을 촉구하면서 유가족들과 유가족들을 지지하는 각계각

층의 사람들이 모여 농성하는 광화문 광장 또는 특별법 촉구 시위가 벌어지는 서울광장이 그곳이다. 그래서 세월호 참사 이후 '트랜스로컬리티(translocality)'가 형성되었다고 말할 수 있는 것이다. 로컬과 로컬을 횡단하면서 연결하는 무엇이 형성된 것. 즉 안산과 광화문-서울광장을, 광화문-서울 광장과 진도 팽목항을, 진도 팽목항과 광화문-서울광장을 횡단하면서 무엇인가가 형성되었던 것이다. 그 무엇을 트랜스로컬리티라고 할 수 있다. 그 트랜스로컬리티의 일부를 말해보자면, 그것은 유가족의 슬픔을 같이 앓고 연대하는 마음이면서도, 나아가 '생명보다 이윤'을 중시하는 한국사회를 '이윤보다 생명'을 중시하는 사회로 변화시키고자 하는 의지다. 세 개의 장소를 넘나들면서 형성된 트랜스로컬리티는, 안산과 진도 팽목항의 로컬리티가 한국의 '중앙'을 상징하는 '광화문'이나 '서울광장'으로 해소된다는 것을 의미하지 않는다. 도리어 그 트랜스로컬리티는 안산과 진도 팽목항의 로컬리티가 서울 중심부의 로컬리티를 변화시키고 있음을 의미한다. 한편으로 서울 중심부의 로컬리티는 또한 안산과 진도 팽목항의 로컬리티 역시 증폭시키고 변화시키는 것이다.

여기서 언급하고 있는 '트랜스로컬리티' 개념은 다소 자의적으로 사용되고 있는 것으로, 사실 학계에서 최신 제기되면서 많은 주목을 받고 있는 '트랜스로컬 연구'에서 제시한 '트랜스로컬리티' 개념과는 어느 정도 차이가 있다는 것을 밝혀 두어야겠다. 학계에서 트랜스로컬 연구는 "로컬리티와 주변성을 새롭게 구성할 수 있는 로컬 문화, 나아가 그 근대성에 의해 억압된 다양한 로컬문화들의 가치들 간의 연대와 그것을 바탕으로 한 새로운 복수적 보편가치의 공동실현을 추구하는 트랜스로컬 문화의 새로운 가능성을 사고"[2]하는 것으로 개념화된다. 사실 이 개념은 나라를 달리하는 장소들이 횡단적인 관계를 맺을 때 주로 사용된다. 그래서 안산과 진도, 진도와 광화문 등 각각을 문화를 달리하는 로컬이라고 말할 수 있는지 문제로 지적될 수 있을 것이다.

그런데 최근 '트랜스로컬리티' 개념은 개별 전문 분야에서도 응용되어 사용되고 있는 것으로 보이며,[3] 또한 '로컬'의 범위를 좀 더 세밀한 부분으로 나눌 수도 있다고 생각된다. 거기에 또한 '로컬' 개념의 장점이 있는 것 아닐까? 강원도와 전라도의 로컬적 분위기가 다를 수 있는 것이고, '로컬'은 더 나아가 안산, 진도, 서울 같은 단위로 세분화하거나, 안산 분향소, 진도 팽목항, 서울광장 등으로 더욱 세분화 한 장소에도 지칭할 수 있는 개념이라고 생각한다. '로컬리티'는 행정구역이 아니다. 그것은 어떤 장소만의 독특한 '장소성'을 지칭할 때도 사용될 수 있는 신축성을 가지고 있는 개념이다. 또한 '로컬리티'란 주어진 것이 아니라 끊임없이 변모한다고도 인식해야 한다. 로컬과 로컬 사이에 형성되는 트랜스로컬리티를 통해 특정 로컬리티는 변화할 수 있는 것이다. 현재 서울의 광화문이 안산과 진도와 트랜스로컬한 관계를 갖게 됨으로써 그 장소의 의미가 변화하고 있듯이 말이다.

또한 이 장소들을 횡단하는 사람은 로컬리티의 변화와 대면하면서 주체성의 변화를 겪게 될 수 있다는 것도 말해 두어야 한다. 여기서 우리는 문

2) 김용규, 「로컬리티의 문화정치학과 비판적 트랜스로컬 연구」, 『혼종문화론』, 소명출판, 2013, 203쪽.

3) 특히 '트랜스-로컬 시네마'라는 개념을 디아스포라 개념과 연결하여 사용하는 부산국제영화제 책임연구원 김시무의 시도가 대표적이다. 김시무는 트랜스 이주자를 다루고 있는 영화에 대해 '트랜스-로컬 시네마'라고 지칭하는데, 특히 조선족 중국인 장률 감독의 영화에 이 개념을 적용하여 논의하고 있다. 김시무, 「트랜스-로컬에 관한 이론과 영화적 적용」(『영화연구』 59호)과 「장률 감독과 트랜스-로컬 시네마」(『영화연구』 60호)를 참조.

학의 문제와 만나게 될 것이다. 문학은 주체성의 문제를 언제나 다루어왔기 때문이다. 영화 분야에서 '트래스로컬 시네마'라는 개념이 사용되듯이, '트랜스로컬 문학'이라는 개념이 사용될 수도 있지 않겠는가? 특히 4·16 이후 진도 팽목항-안산 합동분향소-광화문을 횡단하면서 작가(시인) 또는 등장인물이 주체성의 변화를 겪는 과정을 기록하는 '트랜스로컬 문학'이 생겨날 수 있다. 한편, 비극과 연대의 장소가 된 그곳에서의 일들을 보여주고 기록함으로써 문학은 독자의 마음에 트랜스로컬리티를 형성하기도 할 것이다.

2

'세월호를 바라보는 작가의 눈'이라는 부제가 붙은 『눈먼 자들의 국가』(문학동네, 2014)에는 세월호 참사에 대한 소설가, 시인, 평론가 등의 글이 실려 있다. '트랜스로컬리티'라는 이 글의 주제에 비추어 흥미를 끄는 글은 소설가 김애란과 황정은의 글이었다. 소설 작품은 아니고, 에세이인 이 글들은 팽목항-안산-서울에서의 경험을 연결하면서 주체성의 변화를 기록하고 있다. 먼저 김애란의 글에서 인용해본다.

4월 말, 안산의 '세월호 희생자 임시 합동 분향소'에 다녀왔다. 시에서 운영하는 셔틀버스를 타고 단원고등학교 근처에 있는 올림픽 기념관으로 향하는데, 전봇대에 붙은 '브라보 안산, 세계 속의 안산, 행복한 사람들'이란 슬로건이 눈에 들어왔다. 조문객들이 줄을 선 고잔초등학교 본관에는 '더불어 살아가는 됨됨이가 바른 어린이'라는 문구가 크게 적혀 있었다. 평소 같았으면 관대하고 무심하게 지나쳤을 건전한 말들이었다. 한때 크고 좋은 말들을 가져다 아무 때고 헤프게 쓰는 정치인들을 보며 '언어약탈자'라고 생각한 적이 있다. 그런데 안산에서 이제는 말 몇 개가 아닌 문법 자체가 파괴됐다는 느낌을 받았다. 어떤 낱말이 가리키는 대상과 그 뜻이 일치하지 못하고 흔들리는 걸, 기의와 기표의 약속이 무참히 깨지는 걸 보았다.(14쪽)

안산 올림픽 기념관의 전봇대에 붙은 "세계 속의 안산"이란 구호는 2중적인 의미가 있다. 그것은 안산이란 로컬리티를 세계화-이는 자본의 세계화를 의미한다-에 복속시키기 위한 중앙의 지방화 전략에 따른다는 것을 의미한다. 다시 말하면, 신자유주의적인 세계화를 위해 안산을 상업화 하자는 그 구호는 국가 전체를 신자유주의 노선으로 끌고가고자 하는 중앙정부의 전략에 순응하는 것이기도 한 것이다.[4]

신자유주의 세계화가 가난한 사람들의 삶을 더욱 가난하게 하고 고통에 빠뜨렸다는 것은 이제 많은 이들이 동의할 것이다. 그리고 그러한 신자유주의 한국의 결과가 저 세월호 참사를 불러일으켰다는 것도 많은 이들이 동감할 것이다. 그러니 "세계 속의 안산"이라는 구호 다음에 나오는 "행복한 사람들"이라는 말은 세월호 참사 이후 순 거짓인 헤픈 말로 드러났다. 그래서 김애란은 그 구호에서 "기의와 기표의 약속이 무참히 깨지는 걸 보았다"고 말한다. 이는 안산에 부여된 비극성의 로컬리티가 그러한 구호의

---

4) 김용규에 따르면 현재 상황은 "그동안 로컬이 로컬리티와 로컬문화를 일차적으로 규정해왔던 국민국가의 지배논리(흡수와 배제의 주변화 논리)를 넘어서 글로벌 자본주의의 지배논리(새로운 형태의 차이와 통합의 주변화 논리) 속으로 재편되어가는 과정에 있"(김용규, 앞의 책, 187쪽)다고 한다. 이에 덧붙여 현재의 국민국가는 글로벌 자본주의에 의한 로컬리티 재편을 중앙 정부의 권력을 통해 로컬에 강요하는 전략을 채택해가고 있다고 말할 수 있을 것이다.

허구성을 드러냈다고 할 수 있을 것이다. 그 구호는 사실, 안산이라는 지역만이 아니라 모든 지역에 통용되는 논리였다. 비극의 장소가 된 안산은 한국 전체에 통용되던 그 논리의 허구성을 드러내는 특수한 로컬리티를 갖게 되었던 것, 다시 말하면 안산에 형성된 그 특수한 로컬리티는 역설적으로 세월호화 되어버린 한국이 내세우는 기표의 허구성을 드러내는 보편성을 가지게 되었던 것이다. 그런데 김애란에게 안산 임시분향소의 로컬리티는 이러한 보편적인 비판적 의미만을 가지지 않는다.

> 지난달, 임시분향소에 갔을 때, 고잔초등학교에서 두 시간 넘게 조문을 기다리고 있는데, 운동장에 사람이 그렇게 많은데도 주위에 수다를 떠는 사람이 거의 없었다. 떠드는 건 오직 아이들뿐이었다. 어른들이 만든 원 바깥에서 그네를 타고, 모래성을 쌓으며 뭐라 외치고 웃는 아이들의 소리를 듣고 있자니 그 모든 게 마치 전생에서 들려오는 것처럼 느껴졌다. 그리고 순간 상복을 입은 내가 낯선 도시 한복판에서 가장 강렬하게 느끼고 있는 감정 중 하나가 '삶의 생생함'이라는 걸 깨달았다. 슬픔 속에 숨기려 해도, 환멸 안에 감추려 해도, 냄새처럼 기어코 드러나고야 마는, '우리가 살아 있다는 사실'의 그 '어쩔 수 없는 선명함'이었다. (중략) 거기 나온 이들은 다들 어렵게 시간을 내 자기만의 방식으로 고인들에게 나름 인사하고 있었다. 그리고 그때야 나는 희생자들의 넋을 기리고 싶었던 것 못지않게 나와 같은 감정, 같은 슬픔을 느끼는 동시대인들과 함께 있고 싶어했다는 걸 깨달았다. 그러자 곧 거기 모인 이들의 분노와 원망, 무기력과 절망, 죄책감과 슬픔도 결국 모두 산 자의 것임이 느껴졌다. 하지만 그 순간 무엇보다 가슴이 아팠던 건, 죽은 자들은 그중 어느 것도 가져갈 수 없다는 거였다. 산 자들이 느끼는 그 비루한 것들의 목록 안에서조차 그들이 누릴 몫은 하나도 없다는 단순한 사실이었다.(19-20쪽)

임시분향소에서 김애란은 깊은 감정과 깨달음에 도달한다. 세월호의 죽은 자들은 '어쩔 수 없는 선명'한 '삶의 생생함'의 감각을 도리어 산 자들에게 선사하고 있다는 깨달음. 하지만 이 깨달음은 깊은 비애를 낳는데, 그 비루한 삶의 감각조차도 죽은 자들은 누리지 못한다는 '단순한 사실'을 다시금 인식하게 만들기 때문이다. 저렇게 사람들이 죽었지만, 그 사람들의 넋을 위로하기 위해 안산에 왔지만, "분노와 원망, 무기력과 절망, 죄책감과 슬픔"을 앓고 있는 조문객들은, 저 죽은 사람들과는 대조적으로 그토록 선명하게 살아 "동시대인들과 함께 있고 싶어"하는 마음으로 그 장소에 있었다는 것을 깨닫게 된다.

그러나 깨달음이 깊을수록, 그리고 진정성 있는 것일수록 그것은 주체의 삶에 변화를 가져온다. 그 깨달음에 충실하기 위해서는, 김애란이 말하듯이, "수동적인 행위를 넘어 용기와 노력을 필요로 하는"(18쪽) 삶을 살아야 한다. 살아있는 자들이 정말 죽은 자들에게 미안하다면, 죽은 자들이 하고자 하는 말을 듣고자 노력해야 하며, 무기력으로 도피하지 않고 죽은 자들이 원하는 바를 실천하고자 하는 용기가 필요한 것이다. 안산이라는 '낯선 도시'는 그러한 주체성의 변화를 가져오는 로컬리티를 가지게 된 장소가 되었다. 그리고 그 '낯선 도시'를 떠나 작가가 자신의 거주지에 돌아왔을 때, 안산은 '트랜스로컬'하게 그의 거주지에서 숨을 쉬게 될 것이었다.

황정은 소설가에게 안산은 어떠한 장소로 다가왔는가? 역시 『눈먼 자들의 국가』에 실린 「가까스로, 인간」이라는 글에서 그는 다음과 같이 쓰고 있다.

6월이 되어서야 분향소에 갈 수 있었다.
이백구십 명의 영정 아래 열네 명의 실종자 사진이 놓이고 이튿날이었을 것이다. 안산에 진입한 뒤 분향소 방향을 알리는 흰 현수막을 따라 빙글빙글 돌아가며 화랑유원지에 당도했다. 참사 이후 시간이 흘러 주차장도 분향소도 거의 비어 있었다. 서명을 받는 사람들은 팽목항에 남은 사람들을 걱정하고 있었다. 국화 한 송이를 받아 영정 앞으로 갔는데 어디에 어떻게 서고 어디를 바라봐야 할지 알 수 없었다. 어느 자리에 서든 한눈에 다 들어오지도 않을 만큼 많은 수였다. 이상한 앨범처럼 얼굴들과 이름들이 거대하게 펼쳐져 있었다. 두 달 동안 전에 없을 정도로 골똘하게 뉴스를 들여다보며 지냈는데 비로소 그 자리에서, 세상에 관한 신뢰가 사라졌다는 것을 느꼈다.(88쪽)

황정은이 안산 분향소에 갔을 때는 참사가 일어난 지 꽤 시간이 지난 후였다. 그래서인지 김애란이 갔을 때와는 달리 그는 조문객들을 거의 볼 수 없었다. 분향소와 분향소 주변은 무척 쓸쓸한 모습을 보여주고 있었다. 거의 비어 있는 분향소의 모습과는 대조적으로 죽은 이들의 영정은 "어느 자리에 서든 한눈에 다 들어오지도 않을 만큼 많은 수였다"고 한다. "빙글빙글 돌아가며" 겨우 이 영정들 앞에 선 그는 "세상에 관한 신뢰가 사라졌다는" 느낌을 비로소 받는다. 그 느낌은 "참사 직후 세상에 대고 분노를 쏟아내던 사람들을 참으로 뻔뻔하다고 여겼다는 고백"(89쪽)과 관련되어 있을 것이다. 하지만 황정은의 그 고백은 "어른들을 향해서, 당신들은 세계를 왜 이렇게 만들어버렸습니까, 라고 묻는 입장이 더는 가능하지 않게"(93쪽) 되었다는 데서 오는 부끄러움의 고백으로 전환된다. 그러한 전환은 학생의 마지막 메시지가 "나 좀 구해달라는 메시지가 아니라 미안하다는", 그의 마음에 사무치는 메시지(90쪽)였기 때문이며, 하루를 걸어 안산에서 서울광장으로 온 유가족의 모습을 보았기 때문이다. 또한 유가족들을 맞이하고 있는 광장의 사람들의 뒷모습이 그가 '작년 가을'에 세월호를 타고 제주에 갔을 때 보았던 어떤 모습과 겹쳐졌기 때문이다. 하여, 글의 말미에서 황정은은 "이 글의 처음에 신뢰를 잃었

다고 나는 썼으나 이제 그 문장 역시 수정되지 않으면 안 되는 것이다"(97쪽)
라고 쓴다. 이 문장 다음에 이어진 글의 마지막 부분을 인용해본다.

조금도 상처입지 않으면서 보답받고 응답받는 신뢰 같은 거, 나는 믿지 않겠
다. 조금 더 상처입어도 좋다. 그것을 감내하고 믿어보겠다. 작년 가을, 제주로
내려가는 세월에서 아름답다고 여겼던 것이 두 가지 있었다. 모두 밤의 기억으
로, 그 두 번째는 선상문화제가 열렸던 밤의 갑판에서 오카리나 공연이 시작된
순간에 있었다. 첫 번째 곡으로 〈섬집 아기〉가 연주되기 직전에 모든 조명이
꺼지고 갑작스럽게 나는 완전한 밤 속에 있게 되었다. 머리 위로 아주 작은 달
이 떠 있을 뿐이었는데 내 앞에 선 사람의 뒷모습이 보였다. 그 사람의 앞에 선
이의 뒷모습이 보였고 그 앞의 뒷모습도, 그 앞의 뒷모습도 보였다. 갑판에 모
여 선 사람들이 달빛을 받고 있었다. 희미한 달빛으로도 충분하게 그들의 윤곽
이 있었다. 배가 가는 방향을 바라보고 선 그 뒷모습들이 아름다웠다.
꼭 닮은 것을 7월 24일 서울광장에서 보았다.
안산에서 출발한 세월의 유가족들이 하루를 걸어 서울광장에 당도했을 때 광
장에 모여 그들을 기다리던 수만 명의 사람들이 자리에서 일어나 박수를 치기
시작했다. 누가 시킨 것이 아니었다. 이백여 명의 유가족들이 모두 자리를 잡고
앉을 때까지 박수는 끊이지 않았고 적어도 내 눈이 닿는 범위에서는 유가족보
다 먼저 자리에 앉는 이가 없었다. 밤의 맨 가장자리에서 그 뒷모습들을 보았다.
팔꿈치가 닿을 듯한 거리에서 저마다의 진심으로 박수를 치던 사람들. 그 뒷모
습들이 저 밤바다에서 보았던 수평선과 같았다는 이야기를 하고 싶다. 압도적
인 검은 것 위에 세월이 마냥 막막하게 떠 있지 않도록 하는 것. 그 팔꿈치들의
간격이, 그 광경이 무척 아름답다고 생각해버렸다는 것을 마지막으로 고백해야
겠다. 그 점점點點한 아름다움을 믿겠다. 그러니 누구든 응답하라.(97-98쪽)

6월, 안산 분향소에서의 조문은 작가에게 세상에 대한 신뢰를 결정적으로 잃게 만들었다. 그곳은 배반을 드러내는 장소였다. 6월의 안산에서는 참사 직후 분노했던 그 많은 사람들이 보이지 않았다. 그 많은 영정을 두고 말이다. 하지만 7월, 하루를 꼬박 걸어서 안산에서 서울광장으로 들어온 유가족들의 모습을 보면서 자신은 그러한 불신을 결정적으로 수정하게 되었다. 안산엔 유가족들이 살고 있었던 것이다. 작가는 6월의 안산에서 그들의 존재를 잘 인지하지 못했다. 그때 그들은 4·16을 사고로 치부하고 어서 잊히길 바라는 세력과 싸우고 있었다. 안산은 저 세상으로 간 아이들의 이름으로 유가족들이 온갖 권력과 싸우는 치열한 로컬리티로 변모해 있었다. 우리에게 이를 깨닫게 해준 것은 하루 걸려 안산에서 서울광장까지 이들이 걸어왔을 때였다. 그때 안산의 로컬리티는 서울 한복판으로 삽입되었고, 그렇게 서울광장은 '트랜스로컬리티'를 구현하는 장소로 변모했다.

　그런데 황정은 소설가에게는 남다른 경험이 있었다. 작년 가을에 세월호에서 아름다움을 보았던 경험 말이다. 집어등을 밝히고 수평선에 떠 있던 고깃배들이 펼치는 아름다움과 위의 인용문에 나와 있듯이 달빛을 받으며 갑판에 모여 있던 사람들의 뒷모습이 보여주었던 아름다움이 그것이다. 하여, 그는 서울광장으로 들어오는 유가족을 맞이하면서 "저마다의 진심으로 박수를 치던 사람들"의 뒷모습들에서, 세월호에서 보았던 수평선과 갑판 위의 사람들 뒷모습이 보여준 아름다움을 다시 보았던 것이다. 그는 이 아름다움 덕분에 세상에 대한 불신을 수정할 수 있었다. 그 아름다움은 세월호가 상징하는 한국의 세상이 "막막하게 떠 있지 않도록 하는" 힘이 존재한다는 것을 시인으로 하여금 믿을 수 있게 했다. 그에게 7월 24일의 서울광장은 저 사람들이 죽어간 팽목항 맹골수도의 수평선과 같은 장소, 또는 생전의 그들이 서 있었던 세월호의 갑판과 같은 장소가 되었던 것, 수평선

또는 갑판 위와 서울광장과의 트랜스한 겹침 속에서 빚어지는 아름다움은, 서울광장을 상징적인 부활의 장소로 변모시켰던 것이다.

3

『눈먼 자들의 국가』가 산문을 모은 것이라면, 그보다 두 달 정도 일찍 출간된 『우리 모두가 세월호였다』(실천문학사, 2014)는 시인들의 추모시를 모은 시집이다. 이 추모시들은 김애란이나 황정은의 산문처럼 한 편의 글 안에 트랜스로컬리티의 형성을 보여주지는 않는다. 하지만 시집을 통독하면, 독자들의 마음속에 트랜스로컬한 감성이 형성되고 있음을 느낄 수 있을 것이다. 어떤 시는 맹골수도를, 어떤 시는 팽목항을, 어떤 시는 안산을 조명하고 있기 때문이다. 그렇게 시집은 곳곳의 장소가 독자 마음에 깊이 자리 잡게 하고, 우리가 우리의 거주지에서 그 장소들과 함께 살도록 이끈다. 이 시편들 중에서 우선 세월호가 가라앉은 맹골수도와 팽목항에서 일어난 일들을 주목하고 있는 아래의 시를 읽어보도록 한다.

한 아비가, "내 새끼, 내가 구한다!" 울부짖으며 수평선을 향해 달려갔다.
한 어미가, "얼마나 춥겠어. 얼마나 춥겠어. 너는 한여름에도 더운 물로 샤워하잖니. 얼마나 춥겠어" 넋을 놓고 흐느낀다.

어른들은 도대체 뭔 '방송'인지 모르겠다는 듯 아직도,

?

물음표 모양으로 제 몸을 죈, 귀를 세운 한 어린 주검을 만났다.

잠수부는 아이의 요지부동을 풀며, 풀며 말했다. 공기, 방울방울로 말했다.
"얘야 가자, 가자, 이제, 참말로 좋은 데로 가자" 달래고 또 달래 안으며,
치밀어 올라오는 수압을 끄윽 끅, 씹어 삼켰다.

— 문인수, 「침몰하는 봄」 부분

 이 시를 읽으면서, 침몰된 세월호와 팽목항에서 벌어졌던 절박하고 가슴 아픈 일화들이 습격하듯 가슴에 박혔다. 이 시가 보여주고 있는 장면이 너무나 핍진해서 마음이 아파 읽기가 힘든 시였다. 갈고리 같이 생긴 물음표는 이 모든 비탄 뒤에 남아 있다. 아이는 죽으면서 물음표와 같은 모양을 취함으로써, 모든 살아 있는 사람들에게 자신이 왜 죽어야 하는지 질문을 던지고 나아가 온몸을 다해 이 못된 어른들의 세상에 항의하고 있다. 진도 앞바다 맹골수도는 이렇게 죽은 사람들이 온몸으로 근본적인 질문을 던지는 장소가 되었다. 즉 저 물음표가 진도 앞바다의 로컬리티가 된 것이다.
 바다를 앞에 둔 팽목항은 어떤 곳인가? 수장된 아이들의 부모가 울부짖는 곳, 넋 놓고 흐느끼는 비탄의 장소다. 사실 팽목항의 존재에 대해서 잘 몰랐던 사람들도 많을 것이다. 필자 역시 팽목항이라는 곳이 있는지도 몰랐다. 위의 시는 팽목항과 맹골수도를 4·16의 장소, 자식을 잃은 '아비'와 '어미'가 넋을 잃고 슬퍼해야 했던 장소이자 죽은 아이들이 물음표 모양으로 누워있었던 장소임을 독자에게 각인한다. 이제 알게 된 팽목항은 비탄의 장소로 기억될 것이다. 팽목항에 간 사람들은 저 바다를 보는 것을 결코

즐기지 못할 것이다. 저 바다에서 사람들은 4·16을 생각하게 될 것이다. 아이들이 바다 속에서 물음표 모양으로 몸을 꼬고 요지부동으로 수장되어 있었던 곳임을 잊지 못하게 될 것이다. 이 시는 그렇게 트랜스로컬리티를 형성한다. 저 죽음이 일어났던, 그리고 부모의 넋 잃은 슬픔이 대기를 적셨던 장소를 잊지 못하게 함으로써.

초췌한 얼굴이었다 눈에는
투명한 물방울이 아슬아슬 맺혀 있었다 가까스로
서 있는 유가족의 다리는 위태로워 보였다
하고픈 말이 너무 많은 입은 차라리 마스크로 가리고 있었다

앙다문 입을 가린 흰 마스크가
흘러내리는 물을 빨아들였다 콧잔등을 타고
흘러내린 물은 분명 피눈물이었으나,
핏기 없는 낯빛에서 나오는 물이기에 탁할 수조차 없었다
세월호 참사 희생자 합동분향소 안쪽,

깜장 치마에 깜장 양말 깜장 구두 신고 조문 온
앞줄의 여자아이가 울었다 엄마 아빠 손잡고 울었다
사내아이의 거침없는 울음소리도 두어 줄 뒤쪽에서 보태졌다
가만히 있으라? 가만히 있을 수 없는 사람들은 거리로 나갔다

— 박성우, 「백일홍」 부분

박성우의 「백일홍」에서 위에 인용된 부분은 합동분향소에 "가까스로/
서 있는 유가족"의 모습, 특히 마스크를 쓰고 눈물을 흘리고 있는 얼굴을
묘사하고 조문하는 아이들도 묘사하고 있다. 유가족의 울음과 여자아이와
사내아이의 울음을 묘사한 뒤에, 인용 부분의 마지막 행에서 시인은 "가만
히 있을 수 없는 사람들은 거리로 나섰다"고 말함으로써, 저 비탄의 울음
뒤에 "가만히 있으라"고 명령하는 '세월호-한국'에 대한 분노가 웅크리고
있음을 암시하고 있다. 그렇게 울고 있던 사람들이 더 이상 "가만히 있을
수 없"다면서 거리로 나감으로써, 유가족들이 피눈물을 흘리고 있는 안산
합동분향소는 그 사람들이 나간 한국의 모든 거리로 '트랜스'하게 확장된
다. 그것은 신철규 시인이 말하듯이 "모든 것이 가만히 있는 곳이 지옥"(「검
은 방」)이라는 깨달음을 통과하면서 이루어질 것이다. 시인은 다음과 같이
말하고 있다.

가만히 있으면 죽는다
최대한 가만히 있으려고 할수록 몸에 힘이 들어갔다
나는 딱딱해지고 있었다

해변에 맨발로 서 있던 유가족
맨살로 닿을 수 없는 거리가 그들을 얼어붙게 만들었다
죽을 때까지 악몽을 꾸어야 하는 사람들의 뒷모습
학살은 모든 사람들이 동시에 꾸는 악몽 같은 것

손가락과 발가락까지 피가 돌지 않고
눈이 심장과 바로 연결된 것처럼 쿵쾅거렸다

모든 것이 가만히 있는 곳이 지옥이다

(중략)

우리는 떠올라야 한다
우리는 기어올라야 한다
누구도 우리를 끌어 올리지 않는다

— 신철규, 「검은 방」 부분

  팽목항 해변에서 얼어붙어갔던 유가족들의 모습. 그들은 악몽 속에서 죽
어가고 있다. "눈이 심장과 바로 연결된 것처럼 쿵쾅거렸다"는 표현은 자식
들이 죽어가는 바다를 바라보고 있는 유가족들의 상황을 적확하게 표현한
다. 한국의 모든 이들을 얼어붙게 만든 참사는 한국의 모든 사람들을 가만
히 있게 만든다. 그런데 한국에서는 "가만히 있으면 죽"기에 한국의 모든
곳은 지옥이다. "맨살로 닿을 수 없는 거리" 때문에 비탄으로 얼어붙어가
는 유가족이 "맨발로 서 있"는, 지옥 같은 팽목항의 해변은 한국의 모든 장
소에 '트랜스'하게 겹쳐진다. 죽지 않기 위해서는, 여기가 지옥이 되지 않도
록 하기 위해서는, 우리 스스로 가만히 있지 않고 떠오르고 기어올라야 하
는 것이다. "우리를 끌어 올리지 않는" 정부를 가진 것이 한국이기 때문이
다. 그런데 황정은의 글에서 보았듯이, 이 상황에서 먼저 떠오르고 기어오
름으로써 "딱딱해지고 있"는 우리들을 가만히 있지 않게 해준 것은 유가족
들이다. 그들은 안산에서 서울광장까지 특별법 제정을 촉구하며 하루 온종
일 걸어옴으로써, 세월호 같은 한국에서 가만히 있지 않고 떠오르고 기어

오르는 행위란 어떠한 것인지 몸소 보여주었던 것이다.

그러나 아직 죽은 아이들이 살아 있는 우리에게 남긴 물음표는 풀리지 않았다. 가만히 있지 않고 거리로 나가는 것과 동시에, 왜 한국에서 세월호 참사와 같은 일이 벌어졌는지 묻고 또 물어야 한다. 유가족들이 세월호 특별법의 제정을 그렇게 주장한 것도 저 물음표가 풀려야지 또 다른 세월호가 일어나는 것을 방지할 수 있기 때문이다. 그래서 질문을 던지는 것은 여전히 중요하다. 독일에 거주하고 있는 허수경 시인은 아래의 시에서, 세월호 참사와 맞닥뜨린 그 자신의 반응을 맑은 솔직함으로 진술하고 있으며, 나아가 우리 모두에게 저 참사가 보여주고 있는 진실에 대해 질문을 던지고 있다. 그런데 이 글의 주제 상, 그는 한국과 독일 사이의 장소에서 그러한 질문을 던지고 있다는 것에 주목해본다.

> 택시 기사가 물었다
> 무슨 일이 일어났나요?
> 빵집 아가씨가 물었다
> 무슨 일이 일어났나요?
> 치과 의사가 물었다
> 무슨 일이 일어났나요?
> 집 앞을 쓸다가 마주친 이웃이 물었다.
> 당신의 고향에서 무슨 일이 일어났나요?
>
> 나도 모른다, 고 말하는데
> 눈물이 났다
> 사람들이 바닷속에 있어요

엄마들이 울고 아빠들이 울고

삼촌 친구 짝사랑하던 소녀가 울고

잠수부가 울고

다 우는데 아무도 몰라요

무슨 일이 일어났는지

영원한 실종을 완성할 일이

제 고향에서 일어났는지도 몰라요

택시 기사 빵집 아가씨 치과 의사 이웃은

알고 있었는지도 모른다.

독일 어느 마을에 사는 작은 동양 여인의 고향에서

무슨 일이 일어났는지

그들은 모른다고 말하는 나를

바라보면서 아무 말 하지 않았다

무슨 일이 일어났는지

정말 모르겠어요

이건 무의식 뒤 모든 배반의 손들이 합작해서 판

무덤은 아니었을까요

그 앞에 서서 우는 사람들의 영혼마저

말려버리는 사막의 황폐함은 아니었나요

이십 년 동안 독일에 살면서

망설이면서도 포기한 적 없던

내 얼굴의 고향은 서러웠다

길게 울었다 눈앞에 없는

바다 앞에서

고향의 수박등이 흔들렸다

— 허수경, 「누군가 물었다」 전문

시인이 사는 동네의 독일인들이 묻는다. "무슨 일이 일어났나요?"라고. 시인은 "나도 모른다"고 답한다, 눈물을 흘리면서. 시인의 고향인 한국에서는 사람들이 "다 우는데 아무도" 무슨 일이 실상 일어난 건지 모르고 있다는 시인의 말은 옳을 것이다. 참사가 일어난 후 며칠 동안, 무슨 말을 해야 하는 건지 필자 역시 몰랐다. 저 참사가 어떤 일인지 인식되지 않았다. 무작정 슬픔과 미안함만이 마음을 눌렀다. 사실 지금도 크게 달라지지 않았다. 그런데 시인은 도리어 동네의 독일인들이 "무슨 일이 일어났는지" "알고 있었는지 모른다"고 쓴다. 타향의 그들은 이미 다 알고 있는 것이다. 저 아이들을 수장시킨 책임은 한국의 우리 어른들 모두에게 있다는 것을. 하지만 "그들은 모른다고 말하는 나를/바라보면서 아무 말 하지 않"는다. 그 진실을 말한다는 것은 아이를 잃은 한국인에게 너무 가혹하기 때문이리라.

그러나 사실 무슨 일이 일어났는지 모른다는 것은 거짓일 수 있다. 한국의 어른들은 그것을 이미 다 알고 있었는지 모른다. 어른들은 항변하고 싶을 것이다. 이런 일이 벌어질지는 정말 몰랐다고. 우리가 허용하고 운용한 나라가 이런 나라일지 몰랐다고. 아니면 저건 단순한 사고라고. 그러나 왜 그렇게 아파하는 것인가? 왜 그렇게 미안해하는 것인가? 적어도 무의식은 알고 있을 테니까. 세월호가 수장된 바다는 "무의식 뒤 모든 배반의 손들이 합작해서 판/무덤"임을 말이다. 그래서 한국인들은, 그 무덤 속에 배가 가라앉는 것이 정말 현실화되었을 때, 우리의 죄가 드러났을 때, 정신분석학이 알려주듯이 기억상실증에 걸려버린 것 아니겠는가. 우리 사회의 실재가 드러났을 때 우리는 충격을 받고 "무슨 일이 일어났는지/정말 모르겠어요"라고 말하게 된다. 그 드러난 실재란 저 무덤 같은 바다 "그 앞에 서서 우는 사람들의 영혼마저/말려버리는 사막의 황폐함"이다. 세월호 참사는 '실재의 사막'을 드러냈던 것이다.

하지만 한국의 모든 어른들이 울고 있는 것을 거짓이라고 말해서는 안 된다. 그것은 무의식 차원에서 움직이고 있는 슬픔의 정동에 의한 것이기 때문이다. "나도 모른다, 고 말하는데/눈물이 났다"는 것은 배반의 손들을 가진 우리들에게 남은 유일한 진실함일지 모른다. 그 울음은 서럽고 아픈 것이다. 우리가 판 무덤에 우리의 자식들이 들어가야 했기 때문이다. 황폐한 사막인 우리 사회의 말라버린 영혼이 아이들을 죽게 했다. 자식을 잃고 죄를 안은 채, 그러한 사막에서 눈물을 흘리며 아프게 살아야 하는 시인의 고향 사람들의 삶은 서러운 것이다. 그리고 사막이 되어버린 고향 때문에 시인 역시 서러울 것이다. 시인은 "망설이면서도 포기한 적 없던" 고향의 한 일원인 것이다.

허수경 시인은 "무슨 일이 일어났"는지 모르겠다는, 그러나 눈물이 났다는 진솔한 대답과 함께 참사를 일으킨 건 "사막의 황폐함은 아니었나요"라는 핵심을 찌르는 질문을 한국의 살아 있는 자들에게 남겨둔다. 시인은 독자에게 깊은 슬픔을 불러일으키면서도 저 참사를 슬픔의 감정으로 해소하지 않고 질문을 던진다. 눈앞에서 아이들이 죽어가는 사태를 보기만 해야 했던 살아 있는 자들에게 그 질문에 대해 대답할 것을 과제로서 남기는 것이다. 허수경 시인이 이렇게 질문을 던질 수 있었던 것은 한편으로 그가 한국과 독일 사이의 '트랜스로컬'한 위치에 있었기 때문 아닐까? 다른 로컬리티를 살아가는 타자들에게 질문을 받을 수 있는 위치에 있었기에, 한편으로 타지에서 살고 있지만 한국이라는 로컬리티를 벗어나지 않으면서 살았기에, 한국에 대고 세월호 참사에 대한 질문 아닌 질문을 던질 수 있었던 것 아닐까? 한국의 로컬리티는 사막의 황폐함일지도 모른다는 근본적인 질문이자 근본적인 비판을 말이다. 그래서 허수경의 위의 시는 전형적인 '트랜스로컬-시'라고 이름붙일 수 있지 않겠는가?

4

4·16에 연관된 장소인 진도의 팽목항이나 안산은 세월호 참사로 마음 아파하고 분노하는 모든 이들에게 잊지 못할 지명이 되었다. 이곳들은 모든 이들이 살고 있는 장소에 스며들게 되었기 때문에, 이제 특수하면서도 보편적인 장소이다. 한편으로 사람들이 "이윤보다 생명을"이라는 구호 아래 세월호화 된 한국 사회를 변화시키고자 하는 모든 지역에서, 그곳들은 다시 의미화 되는 장소가 되었다. 그곳들은 김용규가 개념화 한 트랜스로컬리티의 의미, "새로운 복수적 보편가치의 공동실현"이라는 의미를 가진 장소가 된 것이다. 문학은 4·16 이후 그 장소들에서 일어난 일들을 작가가 직접 경험하여 기록하거나 증언함으로써, 트랜스로컬리티를 형성하는 데 기여할 수 있다. 4·16을 잊지 않고자 하는 우리 문학인들은 아이들이 썩어 빠진 어른들의 사회 때문에 숨을 멈추어야 했던 진도 앞바다와 그들의 영정이 모여 있는 안산의 분향소를 우리들이 사는 장소로 옮겨 와서 트랜스

로컬리티가 형성되도록 노력해야 할 것이다.

현재 서울 한복판인 광화문 광장의 농성장이 그러한 트랜스로컬리티가 형성된 대표적인 장소일 것이다. 세월호 특별법이 제정된 현재, 세월호 참사를 사고라고 강변하면서 사회의 변화를 막으려고 하는 사람들이 광화문 광장의 농성장을 철거하고자 압력을 가하고 있다. 하지만 이곳은 쉽게 철거되면 안 되는 곳이다. 적어도 유족들이 말하듯이 4·16의 진실이 완전히 밝혀지기 전까지는 말이다. 도리어 광화문에서 형성된 트랜스로컬리티를 더욱 증폭시키고 한국의 전 지역이 안산과 팽목항의 새로운 로컬리티와 접속하여 광화문처럼 또 다른 로컬리티를 형성하는 것이 필요하다. 그럼으로써 생명보다 이윤을 중시하는 한국 사회를 이윤보다 생명을 중시하는 한국 사회로 뿌리에서부터 변화시키는 것, 그것이 저 진도 앞바다에서 비통하게 수장되어야 했던 아이들에게 어른들이 속죄하는 길인 것이다. 문학 역시 이 트랜스로컬한 장소를 지키고, 그 트랜스로컬리티를 다른 장소로 확장하기 위해 자신이 가진 힘을 다해 실천해 나가야 할 것이다.

(2014)

최근 한국시에 나타난
증언시의 시학

― '사회적 재난'에 대한 한국시의 대응 양상들

1. 서언

현대사회에서 재난은 자연현상으로 인해 발생할 뿐만 아니라 고도화된 현대문명사회가 가져온 여러 문제로부터 발생한다. 두 원인의 재난을 구별하여 전자는 '자연적 재난' 후자는 '사회적 재난'이라고 명명하기로 하자. 일본의 3·11 대지진과 원전 폭발은 자연적 재난과 사회적 재난이 거의 동시에 일어난 사건이었다. 대지진이라는 자연적 재난의 발발에 의해 곧이어 원전 폭발이라는 사회적 재난이 일어난 사건인 것이다. 자연적 재난은 사회적 원인에 따라 이루어지기도 한다. 인간 문명의 자연파괴가 지구 온난화와 기후 변동을 일으키면서 쓰나미나 홍수 등 자연적 재난을 불러일으키는 경우가 그 예이다.

사회적 재난의 원인은 사회의 구조적 문제에 기인하는 경우가 많다. 특히 국가 폭력으로 인한 재난, 전쟁이나 집단학살과 같은 사회적 재난은 사회의 구조적 모순이 폭발하면서 폭력 장치를 독점하고 있는 국가에 의해 발생되는 재난이다. 일본군의 난징 대학살이나 나치의 수용소는 국가가 일으킨 학살의 대표적인 경우다. 한국에서는 1948년 제주도와 1950년 한국전쟁, 그리고 1980년의 광주에서 국가에 의한 학살이 일어난 바 있다. 최근에도 한국에서 국가 폭력에 의한 참사가 일어난 바 있는데, 2009년에 일어난 용산 참사가 그것이다. 그 참사가 비록 나치의 아우슈비츠나 80년 광주보다는 규모가 작다고 하더라도, 이 역시 국가 폭력에 의해 발생한 재난이라고 할 수 있다. 비록 경찰이라는 국가기구가 철거민들의 살해를 의도하지는 않았다고 하더라도, 미필적 고의에 의한 집단 살인이 이루어졌다고 볼 수 있는 것이다.

한국에서 일어난 최근의 대표적인 사회적 재난은, 알다시피 한국 사회를 저변에서 뒤흔들어놓았던 '세월호 참사'다. 세월호 참사는 국가의 직접적 폭력에 의해 발생한 것은 아니었다. 하지만 국가가 국민의 생명을 보호해야 한다는 기본적인 의무를 저버리면서 희생자가 많았다는 점에서, 세월호 참사는 국가와 관련된 사회적 재난이었다. 나아가 세월호 참사는 '헬조선'으로 불리기 시작한 한국사회의 문제를 민낯으로 드러냈다. 그 참사는 한국 사회가 생명보다 이윤을 중시하는 사회이며 이윤을 최고 가치로 추구하는 시스템-신자유주의-임을 명백히 드러냈던 것이다. 요컨대 세월호 참사라는 사회적 재난은 신자유주의로 치닫고 있었던 한국 사회의 구조적 폭력성을 명확하게 보여주었다.

사회적 재난은 인위적인 재난이기 때문에 어떤 누군가에게 분명히 책임이 있다. 아직도 밝혀지지 않고 있는 80년 광주의 발포 명령자는 총상을 입은 시민들의 죽음에 책임을 져야 하지만, 여전히 그 책임자가 밝혀지지 않고 있다. 세월호 참사 역시 세월호에 갇힌 사람들을 충분히 구조할 수 있었음에도 불구하고 구조하지 않은 책임을 누군가가 져야 하지만, 여전히 책임자 처벌은 이루어지지 않고 있다.(전 대통령의 투옥은 세월호 참사 책임과는 무관한 다른 죄명에 따른 것이다.) 물론 사회적 재난은 특정한 사람에게만 그 원인을 찾을 수는 없다. 사회적 재난에는 역사적이고 구조적인 원인이 있는 것이다. 하지만 사회적 재난은 직접적으로는 대부분 일어나지 않아도 될 일을 누군가의 명령이나 책임 방기로 인해 일어난다는 점에서 책임 문제가 따른다. 그래서 사회적 재난이 일어나면 사람들은 재난을 가져온 사회 시스템과 책임자에 대해 분노하며, 책임자가 책임을 회피하면 할수록 진상규명과 책임자 처벌을 요구하게 된다. 알다시피 세월호 참사 이후 진상 규명과 책임자 처벌을 요구한 유가족 대책위의 활동과 그 활동을 지지하는 시민사회의 활동이 바로 그러한 길을 걸었다.[1]

유가족 대책위와 시민단체가 전개한 일련의 활동은, 알랭 바디우의 개념을 가져오자면 '진리의 과정'이라고 할 수 있다. 바디우는 "'이미 주어진 것' 속의 그 일상적 기입으로는 환원될 수 없는 무엇인가"가 일어났을 때 그것을 사건이라고 부르자고 제안한다.(바로 세월호 참사가 그러한 사건 개념에 딱 들어맞는다.) 나아가 그는 사건에 따라 상황을 사고하고 행동하는 것을 '충실성'이라고 부르자면서 "한 사건에 대한 충실성의 실재적 과정을 '진리'"라고 개념화 한다. 즉, 그에 따르면 진리는 사건에의 충실한 행동과 사고를 해나갈 때 과정적으로 형성되는 것이다.[2] 진실 규명과 책임자 처벌을 위한 유가족 대책위의 정부에 대한 저항 활동은 바디우적인 의미에서 진리가 형성되는 과정이었다고 할 수 있다. 나아가 한국의 문학인들도 이러한 진리 과정에 참여하는 주체가 되고자 했다. 문학인들은 한국작가회의나 '리얼리스트 100'과 같은 단체의 활동과 매월 열리는 '304 낭독회' 등을 통해, 그리

---

1) 문강형준은 재난에 따르는 애도의 정동이 정치적 성격을 가지기 위해서는 세 가지 요소가 필요하다고 말한다. 첫째는 희생자가 눈에 보여야 한다는 '가시성', 둘째는 구체적인 책임이 물어져야 한다는 '책임 소재의 확정', 세 번째는 '제도적 변화의 요청'이다.(문강형준, 「재난 시대의 정동」, 『여성문학연구 제35호』, 한국여성문학학회, 2015, 52~54쪽.) 이에 따르면 세월호 참사 이후 유가족 대책위의 활동은 세 요소를 모두 갖추고 있는 정치적 성격을 가지고 있다고 할 수 있다.
2) 알랭 바디우, 『윤리학』, 이종영 옮김, 동문선, 2001, 54~56쪽.

고 개인적인 참여를 통해 그러한 진리를 형성하는 거대한 과정의 한 주체가 되려고 했다.

그런데 세월호 참사는 다른 사회적 재난과는 다른 특별한 면이 있었다. 문인들을 포함한 많은 사람들의 심적 상처가 다른 어느 재난보다도 더욱 컸던 것이다. 그것은 참사의 희생자가 대부분 고등학생 아이들이었기 때문일 것이다. 어른들은 세월호 참사로 나타난 한국 사회의 무참한 현재에 대해 반성하면서 아이들에게 죄책감을 가지게 되었던 것, 그래서인지 세월호 참사라는 사회적 재난을 맞닥뜨린 직후 많은 시인들이 어떻게 시를 써야 할지 모르겠다는 심정을 개인적으로 토로했다고 한다. 그들은 세월호 참사를 어떻게 시화詩化해야 하는지 갈피를 잡기 힘들었던 것인데, 그렇다고 해도 세월호 참사는 도저히 외면할 수는 없는 사건이었다. 그런데 기성의 삶과 인식을 압도해버리는 그러한 '사건'을 어떤 미학을 통해 멋들어지게 시화할 수는 없는 일이었다. 그 사건에 대해 미학적·문학적 승화를 하는 순간, 곧바로 그 창작자는 죽은 자들에 대한 죄책감에 시달릴 것이다. 그러나 시인들은 시를 통해 그 사건을 어떻게든 말해야 할 의무감을 깊게 느끼고 있었다. 이 딜레마를 해결하는 길을 열어줄 수 있는 것이 '증언의 시학'이었다. 시인들은 사회적 재난과 그 재난으로 인한 희생, 그 사건에 대해 증언하는 방향으로 시작詩作의 길을 찾았다. 이 재난을 증언하는 시를 '증언시'라고 이름붙이기로 하자.

이 글은 용산참사나 세월호 참사와 같은 최근의 사회적 재난에 대응한 한국시를 '증언시'라는 개념을 통해 생각해보려고 한다. 이를 위해서 우선 재난을 시화하는 '증언시'란 개념적으로 어떠한 변별적인 의미를 가지는지 따져볼 것이다. 그리고 증언시의 '시학'도 함께 생각해볼 것이다. 또한 그 시학을 통해 최근의 한국시가 용산참사와 세월호 참사라는 사회적 재난에 대응해 어떠한 방식으로 시적 증언을 시도했는지도 예시할 것이다.

2. '증언시'의 개념 정립과 그 변별적 의미

사회적 재난과 그 희생자들에 대해 증언하는 시라는 '증언시'의 개념을 설정하자마자 우리는 곧 문제에 부딪친다. 사전적 의미에 따를 때 증언이란 어떤 사실이 일어났음을 증명하는 말이라면, '증언시'란 무엇을 증명한다는 것인지 의문이 들기 때문이다. 증언은 증인이 하는 말이다. 그렇다면 시인은 증인인가? 물론 어떤 학살 현장을 본 시인이 증인이 되어 그 현장을 증언하는 시를 쓸 수 있다. 하지만 이렇게 증언시의 범위를 한정한다면, 우리가 논할 수 있는 증언시는 몇 편 안 될 것이다. 또한 증언을 꼭 시라는 형식을 통해 할 필요가 있는가?

유대인 수용소에서 죽을 고비를 넘긴 시인인 파울 첼란은 수용소 체험을 바탕에 두고 시를 썼다고 한다. 그러나 조르조 아감벤이 프리모 레비를 빌려 말한 바에 따르면, 그는 통상적인 증언을 했다기보다는 아우슈비츠에서 죽어가는 사람들의 "똑똑히 알아들을 수 없는 중얼거림이나 죽어가는 사람이 숨이 넘어가면서 하는 말"[3]을 독일어에 대한 조작을 통해 시로써 행한 것이다. 즉 첼란은 아우슈비츠에서 일어난 어떤 사태를 전달하는 증언이 아니라 그 사태가 일어난 이후 불구화된 정신과 말 자체를 증언했다.

반면, 통상적으로 어떤 사건에 대해 증언하는 자들은 시가 아니라 산문이나 구술로 이를 밝힌다. 증언은 산문의 영역인 것이다. 이는 증언이 시적

---

3) 조르조 아감벤, 『아우슈비츠의 남은 자들』, 정문영 옮김, 새물결, 2012, 55쪽.

인 응축이나 초월과는 양립할 수 없기 때문이기도 할 것이다. 증언이 어떤 참혹한 사태를 드러내는 경우라면 더욱 그렇다. 그러한 증언은 사실 자체의 디테일한 면까지 에누리 없이 폭로해야 더 의미를 가질 수 있다. 증언의 힘은 모호함과 추상성에서 벗어나야 더욱 강력해진다. 즉 증언은 어떤 사태가 어떻게 벌어졌고 무슨 사건이 일어났는지 세세하게 밝힐 때에, 그 사태의 외부에 있는 사람에게 더욱 큰 감정의 진동과 윤리적 각성을 일으킬 수 있다. 그때 "독자들, 청자들은 (중략) 타자의 인간성 및 존엄성을 보호하는 데 역할을 할 것을 요청받"[4]게 되는 것이다.

그렇다면 증언의 영역에는 시가 들어서지 못하는 것 아닐까? 증언이 직접 체험하거나 목격한 사람이 하는 말이라면, 용산참사에 대한 시를 쓴 시인이 그 참사를 직접 목격하지 않은 자라면, 그의 시가 증언시라고 하기는 힘들지 않겠는가? 반대로 용산참사에서 삶과 죽음의 참혹한 경계를 직접 체험한 사람이라면 그가 시인이라도 꼭 시를 통해 증언할 필요는 없지 않겠는가? 그래서 '증언시'라는 개념이 가능한지부터 의문이 들기도 한다. 하지만 그렇다고 '증언시' 개념을 거부한다면, 어떤 참혹한 재난 사태에 대해 기록하고자 하는 시들이 지니는 증언적인 성격을 무시하는 결과를 가져올 것이다. 그리고 한국에서 벌어지고 있는 숱한 죽음들에 대해 무엇인가 말하고자 노력하는 최근의 한국시에 대해 접근할 수 있는 좋은 방도를 잃어버리게 될 것이다. 이에 '증언시' 개념을 적극적으로 받아들여 그 개념이 함의하는 바를 좀 더 다듬어볼 필요가 있으며 나아가 '증언의 시학'의 가능성도 모색할 필요가 있다.

이러한 질문을 던지면서 논의를 시작해보자. "'증언시'들은 무엇에 대해

---

4) Sidonie Smith·Julia Watson, 「자서전의 곤혹스러움」, 방민호·최라영 옮김, 『문학의 오늘』 2014년 여름호, 376쪽.

말하고자 하고 무엇을 증명하려고 하는 것일까?" 시인들은 시를 통해 드러나지 않은 어떤 사실들에 대해서만 말하려고 하는 것은 아닐 것이다. 그들은 그러한 사태의 기저에 또는 너머에 있는 그 무엇을 포착하고 그러한 사태에서 잊지 말아야 하는 그 무엇을 말하고자 한다. 그러한 말하기에는 시가 더욱 적합하다. 다시 말하면, 시적 '증언'은 다른 증언 담론과 마찬가지로 어떤 사실에 대한 망각에 저항하기 위해 이루어지는 동시에, 그 사실에 감추어진 의미를 사유하고 독자에게 제시한다. 그래서 시인 자신이 살지 않았던 시대에 일어났던 학살이나 그가 직접 맞닥뜨리지 않은 사태에 대해서도 '증언'할 수 있는 시가 가능하다. 시인의 증언은 그가 직접 겪은 사실을 말하는 데에 주된 목적을 두는 것이 아니라 그 사태에서 잊지 말아야 할 의미를 말하는 데 목적을 두고 있기 때문이다.

여기서 증언시가 어떤 역사적 사건을 시화(詩化)한 역사시라든지 사회에 대해 발언하는 참여시라든지 하는 역사적·사회적 사실을 바탕으로 시작(詩作)된 여타의 시와 다른 점은 무엇인지 질문을 던질 수 있다. 우선, 증언시는 어떤 구체적인 사회적 사태(事態)에 대해 말하고자 하는 시라고 대답할 수 있다. 물론 증언시도 참여시적인 성격을 가질 수 있겠지만, 시인이 세상에 던지고자 하는 정치적 메시지보다도 사람들이 알아야 하는 사태를 알린다는 측면이 강하다. 1980년의 광주 학살을 고발하고 독재 권력을 타도할 것을 주장하는 참여시도 광주 학살이라는 사회적 사태와 밀접한 관련이 있겠지만, 증언시는 그 사태의 실상을 구체적으로 전달하면서 그 사태의 의미에 대한 시인의 사유를 전달하는 데 더 치중할 것이다.

그렇다면 증언시는 소위 '기록시'와는 어떠한 차이가 있는가? 기록시 역시 어떤 사태의 실상을 구체적으로 기록하여 전달하는 시라고 할 때 말이다. 증언시는 기록시의 성격을 공유한다. 하지만 기록시가 어떤 사실 또는 사태의 객관적인 기록을 중시한다면 증언시는 사태를 기록함과 동시에 그 사태의 의미를 드러내는 데 더 노력한다.[5] 증언시가 보여주고자 하는 사태는 주로 충격적인 성질의 것이다. 어떤 공장에서 시위가 벌어지는 과정을 시는 충실하게 기록할 수 있다. 이때 우리는 그 기록에 대해 '증언'이라고 말하진 않는다. 주로 증언이라는 단어는 인류의 일원이라면 받아들일 수 없는, 세상에 고발해야 할 범죄적인 사태를 만인에게 말할 때 사용된다. 메두사의 얼굴을 봤을 때처럼 우리를 경악하게 만들면서 경직시키는 사태, 우리가 믿고 있었던 인간성이라는 것이 허물어지는 사태를 세상에 공개하기 위해 말을 할 때, 우리는 그 말에 대해 '증언'이라는 말을 붙이는 것이다. '증언'의 대상이 되는 사태는 주로 권력에 의해 행해진 범죄다. 어떤 사람이 어떤 사람을 무참하게 살해한 것을 목격한 이가 법정에서 증인으로 나와 이를 밝혔을 때, 법정에서는 그이를 증인이라고 하고 그의 말을 증언이라고 할 것이다. 하지만 일상적인 용법에 따르면 그이에게는 목격한 바를 진술하는 목격자라는 말을 붙이는 것이 더 자연스러울 것이다.

다시 말해서 '증언'이라는 단어는, 국가 권력에 의해 이루어지거나 사회적 규모로 이루어진 범죄적인 재난 사태, 그 권력이 자신의 막강한 힘을 다해 숨기고자 하는 참혹한 재난 사태-국가에 의한 살육, 국가에 의해 제도화된 강간(위안부) 등-를 세상에 밝혀 드러내는 말에 주로 붙인다. 그래서 증

---

5) 일찍이 이승욱은 '증언시의 논리'에 대해 정리한 바 있는데, 여기까지 서술한 필자의 생각과 많은 면에서 상통한다. 그는 "증언에서 말의 진실성은 필수자질"이라면서 "증언을 바탕으로 한 증언시는 대체로 문학적 수사보다는 사실의 전달에 초점을 맞"추는 시임을 밝히고 있다. 또한 "목적시로서 증언시는 증언자의 목소리와 시인의 발화를 효과적으로 조화시켜 독자들에게 역사의 재해석과 표준화된 공적담론에 대한 재성찰을 유도하고, 나아가 증언자와 독자대중의 수평적 결합을 유도"하는, "'공동체 주어'를 지닌, 다분히 저항문학적 논리를 편다"고 말하고 있다.(이승욱, 「거창민간인학살사건과 증언시의 논리」, 『한국문학논총』 제36집, 한국문학회, 2004, 8쪽.)

언이 드러내고 있는 재난 사태에는 희생자가 존재한다. 희생자가 직접 증언하는 경우가 있다. 위안부처럼 국가에 의한 강간의 희생자가 용기를 내어 자신이 당한 일을 증언하는 경우가 그렇다. 하지만 살해당한 사람들은 말을 할 수 없다. 이 희생자에 대해 증언하는 자는 자기 자신을 통해 말할 수 없는 자가 말할 수 있도록 해야 한다는 역설적인 상황에 놓여 있다. 그는 죽은 자가 해야 할 말을, 하지만 죽었기에 하지 못하는 그의 말을 대신하는 사람이다. 그래서 증언자는 죽은 자에 대해 증언할 때 자신의 자아를 타자에게 양도해야 한다. 마치 무당처럼 말이다.

물론 죽은 자의 영혼이 증언자의 몸속에 들어간다든지 하는 것은 아니다. 죽은 자는 자신의 죽음 이후에 계속 말이 없다. 그러나 증언자는, 예를 든다면 경찰의 습격으로 사람이 불타 죽은 용산에서의 경악할 사태에 압도 당한다. 그는 숭고와는 정반대의 감정에 사로잡힌다. 경악은 숭고의 음화인 것이다. 그의 영혼은 어떤 재난의 장면을 보면서 상승감을 느끼는 것이 아니라 충격으로 인해 지하로 곤두박질친다. 그의 주체성은 저 사람들이 불타죽는 장면에 장악되면서, 미친 듯이 "여기 사람이 있다! 여기 사람이 불타 죽었다!"라고 절규하게 되는 것이다. 이 외침이 바로 용산 참사에 대한 첫 증언이다. 그런데 앞의 외침은 바로 죽은 자가 말하고자 하는 말이다. 증언자는 마음속으로 절규할 수도 있을 것이다. 마음속으로든 외침이든 이 죽은 자의 말과 겹치는 절규를 거친 이후에야, 증언자는 하나하나 사건의 추이를 따져서 생각할 수 있다. 이때에도 사람이 죽었다는 사태가 증언자의 주체성을 덮치고 있으며, 여전히 그는 "말할 수 없는 자를 위해 말할 수 있는 자"[6]로서 존재한다.

---

6) 조르조 아감벤, 앞의 책, 215쪽.

경악할 사태를 압축적으로 제시하면서 그 의미를 사유하고 드러내고자 하는 '증언시'의 시인 역시, 앞에서 말한 증언자의 상태를 공유한다고 할 수 있다. '증언시'의 시인도 경악할 사태에 접하고는 역(逆)숭고에 빠져들어 그의 주체성을 덮치는 사태에 무기력함을 느끼게 된다. 그래서 그의 시에는 저 경악할 사태가 전면에 제시되는 것이다. 서정적 주체가 전면에 나서는 것이 아니라 사태가 전면에 나선다. 그리고 나서야 그 사태에 따라 이루어지는 서정적 주체의 정동이 표현되고 사유가 전개된다. '증언시'의 시인 역시 자신을 위해서가 아니라 "말할 수 없는 자를 위해 말하는 자"인 것이다. 하지만 시인은 통상의 증언자보다 더욱 그 사태의 의미를 사유하고 자신의 정동을 표현하고자 한다. 이때 전개되는 사유는 사태의 본질에 곧바로 파고 들어갈 것이며 표현되는 정동은 주체의 개입에 의해 순화되지 않고 거의 직접적인 발산의 양상을 보일 것이다.

그렇기에 '증언시'에서는 미적·정신적 승화가 이루어지지 않는다. 시인이 만약 사람들이 국가권력에 몰려 불타서 죽은 용산의 참사를 심미화 한다면, 사태를 증언하고자 하는 그의 진정성은 의심될 것이요 시인 자신도 어떤 죄책감에 사로잡히게 될 것이다. 그러한 심미화는 경악할 사태를 어떤 미적인 '작품'을 만들기 위한 재료로 사용하는 셈이기 때문이다. 독자들도 그렇게 심미화된 시를 금방 알아보고 이를 비난하게 될 것이다.[7] 복도훈

---

7) 세월호 참사가 일어난 직후, 당시 경기도지사가 시를 써서 자신의 트위터에 올렸을 때 사람들은 매우 분개했다. 그 시가 수준 미달이어서 분개했던 것이 아니다. 자신의 슬픈 감정을 조작하여 사람들에게 드러내는 데에 세월호 참사를 이용했다는 느낌이 들어 분개했던 것이다. 그때만큼 '시'라는 존재가 부끄러울 때가 없었다. 시 쓰기에 능숙한 시인이라고 하더라도 그 도지사처럼 참사를 심미화 하여 멋들어지게 애절한 시를 썼다면, 그 역시 비난받아야 마땅할 것이다. 이러한 시가 나올지 예상했는지, 참사 후에 어떤 이는 "시인이여, 제발 추모시 쓰지 마라"라는 말을 종이에 써서 길거리 어딘가에 붙여 놓기도 했다. 시인들 역시 세월호 참사가 심미화의 대상이 될 수 없다는 것을 직감했을 것이다.

은 "우리는 여전히 미적 자율성과 문학의 이름으로 말하는 것에 익숙"해서 "시대의 참상에 대한 증언은 미와 형식에 대한 무관심 속에서 너무 직접적으로 말해지고 있는 것은 아닌가"[8]라고 우려를 표하면서도, "그럼에도 '말이 사실에 미치지 못할 때'가 많은 것 또한 진실은 아닐까"라고 이에 대해 조심스레 반론을 제기한 바 있었다.

이에 세월호 참사는 시인들로 하여금 근본적인 시험에 들게 했다. 세월호의 '참상'은 '미적 자율성'이나 '미의 형식'으로 접근하기에는 너무 고통스러운 사태임을 많은 시인들은 직감했다. 그래서 그들은 세월호 참사에 깊은 마음의 상처를 입는 한편으로 이제 시를 어떻게 써야 하는지 고민에 빠지게 되었던 것이다. 그래서 미적 형식이 문학의 본령이라고 보는 시인들은 세월호 참사와 같은 사회적 재난을 마주하면서 '시민'으로서는 슬퍼하고 분노하지만 시작(詩作)의 측면에서는 외면하거나, 이를 시화(詩化)한다고 할 때에는 기존에 추구했던 미적 형식을 버려야 하는 모순적인 상황에 놓이게 되었다.

3. '증언시'의 시학과 그 특성-사태의 전면화와 정치적 의미의 폭로

세월호 참사가 일어나자 많은 시인들이 참사에 대해 무엇인가 말하지 않으면 안 된다는 시인으로서의 책임감을 가졌을 것이다. 그리고 그들은 "무엇을 어떻게 써야 할 것인가? 그리고 왜 써야 하는가?"라는 근본적인 질문을 자신에게 던졌을 것이다. 조르조 아감벤은 아우슈비츠의 "증언을 심미

---

8) 복도훈, 「여기 사람이 있었다」, 『창작과비평』 2012년 겨울호, 51쪽.

화" 하는 것에 대해 경계하면서 "반대로 시의 가능성에 기초를 부여하는 것은 (만약 그런 것이 있다면) 증언"9)이라고 말하고 있다. 이 말을 빌려 세월호 참사 이후 시의 가능성의 기초를 바로 증언에서 찾을 수 있다고 말할 수 있을지도 모른다. 세월호 참사는 이윤에 삶을 종속시키고 부패와 폭력, 반민주주의가 만연했던 한국 사회에서 언젠가 터질 일이었다. 송경동 시인은 "우리 모두가 세월호였다"라고 말했다. 한국 사회 자체가 침몰하는 세월호와 같아서 숱한 한국인들이 삶의 추락을 겪고 있는 것이 지금의 현실이라는 뜻이다. 그렇기에 한국의 현실은 증언해야 할 사태들이 너무나 많다고 할 수 있다. 그렇다면 세월호 이후 시가 나아갈 수 있는 가능성의 '기초'는 이러한 경악할 현실에 대한 시적 증언에서 찾을 수 있는 것은 아닐까.

경악할 사태를 증언하고자 하는 '증언시'란 심미화를 허용하지 않는 시라고 할 때, 그렇다면 결국 시인의 고유한 작업을 포기하라는 말이 아니냐는 항의가 있을 수 있다. 하지만 그렇지는 않다. 증언시는 제작(poiesis)을 어원으로 하는 시학(poetics)을 더욱 필요로 한다. 자크 랑시에르에 따르면, 증언의 심미화와 픽션화에 저항했던 클로드 란츠만의 증언 다큐 〈쇼아〉에서도 역시 미학적 효과를 노린 카메라 기법이 여러 군데에서 발견할 수 있다고 한다. 이를 예로 들어 랑시에르는 "재현을 금지하거나 꾸밈(artifice)이라는 말의 의미에서 예술(기교, art)을 금지하는 사건의 특성이란 존재하지 않는다"10)는 결론을 내린다. 어떠한 형식에서도 꾸밈 또는 기교가 금지되지 않는다는 것이 그의 생각인 것이다. 증언을 위한 예술 또는 증언시에 대해서도 마찬가지로 말할 수 있

---

9) 조르조 아감벤, 앞의 책, 54쪽.
10) 자크 랑시에르, 『이미지의 운명』, 김상운 옮김, 인간사랑, 2014, 225쪽.

다. 경악스러운 사태를 더욱 선명하게 드러내거나 충격적으로 드러내기 위해서는, 그리고 그 사태에 따르는 시인의 사유나 정동을 효과적으로 전달하기 위해서는 기교가 필요한 것이다. 하지만 그 꾸밈이나 기교는 심미화가 목적이 아니라 사실을 더욱 잘 증언하기 위한 것이다.

사실을 증언하는 데 있어서 정해진 기교가 있는 것은 아니다. 다시 랑시에르를 인용하자면, "사건 자체는 그 어떤 예술의 수단도 처방하지 않으며 금지하지도 않는"[11]다. 그러므로 증언을 위해 모든 예술의 수단이 사용될 수 있다. 그래서 무기교의 기교를 사용하는 경우도 있다. 기교가 전혀 들어가지 않는 것처럼 보이지만, 그것이 바로 기교인 경우가 있는 것이다. 용산 참사에 대한 시 중에서 가장 많이 거론된 시 중 하나인 이시영의 「경찰은 그들을 사람으로 생각하지 않았다」가 바로 그러한 '무기교의 기교'를 보여 준다.

경찰은 그들을 적으로 생각하였다. 20일 오전 5시 30분, 한강로 일대 5차선 도로의 교통이 전면 통제되었다. 경찰 병력 20개 중대 1600명과 서울지방 경찰청 소속 대테러 담당 경찰특공대 49명, 그리고 살수차 4대가 배치되었다. 경찰은 처음부터 철거민을 사람으로 생각하지 않았다. 한강로 2가 재개발 지역의 철거 예정 5층 상가 건물 옥상에 컨테이너 박스 등으로 망루를 설치하고 농성중인 세입자 철거민 50여명도 경찰을 사람으로 생각하지 않았다. 대신 최후의 자위책으로 화염병과 염산병 그리고 시너 60여 통을 옥상에 확보했다. 6시 5분, 경찰이 건물 1층으로 진입을 시도하자 곧바로 화염병이 투척되었다. 6시 10분, 살수차가 건물 옥상을 향해 거센 물대포를 쏘았다. 경찰은 쥐처럼

---

11) 위의 책, 226쪽.

물에 흠뻑 젖은 시민을 중요 범죄자나 테러범으로 생각하는 듯했다. 6시 45분, 경찰특공대원 13명이 기중기로 끌어올려진 컨테이너를 타고 옥상에 투입되었다. 이때 컨테이너가 망루에 거세게 부딪쳤고 철거민들이 던진 화염병이 물대포를 갈랐다. 7시 10분, 망루에서 첫 화재가 발생했다. 7시 20분, 특공대원 10명이 추가로 옥상에 투입되었다. 7시 26분, 특공대원들이 망루 1단에 진입하자 농성자들이 위층으로 올라가 격렬히 저항했고 이때 내부에서 벌건 불길이 새어나오기 시작했으며 큰 폭발음과 함께 망루 전체가 화염에 휩싸였다. 물대포로 인해 옥상 바닥엔 발목까지 빠질 정도로 물이 흥건했고 그 위를 가벼운 시너가 떠다니고 있었다. 이때 불길 속에서 뛰쳐나온 농성자 3, 4명이 연기를 피해 옥상 난간에 매달려 살려달라고 외쳤으나 아무도 그들을 돌아보지 않았다. 그들은 결국 매트리스도 없는 차가운 길바닥 위로 떨어졌다. 이날의 투입 작전은 경찰 한명을 포함, 여섯구의 숯처럼 까맣게 탄 시신을 망루 안에 남긴 채 끝났으나 애초에 경찰은 철거민을 사람으로 생각하지 않았으며 철거민 또한 그들을 전혀 자신의 경찰로 여기지 않았다.[12]

위의 '글'을 시라고 말하기 어렵다고 생각하는 이도 적지 않을 것이다. 하지만 설명조의 산문이라고 할 수는 없다. 분명히 신문 기사처럼 사건의 상세한 일지로 채워진 내용이긴 하다. 글의 맨 앞과 맨 뒤의 "경찰은 그들을 적으로 생각하였다"와 "철거민 또한 그들을 전혀 자신의 경찰로 여기지 않았다"라는 구절 이외에는, 참사에 대한 시인의 감정이나 해석 없이 신문 기사처럼 건조하게 사건 일지로 채워진 내용의 시다. 그냥 산문이라고 해도 좋을 만큼, 산문으로의 경사의 정도가 매우 높은 시인 것이다. 하지만 이

---

12) 이시영, 『경찰은 그들을 사람으로 보지 않았다』, 창비, 2012, 90-91쪽.

글은, 신문 기사나 칼럼이라면 나와야 할 맥락들이 제시되어 있지 않은 상태에서 곧바로 사건 현장에서 일어난 사건들만 기록되어 있다.(이는 사실을 제시하면서 이데올로기를 교묘히 주입하는 기사나 칼럼과는 차별성이 있는 것이다.) 그런데 바로 어떠한 설명 없이 저 경악스런 사건들만 제시-이는 시인의 의도에 따른 '무기교의 기교'라 할 수 있다-되었기 때문에, 도리어 독자들은 더욱 강렬한 충격과 통증을 느끼게 되는 것이다.

이 '글'이 시가 될 수 있었던 것은, 이 시의 내용이 되고 있는 사실 자체가 분노의 정동을 불러일으키기 때문이다. 미적인 것을 제거했기에 이시영의 이 '글-시'가 저 사회적 재난을 시적으로 드러낼 수 있었다. 저 사실을 '미적'으로 가공했다면, 그 사실 자체가 내장하고 있는 참담함이 증발되어 버려서 도리어 '시적인 것'을 상실해버렸을 것이다. 용산참사와 같은 경악스런 재난 사태는 어떠한 장식적 언어도 제거하고 그 사태의 실상만을 증언할 때 더욱 시적인 충격을 전달할 수 있었던 것이다.

이 시가 사태의 실상만을 기록하는 방식의 증언을 행하고 있기 때문에, 어떤 이는 이 시를 기록시라고 그 장르를 지칭할 수도 있을 것이다. 물론 이 시는 기록시적인 측면이 짙다. 앞에서 논했듯이, 증언시는 기록시의 측면이 있기도 한 것이다. 하지만 "경찰은 처음부터 사람으로 생각하지 않았다."라는 구절은 저 경악할만한 참사가 지니고 있는 본질적인 의미를 강렬하게 전달한다. 그렇기에 저 시는 단순한 사실 기록의 의미를 넘어 국가폭력의 참상을 증언하는 증언시가 될 수 있었다.

여기서 증언시의 변별적인 특성을 더 생각하기 위하여, 변현태의 「러시아 아방가르드와 정치」라는 글을 소개하고자 한다. '예술의 삶 속에서의 용해'를 내세운 러시아 아방가르드를 설명하는 이 글의 말미에서, 변현태는 러시아 아방가르드 조직인 레프(LEF)가 내세운 '사실문학'과 이시영의 위의 시를 연결하여 논하고 있다. 그에 따르면, '사실 문학'은 "사실의 허구적인 '반영'이 아니라 현실 그 자체에 대한 '미메시스', 더 나아가 현실 그 자체가 되고자" 했으며, 이에 "사실의 일부인 예술은 삶 그 자체의 새로운 혁명적인 구축, '삶-건설'의 일부가 되"기 위한 "새로운 문학 '형식'으로 기획되었다"고 한다.[13] 그렇게 '사실-삶'에 용해되는 동시에 삶을 혁명적으로 구축하는 동인이 되는 문학이 '사실 문학'이라는 것이다. 그래서 이 "'예술의 삶 속에서의 용해'에 대한 지향"은 "예술의 부정이 아닌, '예술의 회복'으로 독해될 수 있"으며, "예술과 정치, 그리고 삶이 궁극적으로 하나가 되는 어떤 유토피아"에 대한 러시아 아방가르드의 기획에서 "예술적 장치들 혹은 보다 정확하게 장치로서의 예술은 부정되는 것이 아니라 그 반대로 적극적으로 긍정된다"[14]는 것이다. 이는 현실을 심미화하는 것이 아니다. 러시아 아방가르드는 예술 자체가 현실이 되고자 하는 기획이지 현실을 심미화하거나 장식하는 기획이 아닌 것이다. 이는 앞에서 논한 '증언시'의 성격과 상통한다.

변현태는 이시영 시인의 위의 시 역시 '사실문학'과 유사하게도, "현실이 예술을 대체하는 것을 보여주는 것"이 아니라 "아방가르드적인 의미에서 삶이 더 예술적인 어떤 지점에서 예술이 삶을 '미메시스'한 것, 그리하여 그 삶의 일부가 되는 것을 보여"준다고 말한다.[15] 이시영의 저 시가 아방가르드에 연결된다는 변현태의 신선한 주장에 어느 정도 동의한다. 그의 논리에 따르면, 앞에서 논한 '증언시'는 아방가르드적인 성격을 가지고 있다고 할 수 있을 것이다. '증언시'에서는 현실의 경악스러운 재난 사태-'사실'-가 전

---

13) 변현태, 「러시아 아방가르드와 정치」, 〈크리티카〉 Vol.6, 올, 2013, 84-85쪽.
14) 위의 책, 89-90쪽.
15) 위의 책, 102쪽.

면으로 등장하고, 또한 시의 주체가 그 재난 사태에 미메시스되면서 사유와 정동을 펼쳐나가기 때문이다. 이때 러시아 아방가르드에서처럼 '증언시'의 예술적 장치는 적극적으로 긍정될 수 있으며, 랑시에르의 말마따나 "어떠한 예술의 수단도" 사용될 수 있을 것이다. 그래서 '증언시'는 예술의 부정이라기보다는 삶속에서의 '예술의 회복'이 될 수 있다고도 말할 수 있다.

하지만 '사실 문학'과 '증언시'는 차별성이 있음을 간과하지는 말아야 할 것이다. 변현태에 따르면 '사실문학'은 "삶 그 자체의 새로운 혁명적 구축"을 목표로 하고 있지만 '증언시'는 그렇지 않다. '증언시'는 저 경악스러운 재난 사태를 전면에 드러내면서 그 의미-정치적 의미-를 폭로한다. 그럼으로써 말할 수 없는 자를 위해 말하고 '독자-청자'의 정동을 발동시키는 것을 목표로 한다. 즉 그것은 삶의 혁명적 구축을 목표로 하지는 않는 것이다. 하지만 '증언시'는 삶을 파괴하는 권력에 저항한다. '증언시'에서 시와 삶과의 용해는 저항의 공통성을 형성하면서 이루어진다. 그렇게 '증언시'에서도 예술과 정치가 결합되는 것이다. 그러나 그것은 러시아 아방가르드처럼 구축의 긍정으로서보다는 권력에 대한 부정의 방식으로 이루어진다.

그래서 증언시만이 한국시의 미래라고 말할 수는 없다. 다가와야 할 미래는 구축되면서 이루어질 수 있는 것이다. 폭력을 감추는 권력에 대한 저항으로서의 증언시가 써져야 하는 동시에 삶의 새로운 구축을 위한 시 역시 시도되어야 하고 실험되어야 한다. 그러나 그러한 시도와 실험은 자본과 권력이 폭력적으로 지배하는 현실을 무시해서는 현실화될 수 없다. 그렇기에 그러한 시도와 실험은 경악할 재난 사태에 미메시스 하면서 그 숨겨진 의미를 전달하고 충격과 분노를 불러일으키는 증언시를 바탕으로 삼아, 그러한 증언시의 부정성을 공통적인 것의 긍정적인 구축으로 전화시키는 방향에 따라 이루어져야 한다. 그래서 아감벤은 증언을 시의 가능성이라고 말하지 않고 시의 가능성의 '기초'라고 말한 것일지 모른다. 아감벤의 말을 전용(轉用)하여 말하자면, 증언시를 기초로 미래의 시의 가능성은 생성될 수 있다.

4. '세월호 참사'에 대응하는 증언시들 - 빙의와 고발

4장에서는 세월호 참사라는 재난에 대응하여 시적 증언을 시도한 시 두편을 소개하면서, '증언의 시학'의 구체적인 예를 제시하고자 한다. 이 두편의 시는 모두 광장에 모인 청중을 대상으로 낭독된 것이다. 광장에서 낭독된 시편들을 여기에서 제시하는 이유는, 증언시의 바탕인 증언은 우선 '청자에게 들려주는 폭로의 말'이라는 성격을 갖고 있기 때문이다. 그래서 낭독을 위한 시는 증언시의 증언적 성격을 잘 드러낼 수 있다. 또한 낭독용 증언시를 쓰는 시인들은 자신의 시의 증언적 성격을 의식하고 증언적 효과의 극대화를 노리면서 시를 쓸 터이다. 증언시의 낭독은 시가 드러내는 '사회적 재난'의 경악스러운 의미를 청자에게 전율을 불러일으키며 전달하고자 한다. 여기에서는 낭독 당시의 텍스트가 아니라 시집에 실리면서 수정된 텍스트들을 인용할 것이지만, 이 텍스트들은 원래 낭독을 위한 시학에 의해 쓰인 시편들이기 때문에 독자는 이 시편들을 읽으며 낭독을 듣는 듯한 생생함을 느낄 수 있을 것이다.

먼저 2014년 10월 25일 토요일 4시 16분 광화문 농성장에서 진행된 '두번째 304 낭독회'에서 낭송 발표된 이영광의 「수학여행 다녀올게요 - 유령 6」을 소개하도록 한다. 그의 시는 세월호 참사에서 죽음을 당해 이젠 말할 수 없는 학생들의 말을 시인의 입을 통해 증언한다는 시도를 하고 있다. 그는 자신의 자아를 타자인 그 학생들에게 양도함으로써 그러한 시도를 감행한다. 이러한 양도는 쉬운 일이 아니다. 죽은 자들의 목소리가 자신의 몸 안으로 스며들 수 있기 위해서는 그들의 혼을 정성을 다해 온몸으로 영접해야만 하기 때문이다. 그래야만 죽은 이들의 말이 시인의 입을 통해 흘러나올 수 있다. 「수학여행 다녀올게요 - 유령6」을 읽으면서 느낄 수 있는 전율은 미학적 탁월함 때문이라기보다는 이 시에서 죽은 자들의 목소리가 절절하게 들려왔기 때문이다. 이 긴 시의 마지막 부분을 옮기면 이러하다.

4. 20. -

아니요, 나타납니다…… 나타나고 나타나고 나타납니다
아니요…… 떠는 손과 엎드린 몸, 무너지는 심장들에 젖고 있습니다
아니요…… 구조 없는 구조를, 그저 귀찮고 귀찮고 귀찮아 죽겠다는 표정들을
썩은 돈다발을,
통곡과 능멸의 항구를 떠다닙니다
행진을 가로막는 도심의 장벽을 봅니다
슬픔을 내려치는 칼 위에 앉아 있습니다
우는 누나와 굶는 아빠와 얻어맞는 엄마를 안고 있습니다
망각이 되자고 날뛰는 기억들을 기억하고 있습니다
물속에서 기억합니다, 무사하지 말아요
슬픔을 비웃는 얼굴들을, 기쁜 슬픔들을 보고 있습니다
어떤…… 죽음을 보고 있습니다
물속에서 듣습니다 아무도 무사하지 말아요 놓아주지 않아요
말해주세요 물의 철벽에 허공의 콘크리트 속에

말을 넣어주세요, 핏속엔 피를 흘려 넣어주세요

도대체 왜 도대체 왜 도대체 왜,

떠나보낸 겁니까…… 악마의 배 속에서 기어나갈 거예요

나타나야 하는 몸으로, 나타나기 직전의

발버둥으로, 허공인 두 손으로

그대들을 움켜쥡니다 허공인 두 발로

그대들에게 매달리고 있습니다

도대체 왜 도대체 왜 도대체 왜,

오지 않은 겁니까…… 우린 죽지 않았습니다 그대들은,

살지 않았습니다

수학여행, 가고 있었습니다 수학여행 가고 있을 뿐입니다

우리가 죽어야 그대들은 살아요

그대들이 살아야 우리는 죽어요, 어서

죽여주세요, 어서 우리를

말해주세요 살려줄게요, 말해주세요

살려줄게요 살려드릴게요……[16]

위의 대목은 세월호에 수장된 아이들의 목소리로, 세월호 참사 이후 권력과 언론, 그리고 그에 부추겨진 일부 여론에 의해 진행된 추악한 짓거리들, 위선과 조롱들, '어떤…… 죽음'을 고발한다. "슬픔을 내려치는 칼"과 같

---

16) 이 시의 인용은, 광화문에서 발표할 당시의 텍스트에 다소 수정이 가해진 텍스트인 이영광, 「수학여행 다녀올게요-유령 6」, 『끝없는 사람』. 문학과지성사, 2018, 159-161쪽에서 했다. 아무래도 독자들은 이 텍스트에 접근하기 쉽고, 시인 자신이 최근에 수정을 가하여 출판한 이 텍스트를 정본 텍스트로 보아야 한다고 생각되었기 때문이다.

은, 수장된 아이들을 두 번 죽이는 그 거짓들은 영혼을 잃어버리고 천박하게 잔인해져버린 한국의 맨얼굴-수장된 세월호의 모습처럼 흉물스러운-을 보여준다. 죽은 아이들의 부모이자 형제인 유가족들, 이 세상에서 가장 슬픔에 빠져 있는 이들을 한국 사회의 권력들은 교묘히 또는 노골적으로 '능멸'했다. 이 시는 그들 유가족들, "우는 누나와 굶는 아빠와 얻어맞는 엄마"가 받아야 했던 조롱과 능멸이 결국은 수장된 아이들에 대한 폭력임을, 아이들의 목소리를 통해 생생하게 밝힌다. 그래서 죽은 아이들은 눈감을 수 없다. 자신의 죽음 때문에 뼈저린 슬픔을 앓고 있는 부모형제들이 처참하게 유린당하는 모습이 여기저기에서 떠돌고 있기 때문이다. 그래서 죽은 아이들은 여전히 고통스럽다. 그들은 "우린 죽지 않았습니다"라고, 이젠 "허공인 두 발로/그대들에게 매달리고 있"으면서 "죽여주세요, 어서 우리를"이라고 시인의 입을 통해 절박하게 말한다.

이렇게 이영광 시인은 죽은 이들의 목소리로 증언한다. 그 증언은 아이들이 갇혀야 했던 세월호가, 아니 한국사회 자체가 "악마의 배 속"임을 드러낸다. 시신이 되어서야 세월호에서 나올 수 있었던 아이들이 여전히 "악마의 배 속"에서 나오지 못하고 있음을, 그래서 그 아이들이 저 세상으로 편히 못 가고 있음을 위의 시는 증언한다. 그 증언은 이 사회 자체가 아이들을 가둔 물속의 세월호인 것을 드러낸다. 한국사회 자체가 인양되지 않는 한, 아이들은 여전히 고통스럽게 이 "악마의 배 속"에서 꺼내달라고 절규할 수밖에 없다는 것을 말이다. 아이들이 편히 저 세상으로 가지 않는 한 아이들의 절규는 끊이지 않을 것이다. 시인의 입을 빌려 아이들은 말한다. "우리가 죽어야 그대들은 살아요/그대들이 살아야 우리는 죽어요"라고. 아이들이 마음 편히 저 세상으로 가는 길을 막고 있는 '그대들'은 영혼을 잃어버린 죽은 이들이다. 즉 죽은 이를 저승으로 편히 떠나지 못하게 하는 이 세상의 산 사람들은 그들 역시 죽은 이들이며, 그러므로 이 이승은 저승이다. 죽은 자들이 저승으로 떠나지 못할 때, 그들은 계속 발언할 수밖에 없다. 그렇기에 이영광 시인은 그들의 발언을 받아 적으면서 위의 시를 쓸 수 있었던 것이다.

한편으로 위의 시는, 아직도 한국이라는 세월호에 갇혀 있는 아이들에게 공기 대신 넣어주려는 말, "흘려 넣어주"려는 '피'이기도 하다. 나아가 위의 시의 시적 증언은 진상을 은폐하고자 하는 온갖 권력에 맞서 벌인 유가족들의 투쟁, 아이들이 왜 죽어야 했는지 그 진상을 밝히고자 하는 그 투쟁은 아이들이 편히 저 세상으로 갈 수 있도록 아직 죽지 못한 아이들의 눈을 편히 감겨주기 위한 투쟁이었음을 드러낸다. 그 투쟁은 '유령'이 되어 떠도는 아이들을 위해서 부모형제로서 마지막 해줄 수 있는 가슴 아픈 사랑이었으며, 그것은 한편으로 저승이 되어버린 이 이승을 이승으로 되돌려놓기 위한, 그리하여 산 사람을 살리기 위한 투쟁이기도 했음을 위의 시는 말해준다. 그럼으로써 유가족들의 처절하고 외로운 투쟁은 한국 사회를 살아가는 모든 이들을 위한 보편성을 가지고 있음을 독자와 청자가 유추할 수 있도록 이끈다. 말할 수 없는 자의 말을 전달하고 있는 이영광의 위의 시는 세월호에서 죽어간 아이들만이 정확하게 말할 수 있는 진실을 드러낸다.

증언의 시학을 또 다른 방식으로 보여주는 예로, 문동만의 시 「소금 속에 눕히며」를 소개하고자 한다. 이 시는 이시영과 이영광의 시와는 다른 방향에서 증언을 수행하고 있다. 그 증언은 침몰 직전에 벌어진 슬프고 아름다운 사건들을 제시하는 동시에, 저 세월호 참사가 결국 "이윤이 신이 된 세상"에 의한 살해이며, 그래서 세월호는 침몰당한 게 아니라 그 세상에 의해 습격당했음을 단언하는 방식으로 행해진다. 나아가 이 시는 시적 증언이 권력과 싸우는 '우리'를 형성하는 방향으로 나아가야 한다는 것을 보여주고 있다. 전문을 옮긴다.

억울한 원혼은 소금 속에 묻는다 하였습니다
소금이 그들의 신이라 하였습니다

차가운 손들은 유능할 수 없었고
차가운 손들은 뜨거운 손들을 구할 수 없었고
아직도 물귀신처럼 배를 끌어 내립니다
이윤이 신이 된 세상, 흑막은 겹겹입니다
차라리 기도를 버립니다
분노가 나의 신전입니다
침몰의 비명과 침묵이 나의 경전입니다

아이 둘은 서로에게 매듭이 되어 승천했습니다
정부가 삭은 새끼줄이나 꼬고 있을 때
새끼줄 업자들에게 목숨을 청부하고 있을 때
죽음은 숫자가 되어 증식했습니다
그대들은 눈물의 시조가 되었고
우리는 눈물의 자손이 되어 버렸습니다

일곱 살 오빠가 여섯 살 누이에게
구명조끼를 벗어줄 때
남학생들은 여학생들을 먼저 보내고
아가미도 없이 숨을 마칠 때

아이들보다 겨우 여덟 살 많은 선생님이
물속 교실에 남아 마지막 출석부를 부를 때
죽어서야 부부가 된 애인들은 입맞춤도 없이

아, 차라리 우리가 물고기였더라면
이 바다를 다 마셔버리고 살아있는 당신들만 뱉어내는
거대한 물고기였더라면

침몰입니까? 아니 습격입니다 습격입니다!
우리들의 고요를, 생의 마지막까지 번지던 천진한 웃음을
이윤의 주구들이
분별심 없는 관료들과 전문성 없는 전문가들이
구조할 수 없는 구조대가
선장과 선원과 또 천상에 사는 어떤 선장과
선원들로부터의…… 습격입니다
그러므로 우리도 3층 칸과 4층 칸에
쓰린 바닷물이 살갗을 베는
지옥과 연옥 사이에 갇혀버렸습니다
우리도 갇혀 구조되지 않겠습니다
그대들 가신 곳 천국이 아니라면
우리도 고통의 궁극을 더 살다 가겠습니다

누구도 깨주지 않던 유리창 위에 씁니다
아수라의 객실 바닥에 쓰고 씁니다

골절된 손가락으로 짓이겨진 손톱으로

아가미 없는 목구멍으로

오늘의 분통과 심장의 폭동을

죽여서 죽었다고 씁니다

그대들 당도하지 못한 4월의 귀착지

거긴 꽃과 나비가 있는 곳

심해보다 짠 인간과 인간의 눈물이 없는 곳

거악의 썩은 그물들이 걸리지 않는 곳

말갛게 씻은 네 얼굴과 네 얼굴과

엄마아 아빠아 누나아 동생아 선생니임 부르면

부르면 다 있는 곳

소금 속에 눕히며

눕혀도 눕혀도 일어나는 그대들

내 새끼 아닌 내 새끼들

피눈물로 만든 내 새끼들

눕히며 품으며 입 맞추며[17]

문동만은 자본의 권력이 지배하는 세상 한복판에 날카로운 단언을 던진다. 문동만 시의 증언은 이시영의 시처럼 사태의 사실들을 날것 그대로 전달하거나 이영광의 시처럼 죽은 자들을 빙의하는 방식이 아니라 증언자

---

17) 문동만, 고은 외 68인, 「소금 속에 눕히며」, 『우리 모두 세월호였다』, 실천문학사, 2014, 69-72쪽.

가 사태에 대해 적극적으로 해석하고 사유하며 정동을 표출하는 방식으로, "이윤이 신이 된 세상"을 비판하면서 이루어지고 있는 것이다. 또한 시인은 낭독의 효과를 최대치로 높이기 위해 말을 배치하는 시적 기술을 운용하고 있다. 문동만 시인은 대한문 앞에서 열린 문학계 최초의 세월호 추모 집회에서 이 시를 낭송했다. 이 시는 당시 대한문에 모인 사람들의 마음을 강력하게 흔들었는데[18], 시인이 낭송을 위해 말을 세심하게 운산하면서 이 시를 썼기에 시에 그러한 힘이 내장될 수 있었다. 낭송할 때 듣는 이에게 강력한 정동을 발동하는 시의 힘은 그저 얻어지지 않는다. 대한문 앞이 어떤 정치적 공간이 될 수 있도록 시인은 시어를 기술적으로 세심하게 운용했기에 시는 정동의 힘을 가질 수 있었던 것이다. 그 낭송을 위한 기술은 운의 반복, 단어와 절의 반복 변주를 통해 급박한 리듬을 형성하고 있는 데에서 잘 나타난다.

증언시로서의 이 시의 성격은, 참사 당시의 현장에서 자신의 목숨보다는 타인의 목숨을 챙겼던 사람들을 감동적으로 응축하여 보여주는 4연에서도 볼 수 있지만, 저 사회적 재난을 가져온 권력에 대한 강력한 고발에서도 볼 수 있다. 앞에서 논했듯이, 증언시는 사회적 재난이 갖고 있는 감추어진 의미를 들추어내고 독자에게 제시하고자 한다. 이 시는 증언시의 그러한 목적을 잘 따르고 있다. 고발은 "분노가 나의 신전"이 되어버린 서정적 주체의 분노어린 독백으로 이루어진다. 서정적 주체의 정동인 분노는 시의 어조를 급박하고 단호하게 만든다. 서정적 주체의 고발은 세월호 참사가 지니는 사회적 의미를 드러낸다. 그 고발이란 세월호 참사는 사고가 아니라

---

18) 필자도 그 집회에 참여하여 문동만 시인의 낭송을 들었는데, 그때 몸 안쪽에서 회오리치는 분노와 비감을 강력하게 느꼈다.

"죽여서 죽"인 것이라는, 결국은 살인사건이라는 것이다. 살인의 주체는 "이윤의 주구들"과 관료들, 전문가들, 구조대, 선장과 선원들, 나아가 "천상에 사는 어떤 선장과/선원들"인 저 국가권력의 최고위층 사람들-청와대에 있는 사람들-이다. 이는 한국을 책임지고 있다는 권력층에게 참사의 책임을 확실히 묻고 있음과 동시에 세월호 참사가 한국에 뿌리내린 정치경제의 권력 시스템에 의한 '사회적 재난'이라는 의미를 확실하게 드러낸다.

한편, 이 시의 증언은, 시인이 아이들의 죽음에 가슴을 태우는 유가족들의 마음에 미메시스 되는 동시에 그들과 공통적인 정동을 창출하는 데에로 나아가기 위해 행해진다. 아이들이 수장되는 참사의 증언을 듣는 사람들은 유가족들과 함께 "지옥과 연옥에 갇혀버"린 '우리'가 된다. 그래서 이 시는 아이들의 수장에 대한 분노 어리고 고통스러운 증언과 더불어 그 증언을 바탕으로 공통적인 정동의 구축으로의 전화가 일어나기 시작하는 장면을 보여준다. 그 전화는 "내 새끼 아닌 새끼들/피눈물로 만든 내 새끼들"을 유가족들과 함께 소금 속에 "눕히며 품으며 입 맞추"는 상징적 의례를 통해 이루어지기 시작한다. 유가족들이 절실히 원하는 것은 단순한 진실규명이었다. 그러나 그러한 단순한 바람이 이루어지기가 너무나 어렵다는 것을 그간 한국사회는 보여주었다. 한국사회를 지배하는 강고한 권력이, 자신의 추한 몰골을 드러낼 진실규명을 가로막았다. 그래서 유가족들은 진실규명을 위해 그 권력과 싸웠으며, 나아가 한국사회가 근본적으로 변화되지 않으면 또 다른 참사를 막지 못하게 될 것임을 주장했다. 문동만의 시적 증언은 이 유가족들과의 공통적인 정동의 형성을 도모하면서 사회의 근본적인 변화로의 도정에 유가족과 함께 나갈 것을 '독자-청자'에게 간접적으로 호소하고 있다.

5. 맺음말

자연현상으로 발생하는 자연적 재난과는 달리, 사회적 재난은 사회의 구조적 문제에 기인한다. 특히 폭력 장치를 독점하고 있는 국가의 폭력에 의해 벌어지는 사회적 재난은 전쟁과 같이 사회의 구조적 모순이 폭발하면서 일어난다. 2009년에 일어난 용산 참사도, 비교적 규모가 작지만 국가 폭력에 의한 사회적 재난이었다. 특히 2014년에 일어난 세월호 참사는 국가의 직접적 폭력에 의한 것은 아니었지만 국가가 기본적인 임무를 방기하면서 벌어진 사회적 재난이었다. 그리고 이 참사는 이윤을 생명보다 중시하는 한국사회의 구조적 모순에 따른 재난이기도 했다.

용산 참사, 세월호 참사 등의 사회적 재난은 한국의 시인들에게 깊은 번민을 가져왔다. 이러한 참사를 시인으로서의 양심으로는 외면할 수 없지만, 한편으로 참사를 시적으로 가공하여 작품화하는 것이 올바른 일일까 의심이 들었던 것이다. 시인들은 이 딜레마를 '증언의 시학'을 통해 해결하고자 했다. 그들은 사회적 재난으로 인한 희생을 증언하는 것으로서 시의 의무를 다하고자 한 것이다. 이러한 사회적 재난에 대한 대응으로서 증언을 행하는 시를 '증언시'라고 개념화할 수 있다.

증언은 주로 산문의 영역이다. 증언은 시적인 응축이나 초월과는 양립하기 힘든 면이 있기 때문이다. 특히 어떤 참혹한 사태, 경악할 만한 비극성을 가진 사태인 경우, 사실 자체를 디테일한 면까지 숨김없이 폭로해야 증언으로서의 가치를 가진다. 그래서 증언은 모호성과 추상성으로부터 탈피해야 한다. 시가 상징적인 응축을 필요로 하는 장르라고 할 때, '증언시'라는 개념은 어불성설일 수 있다. 하지만 '증언시' 개념을 거부한다면 1980년 광주에서의 학살이나 1948년 제주에서의 학살 등, 국가폭력에 의해 벌어지고 국가권력에 의해 진실이 감추어진 사회적 재난을 폭로하고자 했던 시들의 증언적인 성격을 무시하는 결과를 낳는다. 이에 본고는 '증언시' 개념을 적극적으로 사고하여 그 개념이 함의하는 바를 도출하고자 시도해보았다.

증언시는 참혹한 사회적 재난의 실상을 드러내고 나아가 그 사태의 바탕에 또는 그 너머에 있는 진실을 포착하여 말하고자 한다. 시의 증언은 다른 증언과 마찬가지로 어떤 사실에 대한 망각에 저항하기 위해 이루어지는 동시에 그 사실에 감추어진 의미를 사유하고 독자에게 전달한다. 사회적 재난에서 증언의 대상이 되는 사태는 주로 권력에 의해 행해진 범죄이기 때문에, 증언시는 그 권력을 고발하면서 그 권력에 저항한다.

증언시의 시인은 증언자와 같은 화자가 된다. 특히 참사의 희생자를 대신하여 말하는 증언자는 자신을 통해 말할 수 없는 자가 말할 수 있도록 해야 한다는 역설적인 상황에 놓인다. 참혹한 참사를 본 증언자는 숭고와는 정반대의 감정인 경악에 사로잡혀서 절규하는 마음으로 증언한다. 맞닥뜨린 사태에 대한 절규가 먼저 있고 그 다음 사건의 추이를 따지면서 생각한다. 증언자가 되는 증언시의 시인 역시 경악할 사태에 자신의 주체성을 양도한다. 그렇기에 증언시는 서정적 주체가 전면에 나서는 것이 아니라 경악할 사태가 전면에 제시된다.

그래서 증언시에는 미적이거나 정신적인 승화가 이루어질 수 없다. 참혹한 재난을 심미화한다면, 그것은 희생자들을 미적인 작품을 위한 재료로 삼는 일이어서 비난받는 것이 마땅하다. 세월호 참사 역시 마찬가지다. 미적 형식으로 접근하기에는 세월호 참사는 너무 고통스러운 사태였던 것이다. 하지만 심미화가 허용되지 않는 사태라고 하더라도 그 사태를 증언하기 위한 시학마저도 저버릴 수는 없다. 이 시학이 없다면 '증언시'가 성립될 수 없을 것이다. 심미화가 목적이 아니라 경악할 만한 사태를 더욱 선명하게 또는 충격적으로 드러내기 위해서는, 그리고 그 사태에 대한 시인의 사유나 의미화를 전달하기 위해서는, 시의 제작술을 의미하는 시학이 필요하다.

증언시의 시학에서는 증언을 위한 모든 예술 수단이 사용될 수 있다. '무기교의 기교'를 보여주는 시도 있다. 용산참사를 최초로 시화(詩化)한 시인 이시영의 「경찰은 그들을 사람으로 생각하지 않았다」는 용산참사 현장을 미적인 장식이나 가공 없이 그대로 제시함으로써 도리어 그 참사가 지닌 참혹함과 잔혹함을 생생하게 드러내어 독자에게 시적인 충격을 줄 수 있었다. 러시아 문학 연구자인 변현태에 따르면, 이시영의 이 시는 러시아 아방가르드가 보여준 '사실문학'과 상통한다. 아방가르드 시학과 상통하는 증언시의 시학은 다양한 시적 실험을 허용하기 때문에 도리어 창작을 활성화할 수 있다.

본고는 세월호 참사를 증언한 시의 예로, 각각 증언시의 다른 시학을 보여준 이영광의 「수학여행 다녀올게요 - 유령 6」과 문동만의 「소금 속에 눕히며」를 살펴보았다. 이영광의 시는 시적 자아를 참사의 희생자인 학생들에게 양도함으로써, 즉 학생들에게 빙의되는 방식으로 그들의 목소리를 생생하게 전달하면서 증언을 시도한다. 나아가 죽은 이를 저승으로 편히 떠나지 못하게 만드는 한국 사회가 사실상 죽은 세상임을 폭로한다. 문동만의 시는 증언자인 시적 화자가 사태의 의미를 적극적으로 해석하고 자신의 분노를 표출하면서, 세월호의 죽음을 가져온 "이윤이 신이 된 세상"의 권력 시스템의 폭력성을 증언하고 고발한다. 그의 시는 낭송의 효과를 극대화하여 청자들과 공통의 정동을 창출하기 위해 세심하게 언어를 운용했다. 그리고 유가족들에 대한 연대의 정신을 보여줌으로써 한국사회의 근본적인 변화를 이루어내는 싸움에 유가족과 함께 하자는 호소를 간접적으로 전달하고 있다.

(2018)

'트임'과 혁명,
그리고 사랑
— 다시 읽고 싶은 시편들

1

내가 시에 이끌리게 된 것은 1980년대 막바지에서 1990년대 초반, 대학 서클인 문학회에 다니면서였다. 그땐 시가 나에겐 구원을 주는 무엇과 같은 것이었다. 여느 '문학청춘'들이 그렇듯이, 난 알 수 없는 격정에 사로잡히다가도 한없이 추락하는 기분에 걷잡을 수 없이 우울해지곤 했다. 사랑은 항상 실패했다. 격정은 우울과 섞여 내 자신을 주체할 수 없는 지경이었다. 그 시대 역시 지금과는 다른 이유로 사람들이 죽어나가고 있던 시대였다. 자살행렬이 더욱 늘어나고 있는 현 시대를 죽음의 시대라고 말할 수 있듯이 그때도 역시 죽음의 시대였던 것이다. 이러한 시대의 시취(屍臭)는 나의 우울을 더욱 짙게 만들었다. 이러한 상황에서 시를 접하기 시작했고 추락을 모면하기 위한 밧줄을 시에서 발견할 수 있었던 것이다. 하지만 왜 시가 내게 그러한 심적인 구원을 해줄 수 있었는지는 지금도 잘 모르겠다. 지금은 분실해서 갖고 있지 않지만, 민음사에서 출판된 『시의 이해』라는 책을 당시엔 열심히 읽었는데(현재 절판된 이 책은 아주 좋은 편집서라고 지금도 생각하고 있다.), 그 책에 나온 시편들 중 몇 편들이 내게 전율을 일으켰으며 어떤 영혼의 '트임'(illumination)을 경험할 수 있게 해주었다. 특히 랭보의 시가 그랬던 것 같다. 나를 뒤흔들었던 구절들을 함유선이 옮긴 번역판(『나쁜 혈통』, 밝은 세상, 2005)에서 인용하면 이렇다.

오라, 오라,
사랑에 빠질 시간이여.

더러운 파리 떼
거칠게 붕붕거리는데,
향과 독초를 키우고 꽃피우는
망각에 빠진
저 들판처럼.

— 「가장 높은 탑의 노래」 중에서

마침내 오 행복이여, 오 이성이여, 나는 하늘에서 어둠에 속한 창공을 떼어냈다. 나는 자연스러운 빛의 금빛 불꽃처럼 살았다. 기뻐서, 나는 아주 우스꽝스럽고 정신 나간 표현을 했다.

(중략)

내일은 없다.
부드러운 천 같은 숯불이여,
    너희 열기는
    의무이다.

그것을 되찾았다!
무엇을? 영원을
그건 태양과 섞인
　바다.

(중략)

　오 계절이여, 오 성곽이여!
흠 없는 넋이 어디 있으랴?

(중략)

　오 계절이여, 오 성곽이여,

어쩌랴, 그가 사라지는 시간은
죽음의 시간이리.

　오 계절이여, 오 성곽이여,

이제 다 지나갔다. 나는 오늘 아름다움에게 절할 줄 안다.

　─「헛소리 2-언어의 연금술」 중에서

인용한 구절들은 장시 『지옥에서 보낸 계절』에 실려 있는 것들이다. 대학시절 '김현 번역판'으로 읽었던 구절들과는 번역이 다를 테지만, 지금 저 구절들을 여기에 옮기면서 예전에 느꼈던 벅차오름을 새삼 다시 느꼈다. 나는 저 구절들이 예전이나 지금이나 무엇을 의미하는지 잘 모른다. 하지만 "태양과 섞인/바다"라는 구절이 가져오는 트임은 시라는 것이 나의 혼을 고양시킬 수 있는 힘을 가지고 있음을 믿게 만들었다.[1] 그 믿음은 삶을 절대자에 의탁하는 신에 대한 믿음과는 성격이 달랐다. 종교와는 달리, 시의 장에서는 읽기와 쓰기라는 행위를 통해서 주체 스스로 고양되며, 그 영혼의 트임은 이 차안의 세계를 벗어나지 않고 세속적으로(profane) 이루어지는 것이었다. 그래서 시를 써보기도 했지만, 생각만큼 잘 되지 않았고 대학원 국문과에 들어간 이후에는 그만두게 되었다. 여하튼 랭보의 시를 읽으면서 시는 일생을 던질 만할 대상이라고 생각하게 되었으니 깊은 우울에 빠져 있을 때에도, '그래도 시가 있다'는 마음으로 생활을 해 나갈 수 있었던 것이다. 위에서 "흠 없는 넋"은 예전에 읽은 판에서는 "상처 없는 영혼"이라고 번역되었던 것으로 기억하는데, 침울해졌을 때에는 "상처 없는 영혼이 어디 있으랴?"라는 구절을 읊조리곤 했다. "오라, 오라,/사랑에 빠질 시간이여"라는 구절은 예전에 읽었던 판본에서는 "오라, 오라,/도취할 시간이여"라고 번역되었던 것 같은데, 이 도취할 수 있는 삶이야말로 내게는 아름다운 삶으로 생각되었다. 그 도취는 시라는 "향과 독초"에 의해 내가 망각의 들판에 서 있을 때 이루어질 수 있으리라고 여겨졌다.

그런데 시에 의한 도취는 혁명적 열정에 대한 희구와 연결되었다. 80년대 후반에서 90년대 초반에 이르는 나의 대학시절에는 학생운동이 급진화 되

---

1) 이후에 무라카미 류의 『69』라는 소설을 원작으로 한 영화 〈69〉를 보게 되었는데, 그 영화에서 주인공 고등학생은 바로 랭보의 저 구절을 읽고는 그때까지의 삶을 버리고 새로운 삶을 살아갈 것을 결심하게 된다. 나 역시 그 고등학생과 비슷한 마음이었을 것이다.

어 있었다. 많은 학생들이 수업에는 전혀 신경을 쓰지 않고 마르크스를 공부했다. 나 역시 그랬다. 그렇다고 마르크스에 대해 깊은 공부를 한 것은 아니고, 겉핥기식으로 공부를 했을 뿐이다. 하지만 얕으나마 자본주의의 작동 방식에 대한 인식을 하게 되었고 그때의 인식은 현재 많이 변화되긴 했지만 큰 틀에서는 변화되지 않았다. 특히 금융 위기 이후 전 세계적 불황과 빈부 격차의 확대, 그리고 일하는 사람들의 더욱 고통스러워진 삶은 마르크스의 이론이 여전히 현실에 대한 설명력을 갖고 있음이 증명되었다고 할 수 있기에, 지금으로서는 그러한 인식틀을 더욱 버릴 수 없게 되었다. 당시엔 나 역시 사회가 급진적으로 변화되어야 한다고 생각했고, 실제로 변화를 위한 운동에 뛰어든 동료들을 보면 존경스러웠다. 나 자신은 변화에 대한 필요성은 인식하고 있지만 실제 행동에 뛰어드는 용기는 별로 없었다. 그러나 그러한 운동에 전혀 무관했던 생활을 해나갔던 것은 아니고 기웃거리기는 했다고 말할 수 있겠다. 여하튼, 대학시절의 나는 시에 대한 믿음과 사회 변혁의 필요성에 대한 인식이 묘하게 공존하는 삶을 살았다.

하여, 시와 혁명을 결합시키고자 했던 '초현실주의'와 같은 예술운동에 관심을 갖게 되었는데, 이 초현실주의를 경유해서 엘뤼아르나 네루다와 같은 20세기의 위대한 시인들의 시를 읽을 수 있었다. 특히 중앙일보사에서 30권으로 나온 현대세계문학전집의 마지막 권, 『현대 대표시인선집』에 실린 루이 아라공의 「엘자의 눈」이라는 시를 무척 좋아했다. 이 시는 아라공이 초현실주의 진영에서 이탈한 후에 쓴 것이지만, 그렇다고 완전히 초현실주의와 상반된 세계를 보여주는 것은 아니라고 평가받는다. 이 시의 전문을 다시 읽어본다.

그대 눈 너무도 깊어 물을 마시러 몸을 기울이며

나는 보았다 온갖 태양들이 그리로 와 제 모습 비춰보는 것을
온갖 절망들 그리로 뛰어들어 죽어가는 것을
그대 눈 그리도 깊어 내 거기서 기억을 잃는다

새들 그림자에 그대 눈은 격랑하는 바다
그리곤 갑작스레 날은 개이고 그대의 눈도 변화한다
여름은 천사의 앞치마를 두른 구름을 조각한다
하늘은 결코 밀밭에서처럼 푸를 수는 없다

바람도 헛되이 창공의 슬픔을 내몰려 든다
눈물 한 방울 반짝이면 창공보다 더 맑은 그대 눈
비 개인 하늘을 질투하게 만들고
유리도 깨질 때가 아니면 결코 그렇게 푸르지는 못하다

일곱 고통의 어머니 오 적셔진 빛이여
일곱 자루 칼이 색채 프리즘을 꿰뚫었다
눈물 사이로 비친 빛 더욱 강렬하고
검정 구멍 가진 무지개는 상복 입어 더욱 푸르다

그대 눈 불행 속에서 이중의 돌파구를 열고
그리론 동방 박사들의 기적이 연출된다
구유에 걸린 성모 마리아의 망토를 보며
그들 세 동방 박사 가슴 두근거릴 때의 기적을

온갖 이야기의 5월에도 입 하나면 족하나
온갖 가지 노래를 위해 온갖 가지의 탄식을 위해
수백만의 별들을 위해서라면 창공 하나는 너무도 적고
그대의 눈 그 두 눈의 쌍둥이 비밀이 필요하다

아름다운 그림에 홀린 어린 아이라 해도
그리도 엄청나게 제 눈을 열진 못하리다
그대 큰 눈을 뜨면 나는 모른다 그대 거짓말인가를
소나기가 야생화 키우는 것만 같아라

그대 눈이 라벤다 꽃 속에 번갯불을 감추는가
벌레들의 격렬한 사랑 풀어지는 그 꽃 속에
나는 흐르는 별들의 그물 속에 걸려든다
극성하는 8월에 죽어가는 선원처럼

내 이 라디움 역청에서 뽑아냈고
이 금단의 불에 이 손가락 태웠다
요 백 번을 되찾고 다시 잃은 천국이여
그대의 눈은 나의 페루 나의 골콩드 나의 인도

어느 날 아름다운 저녁 우주는 깨어졌다
약탈자들 불길 올리는 암초 위에서
나는 보고 있었다 바다 위로 반짝이던
엘자의 눈 엘자의 눈 엘자의 눈을

청년 시절 방탕하게 살면서 자살까지 기도했던 아라공은 러시아 시인 마야코프스키가 사랑했던 릴리 브릭의 동생 엘자 트리올레-엘자 역시 시인이었다-를 만나게 되어 결혼하게 된 이후로 그녀를 평생 사랑했다고 한다. 위의 시에서 우주적인 상상력을 통해 묘사되고 있는 '눈'의 주인공은 바로 그 엘자 트리올레다. 아라공은 그녀에 대한 열렬한 연애시를 많이 남겼다고 한다. 한편 그는 나치의 프랑스 점령 시기 레지스탕스로 활동하여 저항시를 썼는데, 그가 프랑스에서 거의 국민 시인으로까지 추앙받게 된 것은 바로 이 시기의 활동 덕분이었다. 위의 「엘자의 눈」 역시 극히 어려운 시기에 쓴 것이다.(이 시는 1942년에 발표되었다.) 그렇기에 "약탈자들 불길 올리는 암초"라는 구절은 바로 "아름다운 저녁 우주"를 깨뜨린 나치의 침략을 의미한다는 것을 어렵지 않게 짐작할 수 있다. 아라공은 아름다운 엘자의 눈으로부터 그 침략의 불길과 싸울 수 있는 깊고 강렬하고 뜨거운 힘을 발견한다. 온갖 태양이 자신의 모습을 비추고 가는 그 눈에는 온갖 절망들이 뛰어들어 죽어간다. 태양들을 드러내는 그 눈은 깊은 우물처럼 맑아서 넋을 잃고 바라보게 될 터, 바로 지금 '현재 시간'만을 드러내는 그 눈을 응시하면서 시인은 기억을 잃고 만다.

여기서 이 시를 해석하거나 할 여유는 없다. 게다가 나로서는 예나 지금이나 이 번역시 속에 내포된 의미를 해석해낼 수 있는 능력이 없다. 이 시에 대한 해석은 위의 시를 읽고 있는 독자에게 맡겨야겠다. 그러나 1연에서 9연까지 시인에게 이 엘자의 눈이 지니는 다층적인 의미를 현란한 우주적 상상력과 신화적 상상력을 통해 눈부신 이미지로 보여주고 있다는 것만을 언급해두기로 하자. 여하튼 나는 위의 시 역시 랭보의 시처럼 의미를 잘 이해하지 못한 채로 다시 읽곤 했던 것인데, 뭔가 나의 시야가 좁아졌다고 생각되거나 보들레르 시의 한 구절처럼 쇠뚜껑이 머리 위를 누르고 있다고 생각될 때에 이 시를 찾아 읽었다고 기억한다. 그러면 어떤 도취 속에서 트임의 힘을 느끼곤 했던 것인데, 이럴 땐 시의 신비한 힘을 생각하게 되었다.[2] 그런데 엘자에 대한 열렬한 사랑이 저토록 강력하게 뿜어져 나오는 이미지의 전개를 가져온다고 판단하게 되면서, 위의 시는 사랑의 힘에 대해 사유할 수 있는 계기를 마련해주기도 했다. 시를 불러일으키는 사랑은 절망적인 사회적 상황을 견디어내고 이에 혁명적으로 저항하는 힘을 준다고 생각할 수 있었다. 나의 눈에 「엘자의 눈」에는 시와 사랑과 정치가 결합하는 진풍경이 펼쳐져 있었다.

시와 사랑과 혁명. 이 세 단어는 한 문학청년에게 가장 열렬한 감정을 불러일으키는 단어였고 꿈꾸기의 원천이 되었다. 그렇기에, 학생시절 금강 강가의 "넓은 벌판과 먼 산들을 바라보며" "내 일생을 시로 장식해 봤으면,/내 일생을 사랑으로 채워 봤으면,/내 일생을 혁명으로 불질러 봤으면"(「나의 설계-서둘고 싶지 않다」)이라고 생각했다는 신동엽 시인의 회고는 나에게 깊은 인상을 남겼다. 그리고 그 말에 감전된 나는 신동엽 시를 탐독했고 특히 「누가 하늘을 보았다 하는가」를 두근거리는 가슴으로 몇 번이고 읽었다. 이 시의 전문을 인용해본다.

누가 하늘을 보았다 하는가
누가 구름 한 송이 없이 맑은
하늘을 보았다 하는가

---

2) 하나 지금 이 시를 다시 읽어보면서 20대 청년 시절 때 느꼈던 강력한 전율은 느껴지지 않았다는 게 솔직한 마음이다. 나이가 들어서일까? 그래서 '다른 시를 소개하는 것이 좋지 않을까'라는 생각이 들었지만, 지금 이 시를 읽고는 청년 때의 나처럼 전율을 느끼는 사람이 있을 것 같아서 그냥 두기로 한다.

네가 본 건, 먹구름
그걸 하늘로 알고
일생을 살아갔다.

네가 본 건, 지붕 덮은
쇠 항아리,
그걸 하늘로 알고
일생을 살아갔다.

닦아라, 사람들아
네 마음 속 구름
찢어라, 사람들아,
네 머리 덮은 쇠 항아리.

아침 저녁
네 마음 속 구름을 닦고
티 없이 맑은 영원의 하늘
볼 수 있는 사람은
외경(畏敬)을
알리라.

아침 저녁
네 머리 위 쇠 항아릴 찢고
티 없이 맑은 구원(久遠)의 하늘

마실 수 있는 사람은

연민(憐憫)을

알리라.

차마 삼가서

발걸음도 조심

마음 아모리며.

서럽게

아, 엄숙한 세상을

서럽게

눈물 흘려

살아가리라.

누가 하늘을 보았다 하는가,

누가 구름 한 자락 없이 맑은

하늘을 보았다 하는가.

　지금 다시 읽어보니 현재의 암울한 상황에서 여전히 울림을 주는 시다. 위의 시는 동학혁명을 그려낸 신동엽의 장시 『금강』에도 실려 있는 것이어서, 위의 '외경'이란 시어는 바로 백성의 피땀으로 얼룩진 역사에 대한 것임을 짐작할 수 있다. 하지만 알다시피 시어는 꼭 하나의 의미만 갖고 있지 않다. 그렇기에 사람마다 자신의 삶과 마음에 맞추어 시를 제각각 받아들이고 의미화 할 수 있는 것 아니겠는가. 위의 시는 어떻게 살아야할지 고민하는 한 청춘-20대의 나-에게 세상의 '엄숙함'-"차마 삼가서/발걸음도 조심"해야 할 엄숙함-이 지니는 '외경'을 인식시키고 연민의 윤리를 각인시켰다. 또한 그러한 인식과 윤리는 나를 가두고 있는 '쇠 항아리'를 인식해야 하며, 그 항아리를 파괴해야 한다는 의무 역시 알려주었다. 저 시는 마치 하늘에서 내게 내리는 엄중한 목소리처럼 여겨지기도 했다. 이 시를 읽고는 한 동안 하늘을 보지 못했던 기억도 난다. 푸르른 하늘이 날 부끄럽게 했기 때문이다. 하늘은 푸르렀으나 나의 머리 위에는 녹슨 쇳덩어리 같은 먹구름이 덮여 있다고 생각했고, 그래서 하늘을 봐도 "티 없이 맑은 영원의 하늘"을 볼 눈을 가지지 못했다고 나 자신을 판단했기 때문이다. 현재에도 많은 사람들이 "지붕 덮은/쇠 항아리"를 하늘로 알고 살아가고 있을 것이다. 그래서 이 시는 여전히 현재성을 가지고 있다고 할 수 있다. 지금을 살아가는 사람들도 자신의 머리 위 어느새 쇠 항아리처럼 두꺼워진 먹구름을 찢어야 하며, 그러한 작업을 위해서라도 시는 앞으로도 계속 쓰여지고 읽혀져야 한다는 생각을 해본다.

신동엽의 시와 함께 김수영의 시도 열심히 읽었다. 지금도 그렇지만, 당시 문학청년들에게 김수영과 신동엽은 흥미로운 비교 대상이었다. 신동엽을 더 좋아하냐 김수영을 더 좋아하냐에 따라 그 청년의 문학적 취향이나 자세를 엿볼 수 있었다. 대학을 다닐 당시의 나에겐 김수영 시는 좀 어려웠다. 그래서 신동엽의 시를 더 즐겨 읽었다고도 말할 수 있으리라. 김수영의 경우는 시보다는 산문을 더 열심히 읽었다고 해야 할 것 같다. 김수영의 산문은 난해했으나, 매우 뛰어나고 깊다는 느낌은 대학시절 때에도 가질 수 있었다. '온몸의 시론'은, 다른 문학청년에게도 그랬겠지만, 시의 본질을 말하는 것으로 생각되었고 지금도 여전히 그렇다고 생각한다. 그렇다고 김수영의 산문만 좋아했던 것은 아니었다. 김수영의 난해한 시 역시 몇 번이고 들춰보곤 했다. 김수영 시에는, 그의 개념을 빌려오자면 '세계의 개진'을 보여주는 산문적인 시도 있는 반면, '대지의 은폐'를 보여주는 추상적이면서도 음악적 리듬성이 강한 시도 있다. 이 양극이 김수영 시의 긴장을 가져오는 것인데, 전자의 경우 「사랑의 변주곡」이 대표적이라고 한다면 후자의 경우에는 「눈」이나 「풀」, 「꽃잎」과 같은 시들이 대표적이라고 할 수 있겠다. 나로서는 길을 잃었다고 생각할 때면 「사랑의 변주곡」을 다시 읽곤 했다.

> 욕망이여 입을 열어라 그 속에서
> 사랑을 발견하겠다 도시의 끝에
> 사그라져가는 라디오의 재잘거리는 소리가
> 사랑처럼 들리고 그 소리가 지워지는
> 강이 흐르고 그 강 건너에 사랑하는
> 암흑이 있고 3월을 바라보는 마른 나무들이
> 사랑의 봉우리를 준비하고 그 봉우리의
> 속삭임이 안개처럼 이는 저쪽에 쪽빛
> 산이
>
> 사랑의 기차가 지나갈 때마다 우리들의
> 슬픔처럼 자라나고 도야지우리의 밥찌끼
> 같은 서울의 등불을 무시한다
> 이제 가시밭, 덩쿨장미의 기나긴 가시가지
> 까지도 사랑이다
>
> 왜 이렇게 벅차게 사랑의 숲은 밀려닥치느냐
> 사랑의 음식이 사랑이라는 것을 알 때까지

난로 위에 끓어오르는 주전자의 물이 아슬

아슬하게 넘지 않는 것처럼 사랑의 節度는

열렬하다

간단(間斷)도 사랑

이 방에서 저 방으로 할머니가 계신 방에서

심부름하는 놈이 있는 방까지 죽음 같은

암흑 속을 고양이의 반짝거리는 푸른 눈망울처럼

사랑이 이어져가는 밤을 안다

그리고 이 사랑을 만드는 기술을 안다

눈을 떴다 감는 기술-불란서혁명의 기술

최근 우리들이 4·19에서 배운 기술

그러나 이제 우리들은 소리 내어 외치지 않는다

복사꽃과 살구씨와 곶감씨의 아름다운 단단함이여

고요함과 사랑이 이루어놓은 폭풍의 간악한

신념이여

봄베이도 뉴욕도 서울도 마찬가지다

신념보다도 더 큰

내가 묻혀사는 사랑의 위대한 도시에 비하면

너는 개미이냐

아들아 너에게 광신을 가르치기 위한 것이 아니다

사랑을 알 때까지 자라라

인류의 종언의 날에

너의 술을 다 마시고 난 날에

미대륙에서 석유가 고갈되는 날에

그렇게 먼 날까지 가기 전에 너의 가슴에

새겨둘 말을 너는 도시의 피로에서

배울 거다

이 단단한 고요함을 배울 거다

복사씨가 사랑으로 만들어진 것이 아닌가 하고

의심할 거다!

복사씨와 살구씨가

한번은 이렇게

사랑에 미쳐 날뛸 날이 올 거다!

그리고 그것은 아버지 같은 잘못된 시간의

그릇된 명상이 아닐 거다

— 「사랑의 변주곡」 전문

워낙 유명한 시라서 여기서 다시 소개한다는 것이 의미가 있을지 모르겠다. 하지만 앞이 잘 보이지 않는 이 시기에 다시 읽어봐도 나쁘지 않으리라고 생각한다. 「사랑의 변주곡」에 대해서는 많은 연구가 되어 있고 깊이 있는 분석도 많이 찾아볼 수 있을 것이다. 여기서는 다만 이 시가 내게 미친 영향만을 기억하고 기록해 두고자 한다. 신동엽의 시가 거대한 역사적 사회적 전망 속에 놓인 삶의 방향을 제시하고 있다면, 위의 시는 작고 고요한 일상 속에서 사랑의 힘을, 프랑스 혁명과 4·19 혁명을 낳은 힘을 발견하고 있다는 면에서, 섬세하면서도 '복사씨'와 '살구씨'처럼 단단하다는 인상을 준다. 그 힘은 암흑을 사랑함으로써 마른 나무가 3월을 기다려 '사랑의 봉우리'를 준비하는 힘이다. 이 힘을 얻을 때 "가시밭, 덩쿨장미의 기나긴 가시가지/까지도 사랑"임을 깨닫게 될 것이다.

그런데 사랑의 힘은, 위의 시에 따르면 욕망으로부터 연원한다. 매우 강렬한 인상을 줘서 한 번 읽으면 잊지 못할 "욕망이여 입을 열어라 그 속에서/사랑을 발견하겠다"라는 선언적인 첫 구절을 보면 말이다. 사랑은 욕망의 힘을 통해 발현되기에 욕망의 입 속에서 발견될 수 있다. 이 구절을 통해 나는 욕망에 대해 진지하게 생각할 수 있었다. 보통 지성계, 그리고 문학계에서 욕망은 부정적인 것으로 취급당하곤 했다. 욕망은 사악한 것으로, 이기적인 것으로, 결국 삶을 망치는 것으로 취급되었던 것이다. 욕망을 좋은 집, 좋은 차를 사고 싶어 하는 욕심이나 섹스에 이끌린 욕정 정도로 생각했던 것이다. 하지만 욕망을 삶을 더 나은 무엇으로 이끌고자 하는 정동과 연관된 무엇으로 생각하게 될 때, 그것에서 사랑을 발현할 수 있는 삶의 원초적 힘을 찾아낼 수 있다. 욕망의 의미와 기능에 대해 깊이 있게 해명한 들뢰즈/가타리의 『안티 오이디푸스』를 읽고 나서야 욕망에 대해 확실히 긍정할 수 있었지만, 그 이전에 욕망에 대한 사유의 시야를 확보하게 해준 것은 바로 이 「사랑의 변주곡」이었다.(또한 욕망의 힘을 사랑과 혁명의 힘으로 전화시키고자 했던 사람들이 앞에서 언급한 아라공이 소속되어 있었던 초현실주의자들이었다.)

사랑은 공허한 관념이 아니라 육체적 정동과 깊이 관련된 힘-욕망-에서 발현되는 것이며, 그러한 사랑이야말로 "아름다운 단단함"을 낳을 수 있다는 것. 김수영에 따르면, 그 사랑은 일상의 모든 수준에서 흘러넘쳐서 "죽음 같은/암흑 속을 고양이의 반짝거리는 푸른 눈망울처럼/사랑이 이어져"갈 수 있어야 한다. "이 사랑을 만드는 기술"을 아는 것, 그것이야말로 암흑의 나날을 살아갈 수 있는 길임을 김수영의 위의 시는 나에게 가르쳐주었다. 그런데 김수영에게 그 '사랑 제작 기술'은 프랑스 혁명이나 4·19 혁명에서 배울 수 있었던 것, 다시 말해 혁명의 기술을 통해 일상을 살아나감으로써 고요하고 껌껌한 세계 속에서 사랑을 잃어버리지 않으면서 살 수 있다는 것! 그것은 "눈을 떴다 감는" "간단(間斷)도 사랑"으로 충만한 시간으로 만들 수 있는 기술이다. 그리고 그 순간을 사랑으로 충전시키기 위해서는 사랑에게 일상적으로, 그리고 지속적으로 사랑을 먹여야 한다. "사랑의 음식이 사랑"이기 때문이다. 간단과 지속의 변주 속에서, 단단한 고요함과 미쳐 날뜀의 변주 속에서 사랑은 운동하고 사람들의 삶을 형성해나간다. 시의 마지막 부분에 있는 "복사씨와 살구씨가/한번은 이렇게/사랑에 미쳐 날뜀 날이 올 거다!"라는 구절에서 느끼곤 했던 어떤 벅찬 환희를 기억한다. 이 시를 다시 읽으면서 그러한 환희가 다시 느껴지지는 않았지만, 여전히 위의 시는 이 피로한 도시 생활 속에서 삶을 살아갈 수 있는 시적 힘을 충전시켜준다.

2

청년 시절에 읽은 시들 중에서 내게 큰 영향을 끼친 시는 저 4편 이외에도 많이 있음이 물론이다. 특히 80년대의 끝자락에서 대학시절을 보냈기 때문인지, '80년대 시인들'의 시편들은 나의 삶에 한동안 붙어 다녔다고 해도 과언이 아니다. 80년대는 시의 시대라고 하지 않았던가. 80년대 시인들의 시들 중에서 다시 읽고자 하는 시를 찾으면 끝도 없을 것이다. 생각나는 대로 들자면, 이성복, 황지우, 김정환과 같은 소위 '천재 3총사'뿐만 아니라 백무산, 김남주, 박노해와 같은 저항시인, 최승자, 기형도, 장정일 같은 시인들의 시집들도 내 가방에 언제나 들어 있었다. 이들 시인들의 시편들을 소개하지 못한 것이 좀 아쉽다. 하지만 근래 나온 시 중에서 한 편만이라도 언급하고 싶은 시가 있다. 바로 지금, 그 시를 다시 읽고 싶은 마음이 일어났다고 말할 수도 있겠다. 그 시는 심보선의 「4월」이다. 우선 시의 전문을 인용한 후에 말을 잇도록 하겠다.

나는 너의 소식을 기다리고 있었다
미지의 별빛과
제국 빌딩의 녹슨 첨탑과
꽃눈 그렁그렁한 목련 가지를
창밖으로 내민 손가락이 번갈아가며 어루만지던 봄날에

나는 너의 소식을 기다리고 있었다
손가락이 손가락 외에는 아무것도 어루만지지 않던 봄날에

너의 소식은 4월에 왔다
너의 소식은 1월과 3월 사이의 침묵을 물수제비뜨며 왔다
너의 소식은 4월에 마지막으로 왔다
5월에도 나는 너의 소식을 기다리고 있었다
6월에도 천사가 위로차 내 방을 방문했다가
"내 차라리 악마가 되고 말지" 하고 고개를 흔들며 떠났다
심리상담사가 "오늘은 어때요?" 물으면 나는 양미간을 찌푸렸고
그러면 그녀는 아주 무서운 문장들을 노트 위에 적었다

나는 너의 소식을……

물론 7월에도……

너의 소식은 4월에 왔다

너의 소식은 4월에 마지막으로 왔다

8월에는 어깻죽지에서 날개가 돋았고

9월에는 그것이 상수리나무만큼 커져서 밤에 나는 그 아래서 잠들곤 했다

10월에 나는 옥상에서 뛰어 날아올랐고

11월에는 화성과 목성을 거쳐 토성에 도착했다

우주의 툇마루에 쭈그리고 앉아 저 멀리 지구를 바라보니

내가 가지런히 벗어놓은 신발이 늙은 개처럼 엎드려 나를 기다리고 있었다

12월에 나는 돌아왔다

그때 나는 달력에 없는 뜨거운 겨울을 데리고 돌아왔다

너의 소식은 4월에 왔다

4월은 마지막 달이었고 다음해의 첫번째 달이었다

나는 너의 소식을 기다리고 있었다

아주 오래 기다리고 있었다

　이 시는 2011년에 출간된 『눈앞에 없는 사람』에 실려 있다. 당시 이 시집을 구입하여 이 시를 읽었을 때에는 깊은 인상을 받지 못했다. 그런데 올해 늦가을에 광화문에서 열렸던 '세월호 연장전' 시 낭송회 행사에서 심보선 시인이 이 시를 낭독한 것을 듣고는 강렬한 느낌을 받았던 것이다. 시

집 출간 날짜를 보면 알 수 있듯이, 이 시는 올 4월 16일에 일어난 세월호 참사와는 전혀 상관없이 쓰인 것이다. 하지만 그 행사에서 시인이 말한 바에 따르면, 세월호 참사 몇 년 전에 쓰인 이 시가 공교롭게도 세월호 참사와 연관되어 있는 시라고 느껴졌다는 것이다. 정말로, 나 역시 낭송을 들으면서 이 시가 마치 세월호 참사에 정동되어 쓰인 것이라는 인상을 받았다. "너의 소식은 4월에 마지막으로 왔다"는 구절은, 마치 예언처럼 들리기도 한다. 많은 한국인들이 4월 16일 이후 아이들의 구조 소식을 기다렸으며, 나중에는 시신이라도 발견되기를 기다리지 않았던가. 그렇게 "나는 너의 소식을 기다리고 있었"지만 한 명도 살아 돌아오지 못했으며, 아직 발견되지 못한 시신도 있다. 정말 4월을 마지막으로 너의 소식은 오지 않았다. 하지만 "너의 소식을 기다리"면서 한국인들은 많은 경험을 하게 되었다. 그 기다림은 삶이 되기 시작했고 꿈이 되기 시작했다. 슬픈 기다림을 통해 다른 삶을 살기 시작했다. 그렇기에 정말 어떤 이-시인-는 "8월에는 어깻죽지에서 날개가 돋"기 시작해서 "11월에는 화성과 목성을 거쳐 토성에 도착"할 수 있었을지 모른다.

희한했다. 정말로 2014년 "4월은 마지막 달이었고 다음해의 첫 번째 달이" 되었던 것이다. 4월은 한국인에게 새로운 해의 첫 번째 달이 되었다. 세월호 이전과 같이 살 수는 없게 되었기 때문이다. 다른 세계를 살아갈 수밖에 없게 되었다. 이 시는 이를 정확히 예견하고 있었다. 심보선 시인 역시 희한했을 것이다. 어쩌면 한국 사회에서 살아가는 시인의 무의식이, 우리들은 앞으로 이렇게 살아갈 수밖에 없으리라는 '선취'(先取)를 하게 된 것일지도 모를 일이다.[3] 그런데 이전과는 다른 세계를 살아가야 한다는 것,

---

3) 세월호 참사에 대한 '선취'는, 세월호 참사가 일어나기 이전인 2014년 1월에 출간된 나희덕의 시

이 세계 속에서의 삶에 대해 명명하고 그 삶의 길을 제시하고 있는 것은 시인이라는 점에도 주목된다. 위의 시에서 12월-바로 지금이 12월이다!-에 우주에서 지구로 돌아온 시인은 "달력에 없는 뜨거운 겨울을 데리고" 온다. 4월 이후의 우리는 이제 "뜨거운 겨울"을 살아가야 한다는 듯이. 우주로 날아갔던 시인이 가져오는 것은 이러한 명명과 제시의 말이다. 여전히 너의 소식을 기다리고 있는 우리에게 시인이 우주에서 데리고 온 말이 스며든다. 하여, 우리는 '그래, 이제 "뜨거운 겨울을" 살아가야 하지'라면서 다짐하듯이 고개를 끄덕이게 되는 것이다.

(2015)

집 『말들이 돌아오는 시간』에 실려 있는 「겨우 존재하는」에서도 찾아볼 수 있다. 그 시의 "도와줘요, 제발./폐 속에는 물이 아니라 피가 흥건해요./깊은 바다에 들어와 있는 것 같아요./익사하고 싶지 않아요."라는 문장들은 마치 세월호에 수장된 아이들이 말하는 것 같다. 그 시는 현재 이 세상을 어렵게 살아가고 있는 사람들이 지르는 구원 요청을 상징적으로 보여주고자 하는 시였지만, 지금 읽어보면 소름끼치게도 세월호 참사를 떠올리지 않을 수 없다.

2000년대 비평 담론 비판

2000년대 시비평에서
정신분석 담론의 '사용'

1

한국의 지성계에서 정신분석에 대한 관심과 소개가 본격적으로 이루어지기 시작한 것은 1990년대 초반이라고 기억한다. 알다시피 1990년대 초반은 현실 사회주의가 몰락하면서 1980년대 지성계 및 사회 운동을 관통했던 소위 정통 마르크스주의에 대한 전면적인 반성이 일어나기 시작한 때다. 진보적인 지성계가 정신분석을 호출한 것은 현실 사회주의의 몰락에 대해 자유주의의 승리나 역사의 종말 운운하는 식의 해석에 편승하지 않으면서, 또 다른 래디컬한 이론의 도입을 통해 20세기 마르크스주의의 실패한 역사에 대해 좀 더 넓은 맥락에서 해명해보려는 의도가 있었다. 마르크스주의적 입장에서 마르크스주의의 역사를 해명하기 위해서는 마르크스주의 이론의 공백 지점을 보충할 수 있는 이론과의 절합이 필요했다. 특히 이데올로기를 "허위의식"으로만 치부하는 마르크스주의 이론을 보완 수정할 필요성이 제기되었다. 왜냐하면 국가기관에서 '진실-마르크스주의'를 대중들에게 대대적으로 교육시킨 사회주의 사회 역시도 이데올로기가 사라지지 않았음이 현실 사회주의 몰락을 통해 입증되었기 때문이다. 비교적 자유롭게 마르크스주의를 전파할 수 있는 서구 사회에서도 혁명이 일어나지 않았다는 사실은 이데올로기가 진위의 차원에 놓여 있지 않다는 것을 보여주는 것이었다.

이때 프랑스 마르크스주의자 알튀세르의 이론이 본격적으로 소개되기 시작하고 마르크스주의의 위기론이 지성계에서 논의되기 시작했다. 특히 알튀세르의 이데올로기론이 주목받았는데, 그 이론은 라캉의 정신분석 이론에 힘입어 구성되었던 것이다. 알튀세르는, 이데올로기는 실재조건의 전도가 아니라 실재 관계에 대한 개인들의 상상적 '관계'라고 주장한다. 이는 라캉의 상상계에 대한 이론을 도입한 것으로, 이에 따르면 상상계는 인간으로서의 삶을 구성하는 데 있어서 필수적인 무엇이기 때문에 이데올로기 자체는 사라질 수 없는 것이다. 그리고 의식에서 상상의 점성은 대단한 것이어서 쉽게 바꿀 수 없는 것이다. 알튀세르의 이론은 한국의 마르크스주의자들을 당혹스럽게 만드는 사건들에 대해 일정한 해명을 해줄 수 있다는 매력이 있었다. 그래서인지 한국의 진보적 학계에서는 1990년대 중반까지 알튀세르 이론에 대한 소개와 담론이 성행했다. 그리고 알튀세르에 대한 관심은 라캉 이론에 대한 관심으로 이어졌고, 라캉 이론에 대한 관심은 프로이트 이론에 대한 전반적인 관심을 불러 일으켰다. 물론 마르크스주의 진영에서 정신분석학에 대한 소개를 담당한 것은 아니었다. 그러나 1980년대 내내 이론 담론을 이끌어왔던 마르크스주의 진영에서 알튀세르에 대한 담론을 펼친 것은 한국에서 정신분석학이 수용될 수 있는 분위기를 만들었다고 할 수 있을 것이다.

이러한 분위기 속에서 주요 문학잡지들이 정신분석에 대한 글을 싣기 시작했다. 루카치류의 리얼리즘 이론이나 프랑크푸르트학파의 이론에 기초한 글들을 실어 왔던 진보적 문학 잡지들이 프로이트나 라캉의 이론을 소개하거나 이에 기초한 문학 담론을 싣기 시작한 것이다. 학계에서는 프로이트나 융과 같은 이론이 1990년대 이전에도 곧잘 문학 논문에 방법론으로 응용되어 온 것이 사실이다. 하지만 그때까지 문단에서 정신분석학이 직접적으로 논의되고 비평의 방법론으로 채용되는 일은 많지 않았다. 문학 비평 담론은 사회 이론이나 미학 이론에 기초하여 펼쳐진 것이 대부분이었던 것이다. 하나 1990년대 중반부터는 정신분석 이론이 문단의 문학 담론에 끼어들기 시작했던 것. 그렇지만 동시에 진보 학계 일부에서 알튀세르 이론의 한계를 지적하고 이를 돌파할 이론으로 푸코, 들뢰즈, 네그리의 이론이 수용되기 시작하면서 한편으로 정신분석 이론은 소위 '프랑스' 이론 중의 하나로서 여겨지고, 관심도도 또한 떨어지기 시작했다. 근대 사회에 대한 급진적인 비판을 해나간 푸코나 들뢰즈의 이론은 라캉을 포함한 정신분석 이론에 비판적이었기 때문에 아무래도 개인의 '정신'을 분석하는 데 치중하는 정신분석 이론은 사회적 실천 이론으로서 적실성 및 긴급성을 떠안지 못하는 것 아닌가 하는 의구심이 작동되었던 것 같다.

하지만 2000년대에는 상황이 달라진다. 라캉의 이론을 영화와 같은 친숙한 대중 예술을 통해 소개하고, 라캉 이론이 가진 사회 이론적 적실성을 드러낸 지젝의 저작이 대대적으로 번역되고 수용되면서 한국 지성계에서는 정신분석 이론에 대한 관심이 다시 활발해지는 것이다. 사실 2000년대 이전에는 라캉에 대한 관심에도 불구하고 프로이트 저작이 활발하게 번역된 것(1996년에 전집이 번역되었다.)에 비해서는 정작 라캉 저작의 소개가 그렇게 활발하진 않았다. 라캉의 저작이 번역된 것은 『자크 라캉 욕망이론』(문예출판사, 1994) 한 권 뿐이었다. 2000년대 들어서도 라캉의 저작은 『세미나 11』이 2008년에야 번역되었을 뿐이다.[1] 하지만 지젝의 저작들이 대거 번역되면서, 지젝을 통해 라캉을 좀 더 재미있게 이해할 수 있게 되었고, 라

---

1) 이 글은 2010년에 발표되었다.

캉 이론은 엄연한 사회 이론으로서 중요성을 인정받게 되었다.

　1990년대 라캉의 정신분석 이론 수용은 앞에서 언급했듯이 이데올로기론과 관련되어 있었다. 마르크스주의의 갱신이라는 측면에서 라캉의 이론이 주목되었던 것이다. 자본주의 사회와 개인의 의식이 교차하는 지점을 이론적으로 해명하는 것이 라캉의 이론으로부터 수혈 받은 이데올로기론이었다. 라캉의 이론은 사회 변혁의 지난함을 해명한다는 이론적 관심에서 수용되었던 것이다. 이와는 달리 2000년대 지젝을 경유한 라캉 이론 수용은 다분히 문화 비평에 사용되기 시작했다. 지젝의 이론 자체가 우선 『삐딱하게 보기』나 『당신의 징후를 즐겨라』와 같이 영화를 통해 라캉 이론을 설명하고 있는 저작들의 번역을 통해 알려졌기 때문에 이도 무리가 아니었다. 물론 지젝의 이론은 임상을 바탕으로 한 정신분석 이론이 아니라 마르크스와 라캉과 헤겔을 버무린 사회 이론이라고 할 수 있다. 라캉이 지젝의 저작을 통해 수용되었다는 것은 정신분석학을 사회 이론으로서 수용되었다는 것이고, 문화 비평에서 그 이론이 사용되었다는 것은 사회 비판적 관점에서 그 비평이 이루어졌다는 것이다. 하지만 지젝을 경유한 라캉 이론은 변혁의 지난함의 해명에 대한 관심보다는 물신화된 사회에 대한 비판적 해명에 대한 관심에서 이루어졌다.

　이는, 소위 민주 정부가 수립되고 IMF를 거치면서 지성계의 관심은 정치 변혁보다는 자본에 의해 장악되어버린 사회 현상에 대한 분석으로 향하게 되었다는 것을 의미하기도 했다. 2000년대 한국 사회는 예전보다 더 진전된 민주주의의 제도화 및 남북의 긴장이 완화되는 이데올로기적 지형이 마련되었지만, 이와 동시에 신자유주의의 전면화도 이루어졌다. 민주주의와 신자유주의가 기괴하게 엮이면서 외양과 실상이 꼬이기 시작했다. 사회는 불투명해졌으며 황우석 사태에서 볼 수 있듯이 편집증은 오히려 강화되었다. 개인들은 이데올로기적인 자유 속에서 경제적 불안정을 헤쳐 나가야 했기 때문에 진실을 알고자 하는 의욕보다는 그러한 편집증에 더욱 빠져들었던 것이다. 또한 불안정한 삶이라는 실상을 더욱 화려해진 문화가 천막처럼 덮어씌우기 시작했다. 화려한 문화 속에서 더욱 초라해져버린 삶의 불균형은 도착적인 심성을 키워내는 데 좋은 토양이 되었다. 지젝의 정신분석적 사회 이론이 환영을 받은 것은 그 때문일 것이다. 뿌연 이데올로기적 막을 벗겨내고 사회의 실상을 알려줄 비판적 이론이 필요했던 것이다. 문화 현상에 대한 정신분석학적 독해를 통해 그러한 작업을 수행하는 지젝의 이론은, 2000년대 들어 더욱 비대해진 문화에 대한 관심과 맞물려 매우 매력적인 것으로 나타났다.

요컨대 2000년대 라캉 정신분석학의 수용은 변혁적 전망 문제나 실천적 돌파구에 대한 관심에서라기보다는 기괴해진 현실에 대한 해석에 대한 관심 속에서 이루어졌던 것이다. 라캉 정신분석학의 이러한 수용 배경 속에서, 문단에서도 다시 라캉과 지젝의 이름이 심심찮게 등장하기 시작했다. 더 나아가 몇몇 비평가는 현장 비평에서 적극적으로 라캉과 지젝을 '사용'하기 시작했다. 여기서 '사용'이라 함은 말 그대로 정신분석 담론을 비평가들이 자신의 비평 담론 구성을 위해 사용했다는 의미다. 즉 정신분석에 대한 깊은 이해 속에서 '정신분석 비평'을 한다기보다는 비평 과정 속에 정신분석 담론을 가지고 와서 자신의 주장을 전개시킨다는 뜻이다. 하지만 이러한 '사용'에 대해 비판할 필요는 없다. 전문가적인 지식을 쌓아야만 어떤 담론을 끌어와 비평할 수 있다고 생각하지는 않기 때문이다. 하나 '사용'은 어떤 목적을 위해 행해진다는 점에 주의를 환기시키고 싶다. 즉 '사용'이란 말은 비평가들이 어떤 목적을 위해 정신분석 담론을 끌어왔다는 의미를 함축하고 있다.

그런데 문학 비평에서 정신분석학 이론의 사용 '목적' 역시, 2000년대 라캉-지젝의 문화 비평적 수용과 마찬가지로 사회 변혁이나 실천적 전망에서 도출된 것은 아니다. 주로 그 '첨단적인' 이론은 '민중시' 및 자연서정시에 대한 비판과 2000년대 등장한 '새로운 시 경향'에 대한 해설 및 옹호에 사용되었던 것이다. 하지만 그럼으로써 그 이론은 문단의 담론 지형에큰 영향력을 끼치기 시작하면서 문단이라는 판에 새로운 물길을 파는 동인이 되었다. 사실 문학 평단은 논쟁이 벌어지는 전쟁터라고도 할 것이다. 어떤 문학적 경향을 둘러싸고 전투가 벌어지는 장이 평단이다. 그 장에서 정신분석이 비평가에게 적극적으로 사용되었다는 것은, 그 이론이 전투의 무기로서 기능하기 시작했다는 것을 의미한다. 어떤 전술적인 측면에서 정신분석이 사용되기 시작했다는 것이다. 이에, 2000년대 비평 담론에서 정신분석이 어떻게 사용되었는지, 시 비평에 한해 몇 가지 사례를 살펴보고 이에 대한 나름대로의 논평을 시도하고자 한다.

2

먼저 선택한 사례는 이광호의 「시선과 관음증의 정치학」이란 평론이다. 이 글은 라캉의 시각 이론을 사용하여 고은, 이성부, 신경림과 같은 소위 '민중시인들'을 비판하고 있다는 면에서, 정신분석학의 전술적 '사용'을 잘 보여준다. 그는 그 비판의 근거를, "주체는 보는 자인 동시에 보여지는 자이며, 본다는 것은 무의식적으로 타자의 응시를 욕망한다는"(31쪽)[2] 라캉의

---

2) 인용은 이광호, 『이토록 사소한 정치성』(문학과지성사, 2006)에서 한다. 팔호 안의 숫자는 이 책의 쪽수다.

응시 이론과 "남성의 시선은 거리를 두고 관찰하며 쾌락을 취하는 관음증으로 특징지워지며, 여성의 시선은 갇힌 채로 이미지와 동일시하거나 이미지의 반사 속에서 쾌락을 발견하는 나르시스적인 것이 된다"(32쪽)는 라캉주의 페미니즘 이론을 접목시켜 마련한다. 그는 이 이론을 통해 시에 드러난 시적 화자의 시선을 추적한다. 일례로, 그는 고은의 등단작 「폐결핵」이 "자신을 바라보는 대상을 다시 엿보는 심층적인 관음증의 시선을 통해 재래적인 서정시의 일반 문법을 넘어서 현대적인 시적 시선을 성취"했지만, 그 시에서 "'나'를 보는 '누님'과 '형수'의 시선이야말로 나의 '응시'로 인해 만들어진 타자의 이미지로서의 시선"이며 "나의 시선은 '누님-형수-타자'의 시선과 내면마저 규율하는 시선"(37쪽)을 도출하여 남성 중심적인 관음증의 미학을 들추어낸다.

이광호의 「폐결핵」에 대한 해석에 대해 나의 해석을 대비시킬 생각은 없다. 라캉의 응시 이론을 제대로 사용했는가의 문제에 대해서도 논할 생각은 없다. 나 역시 라캉의 이론에 대해 정통하게 말할 자신은 없다. 하나 "나의 '응시'로 인해 만들어진 타자의 이미지로서의 시선"이라는 표현을 볼 때 이광호가 말하는 '응시'와 라캉의 응시 개념엔 거리가 있는 것이 분명하다. 응시는 내가 타자에 의해 보여지고 있음을 포착할 때 성립된다. 타인의 시선을 나의 편에서 길들이고 규율하는 시선은 응시라고 할 수 없다. 우리는 평소에 응시를 의식하지 못하다가 불시에 응시에 습격당한다. 시관(視觀)의 장에 얼룩과 같은 것이 나타날 때 나는 혼돈으로 떨어져 그 얼룩에 매혹당하거나 불안해한다. 그 얼룩이, 세계는 나의 시선에 의해 장악되지 않으며 도리어 세계가 나를 바라보고 있다는 실재를 감지하게 한다. 그 실재는 내가 상징계에 등록될 때 분리되어 잃어버린 것-분리에 의해 생산된 것-이기도 하다. 저 나를 바라보는 얼룩이 매혹적이면서 불안을 불러일으키는 것은 그

것이 "최초의 분리로부터 출현한 어떤 특권적인 대상과 연결되어 있"[3]는 것, 즉 라캉의 독특한 개념인 욕망의 원인, '대상 a'이기 때문이다. 그것은 욕망의 대상이면서도 거세와 그로 인한 결여를 드러내는 것이기도 하다. '응시'는 대상 a에 의해 내가 욕망하는 주체가 되기 시작하는 것을 의미하기 때문에 타자를 길들인다는 의미와는 상당히 다른 차원에 있다고 볼 수 있다.

여하튼, 이광호는 라캉의 '응시' 이론을 '사용'하여 관음증적인 남성 주체를 상정한다. 라캉의 이론에서 관음증자의 도착적 행동은 "타자의 응시 자체를 주체 자신의 눈으로 구현해내기 위한 것"으로 "충만한 타자를 복원하고자"[4] 하는 것이다. 관음증자의 행동은 시선의 대상이 된 타인이, 보고 있는 나의 존재를 몰랐을 때에만 지속될 수 있다. 타인을 몰래 바라보고 있는 나를 그 타인에게 들켰을 때, 관음증자는 극심한 수치심에 빠지기 때문이다. 「폐결핵」에서 누이와 형수가 나를 바라보고 있다면, 관음증은 성립될 수 없다. 누이와 형수의 시선마저도 시적 화자가 상상한 것이라고 해도, 시선을 받고 있다는 상상 자체가 몰래 보는 행위를 중단시킬 것이다. 즉 시 「폐결핵」에서 남성 관음증자를 발견했다는 것은 비평가가 시인을 남성 관음증자로 미리 상정한 후 시에 그러한 성향을 덮어씌운 것이라고 할 수 있는 것이다.

이러한 덮어씌우기는 같은 글에 실린 「농무」 해석에서도 볼 수 있다. 「농무」의 "처녀애들은 기름집 담벽에 붙어 서서/철없이 킬킬대는구나"라는 구절에 대해 이광호는 "'농민-남자들-우리'를 훔쳐보는 '처녀애'들을 내려다보면서 그것을 다시 시선의 체계 내에서 주변화"(40쪽)하는 '시각적 주체의

---

3) 자크 라캉, 『세미나 11-정신분석의 네 가지 근본 개념』, 맹정현, 이수련 옮김, 새물결, 2008, 131쪽.
4) 맹정현, 『리비돌로지』, 문학과지성사, 2009, 171쪽.

시선'을 읽어낸다. 이러한 해석 구도라면, 남성의 시에 '나-우리'를 바라보는 여성이 등장하면 그녀들은 모두 남성적 관음증의 대상이 되어버릴 것이다. 정신분석적 개념들이 이렇게 사용되는 비평에 대해서, 예전의 속류 리얼리즘 비평에 대해 가해졌던 도식주의와 환원주의라는 비판이 똑같이 가해질 수 있지 않겠는가? 그런데 평소 날카롭고 섬세한 비평을 보여주었던 이 비평가는 왜 여기서 이렇듯 무리하게 '남성적 관음증'이라는 개념을 전가의 보도처럼 휘두르는 것일까? 초기 고은의 '남성적 관음증'의 시선이 이후 남성 주체의 이데올로기로 확장되었다고 주장하고 있는 아래의 구절을 보면, 이 비평가가 노리고 있는 것이 무엇인지 짐작할 수 있다.

> 이런 시선의 체계는 그의 후기 시에서 정치적 신념과 결합하여 다른 방식의 주체의 시선을 구성한다. 그의 초기 시에서 남성 관음증의 시선 체계가 탐미적인 관음증의 수준에서 드러나 있다면, 그의 정치적 관심이 부각되기 시작한 후기 시에서 이 관음증의 미학은 더욱 완강한 차원에서 역사의 주인으로서 남성 주체의 이데올로기를 드러내기에 이른다. 사적인 영역에서의 관음증적 시선이 폐기되고 역사·민중·통일 따위의 공적인 담론을 제시하게 되면서, 고은의 시는 역사를 욕망하는 주체가 역사의 큰 이름으로 대상을 호명하는 단계에 진입한다.(37쪽)

소위 '민족 민중문학 계열'의 시인들이 종종 보이는 '마초 기질'에 대해 비판할 것은 해야 할 것이다. 그러나 이 비판이 위에서와 같이 무리하게 확장되어버리면, 역사에 대한 '공적인 담론을 제시'하는 모든 시인들은 "역사를 욕망하는" "남성 주체의 이데올로기"를 표명하는 것으로 되어버린다. 그래서 "큰 이름으로 대상을 호명"하며 공적인 담론을 시에 도입하는 시도는 냉소의 대상이 되어버리는 것이다. 남은 것은 일상에 흐르고 있는 '사소한 정치성'이다. '사소한 정치성'과 같은 미시 정치도 중요할 것이다. 정치적인 것이 제도의 변화나 장악을 둘러싸고 이루어진다고만 볼 수는 없기에 일상 속에 흐르는 미시 정치의 영역이 가진 중요성을 인정해야 하는 것이다. 하지만 미시 정치가 거시 정치를 괄호치고 이루어질 수 있다는 것은 정신분석학적 의미에서도 환상에 불과하다. 일상에서 벌어지는 갈등들은 거시정치적인 문제를 둘러싸고 이루어지는 경우가 비일비재하기 때문이고 일상에서 이루어지는 환상은 파시즘 체제와 같은 거시 정치적 문제의 바탕이 되기도 하기 때문이다. 또한 반대로 거시 정치의 변화가 일상을 급격하게 변화시키기도 한다. 이는 이명박 정부의 등장이 일상의 장을 급격하게 변화시킨 근래의 상황을 보아도 알 수 있다. 거시 정치적 문제를 무시하게 되면 지젝이 지금 시대의 이데올로기라고 명명한 냉소주의로 흘러가게 된다는 것은 분명하다.

이광호가 지적한, 역사나 민족, 민중이라는 큰 이름으로 대상을 호명하는 이데올로기는 사실 파시즘 담론에서도, 파시즘에 대항하는 담론에서도 볼 수 있다. 박정희 정권과 그 뒤를 잇는 신군부 정권 역시 민족과 역사를 표명했고('국민교육헌장' 맨 앞의 문장을 기억해보자. "우리는 민족중흥의 역사적 사명을 띠고 태어났다." 아니었던가?) 이에 대항하는 세력 역시 민족과 역사를 내세웠다. 알다시피 민족 민중문학 문인들은 후자의 편에 서서 독재와 싸웠다. 군부 파시즘 정권은 이들을 감옥에 가두고 고문했다. 이광호에 따른다면, 민족이나 역사와 같은 "큰 이름으로 대상을 호명"하는 두 세력은 같은 이데올로기를 가졌다 할 것이다. 그런데 군부 파시즘은 왜 이들을 제거하고자 했던 것일까? 갈등과 투쟁은 실재계와 상징계 사이에서 벌어지는 것이 아니라 이데올로기 장 속에서, 즉 상징계 내부에서 벌어지기 때문이다. 즉 투쟁은 이데올로기를 통해 이루어진다. 지젝이 "만약 우리가 이와 같은 변질을 제거하고 보편성을 손상되지 않은 순수성 속에서 움켜잡고자 원한다면, 우리는 정반대의 것을 얻게 될 것이다. '실재적인 민주주의'라고 불리는 것은 비-민주주의의 또다른 이름일 뿐이다."[5]라고 말하는 것과 같이 말이다.

어떤 특정한 상징계-이데올로기의 망-는 역사적으로 형성된 것이어서 어떤 상황-정세 속에서 작동된다. 라캉 이론을 마르크스주의와 절합한 라클라우에 따르면, 어떤 정세 속에서 당시의 상징계를 구성하고 있는 민족, 민중, 역사와 같은 특정한 기표를 장악하려 헤게모니를 획득하는 것이 투쟁의 성패에 매우 중요하다. 물론 마르크스주의나 정신분석학과 같은 유물론적 이론은 그러한 이데올로기 투쟁 아래에서 실재가 작동하고 있다는 것을 놓치지 않으려고 하며 반파시즘 운동 역시 파시즘처럼 특정 기표에 환상적으로 흡수되어버리는 것을 경계할 것이다. 하지만 라캉주의 정신분석가는 그 환자의 환상을 무시하지 않고 환상을 횡단하는 방법으로 치료에 임한다는 것도 강조해두어야 한다. 즉 문제는 그 투쟁이 지니고 있는 이데올로기적 성격을 냉소적 입장에서 거부하는 것이 아니라 유물론적 입장에서 어떠한 방향으로 기표를 내세워야 하는가를 파악하는 것이다. 혁명기 레닌이 "모든 권력을 소비에트로"라는 구호를 내세웠을 때의 '소비에트'가 바로 그러한 기표가 될 것이다.

이러한 정세적 분석과 실천적인 방향을 고려하지 않고 '공적인 담론'에서 역사(또는 여성 등등)를 소유하고자 하는 남성주의적인 이데올로기만을 본다면, 이때 추상적으로 사용되는 정신분석학적 개념들은 공허한 도식적인 비평만을 뒷받침해주게 될 터, 그것은 역사적 사회적 상황과 그 갈등을 무

---

5) 야니 스타브라카키스, 『라캉과 정치』, 이병주 옮김, 은행나무, 2006, 340쪽에서 재인용.

시하고 그 상황에서 독립해 있다고 상상하는 비평가의 판결에 사용되는 법조항이 되어버린다. 이를 보면 위의 비평문에서 이광호가 노린 것은 바로 1970년 이래 한국 시단의 헤게모니를 잡았다고 생각되는 주류에 대한 유죄 판결이다. 그 판결은, 실재의 삶을 삭제시키면서 동시에 비평가를 순수한 기표의 자리에 위치시켜준다. 사실 정신분석은 이렇게 주체가 되는 과정을 해명하는 이론이 아닌가? 정신분석을 사용하는 비평가 역시 정신분석의 대상이 될 수 있다. 비평가 역시 누군가로부터 보임을 당하고 있는, 욕망의 주체인 것이다.

3

1970-1980년대 '민중시'가 역사적 상황 속에서 벌어진 갈등 투쟁과 관련되어 있다고 해서 '민중시'가 가진 정치성에 대해 무비판적으로 긍정하고 고스란히 '민중시'를 계승하자는 주장이 성립되는 것은 아니다. 또한 이제 '주류'가 된 '민중시인'을 스승으로서 찬양만 하자는 주장도 성립되지 않는다. 위에서 살펴본 이광호의 논의는 정신분석학 개념을 사용하면서 적어도 존경의 대상이 된 시인 및 그들의 '명작'의 권위를 해체시키는 효과를 가지고 있다. 하지만 그러한 시도가 가져올 수 있는 '거시정치'에 대한 냉소주의의 확산 가능성 역시 경계해야 할 것이었다. 그런데 김수이의 「자연의 매트릭스에 갇힌 서정시」(『파라 21』 2004년 겨울호)는 이광호와는 다른 방향에서 당시 시단의 주류가 되고 있던 중진 시인들의 서정시를 정면으로 비판하고 있다는 점에서 주목할 만한 글이다. 그는 그 글에서 "90년대 이후 자연은 전시대의 이념과 90년대 초의 일상의 담론을 대체하는 새로운 화두가

되었으며, 시적 지향에 따라 다양하게 의미화되었다"고 전제하면서 "그러는 중에 많은 시들은 자연을 미학적인 대상으로 재편"했으며 급기야는 "자연을 현실의 억압과 분리된 자율적인 존재로 가정하여 삶의 고통과 번민이 휘발되는 장소, 자연상태의 아름다운 정원, 동화적인 세계 등으로 묘사하게 된 것"(16쪽)[6]이라고 비판하고 있다.

김수이 역시 '민중시인'들을 비판하는데, 그 비판은 "역사의 암흑에서 풀려나 자연의 빛을 마음껏 향유하게 된" 90년대의 '상황'으로의 변화를 주도한 것은 아이러니컬하게도 "'내용 없는 아름다움'에 투신하는 미학"을 "공허한 사치나 낭비로" 여긴 "민중시의 선두에 섰던 시인들"(17쪽)이라는 방향에서 행해진다. 즉 이광호처럼 민중시가 지니고 있었던 남성 중심적인 이데올로기를 비판하는 게 아니라 민중시를 썼던 시인들이 현재 예전에 지니고 있었던 현실에 대한 치열성을 잃어버렸다고 비판하는 것이다. 김수이는 이들은 여전히 착취와 고통이 현존하는 현실에서 눈을 돌려 "낭만적인 환상과 욕망에 의해 재구성된 자연, 현실의 외부인이나 여행자의 시선으로 포착하는 '풍경'으로서의 자연, 서정적인 감흥과 동화(同化)의 대상으로서의 자연, 현실과 삶의 고통을 상쇄해주고 치유해주는 완충제로서의 자연"에 몸을 담그고는 "자연이 현대인의 미적 안식처로 떠오른 현실을 가능하게 하는 이데올로기적 왜곡"에 동참하고 있다(29쪽)고 통렬하게 주장한다. 이 대목에서 김수이는 지젝을 원용하면서 '매트릭스'란 개념을 사용하고 있는데, 이는 그가 라캉-지젝 식의 정신분석학을 비판의 무기로 삼고 있다는 것을 짐작케 한다.

라캉 식으로 말하자면, 시인들이 도피하는 "상상과 가상의 공간"(30쪽)인

---

6) 인용은 김수이, 『서정은 진화한다』(창비, 2006)에서 한다. 괄호 안의 숫자는 이 책의 쪽수다.

자연이라는 매트릭스는, 앞에서도 언급했던 '대상 a'라고 말할 수 있을 것이다. 즉 김수이의 주장을 달리 말하면, 저 서정 시인들에게 '대상 a'인 '자연'은 결여의 주체에게 충만성을 가져다 줄 것이라는 환상을 불러일으키고, 서정 시인들은 그 자연과의 합일을 욕망하면서 환상 속에서 향유(주이상스)하고 있다. 이 시인들이 형상화한 자연은 그야말로 환상의 공간이며 문제는 시인들이 그 환상을 환상이라고 생각하지 못하고 결국 현실의 비참과 갈등을 지워버리는 이데올로기화된 자연을 재생산하고 있다는 것이다. 1990년대 중반 이후, 황동규, 송수권, 안도현, 최두석 등 시단의 중진들에게 이렇듯 과감하고 강력한 비판을 가한 평론은 그 이전에는 보기 드문 것이었고 또한 시의적절한 것이었다고 평가할 수 있다. 사회주의의 몰락과 한국에서의 형식적 민주주의의 정착 이후, 한국시는 다채롭게 전개되긴 했지만 한편으로 치열성이 떨어지는, 좀 맥 빠진 느낌을 주었던 것은 분명하다. 김수이는 이를 '매트릭스'라는 라캉적인 개념을 사용하여 이러한 상황을 적절하게 꼬집으면서 "무엇보다 문학의 역할은 그 이데올로기적 왜곡의 사태를 직시하고 폭로하며 교정하는 데 있다"(29쪽)는 시의 임무를 재확인했다.

　비록 김수이의 이 글이 본격적인 논쟁을 점화시키지는 않았지만 시단의 기저를 뒤흔드는 효과를 가져왔다. 이는 그 글이 나온 직후 2000년대의 젊은 시인들을 옹호하는 권혁웅이나 이장욱, 신형철 등의 비평문들이 생산되었다는 것을 보면 알 수 있다. 그 글은 당시 시단의 주된 조류에 대해 결정적인 비판을 하고 있었기 때문에 기성 문단권력을 무력화하는 결과를 가져올 수 있는 것이었다. 기성 권력의 무력화는 새로운 조류가 자신을 내세울 수 있는 공간을 마련해준다. 그렇게 마련된 공간에서 '자연 서정시'와는 판이하게 다른 양태를 보여준 젊은 시인들의 시를 옹호하는 젊은 비평가들이 등장할 수 있었던 것이다. 그런데 이 비평가들이 주로 사용하는 이론이 바로 김수이가 사용했던 라캉주의 정신분석학이었다. 사실 김수이 자신이, 위의 글에 대해 제기된 반론에 응답하는 「자연의 매트릭스와 현실의 사막」(『창작과비평』 2005년 가을호)에서 매트릭스론을 다시 사용하여 젊은 시인들의 시 경향을 옹호하는 글을 쓰고 있다. '매트릭스'에 대응하는 시의 길이 다음과 같이 세 가지로 열려 있다면서 현 시단을 분류하고 있는 부분을 보면 그렇다.

> 첫째, 매트릭스를 현실의 사막을 개선하는 도구로 활용하는 것(나희덕의 제안과 일치한다). 둘째, 현실의 사막에 생착(生着)해 매트릭스와의 접속선을 최대한 단절하는 것. 셋째, 매트릭스로 들어가 그 안에서 매트릭스를 균열내고 해체하는 것. 우선 현재로서는 첫째의 길에 환상과 가상의 이미지로 현실을 교정하려는 시들(김혜순, 박상순, 이수명, 권혁웅 등)이, 둘째 길에 새로운 노동시(김신용, 이기인)와 반자본주의적 생태시(이문재, 최승호, 김기택 등)와 자기 앞의 현실과 싸우는 시들(유홍준, 이덕규, 박진성 등)이, 셋째의 길에 최근 번창하는 환상 이상의 환상시(김언, 정재학, 황병승, 이민하, 김민정, 유형진 등)들이 각각의 가능성을 타진하고 있다.(48쪽)[7]

위의 목록에서 볼 수 있듯이, 중진 시인의 자연 서정시에 대한 비판은 권위가 추락한 공간에 또 다른 진영을 세우고자 하는 욕망을 자극하는 것이기도 했다. 특히 세 번째 길-'환상시'-에 해당하는 시인들은 권혁웅에 의해 '미래파'라고 명명된다. 그리하여 이들이 시단의 한 세력으로 존재하기 시작했다는 착시를 불러일으키기도 했다. 여하튼 김수이의 분류 목록에는 나희덕, 문태준, 김선우, 안도현, 최두석 등, 당시 주목받고 있던 서정시인들

---

7) 이 글에서의 인용 역시 김수이의 위의 책에서 인용한다. 괄호 안의 숫자는 이 책의 쪽수다.

이 빠져 있다. 또한 그는 '새로운 노동시'를 거론하면서 백무산과 같은 전투적 노동시인들 역시 목록에서 제외시키고 있다. 이러한 배제는 김수이의 매트릭스론에 대한 나희덕의 "'기억'과 '자연'의 빈번한 채택이 곧 현실의 결여를 낳는다고 단언하기는 어렵다. 문제는 오히려 '기억'과 '자연'에 대한 제대로 된 되새김질을 찾아보기 어렵다는 데 있다"[8]는 반비판, 또한 '자연'이라는 가치는 해체될 수 없는 가치인데 그것은 "유토피아적 지향"과 연결되는 가치이기 때문이라는 나희덕의 주장에 대한 김수이의 응답이라고도 할 수 있겠다. 그 응답은 김수이는 "역설적이게도, 자본주의 사회에서 시는 '무가치한 잉여'로 전락함으로써 자신을 보존한다. 아니, 성장케 한다"(296쪽)는 문장들로 위의 글을 끝맺고 있는 것에서도 들을 수 있다. 이 발언은 유토피아적 세계에 대한 열망을 간직함으로써 자본주의 사회에 휩쓸리지 않고 주체성을 유지하고자 하는 서정시인의 시도를 무시하는 것이다.

그런데 그 끝맺음 문장은, 이 평론가가 시의 자본주의에 대한 대항적 의미를 모색하고 있음에도 불구하고 국가와 자본에 맞서 직접적인 비판과 대항을 시도하는 시에 대해서는 큰 가치를 부여하지 않겠다는 의미도 함축하고 있다. 그렇기 때문에 '민중시' 계열의 시인들과 사회 변혁의 전망을 잃지 않고 있는 백무산 등의 노동 시인들을 저 목록에서 빼버렸던 것이다. 저 목록은 이러한 의미를 전달하고 있다. 〈자본주의 사회에 대한 비판적인 의식을 표명하고 또한 시와 운동의 관계를 고민해온 시인들은 이제 자본주의에 대한 대항적인 의미를 잃어버렸다. 이에 반해 비록 명시적으로 자본주의에 대한 비판에 나서지 않았더라도 우리의 의식을 둘러싸고 있는 상상적인 막을 실재의 사막을 개선하는 데 이용하거나 단절하거나 해체하고자 한다면

---

8) 나희덕, 「기억과 자연, 그 지층 속으로」, 『창작과비평』 2005년 여름호, 35쪽.

정치적으로 유의미한 급진적 시도로 평가받을 수 있다. 그것은 시가 어떤 유토피아적 가치를 내세우지 않고 무가치한 무엇으로 존재하여 현실을 구성하는 매트릭스의 구멍이 될 때 이루어질 수 있다….〉

매트릭스에 사로잡히지 않는 길은 매트릭스를 이용하거나 단절하거나 해체하는 길이며, 가치의 세계인 자본주의에서 무가치한 잉여 존재로 남는 길이라는 이 주장은, 곧 좀 기묘하다는 느낌이 들지 않을 수 없다. 어떻게 보면 이러한 주장 자체가 매트릭스라는 상상적 표상의 망에 이론이 걸려든 것은 아닐까 생각되기도 한다. 이에 따르면 시의 성취하고자 하는 욕망은 매트릭스를 중심으로 구성될 뿐이다. 시가 가진 힘은 매트릭스라는 상상적 장에서 어떤 포지션을 가지고 있는가에 따라 정해진다. 시는 매트릭스를 축으로 하여 구조적으로 존재하는 것이기 때문에, 매트릭스에 대한 반항이 매트릭스 자체를 없애지는 못할 것이다.(매트릭스를 파괴하기 위해서는 매트릭스 외부에서 충격을 가해야 할 것이다.) 그렇다면 시는, 부처님 손바닥 같은 매트릭스에서 벗어나기 위해 안간힘을 쓰다가 좌절하고 다시 시작하는 시지푸스의 운명을 가지게 된다. 결국 시가 가진 최대의 가능성은 가치의 세상에서 스스로 가치 없는 존재가 되는 것이다. 이러한 결론이 도출된다면, 〈되려 매트릭스론은 시의 잠재성을 훼손하는 방향으로 나아가는 것 아닐까? 어쩌면 저 매트릭스라는 상상계의 상정 자체가 오이디푸스 구조를 혁파하려는 관점에서가 아니라 오이디푸스 구조를 통해 실태를 지층화하는 권력을 이론적으로 반영하는 데 그치는 것이 아닐까?'〉라고 의심하게 된다.

어쩌면 이는 들뢰즈/가타리가 비판했던 정신분석학 자체의 문제점이라고도 할 수 있을 것이다. 들뢰즈의 잠재론은 서정시를 동일화의 장르로서가 아니라 '되기'로서의 장르로 볼 수 있는 시야를 제공해준다. 들뢰즈의 잠재론이 포착하고 있는 것이 다양성이 공존하는 잠재적 실재이다. 들뢰즈는 그 실재에서 "내가 새와 공존하기 위한 조건은, 내가 나 자신과는 다른 낯선 존재가 되어야만"[9] 한다는 것을 포착한다. 바로 서정 시인은 그 잠재된 실재에 존재하는 나와 새의 공존을 붙잡는 사람 아니겠는가. 그 공존을 붙잡았을 때 서정시인은 이전과는 다른 낯선 존재가 된다. 서정시는 대상과 동일화하는 장르가 아니다. 또한 시인은 매트릭스가 조직해낸 환상에 어떻게 대처해야 할 것인가에 시의 야심을 겨누지 않는다. 다른 존재가 되기 위한 기계가 되는 것, 즉 다른 삶을 살기, 여기에 시의 야심이 있다. 서정시는 서정적 주체를 변화시키기 위해 자연물로의 몰입을 감행한다. 그렇기에 시는 무가치한 잉여가 되는 데에 역설적으로 그 존재 가치가 있는 것이 아니라 자본주의의 교환가치와는 다른 삶의 가치를 창출하는 데에 그 존재 가치가 있다. 선험적으로 매트릭스를 상정하여 '자연 서정시'에 대해 비판을 가하게 된다면, 이는 서정시가 가진 잠재성을 억압하는 결과를 낳을 수 있다.

4

'매트릭스'에 대한 대응을 중심으로 시의 가능성을 분류한 김수이의 논의를 따라가다 보면, 시는 능동적이면서도 수동적인 무엇이 되는 것 같다. 매트릭스를 중심으로 쓰이고 있다는 면이 시의 수동적 측면이라면, 그 중심을 끊임없이 훼손시키고자 한다는 면이 시의 능동적인 측면이 될 것이다. 하지만 그 능동성은 수동성을 전제로 하고 있다는 점에서, 매트릭스를 파괴할 정도까지는 갈 수 없지 않나 한다. 여하튼 김수이가 시도한 2000년대

---

9) 조성훈, 『들뢰즈의 잠재론』, 갈무리, 2010, 141쪽.

한국시의 새로운 분류법은, 어지러울 정도로 난만한 현 한국 시단의 모습에 유용한 지도를 선사한 것이었다. 지도의 좌표는 라캉의 환상이론에 기초한 '매트릭스론'이었고, 그 이론은 한국 시의 주류를 이루던 흐름을 비판하고 새롭게 등장한 시인들의 낯선 시에 어떤 위치를 부여해주었다. 그 낯선 시가 그 지도에서의 세 번째 갈래 길인 "환상 이상의 환상"을 보여주는 시라 하겠다. 이 길에 '미래파'라는 푯말을 붙여준 것이 앞에서도 언급했듯이 권혁웅이다. 알다시피 권혁웅은 일군의 젊은 시인들에게 '미래파'라는 이름을 붙이고 "이들의 작품이 가까운 미래에 우리 시의 분명한 대안이라는 것을 인정할 날이 올 것"[10]이라면서 고평했다. 그러자 시단에서는 곧 예전엔 보기 힘든 논쟁이 벌어졌는데, 소위 한국 시의 미래라는 '미래파' 시들에 대해 여러 비평가들이 비판을 가하면서 그에 대한 고평에 대해서도 비판했고, 이에 맞서 권혁웅, 이장욱, 신형철, 함돈균, 조강석, 강계숙 등이 '미래파' 시에 대해 옹호하면서 그 비판에 대한 반비판을 펼친 것이었다.

'미래파' 논쟁은 주로 젊은 시인들이 보여준 낯선 시에 대한 평가를 둘러싸고 이루어졌는데, 이때 권혁웅, 신형철 등이 젊은 시를 옹호하기 위해 사용한 이론 중 하나가 라캉의 정신분석학이었다. 그런데 김수이가 상징적 망인 매트릭스에 수동적으로 대항하는 위치에 시를 놓았다고 한다면, 이들 시인-비평가들은 젊은 시인들의 시들이 좀 더 능동적이고 적극적인 성격을 가지고 있다고 주장한다. 이들은 이를 위해 상징계보다 실재계를 강조하고, 더 나아가 라캉의 이론뿐만 아니라 들뢰즈의 이론을 대폭 수용하고 있다. 라캉 이론의 핵심은 구조이고(그렇다고 구조주의자는 아니지만), 들뢰즈/가타리 이론의 핵심은 기계이기 때문에 이 두 이론가를 한 자리에 불러 모은

---

10) 권혁웅, 『미래파』, 문학과지성사, 2005, 171쪽.

다는 것이 어색한 면이 있긴 하다. 하지만 이들 비평가들 역시 특정 목적을 위해 이론을 '사용'하고 있기 때문에 큰 문제가 있다고 할 순 없다. 그렇다고 이들이 이론을 편의적으로 마구 사용한다는 것은 아니다. 도리어 이들은 이론에 대한 이해 수준이 높고 이론을 비평 담론으로 변형시키는 응용력과 상상력이 매우 뛰어나다. 특히 신형철은 정신분석학에 대한 공부가 상당히 탄탄한 비평가다. 그의 비평집 『몰락의 에티카』에서 전방위적으로 행한 정신분석학의 사용은 라캉과 지젝 이론에 대한 매우 적확한 이해력을 보여주고 있다고 판단된다.

『몰락의 에티카』에 실린 글 중 「뉴웨이브 총론」은 소위 '미래파'(신형철의 명명으로는 '뉴웨이브') 시의 특질에 대해 정리하고 있다. 이를 위해 주로 라캉과 들뢰즈의 이론이 사용되고 있는데, 들뢰즈가 더 비중 있게 사용된다. 라캉의 이론이 사용되는 부분은 〈주체〉 항목에서다. '뉴웨이브' 시에 대해 흔히들 '주체의 분열', '주체의 해체'라고 그 특성을 잡고 있지만 그는 "주체란 원래 분열되어 있는 것이고 애초 해체되어 있는 것"[11]이라고 주장한다. 그리고 "자아(ego)와 주체(subject)를 구별하는 일이 아주 중요하다"(274쪽)고 강조한다. 정체성을 부여받은 것은 자아이지 주체가 아니라는 것이다. 하지만 "자아는 아버지, 동료들, 국가, 민족, 이데올로기…… 등등의 타자에 의해 사후적으로 구성되는 것"이기 때문에 "그 타자들의 권위가 허물어질 경우 자아 역시 사상누각이" 된다. 하지만 뉴웨이브 시인들은 바로 그 사상(砂上) 위에 있으며 "'자아'라는 누각의 허구성을 직관적으로 느끼고 있"(같은 쪽)다는 것이다. 그래서 그들은 라캉이 말한 "언표와 언표 행위의 간극"(275

---

11) 신형철, 『몰락의 에티카』, 문학동네, 274쪽. 앞으로 이 책에서 인용 시 괄호 안에 그 쪽수를 기입함.

쪽)을 메우는 것이 아니라 더욱 벌려 놓는다. 그 언표된 '나'와 언표행위 하는 '나'의 간극은 주체를 드러낸다. 즉 자아가 무너진 장소에서 주체는 폐허로서 드러나는 것이다.

그들은 '나'의 단독성을 보증해주지 못하는 세계에서 '자아'라는 헛된 정체성(동일성)과 작별합니다. 세계 여기저기에서 '나'를 재확인하는 서정적 여행을 그만두고, '나'의 진실을 찾아 비서정적·탈서정적 여행을 떠나고 있는 것입니다. 다시, 그 여행에서 무언가가 출현합니다. 그 '무언가'란 무엇입니까. '자아'라는 화사한 인공정원이 아니라 '주체'라는 끔찍한 폐허입니다. 분열의 세계, 흔적들의 세계, 부조리의 세계인 그곳이 목하 무대화되고 있는 것입니다. 저는 아쉬운 대로 이를 '주체의 시'(①)라고 명명한 적이 있습니다. 그들은 주체의 분열 혹은 해체를 '수행'하고 있는 것이 아닙니다. 분열된 혹은 해체된 주체의 세계로 '귀환'한 것입니다. 또한 그들은 그 무슨 분열과 해체를 '유희'하고 있는 것이 아닙니다. 분열과 해체의 언더그라운드에서 진정한(authentic) 나를 '추구'하고 있는 것입니다.(275쪽)

그 폐허는 자아를 비워나갈 때 도달할 수 있다. 그곳은 자아라는 인공정원을 하나씩 지울 때 도달 가능한 곳이다. 이에 대해서는, 신형철이 황병승의 「여장남자 시코쿠」에서 "이것도 내가 아니고 저것도 내가 아니라고 말하면서 하나씩 비워나가는 데카르트"를 찾아내고 "상상적 자아를 모두 소거하여 남는 텅 빈 장소, 그곳에서 비로소 무의식이 점멸한다"(「문제는 서정이 아니다」, 191쪽)고 진술하는 대목을 보면 좀 더 이해하기 쉽다. 신형철이 말한 대로 자아와 주체의 구별은 라캉 이론에서 매우 중요한 의미를 갖고 있다고 알고 있다. 라캉의 이론에서 자아와 주체는 다른 곳에 위치해 있다.(물론 자아와 주체가 인간의 뇌 속에 따로 존재한다는 의미는 아니다. 초자아와 자아가 한 개인의 정신에 공존하듯이 자아와 주체는 같이 존재한다.) 주체가 드러나는 것은 자아를 이루는 상상적 내용물을 소거했을 때이다. 이때 주체가 순수 기표, 텅 빈 기표임이 드러나고, 주체는 존재와 분리되어 있는 빗금 쳐진 무엇임이 밝혀진다. 그래서 신형철의 주장대로 뉴웨이브 시인들이 그 빗금 쳐진 주체에로까지 내려간다면, 그들은 상상적 자아를 믿지 않고 지옥의 진실에 다가가는 수행을 하는 자들이라고 할 수 있을 것이다.

그런데 "진정한 나를 '추구'하고 있"다는 말은 무슨 뜻일까? 이러한 이론적 구도에서 '진정한' '나'라는 것이 있을 수 있는 것일까? '나' 자체가 오인에 의한 상상의 산물이라고 한다면, '진정한 나' 역시 자아로부터 벗어날 수 없을 것이다. 그렇다면 진실은 아마도 욕망하는 주체에 있다고 해야 할 것이다. 빗금 쳐진 존재인 주체는 잃어버린 향유를 되찾기 위해 '대상 a'를 끊임없이 욕망한다. 정신분석학적 의미에서 주체가 된다는 것은 시인이 정진하는 어떤 수행에 의해서가 아닐 것이다. 우리는 욕망할 때 주체가 된다. 허나 우리는 왜 특정한 무엇을 욕망하는지 알지 못한다.(정신분석학은 그 욕망의 메커니즘을 밝히는 학문이다.) 그래서 욕망하는 주체가 되었다는 것 자체에 대해서 박수칠 일은 아니다. 물론 결여를 보상받으려고 욕망하는 주체는 삶을 열정으로 이끌 것이다. 하지만 우리가 결여의 존재일 수밖에 없다는 것을 인정하지 않고 충만한 삶이 가능하다는 환상 속에 빠져 향유하기를 원하게 된다면, 더 나아가 그 충만의 향유를 방해하는 어떤 대상이 있을 것이라는 편집증에 빠지게 된다면, 우리는 파시즘에 빠지게 된다고 지젝은 말하고 있지 않은가. 그래서 파시즘적인 욕망하는 '주체'도 있는 것이다. 그렇기에 이 빗금 쳐진 주체의 확인뿐만 아니라 그가 어떻게 욕망하는가를 살피는 것도 정신분석학적 고찰에서 중요할 테다.

물론 그렇다고 폐허로서의 주체-빗금 쳐진 주체를 드러내는 작업 자체가 별 가치 없다고 말할 순 없다. 그것은 이데올로기를 은폐하는 상징적 막-매트릭스-을 훼손하여 이데올로기의 작동 구조 자체를 드러내는 것이 될 수 있기 때문이다. 황병승 시에서 폐허의 주체를 발견할 수 있다는 신형철의 읽기가 틀리지 않았다면, 폐허로서의 주체에 도달하려는 황병승의 작업은 실재계에로의 접근이라고 할 수 있다. 그 폐허로서의 주체는 "현실을 불완전하게 하거나 모순되게 만드는 텅 빈 공간"[12]인 실재일 수 있기 때문이다. 하지만 이러한 실재계에로 접근하는 모험에 대해서도 역시, 마냥 박수칠 수만은 없다. 왜냐하면 그 모험은 현대 사회의 또 다른 이데올로기로 진화할 수 있기 때문이다. 특히 그것이 자폐적 주이상스에 대한 충동이 될 때 그러한 진화가 일어난다. 다시 지젝에 의지해보자. 지젝은 "1968년의 해방적 연쇄과정이 소진했던 그 정치적 순간에" "허용된 주이상스가 필연적으로 의무적 주이상스로", "순수한 자폐적 주이상스로 향하는" 충동으로 변질되는 일이 일어났다고 한다. 이어 지젝은 "이 결정적 순간(1970년대 중반)에 남아 있는 유일한 선택은 직접적이고 난폭한 행위로의 이행, 실재를-향한-압박 뿐으로, 여기에는 세 가지 주요 형식이 있다"고 말한다. 그것은 "극단적 형태

---

12) 지젝에 의하면 "실재는 가상 시뮬레이션의 배후에 있는 '진정한 현실이 아니'"며 "그것은 현실을 불완전하게 하거나 모순되게 만드는 텅 빈 공간"이다.(슬라보예 지젝, 「〈매트릭스〉, 가해자의 히스테리 또는 새도 매저키즘의 징후」, 슬라보예 지젝 외 지음, 『매트릭스로 철학하기』, 이운경 옮김(한문화, 2003, 292쪽.) 실재에 대한 지젝의 또 다른 정의를 보자면, "그것은 구멍 자체이며 다른 존재 계로 이동하는 통로 구실을 하는 틈이다. 그것은 위상적인 구멍 혹은 우리의 현실 공간을 '구부리는' 비틀림"(같은 책, 310쪽)이다. 그런데 김수이의 매트릭스론은 "매트릭스를 현실의 사막을 개선하는 도구로 활용"한다거나 "현실의 사막에 생착(生着)해 매트릭스와의 접속선을 최대한 단절하"는 것 등의 진술로 볼 때 실재를 지젝이 비판한 관점, 즉 매트릭스 배후에 있는, 표상 가능한 어떤 대상이 있다는 관점을 내포하고 있는 것 같다. 지젝에 따르면 불완전한 현실 뒤에 진정한 현실이 있다고 주장하는 것은 모순을 은폐하는 매트릭스의 기능이기도 하다.

의 성적 주이상스에 대한 추구", "생경한 실재에의 의존만이 대중을 각성시키리라는" "좌파 정치 테러리즘", "내면의 경험이라는 실재로의 선회(동양적 신비주의)"인데, "세가지 모두 공유하는 바는 구체적인 사회-정치적 참여에서 물러나 실재와의 직접적 접촉을 시도하는 것"[13]이라는 것이다.

이 부분을 읽으면서 이러한 질문을 던지게 된다. 신자유주의 아래에서 민주주의가 확산되고 금기가 느슨해진 2000년대 한국 사회는, 바로 이러한 실재로의 접근을 통한 자폐적 주이상스를 향유하려는 충동을 불러일으키는 환경을 만든 것은 아닐까. '뉴웨이브' 시에서 보이는 어떤 과잉은 바로 그러한 충동에서 비롯된 것은 아닐까. 물론 이는 추측일 뿐이어서 실제 분석을 해보아야 정확히 말할 수 있을 것이다. 그러나 '뉴웨이브' 시 경향에서 좌파 정치 테러리즘에 대한 추구는 보이지 않지만 "극단적인 형태의 성적 주이상스에 대한 추구"나 "내면의 경험이라는 실재로의 선회"가 엿보인다는 것은 부인하기 힘든 것 아닐까.

신형철의 논의에서 한 가지 더 지적하고 싶은 것이 있다. 그는 '뉴웨이브'의 시가 정신분석학 및 들뢰즈 철학이 들추어낸 진실을 실천해 나가고 있다는 점을 입증하면서, '뉴웨이브' 시인들의 능동성을 추출하려고 했다. 그렇다면, '뉴웨이브' 시인들의 시는 정신분석학 및 들뢰즈 철학이 밝힌 진실을 상연하고 있다는 면에서 자신들의 가치를 입증하는 셈 아닐까? 그것이 맞다면, 그 시들의 기의는 정신분석학 이론이나 들뢰즈 철학이 된다. 그는 '차이'를 주장하고 실제 비평에서도 섬세한 읽기를 행하고 있지만, 어느새 시의 고유성은 정신분석학 이론이나 들뢰즈 철학의 진실에 수렴되는 경향에로 이끌리고 있는 것이다.

---

13) 슬라보예 지젝, 『처음에는 비극으로 다음에는 희극으로』, 김성호 옮김, 창비, 2010, 120-121쪽.

권혁웅 역시, '미래파'에 대한 비판에 적극적으로 반론을 펼친 글인 「미래파 2」(『문예중앙』 2007년 봄호)에서 신형철과 유사한 전술을 펼친다. 그 역시 신형철과 마찬가지로 라캉과 지젝, 들뢰즈를 인용하면서 미래파의 특징에 대해 해설하고 있는 것이다.(신형철의 논의보다 라캉에 대한 의존도가 좀 더 높다) 라캉 이론이 사용된 부분을 언급해보자. '미래파'의 엽기성에 대해 방어하면서 그는 라캉의 「칸트와 함께 사드를」의 논의를 빌어 사드가 실현한 '순수한 악'의 차원을 이야기한다. '미래파' 시의 환상적 성격에 대해서는 라캉의 응시 이론과 '왜상' 이론을, '미래파' 시에 드러난 폭력성과 그 고통스러운 면에 대해서는 라캉의 주이상스 개념을 연결시킨다. '미래파' 시의 시적 화자와 관련된 '주체'의 문제에 대해서는 앞에서 살펴본 신형철과 대동소이한 논의를 펼치고 있다. 권혁웅의 그 글은 매우 의욕적이고 치밀한 변론문을 작성하고 있지만, 역시 '미래파' 시의 가치와 기의는 라캉(및 들뢰즈)의 이론이 된다는 면에서 신형철의 글과 유사한 문제점이 있다고 하겠다.

5

2000년대 들어 라캉과 지젝의 정신분석을 '사용'하여 담론을 전개시키는 비평은 유행이라고 할 만큼 많이 발표되고 있다. 이를 비난할 필요는 없다. 비평에서 어떤 이론이 많이 사용된다는 것은 현 상황에서 그 이론이 높은 설명력을 갖고 있고 그래서 필요로 된다는 의미다. 이론을 배척할 필요는 없다. 하지만 비평가는 자신이 어떠한 상황과 맥락 속에서 그 이론을 사용하고 있는지를 항상 의식해야 한다고 생각한다. 정신분석가가 분석 공간에서 어떠한 위치에 놓여 있는가를, 그리고 자신도 욕망하는 주체이기에 역전이가 일어날 수 있다는 것을 항상 의식해야 하듯이 말이다. 정신분석 이론을 사용하는 비평가들도 이러한 의식을 갖고 있을 것이다.

이 글은 정신분석 이론을 사용한 많은 비평문 중에 네다섯 편에 대해서만 비판적 논평을 곁들여 정리하고 있기에 독자들은 다소 미진한 느낌을 받을 것 같다. 2000년대 정신 분석 비평이 어떤 식으로 전개되었는지 명료하게 정리한 글을 원하는 독자들도 있을 것이다. 하나 이 글은 문학 장의 역관계와 문학 생산 과정에 어느 정도 영향을 끼쳤겠다 싶은 시 비평문을 골라 논의를 진행했다. 일괄적인 정리보다는 몇 편의 평문에 대한 논쟁적인 접근이 어쩌면 비평계에서 정신분석학 이론의 사용이 갖고 있었던 함의를 더 드러낼 수 있지 않을까 생각이 들기도 해서였다.

이광호의 글은 실재계 문제와 연결된 라캉의 응시 이론을 빌려오고 있지만, 대상을 자기화하는 상상계 이론과 밀접한 관련이 있는 글이다. 김수이의 매트릭스론은 라캉의 환상이론과 관련이 있는데, 매트릭스가 사회의 상징적인 망이라고 할 때 상징계 이론과 관련이 있다 하겠다. 신형철의 주체론은 라캉의 상징계 이론과 관련이 있겠는데, 또한 '뉴웨이브' 시가 빗금친 주체라는 '얼룩'을 드러내고 있다는 면에 주목하고 있다는 면에서 실재계 이론과 연결된다. 이렇게 본다면 라캉의 위상학에 맞추어 2000년대 정신분석 이론의 사용 양태에 대해 나름대로 정리해본 셈이 된다. 여기에 덧붙여 정신분석 이론의 '사용'과 2000년대의 한국 사회 문화를 연결시켜 논의하려고 했는데 이 글에서 거기까지 나가진 못했다.

정신분석학 자체에 대해서도 잠깐 언급하면서 이 글을 마치고자 한다. 정신분석학 이론을 사용하는 비평문을 살펴야 했기 때문에 "잘 알지도 못하면서" 나름대로 이해한 지젝이나 라캉의 글을 인용하며 논의를 전개시켜야 했다. 정신분석 이론을 사용한 평문에 대해 바로 그 이론으로 '딴지'를 걸어보려는 속셈이었다. 나 역시 정신분석 이론을 특정 목적에 맞추어 '사용'한 것이다. 그렇기에 나는 무슨 라캉주의자는 아니다. 정신분석, 특히 지젝의 이론이 우리의 통상적 의식이 내밀하게 갖고 있는 위선과 환상을 날카롭게 지적하고 가차 없이 폭로한다는 면에서 탁월한 이데올로기 비판 이론이라고 생각하고 있을 뿐이다. 또한 라캉의 논의 전개에서 볼 수 있듯이 정신분석학이 아주 치밀한 이론이라고 생각하고 있지만, 사실 나는 지젝이나 라캉의 이론에서 갑갑함을 느끼는 편이다.

지젝의 최근작인 『처음에는 비극으로 다음에는 희극으로』를 읽으면서도 그러한 느낌을 가졌다. 그의 마르크스주의는 이데올로기 비판에 치중되어 있다는 생각이다. 그 책은 금융 위기 자체에 대해서는 어떠한 마르크스주의적 분석을 보여주지 않는다. 그 위기에 대한 여러 반응에 대해 이데올로기 비판을 가하고 있을 뿐이다. 또 그가 대안으로 삼고 있는 공산주의에 대한 논의도 그렇게 튼실한 것 같지 않았다. 보편적 해방을 주장하는 부분은 무척 설득력이 있었지만, 현 자본주의 상황에서 공산주의적인 운동을 해나갈 주체가 누구이고 어떻게 존재하는지, 공산주의의 잠재성과 가능성은 어디에서 찾아야 하는지 분석하여 제시하고 있지는 않다.[14) 그래서 결국 지젝이 우리에게 말할 수 있는 것은 "두려워하지 말라. 우리와 함께하라," 공산주의에로 "돌아오라!"라는 '메시지'밖에 없는 것 아닐까. "자, 이제 모든 이데올로기적 위선과 환상은 폭로되었다. 그러니 공산주의자가 되자!"라는 메시지. 이데올로기와 역사적 사건에 대한 지젝의 현란하고 비상한 분석을

---

14) 내가 아직 읽지 못한 지젝의 다른 책에서 그러한 내용이 '분석-제시'되고 있을지 모르겠지만, 어떤 책에서 펼친 논의를 다른 책에서도 반복해서 언급하는 그의 스타일로 볼 때, '공산주의적 가설'이라는 제목 아래의 글에 그러한 내용이 없다면 다른 책에서도 그 '분석-제시'가 나와 있지 않을 가능성이 크다.

읽은 후에는 다소 공허한 느낌이 남게 되는 것은 나뿐일까? 이렇게 말하면, "그 느낌은 아직 당신이 위선적인 이데올로기에서 벗어나지 못했기 때문이야"라는 정신분석학적 논평이 누군가로부터 가해질지도 모르겠지만.

(2010)

김수영이라는
기표
— 김수영 문학의 현재성에 대한 논의들

1

올 여름 계간지에서 시에 관련된 특집 중 눈에 띄는 주제는 단연 김수영에 관한 것이었다. 올해는 김수영 40주기를 맞는 해이니 당연한 현상일 수 있겠다. 『창작과비평』, 『문학동네』, 『세계의문학』 등이 김수영 문학을 특집 주제로 삼았다. 이와 관련해서 창비 후원으로 김수영 40주기 추모 학술제인 〈김수영, 그후 40년〉도 제법 큰 규모로 열렸다. 김수영 특집을 계간지 세 곳에서 마련하고, 학술제도 개최되었다는 것은 김수영 문학이 여전히 한국 문단에서 현재성(actuality)를 갖고 있다는 사실을 보여준다. 게다가 계간지와 학술제에 발표된 대부분의 글들이 김수영 문학의 현재성을 승인하고 있다. 이 승인은 비평가나 학자만이 하고 있는 것은 아니다. 젊은 시인들도 김수영으로부터 많은 영감을 받고 있음을 밝히고 있다. 김수영이 운명한 1968년 이후 출생한 40명의 시인들이 시를 한 편씩 올려 펴낸 『김수영 40주기 기념 시집-거대한 뿌리여, 괴기한 청년들이여』가 올 6월 출간된 것이다. 이 시집에는 사실 김수영의 시세계와 상당히 떨어져 있는 것으로 보이는 시들도 많이 실려 있지만, 여하튼 시를 낸 시인들은 김수영으로부터의 영향을 표명하면서 그에 대한 사랑과 존경을 표하고 있다.

이 시집에는 현재 새로운 시를 개척하고 있다고 주목받는 시인 거의 모두가 참여했다고 해도 과언이 아닌데, 이를 보면 한국 시에서 김수영은 '거대한 뿌리'가 된 듯한 느낌까지 든다. 김수영에 대한 한국 문단의 끊이지 않는 사랑에 대해서, 언젠가 오세영 시인은 김수영이 신화화되었다고 비판한 적이 있었다. 이 비판은 직접적으로 정치적인 의미와 의도를 갖고 있었다. 김수영을 신화화한 것은 문단 권력을 형성한 좌파라는 비판이 이어지고 있기 때문이다. 이는 결국 좌파가 문단권력을 쥐면서 시의 본령을 뒤흔들어놓고 있다는 말이다. 필자는 이 비판에 동의하지 않는다. 필자 역시 김수영의 '신화'에 감염된 자칭 '좌파'로, 김수영의 시와 시론으로부터 시에 대한 의식의 지평을 넓혔다. 그리고 김수영의 텍스트 속에 잠재되어 있는 사상을 현재에도 계속 길어 올려, 김수영 문학의 좀 더 철저한 현재화가 이루어져야 한다고 생각하고 있다. 하지만 오세영의 지적 중에 일리 있는 부분이 있는데, 김수영 사후 40년이 지나도록 지금도 그의 문학에 대해 논의하는 것은 정치적인 의미를 갖고 있다는 지적이 그것이다. 사실, 오세영의 비판 역시, 그도 인정하듯 정치적이다. 정치적이지 않은 담론은 없지 않은가.

이를 솔직하게 인정한다면, 도리어 김수영에 대한 담론이 어떤 정치적인 의미에서 이루어져야 하는지 논의해야 한다고 생각한다. 김수영에 대한 담론이 어차피 정치적인 의미를 갖고 있다면, 어떠한 정치적인 시각으로 김수영 문학을 바라보아야 하는지 논하는 게 생산적일지도 모른다. 김수영을 따르는 논자들도 김수영의 어떠한 면을 부각시키는가에 따라 각각 다른 문학관 및 정치관을 드러내고 있다. 이들 논자들에 의해 김수영은 하나의 기표가 된다. 그 기표를 논자들이 자신의 담론에 어떻게 위치시키는가에 따라 김수영 문학이 갖는 의미는 다르게 표명될 것이다. 논자들은 자신들의 문학적 정치적 의식을 드러내고 그것에 대해 승인받기 위한 기표로서 김수영 문학을 끌어온다. 김수영이라는 기표가 현재 어떻게 의미화 되고 있는지, 올 여름 문예지에 실린 글들을 통해 살펴보도록 하자.

2

우선, 『창작과비평』의 김수영 특집이 가장 주목된다. 김수영의 미발표 유고가 대거 실려 있기 때문이다. 김수영의 미발표 유고 발굴은 김수영의 문학을 재조명하는 데 매우 중요한 자료를 제공하는 하나의 사건이라고 할 만하다. 주로 1950년대 중반에 기록된 일기와 시들이 실려 있는데, 4·19 직후에 쓰인 두 편의 시와 짧은 일기 몇 편도 같이 실려 있어 눈길을 끈다. 특히 1960년 10월에 기록된 「金日成萬歲」라는 제목의 시가 눈에 확 띠는데, 여전히 '김일성'이란 이름은 남한에서 금기이기 때문이다. 물론 그 시는 김일성을 찬양하자는 내용이 아니라, 김일성 만세를 외치는 것이 인정될 때 언론 자유의 출발이 있다는 내용을 담고 있다. 다음 해 3월에 기록된 「연꽃」이라는 시에는 '사회주의 동지들'이라는 단어가 쓰여 있어서, 김수영이 사회주의와 상당한 정도로 친화성이 있었다는 정보를 보여주고 있기도 하다. 이 시들만 주목되는 것은 아니다. 대부분 초고들이어서 완성도나 질에 문제가 있다고 말할 수도 있지만, 그 초고는 산문이 시로 변환되는 과정을 보여주기 때문에 김수영의 시작 의도를 잘 보여준다고 생각된다. 김수영 연구자에게 중요한 자료가 될 시들이다.

김수영의 일기도 1950년대 중반 그의 생각과 삶의 상황을 드러내주고 있어서 흥미롭다. 이 일기를 통해 김수영이 견지하려고 한, 곤궁한 상황 속에서 생활을 찾으려는 노력과 문학에 대한 의지를 엿볼 수 있다. 한편으로

이 일기들은 김수영이 당시 소설을 집필하고자 하는 의지가 상당했다는 것을 보여주기도 하는데, 이러한 의지는 처음 드러난 사실이 아닌가 한다. 김수영 시의 산문성과 관련해서 이에 대해 꼼꼼하게 살펴볼 필요가 있다. 또한 김명인의 해제 논문도 김수영의 유고와 더불어 같이 읽어야 할 글이다. 유고의 입수 경위와 전모를 밝히면서 김수영 문학의 전체 흐름 속에서 각 유고들을 간략히 소개하고 있다. 김명인은 김수영 문학의 흐름을 습작기 (1945-49), 현대성의 관념적 추구기(1953-59), 혁명적 양양기(1960-61), 일상성의 획득을 바탕으로 다양한 시적 실험이 지속된 시기(1961-68)로 나누고 있는데, 그에게서 김수영의 제2기는 4·19 이후의 문학 경향보다는 상대적으로 낮은 가치를 갖는 것으로 보인다. '관념적 추구기'라는 부정적인 뉘앙스가 깔려 있는 명명이 이를 말해준다.

그래서인지 유고에서 김명인이 주로 주목하고 싶은 시는 4·19 혁명 시기의 시인 것 같다. 유고시를 소개하는 부분 말미에 "객관적으로 사회주의와의 관련성을 본다면 김수영은 기껏해야 씸퍼사이저(동조자)라고밖에 볼 수 없으며 굳이 말하자면 차라리 급진적 사회주의자라고 볼 수 없어도 주관적으로 사회주의자를 자처할 수도 있기 때문이다. 이 점 역시 앞으로 집중적인 연구가 필요한 부분이라고 할 수 있다"라고 그가 쓰고 있는 것을 보면 그렇다. 또한 추모 학술제 〈김수영, 그후 40년〉에서 발표한 논문인 「혁명과 반동, 그리고 김수영」은 바로 사회주의에 대한 김수영의 인식을 주제로 하고 있는 것이다. 이 논문은 김수영의 독서 기록에서 자유주의적인 면과 사회주의에 대한 친화성을 들추어내고, 4·19 당시 김수영의 논설이나 일기에 나타난 정치의식을 추적하고 있는데, 도출된 결론은 다음과 같다.

4·19 혁명이 지속되던 그 13개월 동안, 김수영은 단순히 혁명에 열광하고 반

동에 분노하는 통상적인 인식을 넘어서서 비록 정치적 실천의 행동에 나서지는 않았더라도 당시의 기본 정세를 비교적 정확히 파악하고 있었으며 4·19 혁명의 과제가 단지 독재자를 쫓아내는 것이 아니라 반외세 민족민주혁명이며 분단체제의 극복이라는 것, 그리고 그 주체는 민중이라는 것 등을 올바로 파악하고 있었던 것으로 보인다. 다만 그의 정치의식은 그러한 상황인식을 넘어서 과학적이고 객관적으로 혁명의 주관적·객관적 조건들을 인식하고 혁명운동의 주체적 경로를 모색하는 데까지는 이르지 못했고 또한 직접적인 사회적 행동에는 참여하지 않은 것으로 보인다.(『자료집』, 72쪽)

4·19 혁명기 김수영의 인식에 대해 높은 평가를 내리는 결론이긴 하지만, 한편으로는 김명인이 어떤 목적론적 선(線) 상에서 김수영 문학에 대한 평가를 내리고 있는 것을 보여주는 결론 아니겠는가 생각되기도 한다. 김수영은 당시 상당한 정도로 현실을 파악하고 있었지만, '아직' 과학적 인식에 이르지는 못했다는 '한계'가 있다는 식의 평가에는 무지에서 과학적 인식까지의 어떤 단계에 따른 선이 그어져 있다. 즉 김명인은 혁명의 주-객관적 조건에 대한 인식과 혁명운동의 주체적 경로의 모색이 시인-지식인이 가질 수 있는 인식의 최대치라는 목적론적 전제를 두고 당시 김수영의 사회 인식 수준을 평가하고 있는 것이다. 김명인의 발표에 대한 토론에서 사학자 한홍구는 김수영이 사회주의자라기보다는 급진적 자유주의자라고 생각하며, 그런데 그가 사회주의자가 아니면 어떤가라는 의견을 피력했는데, 이는 김명인이 과학적 사회주의자가 최상의 지식인이라는 전제를 갖고 있는 것은 아닌가라는 지적이기도 했다고 생각한다. 김명인은 답변에서 이를 부인한 것으로 기억하지만, 필자도 논문을 읽으면서 김명인이 그러한 전제를 갖고 있다고 생각했다.

한편으로 김수영을 급진적 자유주의자로 규정하는 한홍구의 토론에도 불만이었는데, 김수영이 급진적 자유주의자인지 사회주의자인지 규명하는 것이 김수영을 현재화하는 데 그렇게 중요한 일이 아니라는 생각에서였다. 김수영을 다시 논한다는 것은 그의 문학의 현재성을 찾기 위해서일 것이다. 이 현재성은 김수영이 사회주의자인가 급진적 자유주의자인가, 그의 정치 이념을 규정하는 데서 찾기는 힘들 것이다. 김수영의 텍스트에서 근대적 이념을 넘어서 현재를 사유할 수 있는 잠재성을 발견하게 될 때 그 현재성을 찾을 수 있을 것이다. 물론 그 잠재성이 무엇이냐에 대한 논의는 논자들의 의식과 지향에 따라 달리 이루어지게 될 것이다. 마침, 『창작과비평』의 특집에는 김수영의 현재성을 조명하는 황현산의 평론, 「김수영의 현대성 또는 현재성」도 실려 있다. 황현산의 평론은 매우 밀도가 높고 깊이 있는데, 이 글도 역시 예외가 아니어서 독자의 사유를 촉발시킨다. 특히 김수영은 "현실이 지닌 시적 힘을 발견"하려고 했으며, "현실을 예술로 순치하거나 다스리려 하지 않았으며, 무엇보다도 이 점에서 그는 당시 모더니즘의 영향권 안에 있었던 다른 문인, 예술가들과 뚜렷이 구별된다"는 그의 판단은 적확하다고 생각한다.

이 판단에 따라 황현산은, 김수영이 관념적인 시인이라는 통상적인 판단에 맞서 "김수영만큼 관념적인 시, 정확히 말해서 관념을 설파하고 관념 아래 숨는 시를 증오했던 사람도 드물다"고 말한다. 이 주장을 황현산은 김수영 시의 언어가 가진 성격을 통해 뒷받침하여 논하는데, 김수영 시의 언어는 "그 의미를 바로 그 자리에서 손색없이 지시하는 그 성질에 의하여 어떤 사물, 어떤 현상을 절대적으로 지시하는 관념어의 가치와 자격을 얻는다"는 것이다. 현실을 현실 그대로, 설명하지 않고 드러내는 김수영 시에 대해 황현산은 알레고리적이라고 설명한다. 김수영 시의 알레고리적 성격에 대해서는 그다지 연구되지 않았다고 생각하는데, 그렇다면 황현산의 이 평론은 김수영 연구에 또 하나의 길을 열었다고도 할 수 있을 것이다. 그는 김수영 시의 알레고리적 특질을 규명하면서 김수영의 시가 "현실을 시적으로 처리하는 것이 아니라 현실에서 시를 추출하고 현실을 시로 끌어올리는" 능력이 있다는 것을 설득력 있게 보여준다. 그리고 "이 능력은 곧바로 우리 문학에서 모더니즘과 사실주의를 연결시키는 힘이 되었다"는 문학사적 평가도 내리고 있다. 이에 필자도 동의한다.

하지만 황현산이 현재 한국의 젊은 시인들과 김수영을 연결시킬 때는 고개가 갸웃거리게 된다. 시적인 말과 일반적인 말의 차별을 붕괴시킨 김수영처럼, "한국의 젊은 시인들 역시 현실을 기피하지 않으며, 말을 두려워하지 않는다"는 지적에는 동의한다. 하지만 "그들이 혼란스럽게 보이는 것은 김수영이 그랬던 것처럼 말과 사물의 다기한 힘을 믿기 때문"이며, "그들이 현실에 등을 돌린 것처럼 보이는 것은 현실에서 들어 올릴 수 있는 가능성의 폭이 그만큼 넓어졌기 때문"이라는 말은 잘 이해되지 않는다. 아무리 현실에서 들어 올릴 수 있는 가능성의 폭이 넓어졌다고 해도, '미래파'로 불리는 젊은 시인들의 경우에는 현실에 육박해 들어가는 현실주의(사조적 의미가 아닌)의 정치성으로 연결되는 끈이 보이지 않기 때문이다. 아니 이들은 현실주의를 혐오하고 거부하는 것 같다. 김수영과 젊은 시인들의 시 경향을 연결하려는 황현산의 무리한 시도는, 김명인이 김수영이 가진 정치 이념으로 김수영 문학에 대한 평가를 행하려는 경향과는 반대로, 김수영이 현실 정치에 대해 행하고 있는 사유를 지나치게 축소하려는 경향에서 비롯되었다고 생각된다.

3

필자로서는 '미래파'라고 불리는 젊은 시인들을 폄하할 생각도 없고 그들 시가 가진 가능성도 인정하는 편이지만, 급진적인 정치적-문학적 성향을 갖고 있던 김수영을 무리하게 이들과 연결시키려는 시도는 이들을 고평가 하기 위해 김수영을 기표로 사용한 것 아닌가 의심하게 된다. 많은 젊은 시 인들은 정치적인 것을 사유하길 거부하지만, 김수영에게서 시와 정치 현실 은 강고하게 결합되어 있는 것이다. 그럼에도 불구하고 어떤 논자들은 김 수영이란 기표를 이들의 시에 연결시킴으로써, 이들의 시에서 급진적인 정 치적 의미를 부여하여 높은 가치를 매기는 경향이 있다. 사실, 비정치성을 자신의 정치성으로 갖고 있는 일군의 젊은 시인들이 김수영의 후예로 자처 할 때에는, 얄미워 보이기도 한다. 좋은 것은 다 차지하려고 한다고 할까, 김수영에게 핵심적인 정치성을 쏙 빼고는, 많은 이들이 흠모하는 김수영이 란 기표를 자기 것으로 만들려고 하는 것처럼 보이기에 그렇다. 특히 『세계 의문학』 2008년 여름호에 실린 글들이 그런 느낌을 준다. 시인 김소연은 「순교하는 장난」에서 다음과 같이 말한다.

불운인지 행운인지, 우리는 태생적으로 복사씨 살구씨다. 단단한 고요함에 둘러싸여 있어서 우리는 그 씨앗 안에서 썩어 가며, 그 씨앗 안에서 신음과도 같은 아우성을 시로 쓴다. 우리는 각자의 씨앗 안에서 발화하는 혼잣말인 셈이 다. (중략) 우리는, 당신에게서 배운, 적극적인 소극주의자의 긴장감을 변주한 다. 적극적인 소극주의자의 최선은 장난이다. 장난은 자발적이고 자유롭다. 팽 이처럼 자기 동력으로 운영된다. 그 자체로 목적성을 갖춘, 이 시대의 가장 유 력한 불온함이다. 경박성으로써 고결함을 완결 짓는다. 당신이 그토록 추구하던 '도취와 정신차리기'라는 양가성, '속박과 자유'라는 양가성을 장난만이 쉽게 쟁취한다. (중략) 그러나 이제는 해 아래 새로운 장난이 없다. 우리는 '전통이 되어 버린 모더니티'라는 유령과 장난 중이다. (중략) 우리는 새로움을 구할 방법이 없어서, 시의 노선을 바꾸어 본다. 돌아갈 방법 같은 건 생각도 안한 채로. 이것은 미숙조차 아닌, 발아조차 안 한 복사씨 살구씨로서 시를 살기 때문에 얻은 자유다. (중략) 볼온이 아닌 악동, 반란이 아닌 반동, 이것이 우리에겐 우리의 악기로, 우리의 음계를 찾는 우리의 주법이다.(223-225쪽)

젊은 시인들(김소연은 1967년 생이다.)이 김수영으로부터 배운 바는 '적극적인 소극주의'에 따른 '장난'하기다. "모든 전위 문학은 불온하다"는 김수영의 명제는 "이 시대의 가장 유력한 불온함"인 장난으로 귀결된다. "그 자체로 목적성을 갖춘" 장난은 자기 자신에게 몰입하기다. 이들 세대에게서 장난으로서의 시는 "각자의 씨앗 안에서 발화하는 혼잣말"인 것이다. 그런데 김소연에 의하면 지금 이 세대의 시인들에게는 김수영과는 다른 시대성과 부딪치게 되는데, 그것은 "해 아래 새로운 장난이 없다"는 것이다. 새로움은 전통이 되어버려서, 새로움의 추구야말로 낡은 것이기 때문에 "우리는 새로움을 구할 방법이 없"고, 그래서 "불온이 아닌 악동, 반란이 아닌 반동"이라는 "우리의 주법"으로 "시의 노선을 바꾸어"보고 있는 중이다. 그리하여 김수영의 '적극적 소극주의'는 "발아조차 안 한 복사씨 살구씨" 안에서 "썩어 가며" 신음하고 아우성치는 방향으로 더욱 퇴각한다. 하지만 이러한 이들을 김수영의 후계자라고 할 수 있을까?

김수영의 장난은 '作亂', 즉 혼란을 만들기였다. 혼란은 자기 자신의 분열적 정신 상태를 만든다는 의미보다는 기성의 이데올로기, 즉 굳어진 사회적 의식을 어지럽힌다는 의미가 있었다. 김수영은 시의 사회성을 계속 의식하고 있었다. 김수영은 장난을 작란 차원으로 끌어올림으로써 시작의 유희를 참여시와 연결시킬 수 있었던 것이다. "반란이 아닌 반동"의 수동성은 황현산의 말마따나 "현실을 시로 끌어올리는" 능동성과 관계가 없다. 발아하지 않는 복사씨, 살구씨는 김수영 문학이 지향하는 바와 정반대다. 김수영은 그 씨앗들이 발아할 것이기 때문에 주목한 것이다. 김소연은 '우리'들이 김수영 문학을 계승하면서 모더니티의 역설 때문에 달리 나아간 점을 드러내고자 한 것이지만, '적극적 소극주의'만을 계승하여 더욱 소극적인 장난으로 나아가고 있다면 그것은 계승이 아니라 김수영으로부터의 반동일 뿐이다.

같은 특집에 실린 김경인 시인의 「여보세요?…… 절망이에요……」도 김수영의 「전화이야기」를 '계승'하고 있는 젊은 시인들의 작품을 소개하고 있는데, 역시 어떤 무리를 느끼게 된다. 그는 비약적으로 전개되는 일상 담론을 시에 여과 없이 도입하여 낯설게 조명하는 「전화이야기」의 기법적인 측면에서 젊은 시인들이 이 시를 어떻게 계승하고 있는가 위주로 분석한다. 「전화이야기」에는 당시 일상생활에 스며들어 있는 제국주의 문화에 대한 비판적 성찰이 들어있지만, 김경인은 이에 대해 중요하게 조명하진 않고 진술 방식의 측면에 대하여 주로 언급하고 있는 것이다. 「전화이야기」의 진술 방식은 매우 혁신적이어서 조명이 필요하지만, 이 진술 방식을 통해 김수영이 무엇을 드러내려 했는가 살피지 않고 방식의 차원에서만 계승성을 따진다면, 김수영 문학의 핵심인 시 정신을 삭제한 채 논의가 이루어질 가능성이 크다.

이 특집에서 가장 앞에 실린 『세계의문학』 편집위원 서동욱의 글, 「천수천족수의 시」도 김수영 문학과 젊은 시인들의 연계성을 암시하고 있어서, 이 특집의 목적이 어쩌면 일군의 젊은 시인들에게 김수영 문학의 적자라는 지위를 부여하는 데 있는 것은 아닐까 하는 생각까지 들게 된다. 서동욱은 이 글에서 김수영이 추구한 참여는 "무의미와 침묵을 통해 상투화된 기존의 언어와 그에 상관적인 제도를 붕괴시키려는" 서구 전위 문학의 참여와 동일한 성격을 지닌다고 지적한다. 그런데 그는 초현실주의에 대해 "사물의 외관적, 유형적 질서에 그 어떤 변화를 초래하는 것이라기보다는 정신상의 한 운동을 창조하려는 것"이라는 사르트르의 비판을 빌어, 결국 "전위 문학이라는 작은 호리병을 문지르기만 하면 혁명의 요정이 튀어나와 모든 정치적 문제들을 해결해줄 것처럼 공상하는 자기기만"이라고 전위 문학의 참여를 비판한다. 김수영도 그 비판으로부터 자유롭지 못할 것이다.

하지만 김수영이 "모든 진정한 시는 무의미한 시이다"라고 말할 때, 그 무의미한 시는 말라르메적인 시, 또는 전위적인 시만 가리키는 것이 아니었다. 김수영은 브레히트나 마야코프스키적인 진정한 사회주의 리얼리즘 시에도 넌센스가 있다고 말했다. 즉 김수영에게서 무의미성은 전위성에 연결되는 것이 아니라 진정성과 관련되는 것이다. 그래서 서동욱의 비판은 과녁을 잘못 잡았다. 여하튼 서동욱은 김수영 문학의 중요성은, 김수영이 그러한 전위 문학의 논리에 갇히지 않고 다른 영역으로도 나아가고 있다는 데 있다고 한다. 김수영의 시는, 그 자체가 태생적으로 정치적인 '소수 문학'(들뢰즈)에 접근하고 있다는 것이다. 「거대한 뿌리」에 등장하는 곰보, 애꾸, 애 못 낳는 여자, 무식쟁이와 같은 그 무수한 '반동', 「절망」에 나오는 천수천족수(千手千足手)의 "나날이 새로워지는 괴기한 인물"과 같은 소수집단을 김수영은 자신의 원자 속에서 발견하고 있다고 서동욱은 말한다.

이를 보면, 서동욱이 엮은 김수영 40주기 기념 시집의 제목이 왜 『거대한 뿌리여, 괴기한 청년들이여』로 정해졌는가를 알 수 있다. 이 제목이 함의하고 있는 바는, 젊은 시인들은 김수영 문학에서 가장 긍정적인 측면인 소수

문학으로서의 성격을 계승한 자들이라는 것이다. 하나 이는 젊은 시인들에게 나르시시즘의 만족감을 부여하는 것처럼 보여, 옆에서 보는 사람들은 좀 불편한 게 사실이다. 들뢰즈에게서 소수 문학의 정치성은 소수성 자체가 정치적이라는 의미를 갖는다. 그래서 정치적이지 않다면 소수성이라고 말할 수 없다. 역시 괴기성이 정치적이지 않다면 소수적일 수 없다. 괴기성이 하나의 유행이 된, 즉 하나의 다수적 척도가 될 때에는 그것은 소수적일 수 없다. 소수성은 다수적 척도가 측정할 수 없을 때, 창조적일 때 나타난다. 그것은 기괴한 언어의 남발에 의해 성취될 수 없다. 들뢰즈가 당시 유행하던 전위적인 작가들보다 휘트먼, 로렌스, 멜빌, 에밀리 디킨슨 등과 같은 다소 고전적인 작가들을 찬양했다는 것을 기억하자. 물론 카프카나 아르또와 같은 현대적이고 전위적인 작가 역시 찬양하고 있지만 말이다.

낯선 시를 창작하고 있는 젊은 시인들이 소수성을 성취하고 있는지의 여부는 자기 선언에 의해서는 알 수 없고, 그들의 시 작품에 대한 좀 더 구체적인 분석이 필요하다 할 것이다. 역시 같은 특집에 실린 김경주의 「오빠의 손장난이 너무해」와 같은 낯선 텍스트 역시 그 낯섦 자체만으로 평가할 수는 없겠다. 그런데 김경주는 '밤의 낭만주의'적인 시세계를 보여주고 있다고 생각했었는데, 이 텍스트에서는 이와는 크게 다른 세계를 보여주고 있어서 좀 놀랍다. 『김수영 40주기 기념 시집 - 거대한 뿌리여, 괴기한 청년들이여』에 실린 김경주의 시도 예전과는 매우 다른 발상과 시법을 보여주고 있다. 이를 보면 이 시인이 지금 '전위적인 것'을 달성하기 위한 실험에 들어가고 있는 것으로 보인다. 「오빠의 손장난이 너무해」는 '위트와 패러독스'를 깔아놓고 있어서 안이하게 접근하면 낭패를 볼 수 있는 텍스트라, 말을 아끼고 싶다. 자칫 잘못 건드리면 덫에 걸릴 수 있는 것이다.

하지만 김경주가 김수영 문학의 핵심적인 개념들인 혁명, 혼란, 자유를 마약과 관련된 하위문화에서 발견하고자 하는 실험적 사고를 시도하고 있는 것은, 어떤 아이러니가 여기에 개입되고 있지만, 분명한 것 같다. 황병승 류의 불량함에서 김수영의 불온성을 보고 있는 것일까. 하지만 김수영의 혼란은 4·19에서 경험한 혼란 같은 정치적인 실체를 갖고 있는 것이다. 하위문화의 혼란도 '허용되어야 할' 혼란이긴 하지만, 그 혼란에서 정치적인 성격이 탈각된다면 소극적인 반동에 불과하고 결국 무력하게 기성 체제에 기생하게 될 뿐이다. 김수영이 말한 '혼란'의 의미를 가장 잘 드러내 보여주는 것은 촛불집회가 보여준 '작란'일 것이다. 촛불집회의 작란에는 그야말로 하위문화를 포함한 여러 문화가 '짬뽕'처럼 뒤섞여 용광로처럼 들끓었다. 촛불집회는, 어떤 문화의 정체성보다는 여러 문화들의 자발적인 섞임에서 정치적인 것이 더욱 위력적으로 발산된다는 것을 보여주었다.

이에 따라 생각해보면, 혼란의 정치성은 마약 문화와 같은 금지된 문화로부터 생성된다기보다는 삶 권력에 저항하는 삶 정치적 다중이 권력 장치로부터 탈주하면서 교차되고 섞이고 더 나아가 흐름을 만들어나갈 때 생성된다는 것을 알 수 있다. 섞이고 흐르는 것, 이것을 사랑이라고 말할 수 있을 것이다. 김수영 문학에서 혁명, 혼란, 자유, 불온과 더불어 사랑이 또 하나의 핵심어인 것은 우연이 아니다. 혼란은 사랑이 전제되지 않으면 자유와 양립할 수 없으며, 불온과 혁명의 정치적 힘을 가져올 수 없다. 그래서 김수영 문학의 '사랑'이 갖고 있는 정치성을 드러낸 신형철의 글은 『세계의 문학』특집 중 반가운 것이었다. 그의 논의는 김수영의 '사랑'에 대해 필자가 생각하고 있던 것과 크게 다르지 않다.「사랑의 변주곡」에서의 핵심은, "사랑이 혁명과 전통의 층위에서 욕망의 층위로, 그러니까 일상의 층위로 내려오고 있다는 데에 있을 것"이라는 지적이나, 모든 사물과 현상을 씨로 본다는 김수영의 말은 "사물을 그 내부로부터 본다는 것"이며 "사물을 현재성이 아니라 잠재성의 층위에서 살핀다는 것"을 의미한다는 해석, "김수영이라는 '주체'는 4·19라는 '사건'을 통해 태어났다는 것, 4·19때 사랑이라는 '진리'를 배운 이래로 그는 그 사랑을 포기해 본 적이 없다는 것 말이다"라는 판단은 필자도 동의하고 있다.

하지만 삐딱하게 생각한다면, 이러한 필자의 즉각적인 동의가 신형철의 글에 김수영 시에 대한 새로운 해석이나 시선이 그다지 보이지 않는다는 것을 의미한다고도 할 수 있지 않을까. 신형철이 젊은 시인들의 시에 대한 발랄하고 날카로운 해석으로 각광 받는 평론가라는 점을 생각하면, 이 글은 그의 다른 글과 비교하면 좀 둔한 글이라고 생각되기도 한다. 하나 이 글에서 이 평론가 특유의 날카로움이 드러나지 않는 것은 아니다. 특히 김수영에게서 "시는 4·19를 기념하지 않고 4·19로 성취한 '감각들'을 노래해야 한다. 금이 간 너의 얼굴이 아니라 너에게서 배운 사랑을 노래해야 하고 너를 사랑하는 것이 아니라 사랑을 사랑해야 한다"는 지적은 곰곰이 생각해볼 말이다. 또한 이 글에서 이 젊은 평론가가 시의 정치성에 대해 신중하게 생각하고 있는 것을 보면, 미덥기도 하다. 그가 김수영 문학에서 충성과 성실과 헌신의 윤리를 찾아 글 말미에 강조하고 있는 대목이 그렇다. 신형철이 김수영에게서 장난이 아니라 윤리를 들추어낸 것은, 그가 김수영 문학의 핵심이 정치와 시의 긴장 속에서 생성되었다는 것을 파악했기 때문이다. 그는 앞에서 논한 일부 젊은 시인들의 나르시시즘에서 벗어나 있는 것이다.

4

신형철은 김수영의 헌신의 윤리가 김수영 문학의 현재성이라고 생각하고 있는 것 같다. 이에 대해서도 토론할 필요가 있지만, 일단 정치성과 연관시켜 김수영 문학을 현재적으로 가동시키려는 그의 시도에 대해 찬동한다는 의견만을 표명하기로 한다. 한편, 신형철이 편집위원으로 있는 『문학동네』도 김수영 특집을 꾸렸다. 우선 흥미를 끄는 것은 김수영 시인의 부인 김현경 여사와의 인터뷰다. 그녀의 세세한 증언은 김수영 시인이 어떻게 살았는지 실감나게 상상해볼 수 있게 한다. 하지만 그녀의 증언이 김수영 문학 세계까지 밝히고 있다고 생각되지는 않는다. 1940년대 후반, 김시인이 조선문학가동맹 사람들과 "서로 별로 안 맞았"다는 증언을 사실 그대로 인정한다고 하더라도, 이로부터 대담자가 "'조선문학가동맹'의 이념보다는 문학의 전위성을 추구하셨던 거군요"라고 판단하고 있는 것은 성급하다. 문학의 전위성이 좌파적 이념과 밀접한 관련을 맺으며 전개된다고 할 때, 김수영이 추구한 시의 전위성도 '조선문학가동맹'의 이념과 모종의 관계를 맺고 있다고 짐작할 수 있으며, 더구나 이 관계는 김수영의 몇몇 시와 산문에 암시되어 있기에 그렇다. 여하튼 이 대담은 김수영에 애정을 갖고 있는 이라면 재밌게 일독할 수 있을 것이다.

『문학동네』특집에서 젊은 시인인 진은영과 장석원의 김수영에 대한 짤막한 글도 흥미롭게 읽힌다. 이들은 자신들의 시세계를 나르시시즘적으로 정당화하기 위해 김수영을 기표화하여 사용하지 않는다. 진은영은 "김수영의 문학사적 영향력에도 불구하고 나는 그의 문학에 깊은 관심을 갖지도 그의 시를 특별히 좋아하지도 않았다"고 솔직하게 말한다. 이런 솔직함이 좋게 보였다. 진은영과는 달리 김수영에 대한 열렬한 사랑을 고백하는 장석원의 글 역시 진솔함이 느껴진다. 그는 김수영에 대한 사랑의 실체가 김수영을 아버지와 같이 여기기 때문인 것 같다고 말한다. 그리고 이영준의 「사랑의 언어, 거대한 침묵」이라는 짤막한 논문 역시 주목할 만했다. 그는 교차대구법의 독특한 사용을 통해 김수영이 어떻게 "'의미'의 소음이 사라지고 침묵의 음악이 새로운 의미를 만들어"내는가 꽤 치밀하게 분석하고 있다. 필자는 침묵과 의미의 긴장, 시와 산문의 긴장이 김수영 시에 에너지를 충전시키고 있다고 생각하고 있었는데, 다소 두리뭉실하고 추상적으로 이를 판단하고 있었다. 하지만 이영준의 글은 그러한 생각에 구체적인 증거를 제시하는 것처럼 보였다. 이영준이 치밀하게 보여준 분석과 명료화야말로 김수영론을 한 단계 업그레이드 시켜줄 수 있을 것이다.

한편, 김수영 문학의 현재성을 윤리에서 찾았던 신형철처럼, 이문재의 「얼굴, 얼굴, 얼굴들」도 "타자를 환대하고 배려할 때 주체가 온전해진다는 화해와 상생"의 철학인 레비나스의 '타자론'에 비추어 김수영 시의 윤리성을 조명하여 그 현재성을 도출하고 있다. 그 타자론에 따르면 "얼굴의 발견은 곧 관계의 발견이고 윤리의 발견"인데, 이문재는 김수영의 시에 등장하는 '얼굴'을 중심으로 해석하여 그의 시에 내재되어 있는 '타자 지향성'의 윤리를 찾아낸다. 그리고 더 나아가 김수영 시의 이 '타자 지향성'이 현재 절실하게 요청되는 생태학적 비전을 선취하고 있다고 이문재는 평가하고, 이 '타자 지향성'의 윤리에 따라 "「풀」은 얼굴의 시학"이라고 새로이 규정하면서 그 시에는 "풀과 바람이 더불어 살아가는 세계"가 선취되어 있다고 주장한다.

이문재의 글은 평자의 입장에 따라 김수영이 어떻게 이해될 수 있는가에 대한 또 하나의 예라고 할 수 있다. 그의 글은 그가 받아들이고 있는 레비나스의 철학과 생태주의의 입장에 따라 김수영 시를 읽고는, 그 입장에 따른 윤리가 선취되어 있음을 다시 김수영 시에서 발견하고 있다. 필자는 이러한 독해에 대해 부정적으로 생각하지 않는다. 모든 독해가 독자의 입장에 따라 이루어지기 때문이다. 하지만 자신의 입장을 텍스트에 덧씌우는 독해는 동일성을 반복하는 것이기 때문에 좋은 독서는 아니라고 생각한다. 자신의 입장과 텍스트와의 긴장 속에서 무엇인가 생성되는 독해가 좋은 독서일 것이다. 이문재의 그 글이 어떤 독해를 보여주고 있는가는 독자가 판단할 것이지만, 적어도 김수영의 텍스트에서 예전에 별로 조명되지 않은 부분을 그의 글이 보여주고 있다고 할 때, 그의 독해가 텍스트와의 긴장을 잃고 있지는 않았다고 판단된다.

그런데 필자가 이에 덧붙여 말하고 싶은 것은 그 평자-독자의 입장에 따라 조명되는 김수영의 텍스트가 다르다는 것이고, 그래서 그의 어떤 텍스트는 드러나지 않게 된다는 것이다. 물론 김수영의 모든 텍스트들을 조명할 수는 없다. 평론가의 입장에 따라 조명은 이루어질 수밖에 없다. 그래서 평론 텍스트에 나타나는 평론가의 입장이 논쟁의 대상이 될 수 있는 것이다. 결국 논쟁은 김수영 문학을 얼마나 잘 이해했느냐보다는 당신은 김수영 텍스트에서 무엇을 드러내고 무엇을 감추었으며, 그것의 의미는 무엇인가에 대한 것이 될 것이다. 이문재가 김수영 텍스트에서 끌어올린 '타자 지향성'을 조명했을 때에도 김수영의 텍스트 중에서 무엇인가가 드러나지 않게 된다. 무엇이 드러나지 않았는가? 혁명과 자유, 구체적으로는 정치적인 문제가 아닐까? 이는 또한 레비나스 철학이 가진 성격과 연관되는 것이기도 하다. 레비나스의 '타자의 윤리학'은 삶에서 가장 기본적으로 가져야 할 윤리일 수 있겠다. 하지만 그 윤리가 정치적인 것과 연결 고리를 마련하지 못한다면 자칫 종교적인 세계로 빠질 수 있는 것이다. 레비나스 자신이 그러했던 것처럼 말이다. 그렇다면, 레비나스의 '타자의 윤리학'에 따르는 김수영 시의 독해는, 김수영 문학에 내재되어 있는 현실에 대한 정치적이고 전투적인 윤리성을 가리게 될 위험성도 있는 것이다.

5

이로써 이 글의 목적인 계간 문예지의 김수영 특집에 대한 리뷰는 마쳤다. 하지만 김수영의 현재화를 둘러싼 논의에 대한 고찰이라는 이 글의 주제와 관련하여, 김수영 40주기 추모 학술제 〈김수영, 그후 40년〉에 대해서도 논하고 싶다. 하지만 이미 많은 지면을 사용했기 때문에, 상세한 리뷰는 불가능하다. 우선, 비록 학술을 목적으로 하는 행사라고 하더라도, 학술단체가 아닌, 김수영 문학의 계승자로 자처했던 잡지사인 '창비'가 후원하는 행사였던 만큼, 김수영 문학의 현재성에 더욱 초점을 맞추어 행사가 진행되었어야 했다는 아쉬움을 표명하고 싶다. 김수영 문학의 연구 현황, 김수영과 그의 시대, 김수영과 외국문학, 이렇게 3부로 진행된 이 행사에서 학술적인 내용을 넘어 김수영 문학의 현재성을 적극적으로 이끌어낸 글은 2부의 정남영과 류중하의 글 이외엔 보기 힘들었다. 이는 발표자의 문제라기보다는 행사 주제의 문제였다고 생각된다. 물론 김수영 연구를 점검하는 것도 중요하지만, 평론적인 성격의 자유로운 글도 발표의 반 정도는 차지했어야 40주기에 알맞은 행사가 아니었을까. 김수영을 학술적으로만 조명한다는 것은 그의 문학이 가진 현재성을 외면하는 효과를 낼 수도 있는 일이다.

학술제에 발표된 글들에 대해 이 자리에서 논평할 수는 없겠다. 하지만 정남영의 「김수영의 시에 나타난 탈근대적 정치사상」은 김수영의 현재성을 적극적으로 주장하는 글이라 이 글의 주제에 비추어 단연 돋보이기에 끝으로 소개해보고 싶다. 이문재가 레비나스를 통해 김수영 시를 독해한 것처럼, 정남영은 들뢰즈와 네그리를 통해 김수영 문학을 독해한다. 그러나 이문재의 독해가 철학에 국한하여 행해지고 있다는 느낌이 드는데 비해, 정남영의 독해는 김수영 시의 사회 정치적 함의를 최대치로 도출하고 있다. 정남영은 김수영 시에서의 '혁명'적 측면-김수영이 직접 발설한 '혁명'에 국한되지 않는, 시 전반에 나타나는 측면-에 주목한다. 혁명은 사건의 발생인데 김수영 시에는 이 사건-혁명의 시간, 즉 사이 시간에 대한 인식이 표명되어 있다고 하고, 또한 김수영은 주체를 생성으로서 제시함으로써 변혁의 주체에 대한 탐색 역시 보여주고 있다는 것이다. 김수영 문학은 사랑의 테크놀로지를 제시하여 공통적인 삶을 구성하는 혁명의 방식에 대해서도 형상화하고 있다는 데에까지 이르고 있으며, 더 나아가 김수영의 시는 표현의 장이어서 새롭고 특이한 의미를 생성시키고 있다고 한다. 그래서 그의 시는 그 자체로 정치적이라고 정남영은 말한다.

후진적인 근대에 살았던 김수영에게서 탈근대적 정치사상을 도출하는 이러한 적극적인 독해에 필자는 찬동하는 편이다. 김수영 문학에서 현재성을 도출하기 위해서는 평론이 가질 수 있는 과감성을 발휘할 필요가 있다. 김수영 문학에 내재되어 있는 정치성을 과감하게 최대한 이끌어내는 일은, 김수영 문학의 현재화를 위해 필요한 작업이다. 현재화라는 것은 결국 정치적인 의도에서 행해지는 것이다. 그것을 감출 필요는 없다. 게다가 김수영 자신이 당대 정치와의 긴장 속에서 시를 써나갔다는 점에서, 김수영 문학의 이해를 위해서라도 그의 시가 가지고 있는 정치성을 적극적으로 도출하는 작업은 필요불가결하다 할 것이다. 하지만 이 정치성을 배제하고 김수영의 현재화가 이루어진다면, 김수영 문학의 탈정치화라는, 또 다른 정치적 현재화가 이루어지는 것일지도 모른다. 김수영 문학이 현재 한국의 자본과 국가 권력체제에 대하여 정치적으로 어떠한 저항적인 성격을 갖고 있는지 말할 수 있을 때, 김수영 자신의 의도에 맞게 김수영 문학의 현재화를 행한 것이라고 할 수 있을 것이다.

정남영과 토론하고 싶은 점이 있다면, 그의 '탈근대' 개념은, 탈근대성에 대한 가치 평가를 애매하게 만들 수 있지 않을까 하는 점이다. 김수영이 탈근대적 정치사상을 선취하고 있다고 할 때, 그 탈근대성은 시대를 앞선 것으로 평가 받는다. 하지만 또한 탈근대의 특징을, 정남영이 정리한 것처럼 자본의 포섭 능력이 확대되고, 삶 자체를 자본주의적 주체성으로 변모시키며, 비물질적 생산이 주도적으로 되어가는 것이라고 한다면, 이 특징들은, 마지막 특징만 제외한다면, 다중의 투쟁을 통하여 벗어나야 할 부정적인 것들이다. 김수영이 선취한 탈근대성과 다중이 벗어나야 할 탈근대의 특징들(탈근대성)이 뚜렷이 구분되지 않는다면, '탈근대성'에 대한 가치 평가에 있어서 어떤 혼동이 오지 않을까 싶다. 또한 그 탈근대의 특징들은, 이전 시기의 자본주의와는 그 모습이 매우 다른 것이긴 하지만 또한 자본주의적 착취 체제의 변모와 발전에 의해 나타난 것이기도 하다. 그래서 '탈근대'라는 말은 현재 자본주의와 이전 자본주의의 연속성을 가린다는 느낌이 든다.

　이를 해결하기 위해 탈근대성을 자본의 탈근대성과 저항하는 다중의 탈근대성으로 나누어 개념을 설정할 수도 있겠지만, 정남영이 그 특징들을 정리한 '포스트모던'을 자본의 연속성의 측면을 드러내는 '후기 근대'라는 용어로 번역하고, 자본을 넘어서는 지평을 가리키기 위해 '탈근대'라는 개념을 사용하는 것은 어떠할까 생각해 본다. 이에 따른다면, 김수영은 후진적 근대에도 내재되어 있을 '후기 근대성'(포스트모더니티)을 발견하고 또한 이에 저항하면서, 그것을 넘어서는 탈근대성을 선취하고 있다고 말할 수 있을 것이다. 그런데 이러한 '탈근대성' 개념은 김수영이 사용한 '모더니티'(시의 모더니티)라는 개념과 부딪치게 되는데, 필자는 김수영이 생각한 시의 모더니티가 현실적으로 정치화 되었을 때 이를 자본주의를 넘어서는 탈근대성이라고 개념화하여 이 충돌을 해결해보고 싶다. 4·19에서 시 자체를 본 김수영은 시의 모더니티가 정치화되어 현실화되기를 바라고 있었고, 또 그 희망이 시작(詩作)에 결합되어 문제작들이 산출될 수 있었다고 볼 때, 김수영의 시문학에 탈근대성이란 개념을 부착하는 작업은 그가 추구한 '시의 모더니티'와 모순되지 않을 것이다.

(2008)

시적인 것과
전위성에 대한 논의들

　올 가을 다수의 문예지가 '촛불 집회'(이하 '촛불'로 약칭)에 대한 특집을 마련하고 있다. 『창작과비평』, 『문학과사회』, 『문학동네』, 『실천문학』 등 계간지들이 '촛불'의 성격에 대한 글 및 대담, 체험기 등을 싣고 있는 것이다. 그만큼 '촛불'은 문학계를 뒤흔든 주요 이슈라고 하겠다. 시사 잡지가 아닌 문학잡지가 '촛불'을 조명한 것은 촛불이 새로운 문화를 창출하였으며 그 문화는 문학에도 깊은 영향을 줄 수 있으리라는 편집인들의 판단 때문일 것이다. 조직적인 참여는 대규모로 이루어지지 않았지만, 많은 문인들, 특히 시인들이 홀로라도 '촛불'에 열정적으로 참여한 것으로 알고 있다. 함민복 시인이 시위 중 다른 이를 돌보다가 전경의 방패에 맞아 크게 부상했다는 안타까운 소식도 들은 바 있다. 그만큼 시인들은 촛불 시위대의 앞에 서 있으려고 했던 것이다. 시인들의 열정적인 참여만큼은 아니더라도, 나 역시 가끔씩 촛불을 들고 거리로 나갔는데, '촛불'의 거리에서 발견한 것은 시 자체였다.

　상황주의자인 라울 바네겜은 "시는 창조적 자발성의 조직"이라고 말한 적이 있는데, 바로 '촛불'이 창조적인 자발성을 갖고 유연하게 조직화되어 가는, 즉 시를 창출하는 다중을 보여주었던 것이다. 이렇듯 '촛불'이 시 자체의 성격을 갖고 있기에, 시인들이 그렇게 열정적으로 '촛불'에 참여했던 것이리라. 또한 이 때문에 문예지들은 앞 다투어 '촛불'을 조명했을 것이다. 그런데 바네겜이 말한 '시'란, '시' 하면 생각하게 되는 텍스트로서의 시(poem)뿐만 아니라 특정한 활동에도 지칭될 수 있는 것이다. 그러니까 그가 말한 시는 포에지, 즉 '시적인 것'을 뜻한다. 이 시적인 것은 시에서 뿐만 아니라, 황지우의 말마따나 어디에나 있을 수 있다. 한편으로 텍스트로서의 시편이 시가 되기 위해서는 시적인 것을 함유하고 있어야 한다. 시라고 생각하고 쓴 시편이라고 할지라도 시적인 것을 함유하고 있지 않다면 시가 아니라고 할 수 있는 것이다.

그렇다면 시적인 것이란 무엇인가? 아마도 시에 대한 핵심적인 이론적 문제를 묻고 있는 이 질문에 답하기는 매우 어렵다. 한국 근대시를 전공하고 있는 나로서도 이 기본적인 질문에 답을 선명하게 마련하지 못하고 있다. 그래서 『현대시』 9월호가 마련한, '시다운 것이 번개치는 장소들'이라는 특집은 무척이나 반가운 것이었다. 그것은 이 잡지의 편집위원인 정과리가 기획한 특집으로, 그는 지금 이 글에서 쓰고 있는 '시적인 것'이란 개념을 '시다운 것'이라는 말로 사용하고 있었다. 여하튼 그는, '시다운 것'에 대하여 "선험적인, 고정된, 불변의 시다운 특성들은 없다. 빛나는 정지를 향해 꿈틀거리는 시의 운동은 격렬한 시간적 흐름을 이루면서 그 흐름이 통째로 시간의 질서를 불현듯 초월하는 순간들로 작열한다. 그 순간들은 말 그대로 벼락이 치는 순간들이다. 근본적인 존재 전환이 일어나는 순간이란 뜻이다."(103쪽)라고 쓰고 있다.

불현듯 번개치는 순간 속에서 시적인 것은 나타난다는 정과리의 설명은 시적이라고 할 수 있겠다. 이 설명은 보충 설명이 부가되어야 좀 더 명료해질 것이다. 물론 이를 위해 특집을 마련하고 다른 세 명의 필자를 초빙한 것일 테지만. 그런데 나 역시 포에지에 대해 정과리와 비슷한 말을 한 적이 있다. 나는 "진정한 시에서는 공허한 시간의 지속을 깨면서 어떤 순간적인 폭발이 일어난다. 이때 시는 폭죽처럼, 섬광으로 어둠을 밝혔다가 스러지면서 대기 속으로 스며드는 불꽃의 형상을 드러내준다. 이 형상이 바로 트임 현상이다. 불꽃같은 시 작품이 보여주는 형상을 체험하면서 우리 역시 폭발하고 대기에 스며드는 그 트임으로 이끌려 들어갈 것이다."(졸저, 『불꽃과 트임』, 6쪽)라고 쓴 바 있다. 나는 시적인 것을 폭죽과 같은 불꽃으로 본 것인데, 이 관점에는 시적인 것에 '트임'이라는 수용자의 정동도 고려하고 있었다.

하지만 지금으로선 나의 그 규정이 좀 못마땅하기도 하다. 정과리처럼 나도 시적인 것을 순간에, 다시 말해 순간적인 폭발성에 초점을 두고 생각하고 있었는데, 과연 시적인 것을 그렇게만 볼 수 있을까, 라는 생각이 들기 때문이다. 여전히 시의 시간성이 일상을 구성하는 크로노스적 시간과는 다른 시간을 가져온다고 생각하지만, 그것이 꼭 순간이어야 할까, 어떤 강렬한 생성이 지속되는 시간으로 볼 수 있지 않을까, 라는 방향으로 생각이 가는 것이다. 하지만 그 방향의 생각을 아직 정리해놓지는 못하고 있다. 그래서 그 특집에 실린 세 편의 글을 기대를 갖고 읽어 보았다.

문혜원의 글 「'천재'로서의 시인과 '전문가'로서의 시인」은, 정과리가 "순수한 가정이지만 우리는 서정시의 이름으로 시다운 것이 요동치는 장소가 미당의 시와 영랑의 시 사이에 있을 수 있다고 추정해 볼 수 있다"(104쪽)는 가정에 호응하기 위해 쓰인 글이다. 하지만 그 글은 박용철과 서정주의 시론을 비교 정리하는 정도에 논의가 그치고 있어서 정과리의 추정을 뒷받침해주지는 못하고 있다. 일단 논자가 미당이나 영랑 시에서 시적인 것이 어떻게 드러나고 있는지에 대해 조명하고 있지 않다. 다만, 서정주가 시와 비시를 구별하는 기준으로 언어의 구상성을 들고 있다는 점을 찾아내어 시적인 것에 대한 서정주의 견해를 볼 수는 있었다. 하지만 이는 시적인 것에 대한 상식적인 견해에 불과하다. 차라리 서정주 시의 마력은 어디서 연유하는가를 찾아내는 글이었다면 "시다운 것이 번개치는" 어떤 한 장소에 독자를 데려다줄 수 있었을 것이다.

한편으로 정과리가 제시한 "시다움이 현존하는 곳일 가능성이 다분"한 "여성적인 것이 물결치는 장소"에 대한 분석은 신예 평론가 권온이 맡았다. '시다움'이나 '여성적인 것' 둘 다 무척이나 어려운 개념이기에 그의 작업은 매우 힘들게 이루어졌을 테다. 그는 최근 김혜순의 시집을 대상으로 "'시적인 것'으로서의 '여성적인 것'의 일단"을 밝히고자 했는데, 결국 '나무', '자연', '구멍'에서 그것을 찾아내고 있어서 다소 상식적인 결론에 머무르고 있다는 생각이 든다. 조강석의 글 「비화해적 가상의 두 양태」는 "'모던'한 시들의 움직임" 속에서 드러나는 시적인 것을 조명한다는 기획에 맞추어 제출된 글이다. 하지만 이 글 역시 김수영과 김춘수의 시론을 비교하는 데 초점을 둔 논의여서 모던한 시에서 드러나는 시적인 것을 해명하진 않고 있다.

그런데 그의 글은 좀 더 살펴볼만한 내용을 갖고 있다. 현대예술에서 '비화해적 가상'을 찾아낸 아도르노의 이론을 바탕으로, 그는 김춘수와 김수영의 '이중구속'을 찾아내면서 두 시인의 시학을 "하나의 실체로부터 비롯된 두 개의 양태"로 읽는 의욕적인 시도를 보여주고 있다. 하지만, 우선 모든 한국 시가 하나의 실체로부터 비롯된 양태들 아닐까, 라는 기본적인 의문이 떠오른다. 그리고 유사성을 찾아보기 위한 비교라면 김수영과 김춘수보다는 김수영과 신동엽을 비교하는 것이, 두 시인의 시 형식상의 차이점이 크기는 하지만 두 시인 각자가 상대방의 시를 존중하고 칭찬했다는 점을 보면 더 적절한 것이 아닐까, 하는 생각이 들기도 한다. 한편으로, 조강석의 시도는 김춘수와 김수영의 시학이 상호배제적이지 않다는 문제의식에서 출발하는 것이지만, 두 시인의 시학이 날카롭게 갈라지는 부분을 조명한다는 것이 그가 염려하듯이 존재미학과 형식미학의 대립 구도라는 '경화된 이분법'만을 생산한다고 볼 수는 없다. 좀 더 치열하게 현재적인 (actual) 시론을 정립하기 위해서는 둘의 공통점보다는 차이점을 주목하는 것이 더 긍정적일 수 있다.

이런 기본적인 문제의식에 차이가 있긴 하지만, 김수영에게서 자유는 "언제나 미답의 영역에 속하는 알레고리 그 자체"라는 조강석의 분석은 치밀해보였고 동의할 만한 것이었다. 그에 따르면 김수영이 "새로운 세계를 세우고 다시 그것을 전복시키는 방식"을 제시하는 것은 바로 미답의 영역으로서의 자유와 관련되는 것이다. 이에 고개를 끄덕이면서 다시 김수영이 말한 시의 전복성, 불온성, 그리고 전위성에 대해 생각하게 된다. 마침 『시작』 2008년 가을호가 '한국시의 전위'라는 특집을 마련하고 있어서, 그리고 그 중 장석원의 글 「문제는 형식이다」가 김수영의 전위성에 대하여 집중적으로 논의하고 있어서 흥미를 갖고 들여다보게 되었다. 그의 글은 "김수영의 수사학을 구성하는 전위적 요소를 통해 수사적 전위에 의해 획득되는 시의 전위적 양상을 검토"(54쪽)하려는 의도를 갖고 있었다. 왜 김수영 시의 수사학을 검토하는가? 장석원에 의하면, "새로운 형식 없이 새로운 내용은 전달되지 않"기 때문이다. 그렇기에 시어의 구체적인 배치를 살펴보는 수사학적 고찰이야말로 특정 시가 전위적인가 아닌가를 판단할 수 있게 한다는 것이다.

수사학을 통해 시를 정교하게 분석하는 작업에는 그 누구도 반대하지 않을 것이다. "연속과 불연속의 불규칙적 반복이 새로운 리듬이 된다는 것을 김수영은 보여준다"(68쪽)는 장석원의 분석은 수사학적 고찰이 가져온 하나의 좋은 성과라고도 생각한다. 또한 새로운 내용은 새로운 형식을 필요로 한다는 다소 상식적인 말에도 그 누구 반대하는 사람은 없을 것 같다. 하지만 그 '새로움'이 과연 전위성을 보증하는가, 라는 기본적인 질문을 하지 않을 수 없다. 사실 근대시의 역사는 대부분 새로움의 역사 아니겠는가. 김소월도 민요를 '새롭게' 근대시로 끌어올리지 않았는가. 특정 작품이 어떤 새로운 영역을 개척했을 때 그 작품은 문학사적 가치를 부여받는다. 그렇다면 문학사적 가치를 부여받은 모든 시가 전위적이라고 말할 수 있지 않겠는가.

하지만 이때에는, 전위성에 따라 붙는 '불온성'이라는 윤리는 모두 증발되고, 더 나아가 전위성이라는 개념은 새로움과 같은 의미이기 때문에 별 필요가 없어져 버린다. 요즘 일부 시단에서 강조되는 '새로움'이라는 가치는 그다지 새롭지 않다. 게다가 일찍이 김현은 한국 문학의 '새것 콤플렉스'에 대해 비판하지 않았던가. 그러나 전위, 즉 아방가르드는 시간적 개념이 아니다. 공간적 개념이다. 전선의 맨 앞에 있다는 것, 다시 말해 극단의 위치에 있다는 것이 아방가르드의 개념 내용이다. 예술에서의 전투는 예술 제도와, 더 나아가 지배 이데올로기, 국가, 자본주의 체제와 치러진다. 바로 그 전선 맨 앞에서, 전위 예술은 삶과 예술의 경계를 파괴하고 삶을 주눅 들게 만드는 여러 제도를 불온하게 공격한다. 그러므로 전위성은 '새로움'을 지시하는 개념이 아니다.

전위 예술이 가져오는 시간성은, 그것의 극단적인 성격으로 말미암아 가져오는 사건으로서의 시간이다. 그 시간을 절대적 새로움이라고 말할 수도 있겠다. 보통 우리가 '새롭다'라고 말할 때, 그것은 비교를 동반한다. 즉 이전 것보다 비교해서 상대적으로 '새롭다'라는 의미로 그 말을 사용하는 것이다. 그때의 '새로움'은 직선적인 크로노스의 시간성을 전제한다. 하지만 전위가 창출하는 절대적 새로움은 비교할 수 없는 하나의 전무후무한 사건인 것이다. 그것은 크로노스의 시간을 가로질러 절개하는 카이로스의 시간성이다. 그 절대적 새로움은 새로움을 의식하지 않는다. 의도적으로 과거와 비교하여 새롭고자 하는 의식은 크로노스적 시간성 위에서 욕망하고 사유할 때 이루어지기 때문이다. 극단에 위치한 전위의 전투성은 그러한 시간성을 파괴하면서 삶을 뒤흔드는 어떤 사건을 생성시킨다. "아름다움, 그것은 발작적인 것이다"라고 초현실주의자인 앙드레 브르통이 『나자』에서 말할 때 의미한 것은 삶을 뒤흔드는 사건의 돌발이야말로 아름다움이라는 의미가 아니었겠는가. 이러한 전위성 개념을 통하여 김수영 시의 전위성이 설명되어야 한다고 생각한다.

같은 특집에 실린 반경환의 「전위주의:삶과 죽음을 넘어선 선구자들」은 전위성의 극단성, 부정성에 대해 조명을 가하고 있어서 장석원의 글과 비교된다. 그는 "사상이 없는 기법은 맹목적이고, 기법-새로운 기법-이 없는 사상은 공허하다"(24쪽)고 말하고 있는데, 이는 "새로운 내용이 새 형식을 요구한다. 새 형식이 새 내용을 요청한다."(54쪽)는 장석원의 말과 비교된다. 두 논자 모두 같은 말을 하는 것 같지만, 반경환의 말은 새로움이 자칫 빠질 수 있는 문제에 대한 지적도 내포하고 있다. 그의 말에 따른다면 새로운 기법, 새로운 형식이 없는 사상은 공허하지만, 한편으로 별 내용이 없는 기법의 새로움만을 추구하는 것 역시 맹목적인 것에 불과하다는 의미를 유추할 수 있기 때문이다.

새로운 기법이라고 모두 새로운 내용을 가질 수 있는 것은 아니고 맹목적인 새로움 역시 가능하기에, 반경환은 주로 전위주의자가 지니는 삶의 태도, 사상에 더 주목한다. 그에 따르면, "전위주의자란 삶과 죽음을 넘어서서, 그 어느 누구도 걸어가지 않은 길을 걸어가는 사람이며, 그 결과, 자기 자신만의 사상과 이론을 정립한 사람"(36쪽)이다. 전위주의자는 "자기 자신만의 사상과 이론"을 갖추고 있어야 한다. 그래서 그는 한국의 전위주의적인 시인으로 이상, 이성복, 황지우, 박남철 등을 들고 있으면서도, 그들이 "진정한 의미에서의 전위주의자라고는 생각하지 않는다"고 말한다. 그들이 "상징주의와 초현실주의에 값하는 새로운 사상을 창출해내지 못했"(34쪽)기 때문이다. 그래서 "전위주의란 가치중립적인 용어이며, 마치, 비판이 모든 학문의 예비학인 것처럼, 모든 학문과 예술의 최고급의 천재들이 걸어가지 않으면 안 되는 길인 것이다"(35쪽)라는 정의가 도출된다. 즉 전위주의자란 "모든 가치의 창조자"인 천재다.

반경환의 논조는 무척 단호해서 매력적이기까지 한다. 특히 결국 한국엔 전위주의자가 없다는 그의 말은, '전위'를 광고 문구인양 내세우는 시단과 평단에 대한 비판으로도 들린다. 과연 한국에 아방가르드가 있었는가, 하면 나 역시 고개가 끄덕여지지 않는다. 하지만 반경환이 말하듯이 새로운 사상을 창출하지 못했기 때문에 그런 것은 아니다. 예술에서의 아방가르드는 역사적 개념이다. 우리의 '프로 문학'이나 '노동 문학'이 역사적으로 생성된 개념인 것처럼 말이다. 아방가르드는 어떤 추구해야 할 가치를 가리키는 개념이라기보다는, 일단 역사적으로 실체가 있는 '예술운동'에 붙인 개념이다. 다다, 초현실주의, 러시아의 미래주의, 구축주의, 프랑스의 상황주의가 바로 그러한 '예술운동'들이다. 다시 말해 아방가르드는 예술'운동'을 지칭한다. 그 운동은 미적, 도덕적, 정치적인 억압과 구속에 저항하고 혁명을 꿈꾸면서 다른 세계를 만들어가고자 했다.

한국에 그러한 예술운동이 있다면 카프와 80년대의 각종 저항적인 예술운동이 있다. 사실 한국 시단에 전위적이라는 말을 붙이려면 그러한 운동에 붙여야 할 것이다. 하지만 그 운동들은 리얼리즘이라는 형상화 방식에 구속되어 있었기 때문에 한편으로 아방가르드라고 부르기 힘들다. 삶과 예술의 결합을 추구했던 아방가르드 운동은 그러한 재현방식을 경멸했다. 그들은 기존의 재현적인 예술을 파괴하고 삶의 직접적인 표현인 '예술 아닌 예술'을 통해 삶을 혁명적으로 재건하고자 했던 것이다. 이런 의미에서 한국에 아방가르드가 정말 존재하는가에 대해 회의적인 생각이 들긴 하는 것이다. 하지만 아방가르드를 형용사로 쓴다면, 즉 그것을 '전위적인'이라고 번역하여 쓴다면, 한국에 전위적인 시인이 없었다고는 말할 수 없다. 임화, 이상, 오장환, 김수영 등이 모두 전위적인 사상과 기법을 보여주었다고 할 수 있을 것이다. 물론 그것이 반경환이 말하는 '새로운 사상'이라고 말할 수는 없을지라도, 꼭 초현실주의 선언을 쓴 앙드레 브르통만이 전위주의자라고 말할 수는 없고 다른 초현실주의 멤버도 전위주의자라고 말할 수 있듯이, 그 한국 시인들 역시 전위주의를 보여주었다고 평가할 수 있다. 물론 이는 분석을 통해 증명해야 할 일이지만 말이다.

한편으로, 반경환이 말하는 전위주의는, 전위주의의 급진적 정치성에 대해서 괄호 치고 있는 듯한 느낌이 든다. 다다, 초현실주의, 러시아 아방가르드, 상황주의 모두 공산주의를 받아들였다. 아방가르드와, 정치 혁명 및 사회 해방을 추구하는 사상은 친연성이 있을 수밖에 없는 것이다. 물론 반경환이 말하듯이, 초현실주의와 공산주의가 서로 대립갈등을 일으켰다는 것은 분명한 사실이다. 하지만 그때의 '공산주의'는 러시아 공산당의 교조적 공산주의다. 즉, 브르통을 포함한 초현실주의자들은 사상으로서의 공산주의를 포기한 적이 없다. 다만 스탈린주의를 인정할 것인가 말 것인가에 대해 초현실주의자 사이에 논란이 벌어졌고, 한편으로 스탈린주의를 따르는 공산당과 초현실주의와의 갈등이 있었던 것이다. 1930년대 후반, 공산당을 따르는 초현실주의자 아라공과 결별한 브르통은 멕시코에 있는 트로츠키를 찾아가 둘이 같이 예술의 해방적 성격에 대한 선언서를 작성하기도 했다.

사회 해방과 혁명은 아방가르드의 핵심적인 가치들이다. 그들은 그래서 공산주의자들이었다. 그런데 그들은 더 나아가 예술을 통한 삶의 전면적인 해방까지도 노렸다. "혁명은 상대적 완전을, 시는 절대적 완전을 수행"한다는 김수영의 말처럼, 아방가르드느 시를 통해 정치 혁명이 다하지 못한 절대적 완전을 수행하고자 했다. 이 또한 정치적인 의미를 갖고 있으므로, 그래서 아방가르드는 정치적인 예술 활동을 벌이고자 했다고 말할 수 있다. 프랑스 공산당도 제대로 비판하지 못한 프랑스의 식민주의를 최초로 격렬하게 비난한 그룹이 초현실주의자였다. 이 아방가르드의 혁명적 정치성을 삭제한 채 전위성을 이야기한다면, 그것은 아방가르드의 불온성, 전투성, 극단성과 같은 핵심적인 특성을 모두 놓친 빈 이야기가 될 것이다. 즉 '김수영'이란 이름이 기표화되어 떠돌아다니는 것처럼, '전위'도 내용이 삭제된 기표가 되어 논자의 편의대로 갖다 쓰는 말이 될 것이다.

그래서 역시 같은 특집에 실린 고명철의 「다시 묻는다: 2000년대 시의 정치적 전위성에 대해」는 전위성에 정치성을 접목시켰다는 면에서 반가운 글이었다. 그는 이 글에서, 촛불집회를 통해 드러난 다중들의 정치적 전위성을 거론하면서 "언제부터인지, 쇠약해진 한국의 정치적 전위성"을 꼬집고는, 하지만 여전히 지금도 작동하고 있는 한국시에서의 정치적 전위성을 논하고 있다. 그리고 그는 "어디에서 무엇과 맞서야 할 것인가를 분명히 해두지 않은 채 막연히 전위성을 갖기를 희망하는 것처럼 우스운 일도 없을 터"라고 말하여, 정치적 전위성을 전투의 장에 위치시키고 있다. 전위성에 대한 이러한 접근은 나도 동의하는 바다. 어떤 권력과 맞서 싸우지 않는 전위를 전위라고 부를 수 있겠는가?

하지만 고명철의 글은 한편으로 '전위성' 개념을 너무 넓게 사용하고 있는 것은 아닌가 생각된다. 그는 송경동이나 황규관, 임성용, 표성배, 조영관 등, 주로 노동자 시인들의 시와 외국인 노동자의 삶을 다룬 하종오의 시에서 정치적 전위성을 도출하고 있는데, 그렇다면 노동시가 곧 정치적 전위성을 보증하는가 물음을 갖게 된다. 노동자의 생활과, 그 속에서의 다짐과 희망을 다루었다고 해서 곧 '전위성'을 가질 수 있는 것인지 의문인 것이다. 노동자들의 신산한 삶이 자본주의의 착취 구조와 연결되어 있기에, 그들의 삶을 되찾으려는 의지는 그 착취구조에 반하는 일이며 이는 곧 자본주의를 넘어서기를 지향하는 것이므로 정치적 전위성을 갖게 된다고 말할 수도 있겠다. 하지만 이때에는 전위성 개념이 갖고 있는 '극단성'이 탈각될 위험이 있다. 1980년대의 백무산, 김남주, 박노해의 시는 분명 정치적 전위성을 갖고 있었다. 그들의 시는 한국 자본주의와 국가 권력에 대한 직접적이고 극한적인 공격을 하고 있었기 때문이다. 하지만 2000년대 노동시에 나타나는, 공장 안팎의 삶을 눈물겹게 그려내는 서정성에서 그러한 직접적인 공격을 찾기는 힘든 일이다. 그래서 그 시들에 '정치적 전위'라는 명칭을 붙이기는 주저하게 된다.

그리고 노동시만을 정치적 전위에 연결시키다보면, 소위 '미적 전위'라고 불리는 역사적 아방가르드들, 위에서 언급한 초현실주의를 위시한 제 조류들이 가진 정치성이 자칫 조명되지 않을 수도 있다. 정치적 전위성을 논하기 위해서는, 노동시 뿐만 아니라 이들 역사적 아방가르드들의 시가 가진 정치성도 같이 논의되어야 한다고 생각한다. 같은 특집에 실린 임지연의 「섹슈얼리티 어텍! – 시의 성적 전위에 대하여」는 아방가르드의 정치성을 주목하고 있어서 흥미롭게 읽힌다. 전위가 시간적 개념이라는 그의 주장엔 앞에서 논했듯이 나는 반대하지만, 시의 성적 전위 문제를 말하기 위해선 "성적인 것이 어떻게 성적인 것을 위반하고 시적인 것이 어떻게 시적인 것에서 탈주하는가가 문제된다"(69쪽)는 그의 접근법엔 공감이 갔다. "아방가르드라는 말에는 피 냄새가 어려 있는데, 그것은 타인의 피는 물론 자신의 피를 요구하는 폭력적 수사를 함축한다"(70쪽)는 멋진 말에도 고개를 끄덕이게 된다. "성적인 것이 어떻게 시적으로 드러나는가가 아니라, 성적인 것의 효과들이 어떻게 시적으로 드러나고 어떻게 자신을 아방가르드적으로 위반하고 공격하는지에 대해 말하려고 한다"는 그의 글쓰기 방향도 옳다는 생각이 들었다.

성적인 것이라든가 제도로서의 시적인 것에는 미시정치가 흐르고 있다. 그러므로 성적인 것에 대한 위반이라든가 시적인 것에서 탈주는 아방가르드의 '미시' 정치적 성격을 가리키는 것이라 할 수 있다. 하지만 전위를 시간적 개념으로 보았기 때문인지, 전위성을 불온함, 즉 부정과 반항으로만 개념화하려는 성향이 임지연의 글에 나타난다. 그는 전위적인 시로서 '서정시라는 제도'에 반항하는 시라든가, 성스러운 가족 삼각형을 불온하게 취급하는 시를 꼽고 있는 것이다. 하지만 이렇게 전위를 부정성으로만 한정시켜 놓는다면, 다른 삶을 구축하기 위한 아방가르드의 시도는 조명되지 않을 위험이 있다. 아방가르드는 기성제도에 대한 부정에만 있는 것이 아니라 다른 삶의 공간을 구축하려는—임지연이 말하는 '아프로디지아 코뮌'도 그러한 공간이 될 수 있겠는데—긍정성도 갖고 있다. 역사적 아방가르드가 항상 그룹을 지어 활동한 것은 바로 자본주의적인 개인주의적 삶에서 벗어나 공동의 삶을 구축하기 위해서였다.

한편 임지연이 꼽은 아방가르드의 부정 대상도 좀 협소하다는 생각이다. 불온성은 미시정치에서만 작동되는 것이 아니라 거시 정치에서도 작동될 수 있다. 이상뿐만 아니라 임화도 전위적일 수 있으며, 이 둘의 결합을 보여주는 오장환이나 김수영도 전위적일 수 있다. 김수영은 끊임없이 거시적인 정치적 자유를 요구하지 않았던가. 사실 감옥에 들어간 시인들은 모두 거시적인 해방 정치를 추구했던 사람들이다. 정권이 그들을 투옥한 것은 그들이 자신들의 권력에 위험한 존재였기 때문 아니겠는가. 하지만 그의 글에서 전통적인 '사랑' 이데올로기를 보여주는 전봉건의 「춘향연가」를 비판함과 동시에 그 이데올로기를 황병승과 이민하가 어떻게 위반하는지 보여주는 대목은 주목할 만했다. 이는 페미니즘적인 시각에서 확보될 수 있는 논의다.

『서정시학』 2008년 가을호가 바로 페미니즘적 시각에서 노동시를 조명하는 특집인 '노동시와 성차'를 마련하고 있는데, 임지연의 글과 연결시켜 읽으면 더욱 흥미롭다. 특히 권유리아는 「친밀성에 의한 테러, 자본주의가 고안한 교묘한 훈육방식」이란 글에서, 남성이 쓴 노동시에서 여성들의 사랑이 남성 편의적으로 다루어지고 있으며, 이는 노동에 지친 남성들이 찾아가는 대상으로서, 즉 위안부로서 여성이 시에 등장하는 것과 다름없다는 도발적인 비판을 하고 있다. 또한 그는 노동시에 자주 등장하는 모성 역시 패배적이고 무기력한 감정을 배포하고 있다고 비판한다. 시에 대한 정밀한 해석 없이 다소 거칠게 논의를 전개시키고 있다는 흠이 있지만, 그래도 노동시를 쓰는 시인들이 경청할 만한 비판이라고 생각한다. 이에 대해서도 할 말이 있지만, 이를 다루게 되면 또 다른 주제로 글이 넘어가게 되고, 또 제법 긴 분량의 글을 써야 한다. 이 주제에 대한 논의는 다른 기회에 하고자 한다.

(2008)

'미래파' 이후를
생각하며

올 봄 문학계간지에서 '미래파'에 대한 정리를 시도하는 특집을 보게 되었다. 『문학 선』의 "우리 시의 2000년대는 무엇인가 1 - 미래파"라는 제목의 특집이었다. 이 특집 제목을 보고서야 2000년대도 다 지나가고 있다는 생각을 처음으로 하게 되었다. 내년이면 2010년대가 되는 것이다. 새 밀레니엄이라고 떠들썩했던 게 엊그제 같은데 정말 시간이 빠르다는 걸 실감한다. 그 제목을 보고 다음에 든 생각은 2000년대 시단에서 가장 논란이 되었던 것이 '미래파'를 둘러싼 문제였으며 이제 그 논쟁도 정리 단계에 들어서고 있다는 것이었다. 알다시피 '미래파'는 시인이자 평론가인 권혁웅이 2000년대에 등장한 젊은 시인들 중 예전에는 볼 수 없었던 파격적인 시를 쓰는 시인들에게 붙인 이름이다. 하지만 이들을 특정 유파라고 할 수는 없는데, 이들에게는 이들을 묶어줄 수 있는 특정한 세계관이나 문학관, 창작관이 보이지 않았기 때문이다. 이들 젊은 시인들에게 그러한 공통적인 '관'은 없었다. 즉 '미래파'는 평론가가 파격적으로 새로운 시를 쓰는 시인들에게 붙인 편의상의 명칭이었던 것이다. 하지만 권혁웅이 한국시의 미래가 '미래파'에 있다고 주장하면서, 그리고 이장욱이 '다른 서정', 신형철이 '뉴웨이브'라는 개념을 사용하여 이들 '미래파' 시인들을 응원하면서, 논쟁은 본격적으로 시단 전체를 들썩인 바 있었다.

'미래파'를 옹호한 비평가나 '미래파'로 지명된 시인들이 그다지 전투적인 자세를 취하지 않았기에 논쟁이 지속적으로 과열되지는 않았고, 그래서 논쟁은 좀 흐지부지 끝나갔다. 논쟁에서 어떤 합의나 성과를 바란다는 것은 기대하기 어렵다. 하지만 논쟁이 발전적으로 전개되어 또 다른 방향의 논의가 생산되었으면 좋았을 텐데, 그러지는 못했던 것 같다. '서정'의 문제로 논의가 옮겨간 면도 있지만, 그것은 '미래파' 논쟁과 직접적으로 관련된 것이라기보다는, 원론적인 차원을 다시 논의하는 방향으로 나아간 것 같다. 하지만 '미래파' 논의는 '시적인 것', '아방가르드', '시와 정치적인 것'과 같은 문제로 확산될 수 있는 소지가 있었다. 그런데 그러한 문제는 '미래파' 논쟁이 시들어진 다음인 요즘에야 새롭게 이슈화되고 있지 않나 한다. 그래서 '미래파' 논쟁이 시에 대한 새로운 인식과 이슈를 생산했다고는 말하기 힘들다고 본다. 그래도 그 논쟁이 남긴 것이라면, 새로운 시를 보여준 젊은 시인들이 구체적으로 가시화되었다는 점이다. 그 결과 비주류적인 시를 보여주는 이들 '미래파'가 시단의 주류가 된 것 같은 아이러니컬한 상황이 벌어졌다. 이는 시단 주류가 그만큼 신축성이 있고 실험성을 존중하기 때문이라고도 볼 수 있지만, 그런 '미래파'의 실험이라는 것이 시단의 주류와 문학제도를 뒤흔들 만큼 전복적이지는 않았다는 것을 반증한다고도 볼 수 있겠다.

실험이 전복으로 나아가지 못하고 '새로움'에 그칠 때, 그 실험은 체제를 위협하지 못하고 도리어 체제에서 환영받는 것이 된다. 이 체제는 새로운 것을 생산하지 못하면 붕괴되는 속성을 가지고 있기 때문이다. 다시 말해 새로움의 강박에 시달리는 것이 이 체제다. 물론 문화적 보수주의가 있다. 물질적으로는 자본주의 시스템을 공격하지 않지만 자본주의가 생산하는 문화에 대해서는 비판적인 태도를 취하면서 구시대적인 귀족적인 문화를 생산하고 이를 유지하려는 이데올로기가 그것이다. 이러한 보수주의는 새로운 문화 창출 시도에 대해서 우선 실눈을 뜨고 바라본다. 이 이데올로기는 겉으로는 자본주의 문화에 반대하는 것 같지만, 결국 자본주의 내부에서 탄생한 반자본주의적인 전복적 문화까지 비판함으로써 결과적으로 자본주의를 공고히 하는 데 기여한다. '미래파'에 대한 비판 세력이 이러한 문화적 보수주의에 의해 행해졌다고는 생각하지 않는다. 그 세력은 주로 진보적인 세계관을 가지고 있는 평론가나 시인들이었으며, 또한 전복이나 혁신을 무시하지 않는다. 도리어 그들은 '미래파'의 전복적 제스처가 과연 정말 전복적이었는가를 묻는다. 하지만 비판이 '새로움' 자체에 대한 비판으로 나아갈 때에는 자칫 문화적 보수주의로 빠질 위험이 있었다. 필자 역시 '새로움'이란 범주 자체를 비판하는 편이었는데, 지금은 '새로움'을 무시한다기보다는 '새로움'을 전복으로, 단절의 사건으로 어떻게 전화시킬 수 있을까 생각하는 것이 자칫 빠질 수 있는 보수주의를 차단하는 길이라고 생각하고 있다.

『문학 선』의 미래파 특집은 시단이 이젠 차분한 마음으로 '미래파'에 대한 객관적 정리를 하기 시작했다는 것을 보여준다. 필자는 그 특집 글들을 정리하고 소개하면서 필자의 생각을 덧붙이는 방식으로 이 글을 전개할 것이다. 이 특집의 집필자는 박판식과 이수명 시인, 이찬 평론가였다. 두 시인의 글은 '미래파'에 대해 비판적이다. 박판식은 다소 격하게, 이수명은 다소 조심스럽게 비판을 하고 있다. 이찬 평론가의 글은 '미래파'에 대한 글이라기보다는 2000년대 시가 1990년대 시와 차별성이 있다고 생각하고 그 차별성에 대해 논한다. 호출되는 시인이 문태준, 조용미, 윤예영, 이민하, 김사이, 진은영 등이니 이민하를 제외하면 '미래파'와는 거리가 먼 시를 조명하고 있는 셈이다. 이 글을 우선 살펴보고자 한다. 이찬의 글은 「"미적 현대'와 그 이후, 시적 '숭고'의 현현과 새로운 '정치시'의 도래」라는 다소 길지만 매우 멋진 제목을 갖고 있다. '숭고'의 문제와 '정치시'의 문제는 한국 시단이 앞으로 생각해나가야 할 중요한 주제라고 필자는 생각해왔기 때문에, 이 평문 제목은 어떤 기대를 품고 글을 읽게 만들었다. 하지만 이찬 평론가가 매우 공을 들였을 것이라고 생각되는 이 평론은, 여러 이론들이 현란하게 텍스트에 삽입되고는 있지만 제목에서 기대하게 되는 내용을 담아내지는 못했다고 생각된다.

이찬은 동구 사회주의 담론 몰락 이후 1990년대 한국문학에 새로운 이름이 도래했다면서 그것을 "'내면성'과 '타자'라는 두 벡터를 추동력으로 삼은 '미적 현대'"라고 하고, "여기서 핵심적인 차원을 이루었던 것은 '개인성'에 대한 숭배였고 '차이'의 발견이었다. '개인성'은 '내면성'의 짝이었고 '차이'는 '타자'의 다른 이름이었다"(46쪽)고 진단한다. 하지만 지금은 "'미적 현대'를 지나오면서 한국시가 이미 체득해버린 그 세련된 형식들과 빼어난 기교들과 그리고 장르 혼종의 번잡한 형식유희들과 함께 경쟁하면서 새로운 '내용 중심 미학'이라고 부를 수 있을, 저 '숭고'와 '정치시'(진은영)가 어슴푸레한 빛으로나마 어떤 형세를 띠고 나타나고"(48쪽)있다고 판단한다. 그리고 그는 이 글을 통해 그 형세에 대한 감지를 해나갈 것이라고 말한다. 우선 그는 문태준과 조용미의 시를 살펴보면서, 그들의 시가 시적 소실점의 무력화와 최소화를 보여주고 있고 이를 통해 인간중심주의로부터 벗어나고 있다고 평가한다. 다음으로, 윤예영의 시는 재현의 원리를 벗어나 주체와 대상의 일치를 달성하고 있으며 이민하의 시는 "상호 이질적인 것들을 한자리로 거두어들이"면서 "자본주의 세계의 구조적 시스템을 폭로하고 조롱하는 정치적인 차원을 향해 나아간다"(65쪽)고 평가한다.

이들 시에 대한 분석의 타당성에 대해서 여기서 말하기는 힘들다. 그렇게 하려면 시를 다시 인용하고 논의를 전개해야 할 것이다. 하지만 시적 소실점의 무력화를 보여주거나 주체와 대상의 일치를 보여주는 시가 예전 시에는 과연 없었는가 물어볼 수 있다. 과연 이러한 특성들이 '미적 현대' 이후 시의 새로운 양상을 보여주는 것인가 의심되는 것이다. 또한 이민하의 시에서 자본주의 시스템에 대한 정치적 공격을 도출하는 것은 다소 과장된 것 아닌가 생각된다. 하지만 이러한 논의는 이민하 시에 대한 새로운 시각을 보여준다고는 생각한다. 그리고 김사이 시가 "'숭고한 대상' 앞에서 발생하는 주체의 무력감과 그 진리체험의 환희를 동시에 표현한다"(71쪽)는 해석 역시 새로운 접근이다. 사실 김사이 시는 주목받아야 한다고 생각하고 있었는데 이찬의 이러한 적극적 평가는 반가운 것이기도 하다. 물론 이찬의 이러한 해석이 옳은지는 따로 살펴봐야겠지만 말이다. 그런데 필자가 가장 기대하고 있었던 논의는 그 글의 서론에서 예고되었던 분석, 숭고와 정치시가 '어떤 형세'로 나타나는가에 대한 분석이다.

그러나 그러한 분석이 구체적으로 전개되지는 못했다고 생각된다. 그는 랑시에르를 원용한 진은영의 글을 다시 원용하면서 "시와 정치와 미학의 새로운 만남"(73쪽)에 대해 언급한다. 하지만 그 만남이 어떠한 것인지에 대한 구체적인 논의는 없었다. 또한 김사이 시의 "'숭고'와 '아이러니'와 '봉헌'의 그""'사이공간'은 '시'와 '정치'와 '미학'이 가장 탁월하게 만날 수 있고 또하나가 될 수 있는 유일한 장소일지 모른다"고 말하고는 있지만, 이는 다만 추측을 통한 선언으로서만 말해지는 것이라는 인상이다. 필자의 독해력이 떨어져서인지는 모르겠지만 그 공간이 왜 정치적일 수 있는지에 대한 논의는 찾을 수 없었기 때문이다. "주체의 무력감과 진리체험의 환희"가 동시에 표현되는 것이 정치와 미학(숭고)이 만나는 것이라고 말하기 위해선 그 글에서 논의된 것보다 더 많은 이론적 논의가 필요하다고 본다. 하지만 "'정치시'의 새로운 비전 역시 '미래파'를 통과하면서 한국시가 체득해왔던 형식주의적 세련성과 완전히 단절하는 것이 아니라, 그 미학적 역동성을 감싸 안으면서 삶의 여러 고통들과 정치적인 문제들을 연접시키는 자리에서 탄생할 수밖에 없을 것이다"라는 결론적인 주장은, 지나치게 일반론이긴 하지만, 또한 미래파를 '형식주의적 세련성'으로만 볼 수 있는지 반론도 떠오르지만, 다음 년대에 등장할 젊은 시가 미래파를 통과하지 않을 수는 없다는 것은 분명하다고 생각되기에 고개를 끄덕이게 된다.

『문학 선』 특집의 또 다른 글들, 박판식의 「'위반하고 즐겨라'라고 말하는 시」와 이수명의 「미래파를 위하여」는 미래파에 대해 본격적인 비판을 하고 있다. 박판식의 논의는 꽤 통렬하다. 박판식은 '미래파'의 시, '2000년대의 일군의 새로운 시'는, "긍정적으로 보면 기존의 세계에 얽매이지 않으며 자유롭"다고 볼 수 있지만, "부정적으로 보면 자본주의의 가치를 내면화하고 있는 자본의 잉여일 가능성이 있다"(15쪽)고 한다. 그는 후자, 즉 부정적인 시각으로 논의를 전개한다. 그는 그 '미래파' 시인들의 자세를 세 가지로 정리하고 있다.(15-16쪽) 첫째, 그들은 시를 가지고 놀 뿐이다. 선배들과 투쟁하여 얻어낼 새로운 가치도 없다. 둘째, 장르를 아무렇지도 않게 넘나든다. 하지만 이는 이미 오래된 모더니즘의 습관 중의 하나일 뿐인데, 문제는 이들은 왜 넘나드는지 자각하지 않는다는 데 있다. 놀이는 자각을 필요로 하지 않기에. 셋째, 이 새로운 시는 어떤 주의나 해석학들과도 쉽게 어울린다. 놀이는 지향성도 반성도 없으므로. 결국 이들의 키치적인 제스처와 의심 없는 유희는 그들이 "자기와의 싸움의 의지가 거세된 시인"(22쪽)일 수 있으며, "지배담론에서 벗어난 주체가 아니라 저항하지 않는 주체에 가까울 수 있다"(16쪽)고 평가한다.

박판식의 '미래파' 비판은 마지막에 가서는 좀 더 거침없어진다. 띄엄띄

엄 옮겨보자. 그는 "실험성이 곧 현대성이라는 얄팍한 생각은 지금에 와선 누구도 신뢰하지 않을 것"이며, "현대성은 난해성과 반드시 일치하는 것도 아"닌데, 게다가 "이미 기성의 것에 불과한데도 새로운 것이라고 순진하게 믿고 있다면 그것이 진정한 문제"라면서 "2000년대 일군의 젊은 시인들은 과연 새로운가? 이제는 그들의 시가 안전한 극장과 놀이기구에서 쓰여지는 미의식은 아닌지 스스로에게 물어볼 때"(23쪽)라고 주장한다. 사실 박판식은 이 일군의 젊은 시인들에게 수여된 '미래파'라는 명칭이 잘못되었다고 생각한다. 유럽의 미래파는 체제와 권위에 전복적인 전위였지만, "기성의 권위를 획득한 시집들이 출판되는 곳에 그런 전위를 표방하는 시들"은 "기성에 안주하는 전위", "정말 아이러니한""벌써 볼 장 다본"(19쪽) 전위라는 것이다.(그래서 그는 '미래파' 대신 '2000년대 일군의 젊은 시인'이라는 이름을 사용한다.) 하지만 "2000년대 일군의 젊은 시인들이 쓰는 시는 다행인지 불행인지 그런 뻔뻔한 전위 아닌 전위가 아니라"면서 시인들에 대한 도덕적인 비난으로까지 나아가진 않는다.

사실, 이들 젊은 시인들에게 '전위'라는 '훈장'을 수여하는 것이 논란의 소지가 된 건 아닌가라는 생각도 든다. 이들이 과연 '전위'의 자의식을 가지고 시를 써나갔을까 생각하면 그렇지 않은 것 같기 때문이다. 아방가르드는 자신들이 아방가르드라는 의식을 철저히 한다. 이는 아방가르드의 본질적인 것이다. 이를 이해하지 않는다면 미래주의, 구성주의, 다다, 초현실주의, 상황주의 등의 아방가르드 예술 운동이 왜 그렇게 선언문을 많이 쓰고 팸플릿을 발행했는지 이해하지 못할 것이다. 아방가르드는 삶과 세계를 바꾸려는 조직 운동이다. 반면 '2000년대 일군의 젊은 시인들'은 모여서 무슨 선언문을 쓰고 운동을 하려는 생각은 전혀 없어 보인다. 그래서 어쩌면 그들의 시에 대해 '해사적 모더니즘'이라는, 좀 구닥다리 명칭을 부여하는 것이, '미래파'라는 아방가르드적인 명칭을 부여하는 것보다 더 올바른 것일 수 있겠다. '해사적 모더니즘'은 한국에서 1920년대에도 쓰여졌다. 박판식이 이 새로운 시에 대해 '기성의 것에 불과'하지 않는가라는 의심을 한 것도 이러한 분열적 텍스트는 1920년대부터 벌써 쓰이고 있었기 때문일 것이다.

박판식의 비판에 많은 부분 수긍이 가면서도, 한편으로 이러한 강한 비판은 논쟁 당시에 발표되었다면 더 격렬한 반응을 일으키지 않았을까 하는 생각이다. 하지만 지금 '미래파' 논의를 정리하는 시점에서는 이러한 정면 비판은 좀 걸맞지 않은 비판인 것 같다. 지금은 '일군의 젊은 시인들'의 시가 왜 등장하게 되었으며, 그들은 무엇을 추구했고 무엇을 내놓았는지, 그 한계는 무엇인지 차근차근 접근해볼 시기가 아닐까 한다. '해사적 모더니즘'이 1920년대부터 내려왔다고 하더라도 시대마다 그 성격이 다를 것이다. 비판을 하더라도 2000년대의 새로운 시들이 가지고 있는 특이성을 공정히 살펴보는 것이 뒷받침되지 않으면, 잘못하다가는 시인들에 대한 일종의 도덕적 비난으로 논의가 빠지기 쉽다. 그렇게 된다면 생산적인 논의가 이루어질 수 없다. 이런 면에서 이수명의 글은 박판식보다는 좀 차분한 비판을 보여주고 있다. 하지만 박판식의 비판과 중첩되는 면이 있다. 박판식의 '미래파'에 대한 판단과 그녀의 판단이 크게 다르지 않다는 얘기다. 그렇다고 하더라도 현 시점에서 보았을 때 그녀의 글은 '미래파'의 시의 특성과 지향점을 정리하면서 차분히 비판하고 있다는 미덕이 있다.

이수명은 '미래파'의 '문학적 문제의식'의 특성을 세 가지로 정리한다. 첫째, 주류에서 비주류로 주체의 대이동. 미래파 시에는 미성년 주체라든가 귀신, 동성애자, 트랜스젠더 등과 같은 성적 소수자가 많이 등장하고 있다는 것. 하지만 이는 주체의 소재주의가 아닌지 이수명은 되묻는다. 또한

"우리 시대의 문화적 풍속도에서 헤게모니를 장악한 것은 사실상 비주류들"(33쪽)이라는 점에서 과연 그들이 새로운 주체라고 할 수 있는지 꼬집는다. 그녀가 지적하듯이 "그들의 비주류성은 평단의 환호 속에 장식적인 것이 되어 버"릴 수 있게 된 것도 바로 그 비주류성 자체만으로는 불온성이나 전복성이 보장될 수 없는 상황 때문일 것이다. 그녀 역시 박판식처럼 "그들은 너무 빨리 주류가 되어 버"(34쪽)렸다고 판단한다. 그녀가 '미래파'의 두 번째 특징으로 든 것은 '가족의 극복'이다. "가족제도나 부모와 맞서는 것이 바로 그들의 실존적 기투"이며 "그들에게는 가족이 세계이며 징후"(34쪽)라는 것이다. 하지만 '미래파' 시에 나오는 "어린 주체들의 공격 행위가 무비판적이고 용이하게 완수된다는 것"은 '미래파' 시인들에게 "가족이라는 것 자체가 단순한 역할 놀이를 넘어서지 못하는 것으로 판명된다"(37쪽)고 그녀는 꼬집는다. 다시 말해 "미래파 시인들의 가족에 대한 과격성은 과연 실질적인 내용을 갖고 있는 것"(38쪽)인지 의심스럽다는 것이다. 게다가 아버지가 훼손되고 가족이 붕괴돼가고 있는 이때 이들의 가족 파괴는 "기왕의 일방통행에 가세하는 것일 뿐"이라고 그녀는 비판한다.

이수명이 미래파의 세 번째 특징으로 든 것은 탈주의 시학이다. 이 시학은 "이분법을 흔들고, 중심과 주변을 없애고, 가치 결정적인 구획을 제거하려는 해체적인 현대적인 사유의 일환"으로, 이들이 추구하는 "잡종은 이른바 현대 문명의 폭풍우와 같은 것"이어서 "오히려 번성하고 있는 잡종에 대한 봉사적 발언"일지 모른다는 것이 그녀의 비판이다. 하지만 장석원의 시를 인용하면서, 그의 시에 등장하는 어떤 괴물 같은 힘을 그녀는 포착하고는 바로 이 '비주체'인 괴물이라는 새롭고 낯선 힘의 발견이야말로 시의 미래라고 말한다. 이윽고 그녀는 말한다.

탈주가 지배적 담론에 속하지 않으려면 어떻게 해야 할까. 일차적인 과제는 지배적 담론의 화두로부터 벗어나는 데 있지 않을까. 탈주의 일차성을 넘어서 탈주를 탈주하는 데까지 나아가야 한다. (중략) 벗어나는 것이 아니라 판을 쓸어버리는 불명의 침입자, 이 괴물을 포착해야 한다. (중략) 시는 암흑을 품는 것이다. 그 암흑이 무엇으로 불리는지의 논쟁에 치우치지 않고 새로운 암흑을 걸어가는 것이다. 이것이 괴물과 만나는 길이다.(44쪽)

　'미래파'를 비판하는 논조로 글이 나아갔기 때문에 이 결론은 좀 뜻밖이었다. 이수명은 전복성 자체를 비판하기보다는 '미래파'가 덜 전복적이었다고 비판했던 것 같다. 그녀는 지금 '미래파'가 아예 판을 쓸어버릴 정도의 전복성을 가져야 한다고 장석원 같은 '미래파'에게 제언하는 것이다. 이제서야 이 글 제목이 '미래파를 위하여'라는 것을 이해하게 된다. 그녀의 비판을 정리하면 이렇다. 미래파는 비주류 주체를 내세웠지만, 아이러니컬하게도 시단의 주류가 되었다. 시에서 가족을 파괴하지만, 그 파괴는 유희에 불과할 뿐이고 그래서 그들의 파괴엔 실질적인 내용이 없다. 미래파의 잡종시학은 잡종화되는 현대 자본주의 문화의 반영일 뿐이어서 그 문화에 대한 봉사에 그칠 수 있다. 결국 그녀의 비판은 미래파가 현대 자본주의 문화를 전복하거나 그 문화에서 탈주한 것이 아니라 그 문화 위에서 유희한 것에 불과하다는 것으로 정리될 수 있겠다. 하지만 비주류가 이미 대중문화에서는 주요 코드로 자리잡았고, 잡종성은 현 자본주의의 상태의 수용이자 정당화이며, 가족 파괴는 자본주의에 의한 가족 해체 경향을 가속화한 것뿐이라는 비판은 '미래파' 입장에서는 좀 억울한 면도 있을 것 같다. 포즈일 뿐이라고 말할 수도 있겠지만, 이 주제들에 대한 '미래파'의 표현 방법은 주류 대중문화가 받아들이기 힘든 어떤 불온성이 있기는 하기 때문이다. 황병승이나 김민정의 가장 과격한 시가 신문이나 대중 주간 잡지에 실릴 수는 없을 것이다.

'미래파' 시인들이 아방가르드의 변혁적 의도를 가지고 있다고는 생각하지 않지만, 기성의 시 관념에 얽매이지 않았다는 것은 분명하다. 이를 두고 선배 시인과 투쟁하여 무엇인가를 얻을 생각은 없이 다만 시를 가지고 놀았을 뿐이라고 박판식처럼 비판할 수도 있겠지만, 다른 각도에서 생각할 수도 있지 않겠는가 생각한다. 이들이 어떤 문학적 권위에도 의지하지 않고 자기만의 세계를 만들려고 했다는 것은, 시에 대한 기성의 척도를 거부했다는 것을 의미한다. 물론 이 거부가 과연 전복적이고 전위적이라고 보기는 힘들고, 또 이들이 기성 선배 시인들이 일군 미학적 척도를 버리고 한 일이라고는 여러 대중문화를 혼합하여 시에 도입한 것에 불과하다고 하더라도, 이 천연덕스러운 또는 뻔뻔스러운 거부가 왜 2000년대 대거 등장했는가는 설명되어야 할 문제다. 이렇듯 문학의 가치 척도가 '일군의 젊은 시인들'에게 별 영향을 미치지 못하기 시작했다는 것은 가치법칙이 붕괴되는 신자유주의의 급속화와 관련 있을 것이라고 필자는 생각하고 있다. 이에 대해서는 더 많은 논의가 뒷받침되어야 하는데, 여기서는 이 정도의 언급만 해두고자 한다.

여하튼 '미래파'의 기존 미적 척도에 대한 거부가 단순히 유희에 불과하더라도, 지금 와서 어떤 미적 척도를 다시 세운다는 것은 이제 좀 힘들게 되지 않았나 생각한다. 아방가르드 이론가 페터 뷔르거는 다다나 초현실주의와 같은 역사적 아방가르드 이후 어떤 유파가 문학사를 이끄는 시대는 끝났다고 말한 바 있는데, 모든 미적 척도를 부순 아방가르드 이후 예술에서 모든 것이 가능해졌기 때문이다. 그와 마찬가지로 '미래파' 이후 한국 시 문학은 모든 것이 가능해졌다고 할 수 있을 것이다. 박판식은 "시라는 이름 아래 모여 있는 모든 시는 시"라는 이러한 논리가 "저항하지 않는 자의 논리"에 불과하다고 꼬집는다. 맞는 말이다. 그렇다고 시의 척도를 구성하여 시에 대한 평가를 내리기는 힘들게 되었다. 그렇다면 '미래파' 이후의 시에 대해서 무엇을 말할 수 있을 것인가? 이런 질문을 할 수 있겠다. 필자는 '정치'라고 말하겠다. 발터 벤야민이 예술의 제의적 기능이 아우라의 상실로 사라진 후, 예술의 새로운 기능은 정치가 될 것이라고 말한 바와 마찬가지로 말이다. 분명 '미래파' 이후 무엇이 와야 하는가에 대해서는 여러 가지 논란과 논쟁이 많을 것이다. 필자는 이러한 논쟁이 많이 일어나길 바라고 있다. 그때에야 '미래파' 논쟁이 별 의미 없이 끝나는 것이 아니라 생산적인 방향으로 전환될 수 있다고 생각한다.

필자는 리얼리즘이나 낭만주의, 모더니즘과 같은 미적 척도로서 시문학을 이제는 논할 수 없게 되었기 때문에, 시문학에서 정치(미시정치까지 포함하는)적인 의미를 포착하는 것이 시에 대한 담론에서 중요해질 것이라고 본다. 진은영의 글이 많은 시인과 평론가들에게 주목받았다는 사실은 한국 시단에서 정치성에 대한 사유가 새로이 요구되고 있다는 것을 잘 보여준다. 시에 정치성이라는 기준을 댄다는 것이 시의 자유를 빼앗는 것 같지만, 그렇지 않다. 정치가 사회주의 리얼리즘과 같이 편협한 미적 척도를 시에 강요하게 되면, 그땐 시의 자유로운 생산력이 박탈될 것이다. 하지만 아방가르드 이후, 한국에서는 '미래파' 이후 미적 척도로부터 자유로워진 시문학에 그러한 척도를 들이대는 것은 더 이상 설득력이 없을 것이다. 미학적으로 무엇이든 가능한 상태라면, 작법 상에 어떠한 구애 없이 시인마다 특이하게 시를 구축해 나가면서 어떤 정치적인 효과를 최대화시키는 가능성도 생길 수 있다. 이 세계에 대한 비판과 전복에 동의하는 시인, 평론가라면, 이제 시인에게 어떤 방식으로 쓰라고 말하는 것이 아니라 정치적 시쓰기를 어떻게 할 수 있을까, 하는 방향으로 논의를 해보아야 한다고 생각한다. 앞에서 거론한 이찬의 글은 이에 근접해 가고 있는 것으로 보인다.

그렇다면, '미래파'가 비록 포즈일 뿐일지라도 어떤 척도를 거부하고자 했다면, 그 거부의 거부를 어떻게 현실화하면서 정치적으로 전화시킬 것인가도 생각해볼만 하다. 이수명 역시, 위에서 인용한 글의 마지막 대목을 보면, '미래파' 이후 정말로 전복적인 시가 어떻게 등장할 수 있는지에 대한 전망을 생각하고 있다. 그녀는 실제로 전복적인 시가 나오기 위해서는 비주류도 잡종성의 탈주도 아닌 괴물을, 암흑 속을 걸어가서 그 낯선 힘을 포착해야 한다고 주장한다. 시인다운 말이다. 그 괴물은 시인들만이 찾을 수 있다. 그리고 그들이 찾은 괴물들은 시인마다 제각각일 것이다. 그들이 암흑 속에서 고유하게 개척한 길에 따라 괴물의 모습은 달라질 것이다. 그래서 이수명의 괴물은 추상적이다. 비판하는 말이 아니다. 마르크스를 따라 추상에서 하향하여 구체를 구축해나가야 한다고 말할 수 있기 때문이다. 즉 구체를 정말 구체적으로 인식하기 위해서는 그 구체를 관통하는 추상적인 것에 대한 인식이 먼저 필요하다. 하지만 이수명의 말은 추상에만 그치고 구체로는 내려가지는 않았다는 점이 아쉽다. 물론 그녀는 장석원의 시를 통해 그 괴물을 발견하고는 있지만, 좀 더 일반화된 것이면서 구체적인 괴물의 상을 볼 수 있으면 했다. 어쩌면 그녀는 그러한 구체화를 시도하는 다른 글을 준비하고 있을지도 모르겠다. 그렇다면 그 글은 현 상황에서 그 괴물이 구체적으로 어떠한 정치성을 가질 수 있는지에 대해서도 논의했으면 한다. 그렇지 않다면 그 괴물 역시 기성 체제에 흡수될 가능성이 있기 때문이다.

이상으로 『문학 선』 2009년 봄호의 미래파 특집에 실린 글들을 살펴보면서, '미래파' 이후의 논의 지평을 한번 생각해보았다. 이 특집은 미래파를 정면으로 다루고 있는데 비해, 한편 '미래파'에 대한 간접적 비판을 진행시키면서 논의를 전개한 평론들이 몇몇 눈에 띄었다. 『작가와 비평』 2009년 상반기에 실린 이숭원의 글 「'시적인 것'의 운명」이나 올해 『실천문학』 봄호의 특집에 실린 박수연의 「한국문학의 난경」과 하상일의 「소통의 언어와 시의 윤리」 등이 그러한 글들이다. 그 글들은 지금 이 논의의 주제와 관련이 있기 때문에 간략하게 언급해보아야 할 터인데, 세 편의 글들을 다 살펴보기에는 지면이 허락하지 않을 것 같아서 이숭원의 글을 간략히 살펴본 후 글을 닫고자 한다.

보통 '미래파' 시의 당혹스러운 측면을 변호하기 위해 종래의 '서정' 개념을 비판하면서 '시적인 것'을 내세우는 경향이 있다. 신형철이 대표적이다. 이숭원은 이러한 견해에 맞서 "'시적인 것'은 '서정'의 기본축 위에서 발동된다. 감성을 건드리지 않고 일어나는 시적인 발화는 없다. 이것이 '시적인 것'의 운명이고 시의 운명이다"(79쪽)라고 단언한다. 이숭원은 '시적인 것'이라는 개념을 취한다는 것이 '서정'을 버려야 한다는 결론으로 나아가서는 안 된다고 생각한다. 반면 '시적인 것'을 내세웠던 '미래파'의 '득세'에도 불구하고, 그 '미래파' 이후에 와야 할 것은 여전히 서정시의 위의를 지키는 것이라고 생각한다. 그런데 우리는 이 두 난해한 개념과 마주친다. 서정이란 무엇이고 시적인 것이란 무엇인가? 사실, 이 개념에 대한 합의가 이루어지지 않아 논쟁이 일어나는 것이다. 이숭원은 서정을 감성적인 것과 연관된 무엇으로 보고 있다. 한편 그는 '시적인 것'에 대해서는, "시의 허구적 독창성을 일컫는 다른 말"(84쪽)인데, "시 속의 허구적 자아와 허구적 타자가 연결되는 방식"에서 "'시적인 것'이 발생하"며 이때 "지성과 감성의 상호작용에 의해" 그 "'시적인 것'이 창발한다"(94쪽)고 한다. 다시 정리해보면, 시의 공간 안에서 시인이 지성과 감성의 상호작용을 통하여 자아와 타자를 연결하는 허구적 방식의 독창성이 시적인 것이라고 말할 수 있겠다. 감성이 없으면 시적인 것은 없다는 것이다.

하지만 의문이 든다. 이상의 도형시와 같은 경우는 어떠한가? 거기에서 어떤 감성을 느끼기는 어렵지 않을까? 그의 도형시가 보여주는 역설과 아이러니가 어떤 감성을 유발시킨다고 말할 수는 있겠다. 하지만 그때에는 감성의 영역을 확대해야 한다. 다시 말해 서정의 영역을 무한적으로 확대시켜야 하는 것이다. 이상의 도형시가 시가 아니라고 말하지 않는다면 말이다. 그래서 이상의 도형시를 서정시라고 하게 되는데, 뭔가 이상하지 않은가? 그렇게 되면 모든 시는 서정시라는 말이 된다. 이상의 도형시와 김소월의 민요시 모두 서정시다. 그렇다면 '시'라는 명칭 앞에 '서정'이라는 말을 붙일 필요가 있을까? 아니면 '시'라는 말을 사용하지 않고 모든 시를 그냥 서정시라고 불러도 되는 것 아닐까? 시와 서정시 개념 중 하나는 쓸모없게 되는 것이다. 이는 '시적인 것'을 '서정'에 종속시킬 때 일어나는 무리다.

그렇다고 하더라도 필자는 '시적인 것'을 내세워 '서정'을 무시하는 태도에 대해 비판적이다. 가령, 최근 조강석은 「'서정'이라는 '마지막 어휘」라는 글에서 "'마지막 어휘'로서의 서정이" "역사적으로 발생하는 문학적 현상들을 전래의 기호를 고집하며 '자연화'"(『세계의문학』 2009년 봄호, 343쪽)한다면서 서정 개념을 롤랑 바르트적인 의미에서의 신화로 취급하고 있다. 하지만 그렇다면 '문학' 자체도 신화다. 모든 개념도 신화가 될 수 있는 것이다. 문학을 포함한 모든 개념이 역사적으로 생성된 것임을 모두 알 것이다. 그런데 그 개념을, 즉 서정이니 문학이니 시니 지혜니 이런 것들을 어떤 정당화나 역사적인 것을 자연화하는 데 이용할 때 그 개념들은 신화가 되는 것이다. 문학적이니 뭐니, 시적이니 뭐니 하면서 어떤 현상을 자연화하거나 정당화하는 경우를 우리는 자주 보지 않는가. 그것들이 신화다. 서정 개념

자체가 신화라고 본다는 것은 논의의 층위를 섞어버리는 데서 오는 비약이다. '서정' 개념은 분명 역사적으로 만들어진 것이지만, 그렇다고 그것을 버려야 할 신비적 개념인지 아닌지는, 국가 또는 자본의 권력이나 식민 권력을 정당화하는 개념인지 아닌지는 개념에 대한 계보학적 고찰이 뒤따라야 판단할 수 있을 것이다. 그리고 '서정'이 권력이 스며드는 통로가 되어주었던 개념이라고 하더라도, 사회적으로 문화적으로 뿌리박힌 그 개념을 파기할 필요는 없다. 그 개념을 달리 의미화하거나 달리 사용하는 방향으로 나아가는 것이 실천적으로 더 효과 있는 방향일 것이다.

　한편으로 이숭원처럼 서정으로 모든 시를 설명하는 것도 문제라고 생각한다. '시적인 것'은 시 작품 뿐만 아니라 생활에서도, 혁명에서도, 소설에서도, 영화에서도, 그림에서도, 음악에도, 심지어 신문기사에서도 발견되곤 하는 그 무엇이라고 생각한다. 서정은 이 시적인 것의 한 양태다. 이 '시적인 것'이 있느냐 없느냐에 따라 특정 작품을 시인지 아닌지 판단할 수 있을 것이다. 시를 쓴다고 쓴 작품이라고 하더라도 '시적인 것'이 없다면 그 작품을 시라고 인정할 수 없을 것이다. 그리고 특정 작품에 이 '시적인 것'이 있다면 그것이 어떻게 나타나느냐를 추적하는 것이 평론이 할 일일 것이다. 하지만 그렇다면 당신이 생각하는 '시적인 것'이 무엇이냐고 누군가 물어볼 것이다. 맞다. 여전히 '시적인 것'은 이수명의 괴물처럼 모호하다. 역시 구체로의 하향이 좀 더 이루어져야 할 것 같다. 하지만 솔직하게 말하면, 하향이 이루어질 수 있을 정도로 필자의 생각은 아직 명료하게 정리되어 있지 않다. 그렇다고 하더라도 개념의 위상은 따져보아야 할 것 같다. 그래서 '서정〉시적인 것'이라는 이숭원의 테제에 '시적인 것〉서정'이라는 테제를 내세워본다. 이와 관련해서 말한다면 서정이란 개념은 '대상의 자아에로의 동일화'와 같은 고전적인 의미에서 벗어나야 한다고 본다. 이숭원 역시 위의 글에서 그러한 고전적인 의미에서의 서정 개념을 구출하고자 한다고 볼 수 있다. '시적인 것'으로 서정 개념을 보충하고 있기 때문이다. 이와는 다른 방향에서 필자는 나름대로 서정에 대해 이렇게 쓴 바 있다.

> 서정 시인은 강도의 상승을 통하여 자아의 정서를 활성화시키기 위해 대상과 접속하고, 그 대상을 시적으로 변모시켜 표현하는 것이다. 이때 자아의 한계를 넘어 활동하는 주체성이 형성된다. 다시 말하면 대상이 변형되어 이미지화되는 동시에, 정서의 강도의 변화를 통해 자아가 액화되면서 다른 무엇으로 변모하기 시작하는 것이다. 그리하여 서정시의 창조 과정에는 어떤 상호 생성이 일어난다.

> ─「죽음과 마주하여 사는 법 배우기」, 『문학수첩』 2007년 겨울호, 389쪽.

필자의 생각을 좀 더 정리해보면 이렇다. 서정시는 분명히 정서의 서술과 관련된 개념이다. 그런데 그 정서의 서술이 시적이기 위해서는 '상호 생성'의 과정 속에 그것은 놓여야 한다. 즉 이 '상호 생성'이 시적인 것이다. '상호생성 = 허구'라고도 볼 수 있지만, 한편으로 꼭 시나 소설과 같은 허구 장르에서만 상호 생성이 일어나지는 않는다. 그래서 현실 속에서도 시적인 것은 발견된다. 그런데 상호 생성은 꼭 정서적으로만 이루어지는 것은 아니다. 상호 생성은 구축과정에서, 포이에시스(poiesis) 과정에서도 이루어진다. 그 구축된 것을 또한 시(poetry)라고 할 수 있겠다. 이 구축 과정이 정서를 기반으로 이루어질 때 그것을 서정이라고 부를 수 있으며 그 정서가 구축된 것을 서정시라고 부를 수 있을 것이다. 이런 면에서, 소통보다는 "공감이 아니라 영감을 주는 문학, 위로가 아니라 사유를 자극하는 문학"(고봉준, 「감동의 문학과 영감의 문학」, 『문학수첩』 2009년 봄호, 39쪽)이 현재 문학의 존재 이유라는 생각에 필자는 동의한다. 공감으로 감정이 소비되는 것이 아니라 사유 및 감정 또는 몸 자체가 연쇄적으로 구축되어 나가는 것이 시적이라고 필자는 생각하기 때문이다. 구축하는 상호 생성은 영감을 받아서, 자극을 받아서 이루어질 수 있는 것이다. 그리고 이 시적인 것의 특성은 바로 정치적인 것과 직접적으로 연결될 수 있다고 본다. 정치적인 것이란, 네그리에 따르면 구축하는 힘에 의해 창출되는 것이기 때문이다. 이러한 생각이 인정받기 위해서는 좀 더 이론화가 필요하고 또한 구체로의 하향이 이루어져야 할 것이지만, 이는 앞으로의 과제로 생각하고 있다는 변명을 남기고 글을 여기서 정리하기로 한다.

(2009)

'문학이란 무엇인가'라는 물음에 대한 정치적 질문

문학에 대한 담론을 펼치기에 앞서 요즘 세상사에 대해 이야기하고 싶은 마음이 드는 건 나만은 아닐 듯싶다. '용산 참사'를 두고 하는 이야기다. 철거민들의 죽음 소식을 듣고, 실연당했을 때처럼 마음 한 편이 묵직해져서 그날 잠을 설쳐야 했다. 게다가 그 이후의 사태 전개가 더욱 마음을 갑갑하게 했다. 보수언론은 화염병을 던진 철거민들의 폭력성에 초점을 두면서 그들의 죽음이 일종의 자살에 불과한 것처럼 떠들어댔고, 어떤 국회의원은 뻔뻔하게도 철거민들을 테러리스트 취급을 하여 결과적으로 그들을 두 번 죽였다. 결국 새로 취임을 기다리던 서울 경찰청장은 물러나게 되었지만 대통령의 사과도, 경찰의 반성적인 모습도 보여주지는 않았다. 지배층들 및 국가기구들은 열심히 일을 하려고 한 경찰들이 사건의 희생양이 되었다는 식으로 도리어 반발하는 모습을 보여주었다. 한국의 시민이라면 누구나, 경찰이 일을 열심히 해주길 기대할 것이다. 하지만 시민을 때려잡는 것이 경찰의 할 일이라고는 그 누구도 생각하지 않을 것이다.

철거민들이 농성에 들어간 지 몇 시간 만에 경찰 특공대를 투입한 일은 이 시대의 경찰이 시민들을 어떤 존재로 보고 있는가를 여실하게 보여주었다. 한편 경찰과 '용역'이 합동 작전을 편 사실은 현재의 한국 경찰이 누구를 위해 존재하는가를 그야말로 그로테스크하게 드러낸 일이었다. 이 시대의 경찰은 용역의 용역인가? 분노와 참담의 심정으로 마음이 괴로울 때, 『창작과비평』 2008년 겨울호의 "문학이란 무엇인가?"라는 특집 제목을 보고 확 끌렸다. 어떤 잔혹극보다도 더 잔혹한 사건을 보여주는 이 시대에 과연 문학은 무엇이며 무엇을 할 수 있는가, 문학의 존재 의의는 무엇이며 어떤 정당성을 갖고 있는가에 대한 물음이 문학을 읽고 글 쓰는 일을 업으로 하는 나에게 밀려들어 오고 있는 중이었기에, 특집의 글들이 어떤 해갈을 가져다주지 않을까하는 기대 때문이었다.

시인이나 작가들이 문학이란 무엇이다라는 어떤 답을 갖고 작품 활동을 하는 것은 아닐 테다. 그들은 어떤 내밀한 내적 욕망에 따라서, 주어진 삶과 기호들을 재료로, 하지만 그 삶에서 벗어나기 위하여 창작 활동을 하고 있을 것이다. 그들 역시 문학의 본질에 대한 여러 질문들을 던지면서 활동을 할 테지만, 그러나 창작 상의 여러 문제들을 해결하는 가운데에서, 그리고 자신의 독특한 사상 형성 과정에서 그 해답을 얻을 것이다. 그래서 타인이, 그것도 비평가가 문학이란 무엇인가에 대한 답을 마련해본다고 해서 창작하는 그들에게 어떤 도움이 될 것이라고는 생각하지 않는다. 하지만 비평이 문학의 가능성을 탐색하고 이에 대한 논리화를 이루고자 한다면, 그리고 이를 통해 담론의 생산이 이루어진다면, 이는 작가에게 힘이 될 수 있을 뿐만 아니라 독자들이 문학 작품을 읽는 데에 좀 더 넓은 시야를 확보하도록 도움을 줄 수 있을 것이다. 그래서 어쩌면 이 낡다면 낡은 질문을 다시 해보는 것과 이에 대한 대답을 모색하는 일은 여전히 현재적일 수 있다.

그런데 이 물음과 모색이 '촛불'과 '용산 참사'가 대변하는 현 시대야말로 더욱 현재적인 의의를 갖는다고 생각하게 된다. 현 시대는 자본과 국가의 공모가 더욱 노골적이게 행해지고, 곤궁해지는 시민들의 저항을 무력으로 억누르겠다는 협박이 공공연하게 선언되는 시대이면서, 한편으로 촛불과 같은 거대하고도 창의적인 저항의 다중(多衆)적인 능력을 한국의 대중이 발휘하는 시대이기도 하다. 신자유주의에 의해 초래된 경제위기를 신자유주의의 가속화로 돌파하려는 현 정부의 태도는 이에 저항하는 다중과 앞으로 격렬한 투쟁을 벌이게 될지 모른다. 이러한 시대적 급박함 속에서, 문학을 실용주의적으로나 도구주의적인 관점에서 생각하면 안 되겠지만, 그리고 조급하게 문학의 그 존재 의의를 찾아서도 안 되겠지만, 그래도 어떤 정치적인 의의(물론 여기서 정치는 당을 둘러싼 역관계가 아니라 일상적 삶의 결에까지 그 범위를 둔 역관계다.)가 있어야 하지 않을까라는 생각을 하게 되는 것은 자연스러운 일이다. 그런데 문학의 정치성을 모색하기 위해서는 우선 원론적으로 "문학이란 무엇인가?"라는 발본적인 질문을 다시 해보고 그에 대한 해답을 궁리해봐야 하는 것이다.

물론 그 질문에 어떤 영원한 정답은 없을 테다. 문학이야말로 시대적 변화에 민감하고 그래서 문학의 흐름도 급격하게 변화해가는 것 아니겠는가. 물음은 이 변화 속에서 주어지는 것이고, 그 대답도 그 변화를 흡수하면서 마련될 것이다. 그러니 시대마다 물음의 맥락도 다를 것이요, 대답도 달리 나올 수밖에 없다. 그래서 질문은 거듭 제기되어야 하는 것이다. 또한 시대의 변화와 문학의 변화가 긋는 선분이 가파를 때, 자칫 혼란에 빠질 위험이 있는 그 상태에서 문학에 대한 원론적인 질문은 절박하게 다시 제기될 것이며, 그 질문에 호응하여 해답을 찾고자 하는 이들도 많아질 것이다. 바로 지금과 같은 시기가 그러한 혼란기 아니겠는가. 그래서 이번 창비의 특집은 시의적절하다고 생각된다. 게다가 맨 앞 지면에 그 질문을 다시 하시는 분이 문단의 노장 평론가인 백낙청이어서 많은 기대를 하고 책을 펴보게 된다. 이 조울증의 시대에 문단의 어른께서 어떤 해답을 설파해서 빛을 비추어주시길 기대하는 마음으로 말이다.

하지만 「문학이 무엇인지 묻는 일」이라는 백낙청의 글 제목이 말해주듯, 그는 이 질문의 의의를 더 중시하고 그 해답은 명료하게 제시하지는 않고 있다. 주로 분단체제론 및 기존 자신의 문학론을 방어하면서 문학이 '다음은 무엇'을 모색하길 주문하는 정도로 논의를 전개한다. 어쩌면 이런 태도가 정답 아닐까, 하는 생각도 든다. 왜냐하면 "오늘도 수많은 문학론·시론·소설론들이 '문학이란 무엇인가'라는 물음을 계속 묻고 있는 듯이 보인다. 문제는 대개가 어떤 정답을 이미 전제하고 출발하거나 쉽게 정답에 도달하고 만다는 것이다. 그러나 이 물음을 제대로 물을 때 정답이란 없다"(18쪽)는 백낙청의 말마따나, 이 물음에 정답을 쉽게 내버릴 때 그것은 물음을 던지지 않는 것보다 못할 일일지 모르겠으니 말이다. 물론 여기에서 논의를 그친다면 그 평론은 써질 수 없었을 것이다. 백낙청은 물음을 어떻게 물을 것인가가 더 중요하다면서, "'문학이란 무엇인가'라는 물음과 더불어 "역사를 묻고 역사에 대한 스스로의 책임을" 동시에 묻고자 하는 민족문학론의 초심"(19쪽)으로 돌아가 다시 이 물음을 묻는다고 한다. 그리고 이 전제 아래에서 그 물음은 "최종적인 정답에 미달하더라도 어떤 것이 문학다운 문학이며 어떤 작품들이 가장 방불한 작품인지에 대한 구체적인 탐구를 통해 수행되는 물음이어야 하는 것"(18쪽)이라고 말한다.

다시 말해 역사적 과제 속에서 문학이란 무엇인가라는 질문을 던지되, 정답을 쉽게 전제하지 않고 실제 작품에 대한 구체적인 탐구와 평가를 진행하면서 대답을 '수행'해가야 한다는 것이다. 그 수행으로써 백낙청은 윤영수의 『소설 쓰는 밤』과 박민규의 『핑퐁』의 성과와 한계를 구체적으로 평하고 있다. 그런데 그 실제 비평 이전에 그는 '사실주의'를 다시 방어하고 있어서 주목된다. "과학과 실증의 훈련을 생략하고서 뜻있는 실험과 창조가 진행되기는 여전히 힘든 일"이고 "세계체제의 주변부나 반 주변부에서는 사실주의 자체가 갖는 실험성과 창조성-즉 참된 리얼리즘으로서의 생명력-이 여전히 위력적인 경우가 숱하다"면서 "한국문학의 경우도 최소한 소설분야에서는 사실주의적 성취가 압도적이다"(21쪽)라고 그는 주장하는 것이다. 과연 현재 한국 소설에서 사실주의적 성취가 압도적인가, 그리고 세계 체제의 주변부나 반 주변부에서 사실주의가 여전히 위력적인가, 반론이 있을 수 있겠는데, 여하튼 백낙청 특유의 신중함과 뚝심을 보여주는 대목이라고 생각된다.

문학이란 무엇인가에 대한 물음에 역사에 대한 책임을 연관시켜야 한다는 주장은 백낙청 스스로가 말하듯 1973년에 이미 한 것이다. 리얼리즘 담론의 위력이 다 한 것처럼 보이는 현재에도 여전히 사실주의의 중요성을 35년 전에 주장한 담론과 연관시켜 견지하는 것이다. 하지만 그는 "좋은 문학은 리얼리즘"이라는 식의 단선적인 주장을 펼치지는 않는다. 쉽게 정답을 내놓는 사실주의 문학론의 폐해를 그 역시 지적하고 있다. 다만 로렌스를 빌려 "'객관적'인 사실들에 대한 기본적인 존중심이 없다면 작가는 쉽사리 자기기만에 빠지고 부분적인 진실을 전체인 듯 독자를 오도할 수 있"(23쪽)다는 식으로 신중하게 사실주의를 제시하는 것이다. 물론 이 사실주의는 객관적 사실의 재현에 갇힌 무엇이 아니다. 재현을 통한 재현 너머의 시적 진실을 드러내는 것이 리얼리즘이라고 백낙청은 주장해 왔다. 이 글 말미에서 전지구적 경제 위기 이후 '다음은 무엇'을 문학이 모색할 수 있어야 한다고 제언할 수 있는 것은 리얼리즘이 전망을 선취할 수 있는 능력이 있다고 그가 믿고 있기 때문에 할 수 있는 것이다. 그 전망은, 백낙청의 리얼리즘 이론 틀 속에서 보면 재현을 통해 구체화되어 드러난 시적 진실 속에서 드러날 수 있다.

백낙청의 평론 스타일은 물 흐르듯 부드럽게 논의를 진행하지만 그 속엔 단단한 이론적 내구성을 갖고 있다. 그래서 어떤 비판이 들어와도 웬만해선 자신이 펼친 주장을 철회하지 않는다. "촛불의 정신에 부합하는 문학을 얼마나 생산해왔고 앞으로 어떤 문학을 만들 것인지가 문학의 생명력을 가늠하는 하나의 판단기준이 될 것"(14-15쪽)이라고 그는 판단하지만, 이 새롭다면 새롭다고 할 촛불의 정신에 부합하는 문학으로 여전히 리얼리즘을 내세운다. 그런데 그가 주장하는 리얼리즘은 과학과 실증의 정신과 통하는 근대 사실주의 문학에서 배태된 것이다. 여기에서 백낙청의 문학론이 계속 주장해온 "현존 자본주의 세계질서에 대한 적응과 그 극복의 '이중과제'"(39쪽)론과 연결되어 있다는 것을 짐작할 수 있다. 그의 리얼리즘이 과학과 실증 정신을 바탕으로 하는 사실 묘사와 더불어 이를 뛰어 넘는 진실을 드러내는 것처럼, 그의 '중도적 변혁주의' 역시 근대 자본주의를 바탕으로 이에 '적응'하면서 동시에 이를 극복하고자 하는 사상이기에 그렇다.

이를 위한 당면과제가 분단체제 극복이라는 것이며, 바로 이 분단체제 극복이 35년 전에 그가 질문했던 한반도의 민족사적, 세계사적 과제다. 세계 자본주의의 한 고리인 한국 자본주의는 특수하게 분단체제와 맞물려 있으며, 이 체제를 극복하는 과정은 자본주의적 근대성과 조응하는 완연한 근대 국민국가를 세우는 작업임과 동시에, 세계 자본주의 체제 질서의 극복 과정과 연동될 수 있다는 것이다. 다시 말하면 분단 체제 극복은 자본주의의 완전한 극복이 아니고 자본주의 질서에 적응하면서 이루어지는 일이지만, 한편으로 자본주의 체제 자체의 극복을 위한 과정이기도 하다. 이 신중하고 한편으로는 뚝심 있는 '중도적 변혁주의'의 문학본 버전이 백낙청의 리얼리즘론이기도 하다. 그렇다고 백낙청이 이 정치적 과제를 그대로 문학에 대입시켜 '분단체제극복문학'을 제시하지 않는다는 데에 그의 신중함이 있다. 이런 제시는 "또 하나의 섣부른 정답을 공급하는 행위"에 그칠 수 있을 것이며, "분단 체제 극복에 대한 문학의 기여를 모색하는 작업은""어디까지나 민족문학론의 초심을 계승하여 문학에 대한 물음을 한반도의 현실에 발딛고서 지속하는 하나의 방법"(40쪽)이라는 것이다.

그런데 문제는 '이중과제론'의 논리구조가 바로 리얼리즘 문학론의 논리구조와 유사하기에 문학논의에 어떤 답답함을 준다는 점이다. 즉 자본주의 세계질서의 극복 혹은 근대성의 극복은 동시에 자본주의 세계 질서에 대한 적응 혹은 근대성의 성취 역시 전제된다는 '이중과제론'의 논리는, 리얼리즘이 사실주의를 넘어서는 문학적 진실을 성취해야 함과 동시에 과학과 실증적인 정신으로 사실에 대해 적확하게 묘사하는 것 역시 성취되어야 한다는 논리와 형제 관계인 것이다. 그래서 백낙청의 리얼리즘론을 비판하기 위해서는 '중도적 변혁주의론' 또는 '이중과제론' 역시 동시에 비판해야 한다. 아니 '이중과제론'을 비판하면서 자연스럽게 백낙청의 리얼리즘론도 비판하게 되는 효과를 가질 수 있다. 물론 이는 만만한 과제가 아니다. 그의 '이중과제론'은 인문학과 사회과학을 아우르며 제기된 것이기에 더욱 그렇다. 물론 비판 이전에 왜 그 이론을 비판해야 하는가, 라는 질문이 먼저 제기될 수 있겠지만. 여하튼 백낙청의 이론을 비평하기 위해서는 다른 본격적인 자리가 있어야 할 것인데, 여기에서는 상기 평론에 드러나 있는 그의 생각에 대해 한두 가지 이의를 제기하면서 약간의 논의를 펼치는 데 만족하려고 한다.

문학의 정치적 의의를 찾고, 이를 위해 문학이란 무엇인가 질문을 던져보았던 나로서는, 백낙청의 논의가 그렇게 해갈의 느낌을 주지는 못했다는 개인적 감정부터 솔직하게 말해야겠다. 그 이유는 아마도 백낙청의 글이 상당히 유연해지긴 했지만 그 전과 다른 입론을 전개한 것이 아니며 새로운 지대를 개척했다고 판단되지는 않았기 때문이다. 금융위기로 나타나고 있는 '선천시대'의 막바지와 촛불이 미리 보여준 '후천개벽'-백낙청이 받아들이는 김지하의 용어-을, 시절의 급박함에 비해 이중과제론과 리얼리즘론이 너무 여유롭게 맞이하는 것은 아닌가라는 느낌이 든 것이었다. 그것은 비록 한반도가 백낙청의 판단대로 근대적 민족국가 형성을 하지 못하고 있더라도 그것이 근대성에 미달하는 것이 아니라 특유한 근대성을 보여준다는 면에서, 그리고 자본주의 세계질서에 더 적응해야 할 것 없이 한국 경제가 그야말로 그 질서의 첨단에서 돌아가고 있다는 면에서 백낙청이 제시하는 이중과제론은 너무 '중도적'인 것이 아닌가 하는 나의 판단에서 비롯된 느낌이었다.

백낙청 자신이 자신의 '중도주의'적인 '이중과제론'이 "한편으로 '적응'에 치우쳐 순응주의의 겉치레가 되거나 다른 한편으로 '극복'에 몰두한 나머지 적응도 극복도 다 제대로 못하게 될 위험을 상시적으로 안고 있는 담론"(39쪽)이라며 그 취약성을 지적하고 있다는 점에서 나의 느낌이 전혀 근거 없다고는 할 수 없을 것이다. 이에 그는 "정작 다른 대안이 있는지를 따져보면 답이 안 보"인다고 주장한다. 이 주장은 극복에 몰두하다가는 적응도 극복도 제대로 못할 수 있다는 선(先)판단이 작용하여 도출된 것이다. 하지만 더 이상 적응할 수 없기 때문에 극복하려고 하는 것 아니겠는가? 적응하면서 극복한다는 이중과제론은 지혜로운 생각이기는 하겠지만, 실제 현실에서 벌어지는 과열된 움직임을 순화시켜 판단하는 잘못에 빠뜨릴 수도 있다. 자본주의 세계체제의 모순이 폭발하면서 걷잡을 수 없이 사태가 진행될 것이라고 예상되는 지금, 극복만을 섣불리 내세우면 이도 저도 안 되니까 여전히 자본주의 체제에 적응해 나가면서 또한 이 체제를 극복해야 한다는 주장은 자칫 비현실적이고 무책임하게 들릴 수도 있다. 물론 갑자기 한국 사회가 당장 자본주의를 벗어나야 한다고 주장한다면 이 또한 무책임할 것이다. 그러나 문제는 자본주의 체제에 대한 "야 바스타!(이젠 그만!)"라는 민주주의적인 거부 과정 속에서 그 극복 대안이 형성될 수 있다는 것이다.

그러므로 적응보다는 실질적 민주주의에 바탕을 둔 자본주의 체제의 극복 움직임에 좀 더 초점을 맞추어 모색이 진행되어야 후천개벽에 맞는 사유 아니겠는가 하는 생각이다. 광우병을 유발할지도 모르는 미국산 쇠고기 수입 반대라는, 어쩌면 상대적으로 사소한 이슈로 시작된 촛불이 거대한 형국으로 번져갈 수 있었던 것은, 다중화된 대중들의 실질적 민주주의에 대한 요구가 그만큼 절실해졌다는 것을 보여준다. 실질적 민주주의에 대한 요구야말로 삶을 실제적으로 파괴하는 신자유주의적 자본주의 체제를 거부하는 힘이다. 촛불 시위 과정에서 불거진 '대책위'에 대한 거부 역시, 이에 대한 공정한 판단과는 따로, 어쨌든 "우리 자신이 배후이며 지도부다"라는 직접 민주주의 정신에서 비롯된 것이다. 이는 간접 민주주의와도 연결되는 자본주의의 화폐 재현체제에 대한 거부와도 연결된다. 즉 촛불이 보여준 창의성과 대담함은 자본주의의 재현체제에 대한 무의식적 거부와 동시에 폭발해 나온 것이다. 촛불이 후천 개벽의 징표가 된다면 바로 이러한 측면을 조명해야 되는 것 아닐까. 2008년 촛불이 1987년 6·10 항쟁과 다른 성격을 갖는 것 역시 이러한 측면이다.

근대성을 성취하면서 이를 극복한다는 리얼리즘적인 미적 근대성 역시 촛불의 직접성과 급진적 잠재성에 비추어보면 보수적이라는 느낌이 드는 것은 이 때문이다. 그의 리얼리즘론은, 근대성을 거부하려고 하는데 근대성에 적응하면서 거부하라고 자꾸 뒷덜미를 잡는 듯한 모습으로 보이기도 하기 때문이다. 물론 현재 한국 소설에 사실주의적 소설이 압도적이라고 말할 수도 있지만, 그리고 판타지 소설 역시 리얼리즘의 입장으로 견인할 수도 있겠지만, '사실주의 소설'이 근대성에 기초한 사실주의를 얼마나 극복해가고 있는가, 즉 셰익스피어의 극이나 발자크 소설에서 자본주의의 불가피성을 사실주의적으로 인식한 측면보다 그 불가피성의 너머를 얼마나 '시적으로' 드러내고 있는가를 파악하는 데 논의를 집중하는 것이 현 상황에서 중요한 문제라고 생각한다. 그러나 백낙청이 사실주의의 중요성을 다시 제시할 때에는, 그의 본의가 아닐 테지만 그 너머에 대한 조명보다는 근대성에의 적응과 성취 측면을 강조하는 것 같아 답답함을 느끼게 되는 것이다. 이와는 달리 문학 작품이, 그것이 사실주의든 아니든, 내용-형식 면에서 근대성으로부터 탈주하면서 자본주의 재현체제 너머 미지의 무엇을 구축하는 면을 조명하는 것이 현 상황에서 더 필요한 작업이 아닐까.

　이러한 불만은 같은 특집에 실린 한기욱의 글 「문학의 새로움은 어디서 오는가」에서도 느끼게 된다. 그의 글은 백낙청의 입론을 이어받아 '새로움'에 강박된 비평을 비판하고 현 남한의 '역사적 과제'에 비추어 문학을 비평하는 작업을 보여주고 있다. 나 역시 문학이 '새로움'이라는 범주에 사로잡힌다면 결국 상품 사회의 논리에 포섭될 수밖에 없다는 입장이므로 일정하게 한기욱의 생각에 동의하기는 한다. 하지만 "리얼리즘의 핵심은 '현실의 재현'이 아니라 작품 전체가 '시적 경지'에 이르렀는가 여부"라고 그가 말할 때 그 '시적 경지'란 무엇이고, 그렇다면 왜 시적 경지에 이른 작품을 리얼리즘이라 부르는가 질문을 던지게 된다. 리얼리즘이 백낙청도 말하듯 일단 '과학과 실증'의 정신을 바탕으로 삼고 있다고 할 때, 시적 경지가 리얼리즘을 통해서만 달성될 수 있다는 주장은 받아들이기 힘들다. 시적 경지를 달성한 문학을 좋은 문학이라고 말하면 될 듯도 한데, 그 문학이야말로 리얼리즘이라고 한다면 일종의 '리얼리즘에 대한 강박'이 아니겠는가 지적하게 되는 것이다. 그가 공선옥의 소설에서 읽은 '시적 경지'를 나는 김승옥의 소설에서도, 황석영의 소설에서도, 조세희의 소설에서도, 스탕달에게서도, 카프카에게서도, 베케트의 극에서도 느낀다. 그렇다면 이 모든 작품을 리얼리즘이라고 해야 하겠는가?

현실주의로 번역되는 리얼리즘은 사실주의로 번역되는 리얼리즘이 아니라고 한기욱은 말한다. 그렇다고 하더라도, 현실주의라는 리얼리즘 역시 근대성-과학과 실증-과 관련된 사실주의를 바탕으로 하는 문학이 아니라고 한다면 그 개념은 공중 분해되지 않겠는가? 백낙청이 이 글이 위에서 언급한 평론에서 현실주의로 번역되는 리얼리즘이 아니라 과학과 실증의 정신을 바탕으로 한 '사실주의'의 사실 묘사의 중요성을 거론하고 있는 것은 이 때문일 것이다. 한편 한기욱은 백낙청보다도 문학 작품을 분단체제론과 더욱 직접적으로 연관시켜 살펴보는 경향이 있다. 탈북문제를 다룬 소설에서조차 아감벤의 이론과 같은 외국이론을 적용하여 논하는 경향을 비판하면서 "탈북 사태가 근대 주권권력의 폭력적 지배 때문에 일어나는 비극이라기보다 남북이 원만한 근대적 국가를 성취하지 못한 데서 일어나는 비극이라는 점을 기억할 필요가 있다"(56쪽)고 할 때 그러한 경향을 느끼게 된다.

하지만 원만한 근대적 국가란 무엇인가? 다른 서구는 원만한 근대적 국가를 성취했는데 분단을 극복하지 못한 남북한만이 근대적 국가를 성취하지 못했다는 말인가? 그렇다면 아감벤 이론의 발본성을 너무 무시하는 것 아닐까? 현 자본주의 세계 체제 아래에서의 근대 주권 권력 일반을 아감벤은 비판하는 것 아닌가? 그렇다면 탈북 문제는 잠재되어 있는 근대 주권권력의 일반적 폭력이 더욱 가시적으로 드러난 것으로도 읽을 수 있지 않은가? 탈북 문제를 한반도의 시야에서만 보는 것이 아니라 근대성 자체의 폭력으로 보는 작업도 필요하지 않은가? 문학 작품의 정치적 독해를 나 역시 필요로 한다고 생각하지만, 이 정치를 분단체제론 및 이중 과제론에 갇혀 생각한다면, 문학에 내재한 풍부한 미시적 정치성이 어떤 구도에 갇힌 채 읽힐 수 있는 것이다.

문학에 내재한 정치성을 읽고자 하는 나의 기대에 호응하는 글은 같은 특집에 실린 진은영의 「감각적인 것의 분배」였다. 사실 진은영의 글 자체에 반가웠다기보다는 그 글에 소개된 자끄 랑시에르의 이론이 문학의 정치성에 대해 새롭게 사고하는 방향을 제기했기에 반가웠다고 해야겠다. 진은영의 글은 얼마 전에 번역된 랑시에르의 『감성의 분할』을 소화하여 요령 있게 정리한 것이기 때문이다. 하지만 이해하기 쉽지 않은 랑시에르의 이론을 한국 문학, 특히 한국시의 미래에 대한 문제의식과 접목시킨 글은 진은영의 것이 처음이지 않은가 싶다. 나 역시 번역된 랑시에르의 책을 낑낑대며 읽으면서 그의 사상이 한국 문학을 새롭게 읽고 그 정치성에 대해 생각할 수 있는 이론틀을 제공할 수 있을 것 같다고 여기고 있는 중이었는데, 그의 예술론의 핵심을 예술의 정치성이라는 문제의식에 따라 일관성 있게 정리한 진은영의 글은 나에게 단비 같았다. 애써 진은영이 정리한 랑시에르의 사상을 여기서 다시 정리한다는 것은 무의미할 것이다. 랑시에르의 사상이 궁금하다면 그의 글을 직접 읽어보라고 하고 싶다. 그런데 여기서 거론하고 싶은 것은 진은영이 랑시에르 이론을 나름대로 정리하면서 내놓은 문학의 정치성에 대한 결론이다. 진은영은 랑시에르의 글을 빌려 예술가들을 정치 참여의 공간으로 초대한다. 인용하면 이렇다.

치안질서 내에서는 설명되지 않는 자들, 보이지 않고 들리지 않는 자들과 직접 조우하는 것, 의회민주주의의 형식으로부터 무질서하게 빠져나오는 정치적 열정의 공간에서 함께 어울리며 엉뚱하고 다채로운 상상력을 발동시켜 보

는 것, 예술활동의 모든 시간이 이것들로 환원되는 것은 아니지만 이것들 없이
는, 의미작용을 하는 감성적 조직을 교란시키는 계기를 포착하기 힘들다는 점
을 기억하라는 것이 랑시에르의 전언이다. 삶과 정치가 실험되지 않는 한 문학
은 실험될 수 없다.(84쪽)

치안에 의해 구획되어진 감각적인 것을 교란하면서 감각을 재발명하고
재분배하는 데에 예술의 민주주의적 잠재성과 직접적인 정치성이 있다는
랑시에르의 사상을 빌려, 진은영은 예술가가 치안의 규제에 저항하고 설명
되지 않고 보이지 않으며 들리지 않았던 자들과 접속해야 한다면서 그의
활동을 여러 실험을 통해 감각적인 것을 재편하는 데로 이끌려고 한다. 예
술가로서의 시인이 삶과 정치의 실험과 연동되지 않는다면 예술은 창조적
일 수 없다며 예술의 정치적 참여를 직접 주장하고 있다는 데에 이 글의 중
요성이 있다. 그가 예술가이기 때문에, 이 주장에서는 어떤 실제적인 활력
을 느끼게 된다. 오해하지 말아야 할 것은, 이 예술의 정치성은 정치적 개
념을 형상으로 번역하여 민중들에게 전달하는 데에 놓여 있는 것이 아니라
는 점이다. 이 예술적 참여에서는 정치의 어떤 도구처럼 예술이 기능하지
는 않을 것이다. 진은영이 랑시에르의 글에서 뽑아낸 말에 따르면, 미학의
정치와 정치의 미학은 다른 것이기 때문이기에 미학의 정치는 자기 방식
대로 직접적으로 정치적이라는 것이다. 하지만 진은영의 독해에 의하면 정
치의 미학과 이 미학의 정치는 접속될 것이다. 이 접속은 예술의 재현을 통
해 간접적으로 이루어지는 것이 아니라, 삶의 실험과 미학적 실험의 접속
속에서 직접적으로 이루어진다. 그래서 어떤 금욕주의에 붙잡히지 않은 채
예술은 다채롭고 발랄하게 자신의 잠재력을 발하면서 직접적으로 정치적
이 될 수 있다.

진은영의 논의는 답답함과 조울증에서 벗어날 수 있는, 젊고 개방적이며 활달하게 문학의 앞길을 제시하는 생각이라고 할 만 하다. 진은영의 생각에 고개를 끄덕이면서, 하지만 한편으로 '딴지'를 걸어보고 싶은 마음도 든다. 랑시에르를 따라가면서도, 한편으로 새롭게 소개된 사상가에 내가 그만 줏대 없이 따라가는 건 아닌가 의심이 들어서일지도 모르겠다. 그래서 랑시에르 이론을 이 자리에서 전격적으로 수용한다기보다는, 그 이론에 '딴지 거는' 견해도 있을 수 있다는 것을 제시하여 좀 상대화시키고 싶다. 진은영도 인용한, 『공공 도큐멘트』(미디어버스, 2008)라는 무크지에 실린 랑시에르와 'Chto delat'라는 러시아의 자율주의 예술운동 단체와의 대담을 읽어보면, 흥미롭게도 랑시에르와 그 단체의 견해가 일정 정도 부딪치고 있음을 알 수 있다. 그 단체의 일원인 빌렌스키(Vilensky)는 랑시에르에게 미적 경험의 자율성 개념을 '노동자 자율주의'에 의해 발전된 자율성 개념과 연관시켜서, "문화 생산의 자기 조직화라는 의미에서의 자율성", "그 자체의 압력을 통해 시장 체계를 중지시킬 수 있"는 자율성으로 생각할 수 있지 않는가 하고 묻는다. 이에 대해 랑시에르는 "오늘날 예술적 행동주의 형식은 예술가들에게 정치적 행동주의자들처럼 오직 직접적으로만 개입하라고만 요구"한다면서 이는 "예술을 예술가의 속성으로만 간주하는 것"이며 "이것을 박탈의 어떤 형식", 즉 "미학적 경험이 누구에게나 가능하지 않도록 만들어진다는 것"을 뜻한다고 비판한다.(130쪽)

하지만 문화 생산의 자기 조직화가 예술가라는 특별한 '직업'을 가진 사람만 참여한다는 것이 아니라고 한다면, 즉 예술가/일반인의 구분을 철폐하는 운동이라고 한다면, 그것은 한편으로 누구에게나 예술 창작을 가능하게 만드는 길일 수도 있는 것이다. 다시 말해 랑시에르는 예술이 누구에게나 받아들여져야 하며 그래서 정치적이라고 말하지만, 한편으로 이는 예술 창조자와 수용자를 구분하는 생각에서 벗어나지 못한 생각이 아닌가 여겨지는 것이다. 하지만 촛불에서 볼 수 있었듯이 누구나 시인이 될 수 있다. 촛불은 예술 창조와 삶의 창조가 접근할 수 있도록 삶의 공간을 열어 젖혔다. 이때 이루어진 '문화생산의 자기조직화'는 자율적인 미적 경험의 수용을 통해 감각적인 것을 민주적으로 재분배한다는 랑시에르의 예술의 정치성을 넘어서는 현상이라고 생각할 수 있다. 예술의 상업화와 원리적으로 단절하고, 이를 위해 예술을 행동으로 해체하려는 조급성에 대한 랑시에르의 비판에 수긍한다고 하더라도 말이다. 어쩌면 랑시에르 읽기로부터 새로운 정치적 예술을 사유하는 진은영이 도리어 빌렌스키의 의견에 접근한다고도 볼 수 있다. 소수자들과 직접 조우하는 '행동'을 그는 예술에 촉구하고 있기 때문이다. 비록 랑시에르의 이론을 따라 그는 그 행동에 의해 감각적인 것을 재분배하는 예술작품을, 그리고 그 미적 경험을 창출할 수 있다고 말하고 있지만 말이다.

또한 마군(Magun)이라는 같은 단체의 한 일원이 "가시적인 것과 그렇지 않은 것, 혹은 볼 수 있도록 받아들여진 것과 그렇지 않은 것의 관계를 예술이 재편한다고 말"할 때 "재편 이전에, 혹은 어떤 재편이 발생하기도 전에 이 경계를 폭파시키는 일을 하게 되는 단계나 운동이 있지는 않을까"라고 질문한 데 대해, 랑시에르는 "문제는 당신이 폭발을 기대할 수는 없다는 것"(132-133쪽)이라고 응대하고 있는 것에 대해서도 언급할 만하다. 그는 혁명과 같은 급진적 단절은 예술 영역에서는 정의하기 힘들다고 말한다. 그런데 이는 예술 운동을 하려는 당사자와 역사 전 기간에 걸친 예술에 대해 인식틀을 마련하려는 이론가와의 입장 차이 때문에 일어나는 논쟁이라고 생각된다. 그가 말하듯 19세기 회화의 추상화 경향이 20세기 예술의 추상적 단절을 예견해준다고 하더라도, 활동가의 입장에서 보면 러시아 혁명

직후 러시아 구축주의자들이 보여준 예술의 죽음을 통한 예술과 혁명과의 결합, 이를 위한 추상으로의 돌진은 기존 예술과의 급격한 단절 의식 속에서 이루어졌다는 것이 눈에 들어올 수밖에 없다. 마군이 말한 "경계를 폭파시키"고자 하는 시도가 러시아 혁명 당시 예술가들에게 직접적으로 행해졌다는 것이 예술 활동가들에겐 선례로서 중요한 것이다.

예술 또한 혁명적 열정 속에서 창조될 수 있는 것이고, 거기에 혁명적 정치성이 발현될 수 있다. 예술의 정치성을 모두 일반화시킬 수는 없는 것이다. 물론 그렇다고 해서 예술의 정치성에 위계를 세워서는 안 되겠지만, 혁명적 의도를 가진 예술 활동이 가져오는 사건적 성격을 이론이 숙고하지 않는다면 이론은 실천성을 잃고 일종의 역사 기술로 빠질 수 있다. 다시 말해, 비록 20세기 초에 이루어진 건축과 디자인의 혁명이 결국 랑시에르가 말하듯 "새로운 자본주의와 포드주의적 합리성의 성취로 나아"갔다고 하더라도, 그것은 또 다른 역사적 결정에 따른 것이어서 단절의 운동이 일으킨 폭발을 부정할 수는 없는 것이다. 특히 삶을 '예술을 벗어난 예술'을 통해 혁명적으로 재편하려고 했던 러시아 구축주의의 경우엔 자신들의 잠재성과 가능성을 다 꽃피우기 전에 스탈린주의에 의해 철저하게 파괴되어 버렸기 때문에, 그 단절의 운동을 후대의 경향에 비추어 평가하기는 힘들다. 여전히 그것은 미완성의 기획이기 때문이다. 게다가 그 폭발은, 훗날 자본주의가 그들의 혁신을 다 포섭했다고 하더라도, 사람들의 감각적인 것을 재편한 것은 사실인 것이다.

여하튼 슈토 델랏(Chto delat) 그룹의 견해를 빌려 이러한 반론을 제기할 수 있다고 하더라도 랑시에르 이론을 서둘러 기각해야 한다고는 생각하지 않는다. 그의 이론이 많은 예술 이론적 문제와 예술 운동의 문제를 해명하고 길을 터줄 수 있다고 생각되기에 좀 더 깊이 있는 소개와 읽기가 진행되어야 한다고 생각한다. 다만 상대화시켜 볼 필요가 있다고 생각하기에 그의 이론에 대한 어떤 반론을 들춰보려고 했다. 그러나 그의 이론은 문학 예술의 정치성을 다시 모색하는 데에서 씨름해보아야 할 대상임에는 틀림 없다.

문학의 정치성에 대해 생각하면서, 백낙청이 제기한 바인 '문학이란 무엇인가'에 대한 묻기를 되씹으며 지난 계절에 나온 평론들을 읽어내고자 이 글을 쓰기 시작했다. 하지만 백낙청의 글에 대한 정리와 논평에 너무 많은 지면을 써버렸다. 사실 이 글을 준비하면서 다른 글도 다룰 생각이었다. 특히 『문학수첩』 2008년 겨울호가 특집으로 마련한 "한국문학에서의 '기억의 정치학'" 아래의 글들을 다뤄보고 싶었고 또 그 잡지에 실린 장석원의 「당신이 대면하고 있는 공포」라는 글과 『딩아돌하』 2008년 겨울호에 실린 고봉준의 「웰컴 투 원더랜드」에 대해서도 언급해보고 싶었다. 하지만 여기서 이를 다룰 여유는 없는 것 같다. 다만 『문학수첩』의 특집으로 실린 글들은 "문학 텍스트를 둘러싼 기억의 역학", "낯익은 텍스트에 작동하는, 이질적인 기억의 갈등 양상"-바로 여기에 특집 제목인 '기억의 정치학'이 작동할 터인데-을 추적한다는 기획 의도를 살렸다고 보기는 힘들었다는, 어떤 실망을 표명하고 싶다. 하지만 김수영 시를 주제로 한 강계숙의 「미래로부터 오는' 전통」은 김수영의 「거대한 뿌리」에 나오는 '무수한 반동'을 민중적 전통의 재인식으로 읽는 민중주의적인 독해에 대해 비판하고, 「현대식 교량」의 독해를 통해 김수영이 생각한 "역사와 전통은 과거로부터 전해지는 것이 아니라 미래로부터 도래"(83쪽)하는 것이라고 주장하고 있어서 주목되었다. 김수영의 사상을 전반적으로 생각해보면, 강계숙의 주장이 옳다고 생각된다.

여하튼 이 글이 내가 살펴보고자 하는 평론들을 다루지 못한 아쉬움은 있지만, 본의 아니게 백낙청의 이론과 랑시에르의 이론을 대면시키는 방식으로 글을 전개시키게 된 것도 같다. '문학이란 무엇인가'라는 질문을 백낙청은 여전히 역사적 과제, 즉 한국 사회 운동이 달성해야 할 '이중 과제'를 해결하는 것과 연결시킨다. 그래서 사실주의의 현재성이 여전히 주장된다. 이에 따르면 문학의 정치성은 그 과제 해결에 기여하는 바에 좌우될 것이다. 이와는 달리, 랑시에르의 논의 및 이를 바탕으로 한 진은영이 생각하는 문학의 정치성은, 감각하기의 능력과 범위를 규제하는 치안에 맞서 감각적인 것을 재분배하면서 확보되는 것이다. 이를 위해서는 척도에서 배제된 소수자들의 삶과 투쟁에 예술가가 접속하면서, 활달한 상상력과 실험을 작동하여 이루어내는 감각적인 것들의 예술적 재발명을 통해, 기존의 구획되어 있는 감성을 교란하고 배제된 감성들을 가시화해야 한다고 랑시에르 및 진은영은 생각한다. 나는 후자의 생각에 끌린다. 이 과도기적인 상황에서 작가들에게, 그리고 수용자에게도 활력을 주고 미래에 열려 있는 생각은 후자라고 판단된다. 하지만 이 생각을 얼마나 실천적으로 구체화할 것인가는 작가와 비평가를 포함한 문학 예술인들에게 달려 있다. 이에 성공하게 된다면 촛불이 예시한 '후천개벽'은 우리의 삶에 도래했다고 말할 수 있을지도 모른다.

IV

세상을 바꾸기 위한 문학의 가능성

파국의 위기와
'삶-정치'적 비평

— '비평의 정치'에 대하여

1

2016년을 앞두고 있는 현재, 문학 평론은 어떤 위상을 가지고 있을까. 아무래도 이 대답을 하기 위해서는 2014년 4월 16일 일어난 세월호 참사를 떠올리지 않을 수 없다. 어떤 문학평론가는 세월호 참사 이후, 그 이전처럼 살 수는 없게 되었다고 말한 바 있다. 수많은 아이들이 저 세상으로 가야만 했던 세월호 참사는 한국 사회의 민낯을 보여주었으며 그 사회를 만든 기성세대에게 부끄러움을 안겨주었다. 문학 역시 이러한 참상 앞에서 부끄러움을 안고 있을 것이다. 이러한 모습이 된 세상에 대해 문학이 좀 더 철저하게 싸워오지 못했기 때문이다. 한국문학은 1970-80년대에 군사 독재와 파시즘적인 문화를 상대로 치열하게 싸움을 벌여왔던 자랑할 만한 역사를 가지고 있다. 하지만 1990년대 후반 문민화와 함께 신자유주의가 진행되면서, 한국문학은 신자유주의 시대에 대한 응전을 적극적으로 행하지 못한 면이 있다.

세월호 참사는 한국 사회에 구조화된 폐단이 터져 나온 하나의 사건이다. 세월호 참사가 하나의 교통사고라고 말하는 사람도 있다. 하지만, 2015년에 일어난 메르스 사태가 이윤을 중시하고 생명을 등한시하는 사회 구조와 국가 시스템을 적나라하게 보여주었던 것처럼 세월호 참사 역시 그러한 구조적 문제를 처참하게 드러냈다. 신자유주의적인 구조화가 차근차근 진행되었지만, 한국문학은 이를 날카롭게 파헤치고 그러한 구조로의 이행을 저지시키고자 했다고 자신 있게 말하기는 힘들다. 그렇기에 2014년 4월 16일 이후 한국문학은 심각한 반성으로 들어갈 수밖에 없다고 생각한다.

세월호 참사 이전에 '시와 정치' 논의가 벌어져 한국문단에서는 모처럼 본격적인 문학담론이 활기차게 전개되었다. 하지만 어떤 유의미한 성과를 남겼다고 보기는 힘들다. 논쟁이 벌어진 것 같지도 않다. 물론 문단에서 벌어지는 문학 논의라는 것이 범문단적으로 받아들여지는 결론을 맺을 수는 없으며, 다만 문학그룹이나 논자들의 문학관의 차이가 선명하게 드러났다는 의미에 그치는 경우가 많다. '시와 정치' 논의 역시 그러한 의미를 가지긴 했다고 볼 수 있을 것이다. 그렇다고 하더라도 '시와 정치' 논의가 좀 더 발전적으로 확장되거나 진화되었으면 바람직했을 것이다. 그러나 아쉽게도 그러한 확장과 진화를 위한 추진력을 얻지 못하고 논의가 사그라지고 말았다. 하나 '시와 정치'에 대한 논의들은 촛불 집회나 용산 참사와 같은 사회적 사건을 바탕에 깔고 이루어진 것이어서, 그 논의들 이후에는 문학의 순수성이나 사회로부터의 자율성을 말하기 힘든 분위기가 형성된 것은 사실이다.

이러한 문단 내의 분위기 속에서 세월호 참사는 일어났던 것이고 문학은 어떻게 보면 그 존재 가치에 대한 근본적인 문제에 맞닥뜨리게 되었던 것이다. 문학의 윤리, 증언의 문제가 이와 함께 제시되기 시작했다. 그런데 2015년 한국 문학계는 예상치 못한 방향에서 한국문학의 가치 자체에 대한 대중의 불신을 받게 된다. 알다시피 '신경숙 표절 논란'이다. 그 논란은 신경숙의 표절 의심을 넘어 2000년대 초반 전개되었다가 소진되었던 '문단 권력'에 대한 논의에 다시 불을 붙였다. 결국 그 논란은 한국의 기성 문단 자체에 대한 비판으로 이어졌고 한국 주류 문학의 가치에 대한 심각한 불신을 불러일으켰다. 이러한 비판과 불신은 사실 작가에게보다는 평론가 '선생님'을 향한 것이었는데, 문단 권력의 바탕이 되는 출판과 문학잡지의 편집위원은 대개 평론가들이 맡고 있기 때문일 것이다.

2

앞의 논의를 요약해보자. 세월호 참사 이후 한국문학의 소극적인 정치 사회적 대응에 대한 비판과 한국문학의 가치에 대한 근본적인 의심, 나아가 한국 문학의 도덕성에 대해서까지 불신이 생겨났다. 이와 함께, 한국문학이 이러한 사태에 이르게 된 것은 문단권력의 형성 때문이라는 인식, 그리고 그 권력을 형성하는 데에 핵심적 역할을 맡고 있는 비평가의 기능에 대한 불신 역시 생겨나게 되었다. 한국의 비평가에 대해 일어나고 있는 불신은 이유가 있다. 1990년대 이후 비평가는 점차 문단의 관리자 역할을 맡게 되었기 때문이다. 1970-1980년대에 비평가는 한국 문화의 방향을 제시하고 선도하는 역할을 맡았다. 이른바 '창비'와 '문지'의 평론가들은 야만의 시대에 맞서 문학의 위상을 정립하면서 선도적인 역할을 해나갔으며, 그러한 역사를 바탕에 두었기에 현재까지도 한국 문단에서 '창비'와 '문지'는 핵심적인 위상을 가질 수 있었다. 하지만 야만의 독재정권 아래에서 형성된 양 문예지의 문학관은 1990년대 이후 점차 현실적 대응력을 잃어버렸던 것이 사실이다. 또한 비평가의 사회적 영향력도 예전보다 상당히 약화되기 시작했다. 그것은 문학의 사회적 영향력의 하락과도 연결된다. 문학은 점차 마니아들이나 관련 학과 학생들만이 깊이 관심을 기울이는 '분야'가 되었다.

한편 집단지성의 성장으로 비평가들의 예전과 같은 선도적이고 지도적인 역할은 점차 가능하지 않게 되었다. 이제 대중에 대한 비평의 계몽은 불가능하다. 이 상황에 다다른 2000년대 비평은 새롭게 자신의 길을 개척했어야 했다. 하지만 불행히도 그러한 개척은 일어나지 않았다. 2000년대의 젊은 비평가들이 새로운 철학 담론을 내세우면서 화려하게 등장하긴 했다. 하지만 이들은 자신들 비평의 새로움을 가장한 면이 있다. '가장'이라는 표현을 쓴 것은, 이들이 기성의 문학 지형을 전혀 바꾸려고 하지 않았으며 도리어 그 지형에 확립되어 있던 권력에 새로이 특채되어 편입되어 갔기 때문이다. 문단 권력의 장에 편입된 비평은 주로 그 권력을 재생산해줄 작품에 대한 해설 비평과 이를 뒷받침해줄 세련된 문학 담론을 제시하는 길로 나아가도록 이끌렸을 것이다. 그래서 위에서 결국 비평은 '문단의 관리자' 역할을 맡게 되었다고 말한 것이다. 그 역할을 하다 보니 신경숙 표절 논란에서 무리한 변호를 하게 되는 것 아니겠는가. 2000년대 비평에 대한 이러한 평가는 질타하기 위함이 아니다. 이 평가는 필자 자신에 대해서도 해당된다. 일단, 필자의 비평을 포함하여 현재 한국 문학계에서 비평은 어디에 있는지 냉정하게 생각해볼 필요가 있다. 어디에 있는지 알아야 가야할 방향을 알 수 있다.

세월호 참사 이후 문학의 가치를 근본적으로 다시 생각해야 한다면, 문학 비평 역시 관리자로서의 역할을 넘어 어떠한 방향으로 나아가야 하는지 근본적으로 생각해보아야 한다. 그 방향은 정치성과 밀접하게 관련이 있을 것이다. 세월호 참사와 메르스 사태는 정치의 문제와 생명의 문제가 무관하지 않다는 것을 보여주었다. 그 사건들은 한국의 신자유주의 체제에서 생명이 어떻게 취급되는지 적나라하게 보여주었기 때문이다. 그렇게 그 사건들은 현재의 정치가 근본적인 '생명-삶'의 지점과 연결되어 있음을 알려주었기에, 그 사건들 이후의 문학은 생명을 파괴하고 있는 권력에 저항하고 대안적인 삶을 구축해나가는 '삶-정치'적인 문제와 접맥되기를 요청받는다. 그래서 지금 요청되고 있는 비평의 방향은 그러한 '삶-정치'의 문제와 무관할 수 없다. 그렇다면 흐지부지 중단된 '시의 정치' 논의는 '비평의 정치' 논의로 전환되어 지속되어야 하지 않을까. 물론 '비평의 정치' 논의도 '시의 정치' 논의와 마찬가지로 의견 통일을 가져온다거나 하지는 않을 것이다. 그러한 논의는 하나로 정리될 수 없는 일이고 정리되어서도 안 된다. 다양한 향방의 제시가 문학의 가능성을 더욱 풍부하게 만들 수 있는 것이다.

3

'비평의 정치' 논의는 현재의 한국 현실에서 비평이 어떻게 '삶-정치'적인 기능을 가질 수 있는지 그 향방을 다양하게 모색하는 기회가 되어야 한다. 하지만 이 '비평의 정치' 논의란 현재 한국 현실의 위기 상황에서 제시되는 것이기에, 비평의 원론적인 정치성에 대한 논의에 그쳐서는 안 될 것이라고 생각한다. 현재 한국은 총체적인 위기 상황에 놓여 있다. 만인의 구체적인 삶은 극도의 경쟁 체제 아래에서 불모화되고 파괴되고 있다. 이는 OECD 1위의 자살률과 꼴찌의 출산율이 말해주고 있다. 수많은 사람들의 투쟁으로 쟁취한 민주주의는 모두 뽑혀나갈 위험에 처해 있다. 경제 역시 내년에는 IMF 때보다도 더 나빠질 지도 모른다는 불안이 사회에 일반화되어 있다. 대중 속에 파시즘이 점점 확산되고 있다. 개인으로나 사회 전체적으로 보거나 파국으로 넘어갈 수 있는 위기의 강도가 점점 높아지고 있는 것이다. 이러한 위기 상황에까지 이어온 한국 사회의 파국을 상징하는 것이 세월호 참사다. '헬조선'이라는 요즘의 유행어는 그 파국의 전조에 대한 대중의 직감을 표현한다.

세월호 참사 이후, 비평가는 문단의 관리자로서의 역할을 넘어, 사람들의 삶이 처해진 위기상황에 비평 행위를 통해 '삶-정치'적으로 개입하는 문학자의 역할을 요구받고 있다. '비평의 정치'가 요구되고 있는 것이다. 그것은 '헬조선'이라고까지 칭해지는 현 상황을 파국으로 몰아넣고 있는 '삶-권력'에 대해 비평과 문학이 저항하는 길을 찾는 것이다. 또한 그것은 비평이 현재의 위기 상황에서 생명을 중시하는 방향의 '삶-정치'에 긍정적으로 기능할 수 있도록 활동하는 것이다. '비평의 정치'는 문학을 통해 생명보다 이윤을 중시하는 사회의 권력에 어떻게 파열을 만들어낼 수 있는지 탐구한다. 현재의 비평이 1970-1980년대 비평이 지닌 선도성과 지도적 위치, 그리고 그 계몽주의적 성격을 다시 복원하는 것은 불가능하지만, 그 시대의 비평이 가지고 있었던 권력에 대한 저항성은 이 시대에도 물려받을 수 있으며 또한 그 상속이 요청된다고까지 말할 수 있다. 이러한 상속을 신자유주의 아래 '삶-정치' 시대에 맞게 이루어낼 수 있도록 꾀하는 것이 '비평의 정치' 논의가 될 것이다.

'삶-권력'은 정부와 여당과 같은 정치권력만을 의미하지 않는다. 꼭 어떤 인물을 가리키지도 않는다. 우리의 삶을 포획하고 있는 그물망 역시도 '삶-권력'이다. 삶을 특정한 방식과 생각으로 살게끔 통제하고 있는 장치가 '삶-권력'을 생산한다. 우리의 일상을 구성하고 있는 제도들과 습성들이 '삶-권력'을 지속시킨다. 신자유주의 시대의 '삶-권력'은 각자가 각자 자신의 삶을 관리하는 방식을 통해 유지된다. 자기 자신이 자신의 기업가가 되어 자신의 삶을 착취하는 것이 바로 신자유주의의 미시적 권력에 포획된 삶의 방식이다. 그렇기에 정동과 인식을 근본적으로 조금씩 변화시킬 수 있는 문학은 미시적으로 작동하는 '삶-권력'에 저항할 수 있는 '삶-정치'적 기능, 직접적으로 정치적인 기능을 가질 수 있는 것이다. 물론 문학이 '미시정치'에 함몰될 필요는 없다. '미시정치'와 '거시정치'는 서로를 전제하고 있다. 거시 정치에 대한 발언 역시 중요한 문학의 정치성을 형성한다. 하지만 문학-예술의 섬세함은 미시 권력에 균열을 내는 데에 더욱 적합하다는 특성은 있다. 또한 이러한 균열은 또한 미시 차원에 그치는 것이 아니라 거시 정치의 변화를 위한 바탕을 마련할 수 있는 것이다.

문학작품을 대상으로 발언하는 또 다른 문학 행위인 문학비평은, 문학이 지닌 '삶-정치'적인 의미를 발견하고 이론을 바탕으로 논리화하여 에세이의 형식으로 드러내는 데에서 그 '삶-정치'적 기능을 찾을 수 있다고 '일단' 말해두고자 한다. 이에 따르면 '삶-정치'적 문학비평은 문학에 내재되어 있는 정치적 잠재태를 가시화한다. 그 가시화 과정에서 현재 위기의 한국 현실을 만들어내고 있는 '삶-권력'에 대한 비판이 시도될 수 있을 것이며, 문학 작품이 품고 있는 미시적 정치성과 거시정치를 연결하여 의미화 할 수도 있을 것이다. 그러나 비평의 '삶-정치'적인 성격은 현실에 대한 비판에 한정되지 않으며, 작품에 대한 해석에 그치지도 않는다. 문학비평은 문학 텍스트를 기본 재료로 삼아 또 다른 텍스트를 생산하기도 하는 것이다. 비평은 일종의 또 다른 문학적 창조 작업이다. 사실, 개인 스스로 특정한 방식으로 자신의 삶을 살도록 통제하게 만드는 현 시대에는, 자본과 권력에 통제되지 않는 문학적 창조 작업 자체가 '삶-정치'적인 성격을 지닐 수 있다. '삶-정치'적인 비평은 코드에 따른 텍스트 해석이라기보다는 텍스트를 탈코드화하면서 텍스트에 내재되어 있는 정치적 잠재태를 창조적으로 가

시화하고 현실화한다.

　이렇게 생산되는 '삶-정치'적 비평 텍스트는 독자에게 또 다른 문학적 경험을 선사하게 된다. 그렇기에 비평 역시 문학 작품에 내재되어 있는 '삶-정치'적 성격을 가지고 있다고 할 것인데, 그것은 다중의 삶을 묶는 '삶-권력'의 포획선을 조금씩 끊어내는 정치적 결과를 가져올 것이다.

4

　비평은 문학 텍스트에 잠재되어 있는 '삶-정치'적인 성격을 가시화하는 동시에 그 정치성을 새로이 증식시키고 독자에게 전염시킨다. 물론 그러한 비평은 비평가의 전유물인 것은 아니다. 비평가 자신이 독자 중 한 사람일 뿐이다. 비평가는 작품에 대한 텍스트를 생산하는 독자인 것이다. 문학 작품을 읽고 있는 독자들은 모두 비평가로의 이행이 잠재되어 있다. 그런데 한 독자가 특정 작품을 바탕으로 삼아 '삶-정치'적 비평 텍스트를 생산했다고 할 때, 작품과 그 비평 텍스트를 모두 읽은 독자는 자신의 독해와 비평 텍스트를 비교하게 될 것이다. 문학 작품에 내장된 정치성과 그 정치성을 증식시킨 비평이 뒤섞이면서, 독자의 내면에 잠재되어 있던 '비평가'는 점차 현실화로 이행하게 된다. 문학비평은 독자의 '비평가-되기'를 작동시키는 것인데, 이때의 비평문이 '삶-정치'적 방향을 가지고 생산된 것이라면, 그 비평문은 긍정적이든 부정적이든 독자가 '삶-정치'적인 현실과 접속하도록 이끌 것이다. 어떻게든 독자가 삶을 포획하고 있는 권력을 감지하고 인식하면서, '삶-권력'이 파놓은 홈을 따라서가 아니라 다른 길의 욕망을 가지게 될 때 그는 '삶-권력'으로부터 탈출하여 다른 삶을 살기 위한 전제조건을 조금씩 마련하기 시작한 것이라고 할 수 있다.

내가 쓰고 싶은 비평은 방금 구상해본 '삶-정치'적이고 저항적인 기능을 가지는 비평이다. 그 비평은 해석적인 비평을 넘어서 문학적 상상력을 확장하는 창조적인 비평이다. 그것은 현실에 스며들어 있는 권력을 비판하는 동시에 삶의 능력을 북돋는 활력의 비평이다. 이 활력적인 '문학-비평'은 삶을 포획하면서 삶의 능력을 한정짓고 어떤 방향으로만 가도록 통제하는 '삶-권력'과 부딪칠 수밖에 없다. 그래서 '삶-정치'적 비평은 그 권력과 싸우면서 그 권력으로부터 벗어나려고 할 것이다. 그것은 기쁨의 길을 따라 행해지는 비평이다. '삶-정치'적 비평가는 작가와 마찬가지로 문학적 텍스트의 생산을 통해 권력에 의해 통제된 자신의 삶을 기쁨의 삶으로 전환하고자 한다. 그래서 '삶-정치'적 비평은 비평가 자신의 삶을 활력으로 충전시킬 수 있는 행위여야 한다. 비평가 자신의 활력을 북돋고 기쁨을 주는 비평 쓰기가 되지 않는다면, 그 비평은 결국 '삶-정치'적인 성격도 잃어버리게 될 것이다. 그런데 그러한 비평의 활력은, 현 상황에서는 다중의 삶과 현실을 파국의 위기로 이끌고 있는 '삶-권력'에 대한 문학적·예술적 저항에 따를 때 비로소 불붙을 수 있다. 그래서 비평가 자신을 위해서라도 이러한 저항을 의식하면서 비평 쓰기를 해나가야 한다.

세월호 참사가 상징적으로 보여준 파국의 위기를 직시하면서 문학을 하고자 하는 작가는, 예전보다 더욱 문학자로서의 자의식을 가지고 자신의 문학 행위의 의미와 가치에 대해서 생각해야 한다. 파국의 위기 앞에서 문학은 현재 넓고 섬세한 의미에서의 '삶-정치'적인 기능을 가질 것을 요청받고 있다. 문학의 한 장르인 비평 역시 마찬가지다. 비평가는 비평가로서의 자의식을 가지고 비평의 '삶-정치'적 기능에 대해 의식하면서 비평 행위를 해나가야 한다. 그때의 비평은 문학 텍스트에 대한 섬세한 읽기-접촉-를 통한 상상력의 확장과 창조적 사유, 그리고 이에 연동된 현실에 대한 비판적 인식을 통해 이루어질 것이다.

(2016)

소위 '난해시' 문제와
시의 영원성에 대한 단상

— 김수영의 '시의 모더니티' 논의를 읽으며

　최근 『시인수첩』 2016년 봄호에 원로 시인들의 좌담이 실렸다는 기사를 봤다. "한국 현대시의 반성과 전망"이라는 제목 아래 진행된 좌담이었는데, 한국에 시인들이 지나치게 많다는 점과 난해시의 유행 등이 현재 한국시의 문제점으로 지적되었다고 한다. 시인들이 많다는 점은 문예지의 범람 등으로 등단이 쉬워졌다는 상황과 관계되는데, 그만큼 단순한 일상의 기록이 시로 인정될 만큼 시의 수준이 떨어졌다는 문제를 낳았다고 한다. 지하철 스크린도어에 게시된 시 중에 그러한 시들이 많은데, 이는 시를 선양하기는커녕 오히려 독자에게 시에 대한 혐오감을 확산시켰다는 것. 또한 젊은 시인들 사이에서 유행되는 난해시 문제는 그들의 시가 무슨 사상이 깊어서 난해한 것이 아니라 주관적 망상을 정제하지 않고 나열하기 때문에 난해한 것이라고 하고 이러한 시가 무슨 대단한 성취를 이룬 것처럼 의미화 되는 풍토가 한국시를 어지럽히는 결과를 낳았다고 한다. 이렇게 너무나 소비하기 쉬운 시와 너무나 접근하기 어려운 시의 양산이 결국 시로부터 독자를 멀어지게 만들었으며, 그래서 시인은 많아지는데 독자는 줄어드는 기현상이 벌어지고 있다는 것이다.

　시단 원로들의 지적에서 흥미로운 부분은 시가 지나치게 쉬워졌다는 점과 지나치게 어려워졌다는 점을 동전의 양면이라고 생각했다는 점이다. 이 지적에 따르면 두 현상 모두 시인들이 시 창작을 쉽게 생각했기 때문에 벌어진 일이다. 이 지적은 아마 많은 사람들이 말하고 싶은 바였을 것이다. 현재 시단의 시에 대해 관심을 갖고 있는 이들에게는 상식적으로 들리는 발언이라고도 생각한다. 물론 수긍하지 못하는 이들도 있을 텐데, 특히 시의 독자를 떨어뜨리는 이유가 난해시에 있다는 생각에 대해서는 소위 난해시를 쓰는 젊은 시인들은 반대할 것이 분명하다. 우선 오히려 난해시가 독자를 시에서 멀리 하게 만든다는 생각은 오히려 독자의 수준을 얕잡아본 엘리트주의적 발상이라고 말할 수 있을 것이다.[1] 또한 다른 비판으로, 직접 인용하자면 "시가 어려워서 독자가 떠났다면 지금도 많이 생산되는 어렵지 않은 그 시들로부터 독자들이 떠나지 않았어야 한다"(정재학, 「파편의 일부」, 『계간 파란 2016년 여름호-시론』, 180쪽)는 반론이 있을 수 있다. 이는 매우 적절한 비판이라고 생각된다. 정재학 시인에 따르면 독자들이 시를 떠나는 이유는 시의 난해성 여부와는 다른 지점에 있다.[2]

원로 시인들에 대한 이러한 반론들 역시 적확하고 온당한 면이 있다. 그런데 현대예술의 가치가 난해성의 유무에 있는 것인지 질문을 던지고 싶긴 하다. 시의 난해성 문제에 대한 논의는 예전에도 줄곧 있어 왔다. 난해한 시와 독자와의 불화 문제는 이상이 살았던 1930년대 초반에 이미 불거져 나왔던 것이다. 이상의 오감도가 독자의 항의 때문에 신문 연재가 중단

---

1) 하지만 이때 독자는 그러한 시에 대해 흥미를 가져온 '마니아'에 한정된다고 지적할 수도 있겠다.
2) 중학교 교사이기도 한 정재학 시인은 독자들이 현대시를 떠나는 여러 가지 이유 중 하나로 중고등부의 입시를 위한 시 교육을 든다. 현재의 교육제도로는 학생들이 현대시를 읽고 감상할 수 있는 법을 배울 수 없다는 것이다.

되었다는 사실은 잘 알려져 있다.[3] 그러나 이상의 시가 일반 독자로부터 외면을 받았던 것이 사실이지만, 한편으로 이상을 높이 평가하는 사람들도 점차 많아졌던 것이다. 이상의 시가 결코 헛소리가 아니라는 점이 많은 문인들의 독해에 의해 밝혀졌는데, 그것은 이상 시에는 어떤 일관성이 관통하고 있으며 현대 자본주의 문명에 대한 근본적인 비판이 실려 있다는 것이 읽히면서였다. 그러한 과정에서 이상의 시는 한국 시의 확고부동한 고전으로 자리 잡았던 것이다.[4] 이상의 시를 생각해보면, 시의 난해성이 독자를 멀어지게 한다고만은 말할 수 없을 것 같다. 이상의 시가 발표되었을 당시에는 대다수의 독자가 외면했겠지만, 한편으로 그 시는 오랜 기간에 걸쳐 많은 독자들을 새로 자신에게로 끌어당겼으니 말이다.

이를 보면 시의 난해성과 독자의 괴리 문제로부터 이상의 난해한 시가 생명력을 가질 수 있었던 이유가 무엇인가 따져보는 것으로 문제의 초점을 돌려야 할 필요성을 느낀다. 문제는 난해성이 아니라 시의 생명력이다. 그렇기에 난해성이 현대시의 전형적인 성질이라고 말할 수 없는 것이다. 생명력이 없는 난해한 시는 결국 한때 유행하던 감상적인 시와 마찬가지로 시대의 변화를 견디지 못하며, 결국 문학적 힘도 잃어버릴 것이다. 이상에 매료되어 있는 현재의 시인들은 이상으로부터 포즈나 기법이 아니라 그 생명력이 어디에 있는지 탐구해보아야 할 것이다. 김수영의 경우도 마찬가지다. 김수영의 시는 결코 쉽게 읽히는 시가 아니다. 하지만 김수영의 시 역

---

3) 물론 그 당시엔 오감도를 읽으려고 했던 독자가 있었고 웬 정신병자의 헛소리를 신문에 싣느냐고 항의하는 독자도 있었다. 지금은 그러한 난해한 시를 독자가 읽으려고 하지도 않으며 또 그러한 시가 어디에 발표되고 있는지 독자는 알지 못한다는 점이 차이라면 차이일 것이다.
4) 한편으로 이상 시는 많은 에피고넨을 낳으면서 이후 한국시의 숱한 난해시의 양산을 정당화하는 텍스트가 되기도 했다.

시 현대시의 고전으로서 자리 잡았으며 여전히 많은 이들에게 읽히고 있다. 아마도 이상과 김수영의 시가 이러한 위상을 가질 수 있었던 것은 이상이나 김수영이나 자신의 전존재를 동원하여 한국의 모더니티에 성실하게 대응하고 저항하면서 시적 창조의 행로를 개척했기 때문일 것이다. 이러한 행로가 낯선 지형을 개척했을 때 난해성이 나타날 수 있다. 그 난해성은 시적 재능이나 성실성의 부족을 감추려는 작위에 의한 것이 아니다.

　현재를 살아가는 시인들이 이상과 김수영의 길을 따르고자 한다면, 그들이 싸웠던 것이 무엇인지 그 싸움의 정신을 배워야 한다.(스타일은 자신이 만들어 나가야 한다.) 식민지 근대문화든 박정희 군사정권의 정치 문화든 이들은 기성의 굳은 벽을 뚫으려고 했다. 그 과정에서 시인의 삶과 정신의 드라마가 엮여졌던 것이다. 어떠한 난해시가 매력적일 수 있는 것은 암호문 풀기가 재밌어서가 아니라, 아이러니나 냉소의 어법 또는 환상이나 추상적인 진술에도 불구하고 그로부터 어떤 열정과 드라마를 감지하게 되기 때문이다. 시는 이 현실을 살아나가야 하는 인간의 구체적인 삶과 접맥되었을 때 독자의 정동을 움직인다. 시의 모더니티는 인간의 삶을 관통하는 모더니티에 대한 치열한 문학적 응전을 통해 자신의 전통을 일구어나갔다. 시의 모더니티 논의에서 항상 제시되는 가치인 '새로움'은 그러한 '삶-문학'적인 치열성으로부터 획득되는 것이지 새로움을 위한 새로움을 통해서는 전혀 획득되지 못한다. 그도 그럴 것이, 1970년대에 발표된 염무웅의 아래의 글은 당시의 소위 '난해시'에 대해 비판하고 있는데 그 비판 내용은 현재 발표되고 있는 난해한 시에도 적용될 수 있을 것으로 보이는 것이다.

　　시와 시인이 독자와 인간으로부터 단절되고 모든 인간적·사회적·현실적 절제(節制)에서 해방되어 이른바 '절대적 환상'에 의하여 자기의 '지적인 조작'을 전개할 때, 거기서 생겨나는 것은 독자들이 "자기들과 그 어떤 공통점도 발견할 수 없는 시라는 괴물"인 것이며, 또한 마찬가지로 인간은 시를 잃은 사회현실 속에서 스스로가 하나의 괴물이 되어 원귀(怨鬼)처럼 떠돌면서 서로 속이고 으르렁거리되 거기에서 아무런 안심과 확신과 만족을 느끼지 못하는 존재로 화하게 되기 때문이다.(염무웅, 「시 이해의 기초문제」, 『민중시대의 문학』, 창작과비평사, 1981, 131-132쪽)

현재 생산되고 있는 소위 난해시들의 난해성 역시 염무웅이 위에서 지적한 '절대적 환상'과 '지적인 조작'의 전개로부터 비롯된 것이 아니라고 말하기는 힘들지 않을까? 물론 환상과 지적인 조작에 대해 비판하는 염무웅의 논의에 대해 반비판할 수 있으며, 난해성은 환상과 지적 조작의 결과라고만 폄하될 수 없는 언어에의 탐구라고도 반론할 수 있을 것이다. 하지만 후자 역시 "사회적·현실적 절제에서 해방"된 공간을 작위적으로 마련하여 시를 쓰고자 하는 경향에서 비롯된 것임은 쉽게 부정하지 못하리라고 본다. 아무튼 여기서 염무웅의 논의를 인용한 것은 그의 논의가 옳다는 것을 내세우려는 것이 아니라 난해시의 양산 경향은 새로운 것이 아니며 반복되어 왔다는 것을 지적하기 위함이다. 그렇기에 현재 소위 난해시를 쓰는 시인들은, 자신들이 새로움에 도달한 것이 아니라 낡은 것을 반복하는 경향에 있는 것은 아닌지 자신들에게 물어봐야 한다고 생각한다.

시의 모더니티 논의가 내세우는 새로움의 가치를 뒷받침하기 위해 호출되는 이론은 러시아 형식주의자들이 제시한 '지각을 낯설게 하기'라는 문학성의 정의일 것이다. 매우 계발적인 정의이지만, 형식주의자들은 '낯설게 하기'를 문학장 내부에서의 변화, 즉 자동화되어버린 기존 작품 형식으로부터의 '낯설게 하기'로 그 의미를 축소하여 생각했다. 이러한 '낯설게 하기'를 문학장 외부에로 넓혀 습성화된 부르주아 이데올로기를 연극을 통해 소격시켰던 것이 알다시피 브레히트다. 독자는 문학 작품 안에서만 살지 않는다. 이데올로기 속에서 산다.[5] 문학의 정치적인 힘은 지배이데올로기를 낯설게 하여 관객이 새로이 사유하게 만들 때 발휘될 수 있다는 것이 브레히트의 생각이었다. 문학에 대한 이러한 정치·사회적인 문제의식이 연극에서 서사극이라는 새로운 양식의 연극을 탄생시켰던 것이다. 예술의 장에서 예술의 유의미한 혁신은 예전 예술에 대한 대타의식뿐만 아니라 정치 사회적 문제의식 또는 존재론적 탐구 속에서 추구되었다. 이러한 추구 없이 예전 예술과 비교하여 새로움만을 추구한다면 결코 생명력 있는 새로운 예술은 등장할 수 없다. 그렇게 되면 단순히 '사이비 난해시'만이 난무하게 될 뿐이다.

이러한 사이비 난해시의 난무는 문학장을 형성하는 문학제도가 사회 현실로부터 고립된 자족적인 공간을 형성할 때 더욱 부추겨지는 경향이 있다. 그러한 문학 제도는 문학의 새로움을 문학 내부에서의 새로움으로 협소화하여 가치화하려고 하기 때문이다. 보들레르가 이미 19세기 중반에 예술의 모더니티란 반은 새로움이요 반은 영원성이라고 말한 바 있었는데도 불구하고 영원성을 무시하며 추구되는 예술의 새로움은, 교환가치를 획득하기 위한 상품의 새로움에 접근하게 될 뿐이다.

영원성을 무시하는 추상적인 새로움의 추구에 따른 난해시의 난무는, 염무웅의 글을 통해서도 짐작할 수 있듯이, 이미 1960년대에 나타난 바 있었다. 김수영은 '사이비 난해시'가 취하는 포즈로서의 현대성을 비판하면서 "진정한 현대성은 생활과 육체 속에 자각되어 있는 것이고, 그 때문에 그

---

5) 문학 역시 중요한 이데올로기 형식이라고 볼 수 있다.

가치는 현대를 넘어선 영원과 통한다"(「진정한 현대성의 지향」, 『김수영 전집 2-산문』, 민음사, 2003, 317쪽)고 주장한 바 있었다. 그는 새로움과 실험을 현대시의 핵심적 가치로 생각한 사람이었다. 그러나 그는 "시의 폼을 결정하는 것도 사상이라는 것을 잊어서는 안 된다. 이런 미학적 사상의 근거가 없는 곳에서는 새로운 시의 형태는 나오지 않고 나올 수도 없다. (중략) 진정한 폼의 개혁은 종래의 부르주아 사회의 미(美) - 즉, 쾌락 -의 관념에 대한 부단한 부인과 전복에 의해서만 이루어진다"(「변한 것과 변하지 않은 것」, 『전집 2』, 368쪽)고 논했다. 부르주아 사회의 문화에 대해 반항하고 전복하는 사상이 시의 형식을 개혁할 수 있다는 것이다. 그래서 김수영은 "문학의 형식면에서만은 실험적인 것은 좋지만 정치사회적인 이데올로기의 평가는 안 된다는" 이어령의 주장에 대해 반대했다. 당시 그러한 이어령의 주장은 바로 문학장을 정치·사회·생활의 장으로부터 고립화하여 문학의 새로움과 '실험'을 생각한 전형적인 예 - 지금도 지속적으로 주장되고 있는 -가 될 것이다. 이에 대해 김수영은 다음과 같이 비판했다.

> 그(이어령-인용자)는 모든 진정한 새로운 문학은 그것이 내향적인 것이 될 때는 - 즉 내적 자유를 추구하는 경우에는 - 기존의 문학 형식에 대한 위협이 되고, 외향적인 것이 될 때에는 기성사회의 질서에 대한 불가피한 위협이 된다는, 문학과 예술의 영원한 철칙을 소홀히 하고 있거나, 혹은 일방적으로 적용하려 들고 있다.(「실험적인 문학과 정치적 자유」, 『전집 2』, 220쪽)

프랑스의 앙티로망의 작가인 뷔토르도 말했듯이 모든 실험적인 문학은 필연적으로는 완전한 세계의 구현을 목표로 하는 진보의 편에 서지 않을 수 없게 되는 것이다. 모든 전위문학은 불온하다. 모든 살아 있는 문화는 본질적으로 불온한 것이다. 그것은 두말할 것도 없이 문화의 본질이 꿈을 추구하는 것이고 불가능을 추구하는 것이기 때문이다.(위의 글, 『전집 2』, 221쪽)

김수영이 말하는 꿈의 추구는 "완전한 세계의 구현"과 연결되는 것은 분명하다. 그리고 그 완전한 세계란 바로 우리가 살고 있는 정치사회의 현실 세계 차원을 가리키는 것도 분명하다. 그는 기존의 문학 형식과 기성사회의 질서에 대해 동시적으로 위협적인 불온한 문학-전위 문학-을 자신의 문학적 목표로 삼았다. 김수영은 "환상시도 좋고 추상시도 좋고 환상적 시론도 좋고 기술시론(技術詩論)도 좋다"(「〈난해〉의 장막」, 『전집 2』, 272쪽)면서 당시의 소위 난해시의 시도 자체에 대해서는 비판하지 않지만, 문제는 양심이 있느냐에 있다고 말한다. "양심이 없는 기술만을 구사하는" 시인은 "사기를 세련된 현대성이라고 오해하고 있"(273쪽)다는 것이다. 시인의 이 경고는 현재에도 유효하다. 2010년대 양산되는 소위 '난해시' 역시 기본적으로 1960년대 양산된 환상시나 추상시에서 벗어나지 않았다는 것이 나의 생각이다. 이러한 시를 추구하는 것 자체에 대해 비난할 수는 없다. 그러나 그러한 시가 사기로 빠져들지 않기 위해서는 양심의 문제를 시인 스스로 자신의 시작(詩作)에 제기해야 할 것이다.

김수영이 말하는 양심은 사상과 통하는 것이며 생활과 육체 속에 자각되어 있는 현대성과 통하는 것일 테다. 그에게 시란 현대성의 성취와 함께 영원성의 지향에서 이루어지며, 그것은 기성 질서에 불온한 전복을 꾀하고 불가능을 추구한다. 그에게 문제는 시의 난해성이 아니다. 그는 "현대적인 시인이 이행하고 있는 언어의 순수성이 사회적 윤리와 인간적 윤리를 포함할 수 있을 만한(혹은 배제할 수 있을 만한) 적극적인 것"(「새로운 포멀리스트들」, 『전집 3』, 591쪽)으로서의 '언어의 윤리'를, 당시 난해한 절대시를 추구하고 있었던 '새로운 포멀리스트들'에게 제안했다. 이에 따르면, 시인이 언어의 '윤리'를, '양심'을 갖고 있느냐가 문제다. 이러한 김수영의 시에 대한 사유는 우리 시대의 시인에게 수용하든 대결하든 여전히 피할 수 없는 절실한 문제를 제기한다. 우리 시대의 시인들이 시를 난해하게 쓴다는 것이 문제라기보다는 그러한 난해성이 사기로 빠지지 않고 적극적인 언어의 윤리와 양심에 따르면서 형성되는 것일 수 있도록 해야 한다는 것이 문제다. 그것은 작금의 현대시에 사상과 육체와 생활이 수혈되어야 한다는 문제, 나아가 미래의 현대시가 불가능한 꿈을 불온하게 추구해야 한다는 문제이기도 하다.[6] 이로부터 우리의 현대시는 진정한 현대성과 영원성을 동시에 확보할 수 있게 될 것이다.

(2016)

---

6) 본격적인 '시의 정치'가 있을 자리는 바로 여기일 것이다.

'촛불혁명'과 함께,
다르게 살기 위한 시

1

2016년 10월, 촛불이 봉기했다. 그 후 2017년까지 이어진 촛불 집회는 의회가 대통령을 탄핵하도록 강제했다. 대통령이 퇴진의 공을 국회에 넘긴 담화문을 발표한 직후 타오른 12월 3일의 6차 촛불집회에서는, 전국에서 무려 232만 명이 모여 대통령 즉각 퇴진과 탄핵, 나아가 대통령 구속 수사를 명령했다. 232만 명의 시민의 힘은 엄청났다. 이 집회의 위력은 탄핵에 주저했던 많은 새누리당 위원들을 다시 탄핵 찬성으로 되돌려 놓았다. 하여, 234명 찬성이라는 압도적인 표차로 탄핵안이 가결된 것이다. 하지만 이에 멈추지 않고 촛불은 계속 타올랐으며, 결국 헌법재판소의 대통령 파면 결정과 검찰의 대통령 구속을 이끌어냈다. 그리고 2017년 5월 9일, 촛불의 명령을 받아 사회를 개혁하겠다는 대통령 후보를 대통령으로 선출했다. 그야말로 그간의 과정은 혁명이라고 이름 붙일 만하다. 물론 1917년 11월의 러시아에서 일어난 바와 같은 사회주의 혁명만을 혁명이라고 이름 붙일 수 있다고 생각하는 이들은 이러한 변화에 혁명이라는 이름을 붙이길 주저할 것이다. 이들에 따르면 1968년의 전 세계적 사건이나 한국의 4·19와 같은 사건에도 혁명이란 명칭을 붙이지 않을 것이다.

하지만 혁명은 사건이자 과정이다. 촛불의 힘이 보수파 의원을 분열시키고 국가권력의 수장을 끌어내린 후 새로운 대통령을 선출한 일련의 과정은 한국사회를 밑에서부터 바꾸기 시작할 수 있는 하나의 사건이다. 그러므로 앞으로도 촛불의 힘-이 힘을 안토니오 네그리를 따라 '구성하는 힘'이라고 부를 수 있을 것이다-이 한국 사회의 전반적인 민주적 변화를 이끌어내도록 압력을 지속적으로 가하고 새 정권이 이에 따라 개혁을 가속화 한다면, 1차 촛불집회에서 새로운 대통령의 선출까지의 사건을 '혁명의 1기'라고 말할 수 있을 것이다. 만약 새로운 대통령 선출이 법적 절차에 따른 정권 이양에 불과하게 된다면, 그래서 고작 보수 정권 이전의 중도적 진보 정부로의 회귀에 불과하게 되고 촛불의 다중 역시 수동적인 주체로 되돌아간다면 촛불혁명은 그 동력을 잃고 혁명의 1기에서 멈추었다고 말할 수 있을 것이다. 구성하는 힘이 기존 국가권력에 의해 구성된 제도를 넘어서 새로이 제도를 구축해나갈 때, 즉 구성하는 힘을 보존하고 더욱 그 구성력을 촉진할 수 있는 제도를 창출해나갈 때 이를 혁명 과정이라고 말할 수 있으리라. 혁명은 다중의 힘에 따르는 제도의 창안과 변형을 통해 지속되는 것일 터, 앞으로 두고 봐야겠지만 촛불혁명은 이러한 혁명적 이행의 첫 단추가 될 수 있는 사건이라고 할 수 있다.

2

몇 주간 천 몇 백만 명이 모여 이루어졌던 촛불 봉기는 평화로웠고 발랄하기까지 했다. 거리는 다중에 의해 점거되면서 축제의 공간으로 변화되었다. 대통령 즉각 퇴진의 함성과 함께 노래와 토론이 이어졌다. 청와대 100

미터 앞까지 몰려든 시민들은 대통령 퇴진을 외쳤다. 젊은 부부가 유모차를 몰고 왔다. 중앙 연단에는 중학생이 나와 대통령 퇴진의 필요성에 대해 연설했다. 예술인들이 모여 광화문 광장에 천막을 치고 농성했으며, 매일 광장에서 락 공연과 연극 공연이 이어졌다. 사람들의 얼굴에는 자신감과 웃음이 배어 있었다.

하지만 저 웃음과 노래 뒤에는 깊은 울분이, 거대한 분노가 깔려 있었다. 저 촛불들은 분노의 불을 밝힌 거였다. 축제와 풍자 뒤에는 몇 년 동안 억눌리고 유린되어왔던 주권이, 세월이 쌓여 있었다. '헬조선'에서 살아 왔던 사람들의 억울한 삶들이 있었다. 12월 3일 집회에서는 세월호 유가족이 선두에 서서 비로소 청와대 100미터 앞까지 행진했다. 그들은 지난 2년 넘게 청와대에 그렇게 가고 싶어 했다. 진실을 밝혀달라고 말이다. 하지만 그들의 말을 저 최고 권력자는 듣지 않았다. 그들은 232만 명의 시민이 봉기함으로써 청와대 100미터 앞까지 겨우 도달할 수 있었다. 그 100미터 앞에서, 그들은 분한으로 오열했다. 유가족의 분한은 헬조선에 살고 있는 대다수의 분한과 공명한다. 한국은 OECD 자살률 1위의 국가가 되어버렸다. 마음속에 죽음을 품고 사는 사람들이 얼마나 많은가. 세월호 참사뿐만 아니라 국민의 안위에 대해 정부의 경악할 만한 무관심을 드러냈던 메르스 사태도 박근혜 정부가 국민을 위한 정부가 아님을 명백하게 보여준 바 있었다. 이번 '박근혜-최순실 게이트'는 어떤가. 이 게이트는 민생을 파탄내고 한국을 헬조선으로 만들어버린 정부의 무능력 뒤에는 믿기 어려울 정도로 광범위하고 형언할 수 없을 정도로 역겨운 부패가 있었음을 드러냈다. 이 정부는 국민을 '개돼지'로 취급하면서 오직 부패만을 위해 존재해 왔던 것임을 말이다.

이번 촛불 봉기는 이렇게 '개돼지' 취급 받아온 대다수 국민들의 분노의 항거이다. 국가권력이 국민을 사실상 사육해야 할 '개돼지'로 취급해 왔다는 것, 그것을 개념화하면 '생명권력(bio-power)'이라고 말할 수 있다. 사람들의 삶을 관리하고 통제하는 생명권력은 신자유주의와 연동되어 작동되었다. 그렇기에 분노의 항거는 신자유주의 체제가 점령한 세계 곳곳에서 거세게 일어났던 것이다. 수십 년 동안 군림해온 독재정권을 무너뜨린 아랍의 민주화 물결, 경제적 민주화를 요구한 스페인의 '분노한 사람들'의 광장 점거, 미국 월스트리트에서 일어난 '점령하라!' 점거 시위 등은 이러한 항거를 보여주는 예들이다. 이러한 분노의 항거는 지난 수십 년 동안 진행된 신자유주의화에 따른 금융독재와 빈부격차의 심화, 빈자들의 삶의 파괴 등을 그 배경으로 하고 있다. 전 세계적으로 신자유주의 체제에 의한 삶의 빈곤화가 만인의 삶의 공통적인 바탕이 되어 왔던 것이다. 지난 몇 년 동안 빈곤화와 삶의 파괴가 더욱 심화되었던 한국의 경우에는, 이윤을 생명보다 우선시하면서 그러한 파괴를 자행한 신자유주의 국가권력이 추악하게 부패했다는 것이 만천하에 드러났기 때문에 분노의 봉기는 더욱 뜨거워졌다. 하여, 한국의 다중은 촛불을 통해 분노를 웃음으로 다스리면서 부패한 권력 집단을 권좌에서 몰아냈던 것이다.

그러므로 촛불봉기는 결코 '국정농단'에 국한하여 일어난 것이 아니다. 이 봉기는 이명박 정부 이래 신자유주의를 반민주적으로 심화시킨 데 대한 분노가 축적되어 일어난 것이다. 이명박 정부 아래에서 일어난 용산참사, 쌍용자동차 해고자의 죽음들, 4대강 사업으로 인한 생태계 파괴와 재정 낭비의 파탄 등에 따른 분노 역시 지금 일어나고 있는 봉기의 바탕을 이루고 있는 것이다. 이러한 참사와 부패는 국민을 개돼지로 취급하는 신자유주의 심화와 맞물리며 진행된 것인데, 이 심화로 인해 비정규직의 확대, 불안정 노동자(프레카리아트)의 보편화, 실업의 불안, 저임금으로 인한 부채의 확대

등 대다수의 삶은 피폐해져 갔다. 나아가 뒤로 밀리면 죽는다는 승자독식주의의 살벌한 경쟁 논리가 사람들의 영혼을 고통에 빠뜨렸다. 또한 정치적으로도 그 폐해는 이루 말할 수 없다. 민주주의의 파괴가 광범위하게 이루어졌다. 색깔론, 민주적 권리의 제한, 관권 선거부정, 합법 정당의 해산, 언론 장악, 검찰의 사조직화, 블랙리스트에 의한 현 정부에 반대하는 예술인들의 통제, 국정원의 정치 개입 등 한국의 국가권력은 민주적 제도를 부식시키고 사회 정의를 파괴해 나갔다. 이러한 민주주의의 파괴 역시 많은 사람들을 분노와 좌절 속에서 살아가도록 이끌었다. 이러한 분노와 좌절을 일으키는 상태, 삶을 질식시키는 이 상태를 더 이상 지속할 수 없다는 절절한 마음이 촛불봉기의 동력이었다.

그러므로 다중의 힘은 이러한 질식 상태로부터 벗어날 수 있는 제도를 구축하도록 새로운 정부를 압박해나갈 것이다. 촛불혁명 2기는 우선 신자유주의의 폐해에서 벗어나고 사회 곳곳에 스며든 생명권력을 약화시킬 수 있는 방어적 제도화를 새로운 정부에 요구할 것이다. 과연 새로운 정부가 신자유주의로부터 얼마나 벗어날 수 있을지는 미지수이긴 하다. 새 정부가 과거 김대중·노무현 정부의 정책을 답습한다면, 여전히 신자유주의 경쟁체제를 사회 발전의 동력으로 삼는 정책을 세워나간다면, 새 정부는 촛불봉기의 의미를 이해하지 못한 것이다. 하지만 새 정부는 자신의 출범이 촛불의 힘에 의한 것임을 지금은 잘 알고 있는 것 같다. 문제는 촛불 다중이 자신의 힘을 대의한 정부가 행하는 정치에 수동적으로 대응하는 것이 아니라 적극적으로 주권을 행사하면서 정책을 창안할 수 있도록, 그리고 더 나아가 국가를 넘어선 제도까지 구축해나갈 수 있도록 역량을 발휘할 수 있는가이다. 다중의 역량이 지속적으로 사회 변형을 이끌어내는 것, 이것이 촛불봉기가 다른 세상으로 이행하는 혁명의 심화로 나아가는 길일 것이다. 그리고 이 변형이야말로 다중이 함께 써나가는 '시'라고 말할 수 있을 것이다.

3

'시'는 운문으로서의 문학 작품만을 의미하지 않는다. 알다시피 시
(poésie)의 어원은 poiesis다. 기성의 존재를 변형하여 새로운 존재를 제작
하는 것이 포이에시스라면 시 역시 무엇인가를 변형한다. 우리는 시를 '말
의 변형'을 통한 제작으로만 이해하지만 시를 꼭 '말의 변형'에만 한정할 필
요는 없다. 그런데 시(포에지)와 포이에시스는 서로 환원할 수 있는 개념은
아니다. 포에지에는 포이에시스에 더한 무엇인가가 있다. 그것은 아름다움
이다. 아름다움이란 무엇인가? 네그리의 정의를 가져와본다.

> 아름다움이란, 새로운 존재의 아름다움이고 집단적 노동을 통해서 구축되는
> 초과, 노동의 창조력에 의해 생산되는 초과인 것입니다.(안토니오 네그리, 『예술
> 과 다중』, 갈무리, 2010, 112-113쪽)

> 아름다움이란 세계의 구축에 참여하는 각각의 주체로 이루어지는 다양체 내
> 에서 순환하고 공통적인 것으로서 모습을 드러내는 특이성을 발명하는 것입
> 니다. 아름다움이란, 상상하는 것이 아니라 행위로 이루어진 상상력을 일컫는
> 것입니다.(『예술과 다중』, 40쪽)

첫 번째 정의에 따르면, 기존 존재로부터 포이에시스를 통해 어떤 초과
가 생산될 때, 그리고 그 초과가 새로운 존재를 생산할 때, 그 초과가 아름

다움이다. 이에 따라, 어떤 예술작품이나 행동에서 이 '아름다움-초과'가 표현될 때 이를 '시'라고 말할 수 있다.(그러므로 초과가 생산되지 않는 포이에시스는 시라고 말할 수 없다.) 시는 새로운 존재가 생산될 때 나타나며, 그리하여 아름다움을 우리가 느끼도록 한다. 그런데 두 번째 아름다움에 대한 정의에 따르면, 새로운 존재의 생산은 특이성의 발명을 통해서 이루어진다. 특이성의 발명은 상상력을 발동하면서 이루어지는 행위에 의해 가능한데, 이 상상력의 행위가 특이성을 발명하고 새로운 존재를 생산하며 아름다움을 표현하는 것이다.

하여, 상상력이 바로 시의 포이에시스이자 프락시스(praxis)의 동력이다. 역시 네그리에 따르면, "시적인 활동은 미래를 활동 중인 상상력으로 해석"(『예술과 다중』, 142-143쪽)하는 것이다. 상상력의 활동을 통해 미래를 끌어오고 특이성을 발명하며 존재를 새로이 변형하는 것, 그것이 바로 시의 활동이자 제작(구축)인 것이다. 시를 만들어내는 법, 그것을 시학이라고 한다면, 이 시학은 한 편의 문학텍스트를 만드는 법에 국한되지 않는다. "하나의 시학이 불법점거를 가로지르며, 웹을 향해하고, 바스키아 방식으로 대중교통 기관에 그림을 그리며, 시애틀의 방식으로 시를 만들어"(『예술과 다중』, 158쪽)내는 것이다. 그렇기에 우리의 일상과 저항, 그리고 예술을 통해 거듭 변모되며 형성되는 시학은 혁명 과정에서 더욱 절실하게 필요하게 된다. 우리의 삶에서 시학을 통해 형성되는 특이성의 발명-시-은 우리에게 아름다움을 느끼게 해줄 것이며, 이 아름다움의 정동은 다양체 내를 순환하면서 '공통적인' 정동을 구성할 것이다. 그리고 이 아름다움은 우리에게 우리 존재 능력의 향상을 느끼게 해줄 것이며, 그리하여 우리는 '공통적 행복'의 기쁨을 느낄 수 있을 것이다.

켄 로치 감독의 영화 『빵과 장미』는 투쟁 과정에서 느끼게 되는 아름다움과 기쁨을 보여준다. 이 영화는 멕시코에서 미국으로 온 불법 이민 소녀가 거대한 빌딩의 미화원으로 근무하다가 회사의 미화원에 대한 비인간적인 대우와 낮은 임금에 분노하고 노동운동가 청년의 도움으로 시위에 나서는 과정을 그리고 있다. 이 과정에서 몇 명의 노동자가 해고되고, 미화원들은 해고에 항의하기 위해 건물 로비를 점거한다. 이 점거 투쟁에서 노동운동가가 미화원들에게 말해 준 것이 1908년 '빵과 장미'의 구호를 내건 미국 여성 노동자의 투쟁이다.[1] 인간답게 살 권리를 '장미'로 상징한 것은, 그 권리가 바로 아름답게 살 수 있는 권리를 의미하기 때문이다. 그리고 미화원들은 거대 권력에 맞서 로비를 점거하는 투쟁 속에서 자신의 삶의 존엄성과 아름다움을 함께 알게 되었으며 기쁨의 정동을 다 같이 느낄 수 있었다. 이 투쟁이 바로 시를 만들어내었던 것이며, 투쟁에 참여한 모두가 쓰는 시 속에서 이들은 행복했을 것이다. 저항을 통해 행복을 함께 느낀 이들은 이젠 예전처럼 회사의 명령에 순응하는 주체가 될 수 없었다. 한 번 맛본 기쁨을 포기할 순 없었기 때문이다. 이제 삶이 바뀌었다. 그리하여 미화원들이 투쟁한 장소-미국 자본주의의의 심장부인 거대 빌딩의 로비-는 신자유주의 생명권력이 관통하고 있는 공간에 뚫린 일시적인 해방구가 된다. 이 해방구에서 존재가 변형되고 삶이 변화하는 축제와 같은 사건이 일어난 것이다.

급진적 비판과 소외된 현실이 부과한 모든 행동들과 가치들의 자유로운 재

---

1) '빵과 장미'는 유엔이 지정한 국제기념일인 세계 여성의 날(매년 3월 8일)을 상징하는 구호다. 빵은 '생존', 장미는 '인권'을 의미한다. 1908년 3월 8일 미국 뉴욕에서 비인간적인 노동에 시달리던 섬유산업 여성 노동자 1만 5,000명은 "생계를 위해 일할 권리(빵)를 원하지만 인간답게 살 권리(장미) 또한 포기할 수 없다"며 10시간 노동제, 임금 인상, 참정권 보장을 요구하는 시위를 벌였는데, 이를 계기로 오늘날과 같은 의미를 갖게 되었다. - Daum 백과.

구성이 프롤레타리아의 최대 강령이고, 삶의 모든 순간과 사건들의 구성 속에서 해방된 창조성이 승인할 수 있는 유일한 '시', 모두에 의해 쓰인 시이며 혁명적 축제의 시작이다. 프롤레타리아 혁명은 오로지 '축제'일 뿐이다. 왜냐하면 혁명들이 안내할 삶 자체가 축제의 신호 아래에서 창조될 것이기 때문이다.(상황주의자 인터내셔널 외, 『비참한 대학 생활』, 책세상, 2016, 88-89쪽)

혁명을 '축제'로 한정할 수는 없다고 생각하지만, 68혁명 직전인 1967년에 출간된 위의 책의 인용문은 저항이나 봉기에 내장된 축제적인 성격, 그 시적인 성격을 잘 말해주고 있다. 2008년과 2016-2017년의 촛불봉기는 봉기의 이러한 축제적인 성격을 명확하게 드러내주었다. 한국의 정치적·경제적 권력의 심장부인 광화문은 해방구로 변모했고 다중은 공통적인 삶의 아름다움에 함께 정동될 수 있었다. 그곳에서는 모두에 의해 시가 써졌다. 함께 저항함으로써 다중은 자신들의 역량이 구성된 권력을 넘어 현존하는 세계를 변화시키고 통제되는 삶으로부터 벗어나 다르게 살 수 있음을 기쁘게 확인했다. 그러나 저항의 축제적인 봉기는 혁명 과정의 한 부분이다.

혁명은 탈거만이 아니라 해방을, 파괴의 사건만이 아니라 새로운 인간을 창조하는 길고 지속적인 변형의 과정을 필요로 한다. 이것이 이행의 문제, 즉 어떻게 반란의 사건을 해방과 변형의 과정으로 확장할 것인가의 문제이다.(안토니오 네그리, 마이클 하트, 『공통체』, 정남영, 윤영광 옮김, 사월의 책, 2014, 494쪽)

혁명 과정은 다른 세계로의 이행이다. 혁명은 저항과 반란을 넘어 다중의 힘을 자유롭게 펼치면서 새로운 세계를 구축해내는 과정이다. 이 세계의 구축에 필요한 것이 공통적인 것의 제도화, 또는 "행복의 제도화"(『공통체」,516쪽)다. 일상을 뒷받침하는 행복의 제도는 밤에만 켜진 촛불의 힘이 낮에도 지속될 수 있도록 뒷받침해줄 것이다. 기쁨의 혁명은 이 행복의 제도를 통해 일상을 관통하며 지속될 수 있다.[2] 다중의 힘이 기성의 존재를 넘어서면서 구축하는 것이 이 행복의 제도화이기에, 이 제도를 만들기 위해서는 모두에 의해 쓰이는 시, 즉 상상력과 시학이 요구된다. 다시 말하면 행복의 제도를 만들어나가는 혁명 과정은 다중에 의한 예술작품이 지속적으로 제작되는 일과 같은 것이다. 이 새로운 세계의 "길고 지속적인" 예술적 구축 과정 속에서, 사람들은 다르게 삶을 살게 될 것이며 새로운 인간은 '창조'될 것이다.[3] 한국의 다중이 기쁨을 공통적으로 느낄 수 있는 축제의 제도화, 행복의 제도화를 어떻게 해나가면서 '시'를 써나갈 것인지, 그리하여 어떻게 스스로 새로운 인간으로 진화해나갈 것인지가 촛불혁명의 심화와 확장 양상을 결정할 것이다.

(2017)

---

2) 이러한 제도의 창출을 정부의 입법이나 정책에만 맡긴다는 것은 아니다. 국가장치들을 민주화하고 공통적인 것으로 만들기 위해 제도를 변형하고 만드는 일도 중요하지만, 국가 밖에서 작은 공통체들을 구축해나가는 일도 행복의 제도를 만드는 일이다.
3) 이 인간을 조정환이 제시한 '예술인간'이라고도 할 수 있지 않을까 한다.

민주주의의 시대에 요구되는
문학의 정치성

한국 문학의 현재와 미래 이야기를 하는 자리이지만, 현재 돌아가는 한국 사회에 대해 말하지 않을 수 없다. 사회와 문학이 갖는 밀접한 관계-긍정적이든 부정적이든-에 대해 의심하지 않는다면, 요즘처럼 사회의 변동이 심한 때에는 문학 이야기를 하기 전에 사회 이야기부터 하게 되는 것이다. 지금 한국 사회가 전환기에 와 있다는 것은 분명해 보인다. 물론 전환의 시작은 2016년 말에 일어난 촛불집회다. 촛불집회는 가히 혁명이라고 불릴 만큼 거대한 물결로 진화되었으며 결국 정권 교체를 이루어냈다. 한국사뿐만 아니라 세계사에서도 시민 다중이 권력에 맞서 승리하는 경우는 많지 않았다. 2016-2017년의 한국 '촛불혁명'은 100% 평화적으로, 법적 절차를 하나도 어기지 않으면서 정권을 교체하고 사회를 전환시킨 전 세계적으로도 희귀한 예에 속할 것이다.('촛불'이 승리할 수 있었던 것은 집권 세력의 무능과 분열, 그리고 용산 참사에서 세월호 참사까지 이르는 분노의 누적 등이 복합적으로 작용하였기 때문이다.) 촛불혁명은 어떤 당이나 지도자에 의해 지도된 운동이 아니라 운동 자체가 민주적이고 자발적인 성격을 갖고 있었다. 직접민주주의적인 성격이 짙었던 것이다. 현재 정부가 '촛불정부'라고 자임한다면, 촛불운동의 철저한 민주주의적 성격을 얼마나 잘 살려나가면서 통치행위를 하느냐가 성패의 척도가 되지 않을까 한다. 이에 전 정권의 온갖 부패와 불법 행위, 반민주적 권력 남용이 조사되고 있다.

하지만 촛불정부가 세워졌다고 하더라도 촛불의 민주주의 봉기가 끝난 것은 아님이 드러나고 있다. 2018년에 들어서자 한국 사회에서는 소위 '을의 민주주의'(진태원), 생활 현장에서의 민주주의 운동이 촛불을 밝히기 시작하고 있는 것이다. 검찰 내에서 성추행을 당하고 이에 내부적으로 항의하자 인사 불이익을 당한 서지현 검사의 '미투'도 그러한 성격을 가지고 있었다. 현재는 대한항공 조현민 전무의 물컵 투척사건을 계기로 폭로된 대한항공 재벌 일가의 슈퍼 '갑질'의 구체적인 면모가 폭로되면서 대한항공 직원들이 조씨 일가의 경영진 사퇴를 요구하며 촛불을 들고 있는 중이다. 하지만 이 생활현장(노동현장)에서의 민주주의 획득이 정권교체보다 더 어려운 일임도 동시에 드러나고 있다. 검찰조직은 서지현 검사를 둘러싼 일련의 사태에 대해 불성실한 조사에 그쳤다. 대한항공 직원들은 조씨 일가를 사퇴시키는 일이 대통령을 퇴진시키는 일보다 더 어려운 일이라면서 가면을 쓰고 촛불을 들고 있다. '을의 민주주의'를 성취하기 어려운 상황을 보면, 노동하며 밥벌이를 하는 생활현장에 반민주적 사회문화가 뿌리박혀 있음을 확인하게 된다. 대통령이 바뀌었다고 하지만, 여전히 우리 삶의 현장 곳곳은 반민주주의가 자리 잡고 있는 것이다.

우리가 직면하고 있는 민주주의의 문제를 생각하면서, 좀 뜬금없이 들리겠지만 올해가 68혁명 50주년임을 상기하게 된다.(마르크스 탄생 200주년이기도 하다.) 68년 5월 프랑스에서 정점을 찍은 68혁명이 한국과는 별 관련 없는 사건이라고 생각하는 이들도 있지만 그렇지 않다. 1917년 러시아 혁명이 전 세계적으로 민주주의 운동에 큰 영향을 끼쳤듯이 68혁명도 세계에 큰 변화를 가져왔다. 러시아 혁명은 그 이전 사회민주당이 이끈 민주주의 운동 양상을 바꾸어놓았다. 그리고 그 후 50년이 지나 일어난 68혁명은 러시아 혁명 이후 지속되어온 민주주의 운동 양상을 바꾸는 계기가 되었다. "개인적인 것이 정치적인 것이다"라는 구호는 1960년대 이후 페미니즘이 내세운 구호이기도 하지만 유럽 사회의 뿌리까지 전복하고자 했던 68혁명 이후에 나타난 운동의 대표적인 구호라고도 말할 수 있다. 정치는 두 사람 이상이 모인 사회에서만 존재한다. 사실 개인 역시 사회가 있기에 존재할 수 있는 범주다. 그래서 '개인적인 것'이란 사회에서 일어나는 일에 눈 감는다는 것을 의미하지 않는다. 그 구호는 개인이 추구하는 바, 욕망하는 바, 고통 받는 바를 무시하는 정치 운동에 대한 항의가 담겨있다. 개인주의를 축출한다는 명목으로 개인을 무시한 사회 운동, 정치 운동은 성공하더라도 현실 사회주의 체제가 보여주었듯이 결국 개인에게 억압적인 사회체제에 도달하게 될 것이다.

68혁명의 정신은 하나로의 몰(mole)적인 단합을 위해 개인의 삶과 욕망을 희생하라는 식의 운동을 불신한다. 그보다는 개인과 사회, 개인과 정치의 분리선을 철폐하면서, 욕망의 분자적 흐름을 활성화하고자 한다. 그래서 68혁명은 철저히 반권위적인 운동이었다. 나아가 대중의 정치적 힘을 개인들 사이의 사랑으로부터 이끌어내고자 하는 운동을 추구한다. 그렇기에 당을 중심으로 하는 몰적인 정치운동보다는 문화운동으로서의 분자적 정치운동 양상을 띠게 되었던 것이다.(아니 대중적 문화예술운동이 68혁명을 준비했다고도 말할 수 있을 것이다.) 그래서 68혁명이 성공했느냐의 문제를 따지는 것은 사태를 올바르게 보는 것이 아닐 것이다. 물론 프랑스 68봉기 이후 보수적인 정당이 그대로 집권했음을 볼 때, 권력 교체를 혁명의 성공 여부로 따지자면 68혁명은 실패했다고 할 수 있다. 그러나 68의 저항적 문화는 사회 문화의 저변에 스며들어가 삶의 양식을 전반적으로 변화시켰다. 페미니즘 운동, 흑인운동, 퀴어 운동, 환경운동 등이 일어나고 일상생활의 삶 자체를 바꾸고자 하는 운동이 연이어 나타났다. 대공장의 포드주의에 기반한 노동운동은 권위주의-당과 지도부의 권위-에 순응하는 면이 있었지만, 새로운 세대의 운동은 권위주의에 반항하면서 개인의 삶 자체를 변화시키고자 했다. 이러한 문화적 변화를 다시 되돌리기는 불가능한 일처럼 보였다.

하나 '하지만'이라고 다시 역접 접속사를 사용해야 한다. 신자유주의라는 일종의 '반혁명'이 슬그머니 사회를 점령하기 시작한 것이다. 68혁명의 문화혁명이란 개인들이 권위에 반하여 스스로의 욕망을 긍정하는 데서 시작한다. 그리고 그 사랑에의 욕망을 집단적인 정치적 힘으로 변화시키고자 했다. '개인적인 것이 정치적인 것'이라는 구호는 전술한 사랑에의 욕망을 빼놓는다면 그 잠재적인 의미를 충분히 펼칠 수 없다. 그런데 신자유주의는 개인의 사랑에 대한 욕망을 자기 자신을 경영하는 기업가적인 욕망으로 변형시켰던 것이다.('자기계발서'라는 것이 바로 그 욕망을 자극하는 책이다.) 신자유주의는 사랑의 혁명을 경쟁이라는 반혁명으로 전환시켰다. 그것은 삶을 돈에 바치는 죽음의 욕망으로의 전환이었다. 하여, '개인적인 것은 정치적인 것이다'라는 말이 신자유주의적으로 전도되어 인용될 때의 '정치적인 것'은 반혁명적인 정치를 의미하게 된다. 그것은 사랑이 아니라 경쟁에 방해가 되는 자들에 대한 배제의 정치다. 그 결과 유럽이나 미국에서도 볼 수 있듯이 온갖 파시즘이 다시 들끓게 된다. 배제의 정치는 혐오의 정동을 수반한다. 혐오를 통해 배제는 완성되기 때문이다.(이미 정확히 독일 나치가 유태인, 공산주의, 집시, 장애인에 대한 혐오를 통해 배제의 정치체제를 수립한 바 있었다.)

한국도 예외는 아니다. 그런데 한국의 신자유주의는 위로부터 강요되었다(특히 IMF로 인한 구조조정). 한국사회는 1987년 6·10 항쟁으로 절차적 민주주의를 획득(이 역시 혁명적 변화다.)했지만, 그 민주주의 운동은 1990년대 중반부터는 신자유주의 구조변동으로 자본의 자유화로 전환되었고, 2000년대 후반에 이르러서는 신자유주의가 사회문화의 뿌리까지 스며드는 데까지 이르렀다. 이에 따라 배제와 혐오의 파시즘 정치가 한국에서도 고개를 들었다(가령 '일베 현상'). 한국에서 혐오의 정동은 여성혐오, 외국인(주로 중국인이나 남아시아인) 혐오, 장애인 혐오, 북한이나 조선인 혐오 등으로 나타나고 있다.(이러한 혐오에 대항한다는 명목의 '미러링' 역시 혐오 정치의 병폐에서 자유롭지 못하다.) 그러나 다행스럽게도, 한국은 '세월호 참사'에 따르는 분노를 거쳐 사랑의 정치성을 회복하고 '촛불혁명'으로까지 나아갈 수 있었다. 사실 촛불혁명은 세월호 참사에 따르는 전 국민적 공분이 없었다면 그 거대한 동력은 생기지 않았을 것이다. 즉 단순한 최순실 게이트에 그렇게 많은 시민 다중이 촛불을 들고 일어났다고 설명할 수 없는 것이다. 세월호 참사 이후 시민 다중은 어떠한 정치적 이데올로기를 통해 융합된 것이 아니라 슬픔과 분노의 정동을 통해 정치적으로 연결되었던 것, 그 정동으로 앓고 있는 개인들이 서로의 공명을 통해 촛불봉기를 계기로 거대한 다중을 이루었던 것이다.

아니, 세월호 참사 이후 한국의 대중 정치는 이데올로기나 경제가 동인이 아니라 개인들의 사랑의 정동이 동인이 되었다고 말해야 한다. 슬픔과 분노는 역설적으로 경쟁에 내몰린 개인들이 마음 밑에 제쳐두고 있었던 사랑을 회생시켰다. 세월호 유족들과 연대하고자 하는 마음이 사회의 저변에 스며들었다. 세월호 참사와 그 이후의 운동(특히 유가족의 투쟁)은 '개인적인 것이 정치적인 것이다'라는 구호를 되살렸다. 사회 전반에서 이루어진 정동적인 운동은 반혁명적인 정치성으로 변한 개인적인 것을 다시 분노와 사랑의 혁명적 정치성으로 전화시켰다. 이 전화가 촛불혁명을 낳았다. 촛불혁명의 동력이 이제 '을의 민주주의' 운동, 생활 현장의 민주화 운동을 이끌고 있는 현재, 그 촛불혁명보다 더 어려울 수 있는 을의 민주주의 운동이 지속되고 성공하기 위해서는 촛불을 바탕에서 지탱하고 있었던 분노와 사랑의 정동이 지속적으로 운동을 관통해 나가야 할 것이다. 그런데 여기서 현재 한국문학의 사회적 역할을 찾을 수 있지 않을까? 문학이 감각적인 것을 재발명하면서 우리 개인들이 무감각에 빠지는 것을 막고, 정동의 장에 계속 거주할 수 있는 능력이 있다고 한다면 말이다.

세월호 참사에 한국문학은 적극적으로 대응했다. 만약 한국문학이 '위선에 빠지지 않는다'는 명목으로 참사를 외면했다면 독자들 역시 한국문학을 외면했을 것이다. 한국문학, 나아가 한국 예술문화계는 세월호 참사에 직면하여 독자들과 함께 슬퍼하고 질문하고 분노하고 유가족과 연대하여 정권과 싸우고자 했다.(그렇기에 세월호 참사 이후 특별법 제정을 위해 투쟁하는 유가족에 연대하고자 하는 많은 예술문화인들이 정권의 블랙리스트에 기재되었다. 알다시피 그 블랙리스트가 부메랑이 되어 정권 실세를 강타하게 되었지만.) 개인적인 것이 정치적인 것이라고 할 때, 개인의 창작 행위로 산출되는 문학은 바로 그 구호에 가장 걸맞다고 할 수 있을 것이다. 일제 강점기 이후 한국 근대문학, 특히 시는 개인의 아픔을 통해 자기 시대의 아픔, 자기 시대에 대한 정치적 비판을 드러내고자 하지 않았던가. 세월호 참사 이후의 문학 역시 그러했다. 세월호 참사의 사회적 아픔에 대해 문학은 어떤 대의를 건 거대담론에 호소하는 것이 아니라 개인의 아픔을 중심으로 서사나 서정을 구성하여 독자의 정동을 활성화하는 방향으로 대응했다. 세월호 참사에 대해 문학이 앞장서서 대응했다고 말할 수는 없지만 적어도 문학은 성실하고 진실한 대응을 하고자 노력했다.

용산참사 이후 시의 정치, 나아가 문학의 정치에 대한 논의가 문학계에 분분한 바 있었다. 그 논의에서 랑시에르의 '감각적인 것의 재분배'라는 개념이 호출되었는데 세월호 참사 이후 문학의 정치는 그러한 감각적인 것의 재분배, 재구성의 문제가 아니라 어떻게 작가가 참사의 고통을 자기화하면서 견디며, 고통 받는 다른 이와 함께할 것인가의 문제가 되었다. 문학은 사랑을 재발명하는 문제, 그리고 사랑의 실천 자체가 되는 문제를 자신의 작업의 전망으로 삼게 되었던 것이다. 그 전망이란 타인의 고통을 자기 것으로 개인화하고, 이와 동시에 문학으로 재구성하면서 개인을 정치화하는 것이라고 할 수 있을 것이다.

촛불 정부가 수립된 이후 생활 현장에서 여전히 민주주의를 확보하기 위한 싸움이 계속되고 있는 지금, 문학과 정치의 관계에 대한 탐구는 더욱 더 진행되어야 한다. 세월호 참사 이후 열린 문학의 정치성은 계속 진전해나갈 필요가 있는 것이다. 그 작업은 소위 '정치적 올바름'을 작품에 표명하는 것을 의미하지 않는다. 정치적 올바름이 작품을 평가하는 도식적 잣대가 된다면, 그것은 하나의 검열 기제-작가의 내면적으로나 사회문화적으로-가 될 위험이 있다. 그럴 때 교조적인 정치적 올바름은 작가와 독자를 도덕적인 중압으로 짓누를 것이며 해방의 정치를 도리어 가로막게 될 것이다. 그리고 교조화 된 도덕에 문학을 맞추어야 한다면 그 문학은 곧 파괴될 것이다.(이러한 파괴는 문학사에서 이미 볼 수 있다.) 문학의 정치는 세계의 고통을 자기화하면서 문학적 생산 작업을 집단화하고 정치화하는 것이다. 이 자기화와 생산 작업은 도덕으로서의 정치적 올바름이 아니라 윤리학에 따라, 정동과 욕망, 미학에 따라 이루어진다. 그리고 문학은 이 과정에서 우리 삶을 파괴하고 고통에 빠뜨리는 권력에 저항하는 길을 탐색한다. 문학은 내가 볼 때 삶의 욕망을 파괴하는 권력을 어떻게 저지하며 삶의 욕망을 어떻게 북돋을 수 있는지 탐구하고 실험하는 매체이기 때문이다.

나는 이를 문학이 담당하는 삶의 미학적 윤리와 연관하여 생각하고 있다. 그것은 차이를 생산하는 윤리이며 사랑의 윤리이다. 욕망은 물론 죽음

의 욕망도 있을 수 있다. 가령 돈에 대한 욕망 같은 페티시즘이 죽음의 욕
망이다. 죽어있는 대상에 함몰되면서 자신의 삶을 소멸시키고자 하는 욕
망. 그러나 삶의 욕망은 사랑의 욕망이다. 사랑은 살아 있는 대상과 연결되
면서 차이를 생산한다.(반면 돈에 대한 욕망에 사로잡힌 주체들은 추상적인 교환가치에
자신들의 차이를 동일화시킨다.) 사랑은 지금 그대로의 삶을 살아가는 것이 아니
라 타자와의 깊은 정동적인 연결을 통해 삶의 변화를 지속적으로 만들어가
는 것이다. 문학자, 특히 시인은 타자와 그러한 연결을 시도하면서 자신의
삶을 변화시키되 그 삶을 미학적인 작품으로 만들어가고자 한다. 이러한
작품화가 독자들 마음속의 사랑을 촉진하게 될 때 그 작품은 민주주의적
정치성을 가지게 될 것이다. 민주주의의 이상이 기성 권력으로부터 자유로
운 사랑의 공통체를 구축하는 것이라면, 삶의 미학적 윤리를 실행하는 문
학은 우리 사회를 그러한 공통체로 한 걸음 나아갈 수 있도록 사회 구성원
들의 마음에 사랑을 불러일으키는 촉매 작용을 할 수 있기 때문이다. 물론
이러한 서술은 문학의 사회적 역할을 이상화한 것이라고 하겠지만, 세월호
참사 이후의 문학에서 그 가능성을 우리는 본 바 있는 것이다.

　생활 현장의 민주주의, 일상의 민주주의의 확보와 구축이 현재 한국 사
회의 과제가 되고 있다면, 위에서 이야기한 문학의 역할은 여전히 필요하
다고 할 수 있다. 우리의 욕망이 어디서 어떻게 죽음의 욕망에 의해 침식당
했고 그 욕망을 사랑의 욕망으로 선회시킬 수 있는지, 더 많고 깊은 민주주
의로 나아가고자 하는 한국 사회는 문학이 계속 탐색해주기를, 그리고 삶
의 미학적 윤리를 실행해 주기를 바라고 있는 것이다. 시민 다중이 삶을 짓
누르는 권력으로부터 해방되어 사랑의 관계를 이루는 일상의 민주주의, 삶
의 민주주의를 구축하는 과정에, 문학의 탐색과 실행이 근원적인 동력을
제공할 수 있기 때문이다. 그런데 문학의 탐색과 미학적 윤리의 실행은 지

난한 과정이라는 점을 잊지 말아야 한다. 어떤 성급함으로 문학에 정답이나 모범을 요구해선 안 될 것이다. 왜냐하면 삶이나 사랑이나, 복잡다기한 과정을 통해, 온갖 우여곡절을 통해 그 역량이 증대하는 것이기 때문이다. 어쩌면 문학이 실행하는 그 지난한 과정 자체가 문학이 담당하는 정치성이라고도 말할 수 있을지 모른다.(오해하지 말아야 할 점은, 어떤 시가 거칠게 표현하는 분노의 표명 자체도 그 과정 중의 하나라고 할 수 있다.)

지금까지 더 많은 민주주의로 나아가는 현 한국 사회에서, 문학의 정치성이 여전히 요구되고 있다는 점에 대해 내가 생각하는 바를 추상적이고 원론적으로 말을 해보았다. 다시 간단히 정리해보자. 혐오의 정치를 차단하고 사랑에 기초한 민주주의적 관계의 구축이 한국 사회의 과제로서, 그리고 현재 진행되고 있는 운동의 미래로서 제시되고 있다. 이러한 현재의 상황에서, 문학은 '개인적인 것이 정치적인 것이다'라는 구호에 걸맞은 삶의 미학적 윤리를 실행할 것을 요구받는다. 그 미학적 윤리가 가지는 정치성이란, 타자와의 깊은 관계 맺음을 통해 개인적인 것을 확장하고 미학적인 삶의 생산을 통해 사회를 변화시키는 정치성이다.

그런데 이 글은 현재 다가오고 있는 또 다른 중대한 상황에 대해선 아직 말하지 않았다. 그 상황이란 50년이 넘은 분단체제가 끝날지도 모른다는 상황이다. 이에 대해 간단히 언급하고 글을 맺기로 한다. 글의 서두에서 현 시기가 전환기라고 말한 것에는, 현재 한국이 이 분단체제의 종료를 만들어낼 기회를 붙잡았다는 의미도 포함하고 있다. 이 기회를 놓치지 않는다면 앞으로 한국은 한동안 큰 변화를 맞이할 것이다. 그리고 그 거대한 시대적 변화에 문학은 맞닥뜨리게 될 것이다. 이때 문학은 역사와 다시금 씨름하게 될 것이다. 그때엔 역사를 자기화하는 작업, 나아가 그간 분단되어 만나지 못했던 이와 낯선 사랑의 관계를 구축해나가는 미래를 상상하는 작업이 문학에게 요구될 수도 있다. 다시 말해 남북이 소통되기 시작한다면, 한국 사회는 남한 사람들은 어떻게 북의 '인민'과 만날 것인가, 그들과 어떻게 사랑의 관계를 맺을 것인가 그 길을 섬세하게 탐색하기를 문학인에게 요구하게 되리라는 것이다.(그 길 역시 남북 모두 더 많은 민주주의를 발명하고 확보할 수 있는 길이어야 할 것이다.) 그것은 문학인으로서는 마음 벅찬 과제 아닐까. 물론 사랑의 관계를 맺기 위해서는 우선 한반도에 평화체제가 구축되어야 할 터, 그래서 많은 남북 사람들과 더불어 문학인들도 어서 평화체제가 구축되기를 기원하고 있을 것이다. 만약 이러한 평화 분위기가 깨지고 전쟁의 암운이 다시 드리워진다면, 이에 대해 문학은 분연히 싸워 나가리라고 믿는다.

(2018)

시는 시 자신을 위해서라도
세상을 바꾸고자 해야 한다

1

"시는 세상을 바꿀 수 있는가?"라는 질문은 새롭지는 않지만 여전히 많은 생각을 하게 만든다. 어쩌면 근대시가 정립된 이후부터 시인과 시를 읽는 독자로서는 벗어날 수 없는 질문 아닌가 한다. 이 질문은 시에 대한 근본적인 물음과 시와 세상의 관계에 대한 물음을 동시에 제기한다. 시는 개인의 여기라는 전(前) 근대적인 시에 대한 관념에서 탈피하면서 근대시는 정립되기 시작되었다. 즉, 시 쓰기는 사대부가 시간 남을 때 쓰는 취미가 아니라 자신의 모든 존재를 거는 행위라고 여겨지기 시작하면서 근대시는 시작되었던 것이다. 이는 낭만주의로부터 비롯된 생각인데, 미적 근대를 여는 낭만주의에서는 사랑과 함께 시야말로 목숨을 걸 만한 대상이 되었다. 낭만주의는 근대 자본주의 체제와 국가 관료 체제에 대해 반항하고 다른 세계에 대한 동경을 통해 삶의 의미를 찾아 나섰는데, 그 의미를 찾는 방랑의 도정은 시를 통해 이루어졌다. 그렇게 낭만주의 시인은 시를 통해 자신의 진정한 삶의 의미, 진정한 욕망을 찾아 나섰던 것, 그것은 삶을 옥죄는 근대의 관료체제와 도구적 합리성이 점령한 사회에 대한 반항과 함께 전개되었다.

그러니까 낭만주의 시인은 진정한 삶을 찾아 나서는 과정과 함께 당시 근대초기 사회에 대한 반항을 동시에 전개했던 것이다. 그들은 시라는 절대 세계를 통해 자신의 삶을 바꾸고자 했으며, 그와 동시에 사회도 바뀌기를 원했다. 영국 낭만주의 시인들이 프랑스 혁명이 발발했을 때 이에 열렬히 호응했던 것은 이 때문일 것이다. 비록 그들은 공포정치로 흐르다가 반동을 겪고 나폴레옹 체제로 굳어지는 프랑스 혁명의 진행에 많은 실망을 하긴 했지만, 기본적으로 프랑스 혁명의 대의를 지지하는 마음을 잃지 않았다. 사회의 미성숙으로 정치적 혁명의 바탕이 마련되지 않았던 독일에서는, 낭만주의자들은 실현 불가능해 보이는 정치적 혁명보다는 시적 혁명을 통해 세상을 변화시킬 수 있다고 생각했다. 여기서 시적 혁명은 시 텍스트의 혁신을 가져온다는 의미가 아니라 세상의 사회와 문화를 시적으로 변화시킴으로써 삶을 근본적으로 변화시킨다는 의미에서의 혁명이다. 하지만 이 낭만주의의 혁명적 기획은, 낭만주의가 보수화되고 종교화되면서 막을 내리게 된다.

18세기 후반에서 시작되어 19세기 초중반까지 유럽에서 진행되었던 낭만주의 시 운동은 이제 고리타분한 이념을 보여줄 뿐이라고 평가할 수 있을까? 그런데 그 낭만주의 시 운동은 지금까지 이어져 내려온 시의 근대성(미적 근대성)을 개시한 운동이라고 평가받고 있다. 가령 에른스트 벨러 같은 이는 18세기 말에 시작된 낭만주의 초기 운동에서 문학과 예술의 근대성-문학과 예술에서의 '모더니즘'-이 완연하게 시작되었다고 논하고 있다.(에른스트 벨러, 『아이러니와 모더니티 담론』, 이강훈·신주철 옮김, 동문선, 2005, 2장 「낭만주의 시대의 모더니즘 문학의 형성」 참조) 이를 달리 말하면, 낭만주의야말로 근대시의 운명을 열었으며 이후 지금까지 이어져 내려오고 있는 근대시의 미적 근대성은 그 운명과의 긴장 속에서 이루어졌다고 할 수 있겠다. 그 근대시의 운명이 사라지지 않았다는 것은 21세기 한국에서도 "시는 세상을 바꿀 수 있는가?"라는 질문을 던지고 있는 것을 보면 알 수 있다. 그 질문은 18세기 후반에 등장한 낭만주의 시인들이 던졌던 질문이기도 한 것이다. 하지만 200년이 넘도록 그 질문에 대한 해결은 이루어지지 않았다는 것을, 그 질문의 제기는 보여준다. 어쩌면 그 질문은 정말 세상이 완전히 바뀔 때까지 계속 제기될 질문일 것이다.

근대 초기 낭만주의자들은 "시는 세상을 바꿀 수 있는가?"라는 질문에 주저하지 않고 '그렇다'라는 대답을 했을 것이다. 아니, 그들은 "시는 세상을 바꾸어야 하며, 또한 바꿀 수 있다"라고 생각했다. 하지만 그들의 생각처럼 시를 통해 감성을 변화시키고 감성의 변화가 세상의 변화를 이끈다는 원대한 비전은 달성되지 못했다고 할 것이다. 그러나 시가 갑자기 가시적인 삶의 변화를 가져오지는 않을 것이지만, 많은 사람들의 감성과 사고를 조금씩 변화시키고, 그들이 자신의 삶을 찾아 나서면서 세상을 변화시키는 길에 참여할 수 있도록 힘과 용기를 주어 왔음은 분명하다. 혁명적 열정의 밑바닥에 시적 감성이 깔려 있지 않으면 그 열정은 지속되지 않거나 냉혹한 관료의 길로 빠지게 될 것이다. 아니, 시적 감성이야말로 혁명적 열정이 샘솟을 수 있는 발원지인 것이다. 낭만주의자들의 기획이 설사 성공하지 못했다고 하더라도, 그들의 시와 삶에 대한 열정은 지하로 스며들어 후세의 많은 이들에게 세상의 권력에 대해 저항할 수 있는 힘을 제공했다는 것은 부인할 수 없을 것이다.

요컨대 근대시는 근대 초기 낭만주의에서 볼 수 있듯이 "시는 세상을 바꿀 수 있다"라는 기획에서부터 시작되었다. 그것은 삶의 혁명과 함께 시도되는 기획이었다. 삶의 혁명이 동반되지 않는 세상의 변화는 무의미하다. 여기로서의 시 쓰기로부터 벗어나 자신의 절대적인 가치를 세우고자 한 근대시는 삶의 혁명과 세상의 변화를 동시에 추구하면서, 그 두 가지 가치에 대한 추구 사이의 긴장 속에서 여러 방식으로 전개되었다. 물론 근대시는 낭만주의적인 열정만으로 전개되지는 않았다는 것을 우리는 잘 알고 있다. 하지만 근대시는 이러한 삶의 혁명과 세상의 변화를 동시에 추구하는 원대한 시야를 가지고 출발했다는 것을 확인해두고 싶다. 현재 한국의 시인들은 근대시의 대선배들이 가졌던 그러한 시야에서 얼마나 멀리 떨어져 있는지 생각해볼 필요가 있다는 생각에서이다.

2

앞에서 "시가 세상을 바꿀 수 있는가?"라는 질문에 대해 근대시의 선구자들인 낭만주의자들은 "시는 세상을 바꿀 수 있으며 세상을 바꾸어야 한다"라고 대답했으리라고 이 글은 추측했다. 그들에게 시는 삶과 세상을 바꾸기 위해 존재하며 그렇기에 시 쓰기란 여기가 아니라 자신의 전 존재를 걸만한 일이었던 것이다. 그러나 현재 한국에서 저 질문에 거리낌 없이 '그렇다'라고 대답할 수 있는 이는 많지 않을 것 같다. 우선 필자부터가 "과연 시가 세상을 바꿀 수 있다고 할 수 있을까?"라는 질문에 선뜻 대답하지 못하고 마음속에 그 질문을 한 번 더 되뇌게 되니 말이다. '그렇다'라고 말하기는 쉽지만, 잘못하다가는 그 대답이 설득력 없고 무책임한, 또는 나르시시즘에 빠진 대답으로 사람들에게 평가될 수도 있기 때문이다.

알다시피 군사독재 정권 시대에는, 시가 세상을 바꾸는 힘이 될 수 있다는 점에 많은 이들이 고개를 끄덕였을 것이다. 예를 들자면 1960년대 김수영이나 신동엽의 시, 1970년대 김지하나 신경림의 시, 1980년대 김남주나

박노해의 시가 가졌던 정치적 영향력을 생각해보면 그렇다. 많은 이들이 인정하겠지만 당시 시는 알게 모르게 저항의 핵으로서 자리 잡고 있었다. 저항 역시 사람이 하는 일이며, 특히 군사독재 정권 시절에는 목숨을 걸고 해야 하는 일이었다. 그 혹독한 시절에 목숨을 걸 정도의 용기를 갖게 만드는 데에는 시가 큰 역할을 했다. 하지만 1990년대에 들어와서 시는 정치권력과의 긴장 관계를 잃어버리고 만다. 김수영 시구가 말해주듯이 "적이 보이지 않는" 시대가 온 것이다.(김정환 시인도 1990년대에 이러한 식으로 발언한 바로 기억한다.) 시는 불온성을 잃고 지배적인 문화로 편입되어갔으며 시를 통해 다른 세상을 꿈꾸는 정치적 열정은 여러 변화된 상황 속에서 점차 사라지게 되었다.

1990년대 이후 한국시의 변화를 비판만 하는 것은 옳지 못하다. 1990년대 한국시는 1960-1980년대 시처럼 군사독재체제와 같은 거대한 적과 마주하여 저항하지 않았더라도 그간 시가 주목하지 못했던 여러 문제들을 가시화하기 시작했기 때문이다. 여성과 생태와 같은 문제가 그것이다. 특히 1980년대 말에 이르렀을 때, 세상을 변화시키고자 하는 한국시는 '세상의 변혁'이라는 목적을 위해 수단화되면서 건조하고 단선적으로 되는 경향을 가지게 되었으며, 소련이나 북한의 획일적인 문학이론의 영향 아래 미학적 다양성과 창조성이 짓눌리는 경향 역시 생겨나고 있었다. 이러한 경향에서 벗어나 새로운 가치를 찾아 나섰던 1990년대 시의 행로는 긍정할 만한다고 평가할 수 있다.

하지만 1990년대 시가 세상의 권력과 치열하게 대결하면서 그 권력과의 불화를 드러내는 시적 방식을 찾아내지는 못한 것이 사실이다. 1990년대의 시는 안정화되고 있던 문학제도 속으로 들어갔다. 근대에 등장한 미적 자율성은 근대 지배 체제와 이데올로기에 대한 긴장을 가진다는 의미에서 그 의의가 있지만 문학의 제도화는 그러한 의미에서의 자율성보다는 문화의 여러 제도 속에 안착하여 권력화 된다는 의미를 가지고 있었다. 1990년대 후반에 이르면, 주요 문예지들이 추구하는 방향성은 구별이 되지 않았고 그 문예지들은 문단의 메이저 제도로서 권력화 되어 갔다. 그 문예지들은 1970-1980년대에 군사독재체제와의 문화적 저항을 통해 이루어놓은 명성에 기대어 '메이저'로서 권위를 얻을 수 있었다.

세상은 여전히 문제가 많았지만 기존의 군사독재체제보다는 눈에 띄게 자유로워졌다. 그래서 기존의 방식으로 세상과 불화하는 시는 점차 영향력을 잃어버렸다. 1990년대 한국 경제의 상황 역시 OECD에 들어갈 정도로 좋았다. 하지만 이러한 좋은 시절은 1990년대 후반 IMF 사태를 맞이하면서 붕괴되었으며 곧 이어 한국 사회는 자본주의의 민낯인 신자유주의의 권력 아래에 놓이게 되었다. 한국시는 우리 삶을 생활의 바탕에서 재편하고 경쟁에 내몰리게 하는 신자유주의 권력에 저항하는 길을 찾지 못했다. 다만 1980년대 후반부터 조직되다가 세상의 변화로 인해 조직화가 더 이상 이루어지지 않은 노동자 문학회 출신 시인들이 가혹해지는 노동 현장의 모습을 전과 다름없이 고발하고 자본주의에 대한 저항을 계속해나갔다. 하지만 이에 대한 문학계의 호응은 크지 않았다. 이와는 달리 문학계에서 큰 호응 또는 반발을 불러일으킨 것은 2000년대 등장한 소위 '미래파'였다.

'미래파'는 한국 사회를 뿌리부터 점령해가고 있었던 신자유주의에 전면적으로 저항하는 시를 보여주지는 않았다. 하지만 젊은 미래파 시인들은 90년대 시가 제도화되면서 고착화되는 면이 있었던 시의 표현 형식을 거부하고, 자신만의 형식을 자유로이 고안해내는 모습은 보여주었다. 그래서 미래파 시의 형식은 난삽했고, 그 형식은 곧 나르시시즘적인 정당화를 통해 가치화되었다. '미래파' 시가 등장하면서 이들 시에 대해 '전복'이라는 단어로 가치화가 이루어지곤 했으나 과연 정말로 전복적이었다고 생각하는 이들은 현재 많지 않을 것이다. 주목할 만한 사실은 과거에는 시에 대해 리얼리즘과 모더니즘, 전통 서정시 등의 개념으로 설명되었다면, 미래파의 등장으로 '아방가르드' 개념이 한국시를 설명하기 위해 문단에서 중요시되기도 했다는 점이다.

하지만 한국의 '미래파'가 자율화된 문화예술 제도를 파괴하고 삶과 세상을 동시에 변혁하고자 했던 아방가르드와는 거리가 멀다는 것을 부인할 수는 없을 것이다. 왜냐하면, 비록 미래파 시가 제도화된 서정-민중적 서정이든 여성의 섬세한 서정이나 생태적 서정이든-에 대한 파괴를 시도한 것은 사실이었으며 어느 정도 성공적이었다고 할 수 있지만, 미래파의 반제도적인 시 쓰기는 곧 제도화되었고 미래파는 이러한 제도화에 순응했기 때문이다. 미래파의 시는 젊은 세대의 호응을 받았고 미래파처럼 시를 쓰는 것이 유행으로 자리 잡았으며, 이러한 흐름에 맞추어 메이저 문학제도는 미래파의 반제도적인 시 쓰기를 자신의 품 안으로 수용했다. 마이너로 출발한 미래파는 시집 출판계에서 가장 권위 있는 출판사의 환영을 받았으며 곧 메이저가 되어갔던 것이다.

3

한국의 '미래파'는 세상을 바꾸고자 했다기보다는 제도화된 서정시의 표현 형식을 바꾸고자 했다. 미래파가 등장한 2000년대 전반은 신자유주의가 사회에 뿌리를 내리는 시기였지만 문화적으로는 어느 때보다도 자유로웠다. 상대적으로 더 민주적인 정부가 1990년대 말부터 10년 동안 들어섰던 일이 그러한 자유로운 문화적 분위기를 형성하는 데에 큰 기여를 했다. 하지만 사회에 뿌리를 내린 신자유주의 권력은 이명박 정부의 출범으로 정치권력까지 잡게 되었고, 그야말로 살벌한 신자유주의가 한국사회에 수립되기 시작했다. 이와 함께 이 정부는, 어느 정도 민주적으로 운용되었던 제도를 파괴해 나가기 시작했다. 그때까지 형성되었던 민주적인 분위기를 국정원 등 국가기관을 통해 파괴했으며 블랙리스트를 만들어 방송과 언론을 포함한 문화계 전반에서 반대파를 제거하려고 했다. 인터넷의 악성댓글을 통해 저질 여론을 형성하여 대중의 토론에 기초하는 민주주의의 바탕을 허물어 버렸다. 이러한 과정에서 2008년 미국산 쇠고기 수입 반대 촛불 봉기가 일어났으며 용산참사가 일어났다. 그리고 급기야는, 박근혜 정권에 이르러 304명이 사망, 실종된 세월호 참사가 터져 버리고 말았다. 세월호 참사는 그간 신자유주의 논리에 장악된 한국사회가 어떻게 반생명적인 폐허가 되었는지 잘 보여준 사건이었다.

　이러한 정치 사회의 전반적인 퇴행과 소위 신자유주의 지배체제의 결과라고 할 수 있는 '헬조선'의 도래, 그리고 이에 대한 광범위하고 처절한 저항은 한국시의 현재에 대해 다시 묻게 되는 상황을 가져왔다. 과연 '미래파'에까지 도달한 한국시는 정말 한국 사회에서 전위적인 위치에 있는가? 전위, 아방가르드란 가장 앞에 있다는 것을 의미하지 새롭다는 것을 의미하지 않는다. 1920년대의 다다나 초현실주의나 러시아의 구축주의, 1960년대의 상황주의자들이나 플럭서스(Fluxus)는 사회의 맨 앞에 있었다. 1970년대 군사독재체제에서 한국작가들의 자유실천위원회도 사회의 맨 앞에 있었다. 그러나 2008년 이후 신자유주의 지배체제의 승리와 이에 대한 다중의 저항 속에서 한국시의 모습은 왜소해 보이지 않았던가. 물론 한국의 시인, 작가들은 가만히 있지는 않았다. 한국작가회의 자유실천위원회 소속 시인들, 리얼리스트 100의 시인들뿐만 아니라 작가 조직과는 무관한 젊은 문인들도 '69 선언'이나 '304 낭독회'에 참여하여 정의롭지 못한 권력에 대한 저항에 힘을 보탰다. 하지만 이런 활동에도 불구하고 다중이 더 앞에 있고 시단은 대중의 방어막 뒤에서 저항을 하고 있는 듯한 인상을 받은 것은 나뿐일까.

이런 생각과 함께, 새로운 지배체제가 사회에 스며들고 있었는데도 불구하고 2000년대 한국의 주류를 이루고 있는 시는 이를 감지하지 못하거나 무시해왔던 것 아닐까, 그리하여 다중은 앞에 있는데 시단은 그 뒤에서 서정파니 미래파니 논쟁을 하고 있었던 것은 아닐까 하는 생각도 든다. 그러니 시는 국가와 사회의 보호를 받아야 할 대상으로 전락하거나 다중으로부터 외면되어 소수의 마니아층에 의존하는 형국에 떨어져버린 것은 아닐까. 이러한 평가는 지나치게 자학적인 것 같다는 생각이 들긴 한다. 좀 더 명확한 평가가 있어야 할 것이다. 하지만 한국시가 한국사회와 문화의 전위가 아니라 후위가 되고 있다는 느낌이 드는 것은 부인할 수 없다. 이러한 느낌은 2016년에서 2017년에 걸친 '촛불혁명' 국면에서도 갖게 되었다. 물론 시인들은 열심히 촛불혁명에 참여했고 다른 예술인들과 함께 '블랙리스트' 통제에 항의하는 행동을 가졌으며 이 촛불혁명과 항의를 위한 시 모음집들도 발간했다. 시인들의 이러한 직접행동에의 참가는 고무적이고 높이 평가하지만, 전 대통령이 탄핵-구속되고 촛불혁명의 뜻을 받아 안겠다는 대통령 후보가 대통령이 되면서 촛불혁명 국면이 어느 정도 사그라진 현재, 다시 "시는 세상을 바꿀 수 있는가?"에 대한 질문을 던지면 다소 마음이 우울해지는 것은 사실이다.

물론 "시가 꼭 세상을 바꿀 수 있어야 하는가?"라는 질문을 던질 수 있다. 이러한 질문은 "세상을 바꿀 수 있는 것만이 가치가 있는가?"라는 질문, 아니 세상을 바꿀 수 없는 시도 나름대로의 가치가 있다는 견해를 그

안에 품고 있다. 필자도 이에 동의한다. 세상을 바꾸고자 하는 시만이 가치가 있다고는 할 수 없을 것이다. 시인이 어떤 사유의 영역을 넓힌다든지 아름다움을 발견하는 작업은 그 자체로 가치가 있다. 하지만 그렇다고 세상을 바꿀 수 없는 시의 무능력이 시의 가치가 될 수 있다는 결론이 나올 수는 없다고 본다. 시의 정치성을 정치로부터 거리를 두는 비정치성에서 찾는 견해도 있는데, 이러한 견해는 시를 쓰면서 대중의 저항과 함께하려는 시인의 의지를 비시적이라고 몰고 마는 효과를 가진다. 시인은 자신의 욕망에 따라서, 자신의 삶에 따라서 세계와 마주하고 시의 장을 구축한다. 시인이 더욱 자신의 장을 확장하다보면 유형무형의 세상의 권력과 마주치게되리라고 생각한다. 그 권력과 싸우면서 이 세상을 더 나은 세상으로 바꾸기 위해 노력하는 것은 어쩌면 자연스러운 일이다. 그것은 시민으로서만이 아니라 시인으로서 행하는 노력, 즉 시를 통해 세상과 싸우는 노력이다.

어떤 이는 시민으로서 저항할 수는 있지만 시를 통해 저항하려고 하면 목적에 시가 종속되어 시의 질이 떨어질 수도 있다고 경계하기도 한다. 하지만 시를 통한 싸움은 시인마다 다른 방식으로 이루어질 것이며, 그것은 날카로운 인식과 풍부한 상상력이 요구되는 일일 것이다. 물론 목적에 맞추어 시를 양산하려고 한다면 좋은 시가 나올 리 만무하다. 하지만 우리가 기억하고 있는 많은 '좋은 시'는 세상을 변화시키고자 자신의 존재를 건 시인으로부터 나왔다. 한국의 김수영이나 김지하, 김남주뿐만 아니라 외국의 네루다, 브레히트, 마야코프스키 그리고 초현실주의를 포함한 많은 아방가르드 시인들이 그들이다. 이들은 삶을 변화시키고 세상을 바꾸고자 한 낭만주의의 후예이기도 하다. 특히 20세기 대표적인 아방가르드이자 최고의 예술적 성과를 낸 초현실주의는, 옥타비오 파스가 말했듯이, 낭만주의의 그러한 측면을 이어받아 삶을 바꾸고자 하는 랭보와 세계를 변혁하자는 마르크스의 테제를 결합하고자 하지 않았던가. 즉 적어도 20세기에는 시와 예술을 통해 이 비참의 세계를 변화시켜야 한다는 시인의 열정을 통해 많은 위대한 시가 창출될 수 있었던 것이다.

다시 말해서 세상을 바꾸는 일과 시는 대척적이지 않다. 도리어 세상을 바꾸고자 하는 의욕은, 낭만주의 운동과 초현실주의 운동이 보여주듯이 시를 더욱 풍성하게 만들 수 있다. 여기서 이 세상을 바꾸고자 하는 두 예술 운동은 개인의 삶을 바꾸는 것, 개인의 감성과 의식을 시를 통해 변화시키는 것을 전제로 한다는 점을 강조해두어야 할 것이다. 그 과정이 전제되어야 세상을 바꾸는 시를 비로소 쓸 수 있을 것이기도 하다. 시를 통해 "세상을 바꾼다는 것"은 근대 낭만주의로부터 시작된 시의 최대한의 의욕이자 비전이다. 이 비전을 구태여 포기할 필요는 없는 것이다. 전 세계에서 일어나는 저항 운동을 통해 볼 수 있듯이 근대 자본주의의 모순은 여전히 진행되고 있으며, 사람들의 삶을 파괴하는 권력은 더욱 교묘하게 작동하고 있는 중이기 때문이다. 근대의 모순과 권력이 여전히 작동하고 있는 상황에서 근대시의 비전을 포기할 때, 시는 왜소화되고 제도에 갇혀버리고 말 것이다. 그리하여 시는 사회의 역동적인 변화와 다중의 창의적인 저항 행동의 후위에 머물고 말 것이다. 시는 사회와 대중의 외면 속에 보호구역에서 생존하고 말 것이며, 더욱 문제인 것은 시인은 그 보호구역 속에서 자족하면서 우리는 대중과 다르다는 나르시시즘에 빠져들 것이라는 점이다.

4

"시는 세상을 바꿀 수 있는가?"라는 질문에 대해 더 논의를 진행하고 싶지만, 지면을 다 허비해 버렸다. 필자가 하고 싶은 말은 한국시가 근대시가 가졌던 비전을 회복하여 저항 국면뿐만 아니라 평소의 국면에서도 시 쓰기를 통해 다른 세상의 가능성을 찾고 그 가능성을 제시해나가야 한다는 것이었다. 현재 이에 대한 상론은 하기 힘들게 되었다. 다만, 이에 관련하여 최근 읽은 책의 일절을 소개하고 한두 마디 말을 덧붙이면서 글을 끝내고자 한다.

시가 세상을 바꾼다면, 시에 세상을 바꿀 수 있는 힘이 있어야 한다. 그렇기에 "시는 세상을 바꿀 수 있다"라는 대답에는 "그러한 힘이 시의 어디에 있단 말인가?" 이런 질문이 다시 따라올 것이다. 이 질문에 답한다는 일은 무척 어렵다. 이 답을 찾는 데 도움을 얻으려고 서경식의 『시의 힘』(서은혜 옮김, 현암사, 2015)을 읽었다. 이 책에서 그는, 루쉰의 말에서 "어디까지나 나아가자, 고립되고 포위당하더라도 싸우자, 하는 마음이 저절로 생긴다"라는, 시인 나카노 시게하루의 독후감의 일절을 인용하며 다음과 같이 말하고 있다.

> 생각하면 이것이 시의 힘이다. 말하자면 승산 유무를 넘어선 곳에서 사람이 사람에게 무언가를 전하고, 사람을 움직이는 힘이다. 그러한 시는 차곡차곡 겹쳐 쌓인 패배의 역사 속에서 태어나서 끊임없이 패자에게 힘을 준다. 승산 유무로 따지자면 소수자는 언제나 패한다. 효율성이나 유효성이라는 것으로는 자본에 진다. 기술이 없는 인간은 기술이 있는 인간에게 진다. 하지만 그것과는 별개의 원리로서 인간은 이러해야 한다거나, 이럴 수가 있다거나, 이렇게 되고 싶다고 말하는 것이며, 그것이 사람을 움직인다. 그것이 시의 작용이다.(110-111쪽)

시인은 지금 눈앞에 있는 현실을 노래할 방법을 알아야만 할 것이다. 물론 옛날과 같은 가락으로 같은 노래를 불러야 한다는 것은 아니다. 그러나 지금 고통 받고 있는 사람들, 이 상황 속에서 소외되고 있는 사람들의 마음을 노래해야만 한다. 그것이 시인의 소임이라고 나는 생각한다. 이것은 한국만의 이야기가 아니다. 일본도 똑같다. 시대가 편하고 세상이 바뀌었다 하더라도 이 사회에 소외되고 상처 입은 사람들이 존재하는 이상, 시인의 일은 끝나지 않는다. 지금 이 시대가 시인들에게 새로운 노래를 요구하고 있다.(155쪽)

위의 구절들은 깊이 숙고하게 만든다. 서경식의 논의를 따라가 본다. 시의 힘은 사람의 마음-정동-을 움직이는 힘이다. 사람의 마음을 움직이는 일, 그것은 시인이 소수자의 편에 섰을 때, 나아가 자신이 소수자가 되었을 때 가능하다. 그것은 승산 유무를 계산하지 않는 선택이다. 권력을 가진 다수자의 입장에 서서 시를 쓰는 것은 결국 왕을 칭송하던 궁정시인과 다를 바가 없지 않겠는가? 그러한 권력에 빌붙는 시는 문학적으로도 가치를 가질 수 없다. 긴장감이 없기 때문이다. 시인의 소수자 되기는 "언제나 패"하게 될 자의 입장에서 권력과 싸우는 길을 가는 것이기에, 그의 시 쓰기는 팽팽한 긴장 속에 이루어지면서 깊은 감정을 이끌어 올릴 수 있다. 그렇게 쓴 시는 역시 소수자일 패자에게 힘을 주며 그들을 움직이게 만든다.

시의 힘에 대한 이러한 사유가 낡았다고 할 수 있는가? 다시 지겨운 참여 문학을 이야기하는 것인가? 그렇다면 새로운 가치는 무엇이며 그 가치는 정말 새로운 것인지, 그리고 그 새로운 가치가 정말 가치가 있는 것인지 질문하고 싶어진다. 새롭다는 것만으로 가치가 있다는 것은, 상품의 새로움이 아니라면 성립될 수 없는 논리이며, 상품의 새로움이란 결국 역설적으로 동일한 것의 반복-'새로움의 동일성'-에 불과하다.(이에 대해서는 발터 벤야민과 같은 사상가가 이미 논한 바 있다.) 시의 새로움은 저 상품의 새로움과의 결투 속에서 획득될 수 있는 것이어서, 시가 자본주의의 새로움의 논리에 휩

쓸려 들어갈 때에는 이미 그 시는 낭만주의에서 시작된 미적 근대성의 가치를 잃어버리고 말 것이다.

고통 받고 있는 사람들은 예나 지금이나 존재하고 있는 것이다. 시의 새로움을 추구한다는 일이 이러한 사람들을 외면하면서 이루어질 수 있다는 논리는 성립할 수 없다. 고통 받고 소외된 사람들의 삶이야말로 변할 수 없는 '시-문학'의 터전인 것이다. 이들의 고통과 소외, 상처의 형태는 다양하고 그 방식 또한 시대의 변화에 따라 변화하고 있기 때문에, '시-문학'의 터전 역시 동일한 상황으로 지속되는 것은 아니다. '시-문학'의 터전도 변화하고 있다. 하지만 소수자들의 고통과 소외, 상처가 '시-문학'이 거주할 장소임은 변할 수 없는 것이다. 이 터전에서 시인은 자신의 삶을 나름대로 살고, 시를 통해 그 자신의 삶을 나름대로 변화시킨다. 나아가 시인은 사람들의 마음을 움직일 수 있는 시의 힘을 확보하여 그 힘을 통해 소수자들에게 고통과 소외, 상처를 주는 세상을 바꾸고자 할 수 있다. 이것이 '소수자-되기'를 행하고자 하는 시인의 삶이자 시작(詩作)일 것이다.

소수자 각 개인의 삶은 다수자의 척도로부터 벗어나 있기 때문에 다수자보다 더욱 다채롭고 개성적일 수 있다. 척도에 따라 살아가는 다수자의 삶은 각자 다를 것 같지만 도리어 획일적이다. 소수자야말로 차이를 생성하는 삶을 살 가능성을 가진다. 그렇기에 '소수자-되기'를 감행하는 시인들은 척도를 따르는 다수자에 편입한 시인보다 더 다채로운 시를 쓸 수 있다. 시의 새로움은 비로소 여기에서 확보할 수 있지 않을까. 새로움을 위한 새로움은 상품의 새로움에, 즉 '새로움의 동일성'에 빠지게 될 위험이 있다. 시인은 그러한 위험에서 벗어나면서 시의 새로움을 확보하기 위해서라도 시의 터전인 소수자의 고통과 소외와 상처 속에 거주해야 한다. 또한 소수자로서 자신과 사람들의 삶을 변화시키기 위해, 나아가 소수자의 고통과 소외와 상처를 만들어내는 세상을 바꾸기 위해 시를 써야 한다. 다시 말하면, "세상을 바꾸기 위해" 시를 쓴다는 일은 새로운 시를 창출하기 위한 일이기도 한 것, 이는 시는 시 자신을 위해서라도 세상을 바꾸려고 해야 한다는 말이기도 하다.

세상을 바꾼다는 말은 무엇을 의미하는가? 그것은 지금 존재하는 세상과는 다른 세상이 도래할 가능성을 현실화한다는 의미다. 다른 가능성을 상상하는 일, 그것이야말로 시적인 능력 아니겠는가. 그것은 삶을 변화시키고 세상을 바꾸는 것, 그 다른 가능성을 상상하는 시적인 능력의 발휘에 다름 아닌 것이다. 시인은 그러한 시적인 능력을 발휘하여 시를 쓰고, 이를 통해 자신의 삶과 세상에 다른 가능성이 있음을 제시할 수 있다. 세상을 바꾸고자 하는 시는 이러한 시적 능력을 더욱 활성화한다는 것을 의미한다. 세상을 바꾸고자 하는 욕망은 고통 받는 소수자의 삶 속에 있을 때 발동될 수 있다. 시인이 자신의 시를 위해서라도 소수자의 삶에 자신의 자리를 잡아야 하는 이유가 여기에서도 확인된다. 소수자의 삶을 살면서 시인은 다른 삶과 세상을 욕망하게 될 것이며, 그래서 다른 가능성을 상상하는 시적 능력이 더욱 활발히 개진될 수 있을 테니 말이다. 하여, 서경식의 말을 다시 빌리면, 아직 "시인의 일은 끝나지 않"았으며, 지금 이 시대는 여전히 "시인들에게 새로운 노래를 요구하고 있다"고 할 수 있겠다.

'소수자-되기'를 감행하면서 세상을 바꾸고자 하는 시인들의 시가 새로운 삶, 새로운 세상의 가능성을 형성해나갈 때, 이때의 시는 직접적으로 정치적이라고 말할 수 있을 것이다. 미래의 정치는 그러한 시적 가능성을 현실화하는 데에서 이루어질 수 있기 때문이다.

(2018)

이성혁 문학평론집

시적인 것과 정치적인 것
— 시의 정치적 가능성과 위기 속의 비평

초판 1쇄 발행 2020년 1월 20일

지은이　　이성혁
편집　　　김선향
디자인　　청색종이
펴낸이　　최병수
펴낸곳　　예옥
등록　　　2005년 12월 20일 제2005-64호
주소　　　서울시 서대문구 신촌로 1 쓰리알 유시티 606호
전화　　　02)325-4805
팩스　　　02)325-4806
이메일　　yeokpub@hanmail.net

ISBN 978-89-93241-65-5　03810

이 도서는 한국출판문화산업진흥원의 '2019년 출판콘텐츠 창작 지원 사업'의 일환으로 국민체육진흥기금을 지원받아 제작되었습니다.

값 16,000원